Kazuaki Takano, geb. 1964 in Tokyo, arbeitet in Hollywood und Japan als Drehbuchautor. Für seine Romane erhielt er renommierte Preise. Sein jüngster Roman »Extinction« stand in Japan monatelang auf den Bestsellerlisten und wurde u. a. als bester Thriller des Jahres ausgezeichnet.

»Takano lässt Fiktion und Wirklichkeit auf subtile Weise kollidieren, vor dem Hintergrund der Snowden-Enthüllungen und der Ebolakrise in Westafrika.« *Deutschlandradio Kultur* zu »Extinction«

Außerdem von Kazuaki Takano lieferbar:

Extinction, Thriller (10009)

Kazuaki Takano

13 STUFEN

Roman

**Aus dem Japanischen
von Sabine Mangold**

 PENGUIN VERLAG

Die Originalausgabe erschien 2001 unter dem Titel
»Jusan Kaidan« bei Kodansha, Tokyo.

Verlagsgruppe Random House FSC® N001967

2. Auflage 2018
Neumarkter Straße 28, 81673 München
Umschlag: Hafen Werbeagentur gfk, Hamburg
Umschlagmotiv: © Valentino Sani / Trevillion Images
Satz: Fotosatz Amann, Memmingen
Druck und Bindung: GGP Media GmbH, Pößneck
Printed in Germany
978-3-328-10153-6
www.penguin-verlag.de

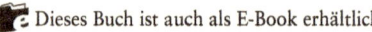 Dieses Buch ist auch als E-Book erhältlich.

Meinem Vater, meiner Mutter
und meinem Bruder gewidmet.

PROLOG

Die Todesboten erschienen um neun Uhr morgens.

Ryō Kihara hatte bisher nur einmal ihre Schritte vernommen.

Zuerst hörte er den dumpfen Knall der Eisentür. Die Luft vibrierte wie bei einem Erdbeben, die Atmosphäre im Zellentrakt änderte sich schlagartig. Das Tor zur Hölle hatte sich aufgetan, und nackte Angst, die zur absoluten Regungslosigkeit verdammte, brach sich Bahn.

Kurz darauf marschierte eine Reihe Männer mit schnellen Schritten durch den ansonsten totenstillen Gang.

Nicht stehen bleiben!

Kihara wagte nicht zur Tür zu schauen. Er kniete mitten in seiner Zelle und starrte auf die zitternden Finger in seinem Schoß.

Bitte nur nicht stehen bleiben!, flehte er im Stillen.

Ihn überfiel ein unkontrollierbarer Harndrang.

Als die Schritte sich weiter näherten, fingen auch seine Beine an zu beben. Im gleichen Moment sackte ihm der Kopf, klatschnass von kaltem, klebrigem Schweiß, unwillkürlich auf die Brust.

Das Stampfen auf den Fliesen wurde immer lauter. In den paar Sekunden, als die Schritte auf Kiharas Zelle zusteuerten, weiteten sich sämtliche Gefäße in seinem Körper, bis sein schier zerberstendes Herz das Blut durch die Adern jagte und jedes einzelne Körperhaar erzittern ließ.

Doch die Schritte hielten nicht inne.

Die Männer marschierten an seiner Zelle vorbei und kamen exakt neun Schritte weiter zum Stehen.

Kurz darauf hörte Kihara, wie die Sichtklappe geöffnet und wieder geschlossen und dann die Tür aufgeschlossen wurde. Seine Nachbarzelle war leer, es musste demnach die übernächste sein.

»Nummer 190, Ishida.« Es klang verhalten. Hatte der Oberaufseher gesprochen?

»Es ist Zeit. Raustreten!«

»*Was?!*«, kam die Antwort, merkwürdig verzerrt. Wie von einem geistig Verwirrten.

»Ja, du verlässt jetzt die Zelle.«

Erst herrschte Stille, dann erhob sich plötzlich ein großer Tumult: Plastikgeschirr wurde gegen die Wand geschmettert, schepperte zu Boden, wildes Trampeln und ein anhaltend bestialisches Gebrüll, das unmöglich von einem einzelnen Menschen stammen konnte und den restlichen Lärm übertönte.

Kihara hörte, wie jemand sich entleerte, gefolgt von dem hässlichen Geräusch platschender Schritte, die durch eine Lache stapften.

Kihara lauschte angestrengt und versuchte, die einzelnen Geräusche zuzuordnen. Mit Entsetzen hörte er ein leises Keuchen aus dem Lärm heraus. Dann vernahm er das Würgen eines von Todesangst gepeinigten Menschen, der sich krampfhaft erbrach, während er aus der Zelle geführt wurde.

Kihara presste sich beide Hände auf den Mund, um den eigenen Brechreiz zu unterdrücken.

Nach einer Weile wurde es ruhiger, nur ein Schluchzen war noch zu hören. Dann hallten erneut harte Schritte, die sich in Bewegung setzten, und ein scharrendes Geräusch, als würde ein schweres Gepäckstück über den Boden geschleift werden.

Als wieder Stille im Trakt herrschte, konnte Kihara sich nicht mehr aufrecht halten. Auch wenn er damit gegen die Vorschriften verstieß, ließ er sich einfach vornüber auf die Tatamimatte fallen.

Auch jetzt noch durchlief Kihara ein Schaudern, wenn er daran zurückdachte. Damals hatte er bereits drei Jahre im Todestrakt gesessen, dem sogenannten »Nullbezirk« der Justizvollzugsanstalt Tokyo. Mittlerweile lag der Vorfall fast vier Jahre zurück. Kihara wusste nicht, ob die Vollstreckungen inzwischen eingestellt worden waren. Einen solchen Tumult hatte er zwar nie wieder erlebt, aber mitunter gab es unter den zum Tode Verurteilten, denen er auf dem Korridor begegnete, ganz gewiss welche, die nie wieder gesehen worden waren.

Kihara hielt inne mit seiner Beschäftigung, die im Zusammenkleben von Papiertüten bestand, und schaute sich in der Zelle um. In der Einzelhaft maß der Raum nicht einmal drei Tatami, also knapp fünf Quadratmeter. Den Platz abgerechnet, den Waschtrog und Kloschüssel einnahmen, standen ihm damit sogar nur etwas mehr als drei Quadratmeter Raum zur Verfügung. In der Zelle, in die kaum natürliches Licht gelangte, flackerte tagsüber eine Neonleuchte, während die ganze Nacht eine 10-Watt-Birne brannte, um die streng bewachten Todeskandidaten ständig zu beleuchten. Sieben Jahre verbrachte er nun schon in diesem düsteren Verlies; sieben Jahre voller Todesangst.

Als er das entfernte Geräusch einer Straßenbahn hörte, erhob er sich leise und stahl sich ans Fenster, vor dem eine Leine mit Wäsche aufgespannt war.

Selbst wenn er die Glasscheiben des Schiebefensters öffnete, blieb die Umgebung wegen der Gitterstäbe und der Plastikverkleidung für ihn unsichtbar. Aber immerhin blitzte durch den Spalt über der Sichtblende ein kleiner Streifen des bewölkten Himmels hindurch, und er konnte einen warmen Lufthauch auf seiner Wange spüren.

Wann geschieht es das nächste Mal?, fragte er sich.

Als er die frische Luft einsog, übermannte ihn das mittlerweile bekannte Gefühl der Panik. Rückte der Tag etwa näher, an dem die Todesboten auch vor seiner Zelle Halt machen würden?

Er hatte bereits viermal einen Antrag auf Wiederaufnahme des Verfahrens gestellt, doch sämtliche Berufungen in den einzelnen Instanzen waren gescheitert, da die Beschwerden jedes Mal zurückgewiesen worden waren. Der vierte Revisionsantrag war erst vor Kurzem strikt abgelehnt worden, worauf er wiederum sofort Beschwerde eingelegt hatte. Doch das alles war eine ziemlich aussichtslose Prozedur, nur dazu da, sich auch noch an den letzten Strohhalm zu klammern. Beim vierten Revisionsantrag ließ sich kein Beweis mehr anführen, der an dem endgültigen richterlichen Beschluss begründete Zweifel erkennen ließ, wie gewissenhaft man auch die Prozessakten durchforsten mochte.

Man wird mich hinrichten.

Für eine Tat, an die ich mich überhaupt nicht erinnern kann.

Als er die Schritte des Aufsehers hörte, setzte er sich an den flachen Tisch. Es war elf Uhr vormittags. Also nicht die Stunde, wo sie einen abholten. Zumindest bis zum nächsten Tag war er sicher.

Kihara nahm seine ihm zugewiesene Beschäftigung

wieder auf. Er faltete das Papier mit dem Logo des renommierten Kaufhauses und klebte die Lagen zusammen. Sein Stundenlohn betrug 32 Yen, auf den Monat umgerechnet war das ein Gehalt von etwa 5000 Yen. Immerhin konnte er damit seine privaten Einkäufe wie Schreibwaren, Süßigkeiten oder Kleidung aus eigener Tasche bezahlen.

Über der monotonen Handarbeit verfiel Kihara in die üblichen Grübeleien – ein kleiner psychologischer Trick, um sich von der allgegenwärtigen Todesangst abzulenken.

Welcher Mensch würde wohl diese Einkaufstüte benutzen?, malte er sich aus.

In der Regel waren es doch Frauen, die in einem Warenhaus einkaufen gingen. Ab und zu möchte sich auch mal ein Mann dorthin verirren, um vielleicht ein Geschenk für seine Geliebte zu besorgen.

Kihara hielt unwillkürlich inne, als er sich einen Kunden vorstellte, der eine Einkaufstüte trug.

Er sah eine Treppe vor sich. Eine Person, die mit schweren Taschen bepackt die Treppe eines Kaufhauses hinaufstieg. Wieso beschäftigte ihn diese Gestalt so sehr? Er versuchte sich auf dieses Bild zu konzentrieren.

Die Rückenansicht des Kunden. Das schwere Gepäck. Die Schritte, die Stufe für Stufe erklimmen.

Nein, das war es nicht!

Kihara hob den Kopf.

Die Treppe!

Eine vage Erinnerung tauchte in einem Winkel seines Gedächtnisses auf.

So war es! Ich selbst bin damals eine Treppe hochgelaufen.

Gerannt, in Todesangst, genau wie jetzt ... eine Treppe hinauf.

Als ihm klar wurde, dass diese verschwommene Erinnerung nicht bloß ein Hirngespinst war, schüttelte er heftig den Kopf. Nein, es war kein Trugbild. Er selbst war damals eine Treppe hinaufgeflüchtet.

Kihara sprang auf und legte den Deckel auf den Waschtrog. So wurde daraus ein Pult. Er griff sich Kugelschreiber und Notizblock und setzte sich als Stuhlersatz auf die Kloschüssel. Er wollte einen Antrag zum Versenden von Briefen stellen. Selbst bei einem förmlichen Schreiben an seinen Anwalt musste er für jede Kleinigkeit erst die Genehmigung einholen. Eine dringende Mitteilung wie diese würde vermutlich gestattet werden. Der Inhalt erreichte dann seinen Verteidiger, ohne durch die Zensur verstümmelt oder gar abgelehnt zu werden.

Das könnte meine Rettung sein!

Hoffnung keimte in ihm auf. Es war der erste wirkliche Lichtblick in den sieben Jahren, die er nun schon im Todestrakt saß.

Vielleicht könnte sein Leben doch noch gerettet werden.

Nachdem er den Genehmigungsantrag verfasst hatte, schrieb Kihara aufgewühlt den Brief an seinen Anwalt.

I
RÜCKKEHR

1

»Erstens: Ich bin verpflichtet, mich um einen festen Wohnsitz und eine ordentliche Anstellung zu kümmern.«

Die schrille Stimme bebte vor Anspannung.

So kurz vor der Rückkehr in die Freiheit durfte man sich keinen Fehler erlauben.

»Zweitens: Ich bemühe mich, auf gute Führung zu achten!«

Jun'ichi Mikami stand stramm, während er den Worten des Mitinsassen lauschte. Er hatte bereits die Anstaltsuniform gegen zivile Kleidung getauscht und hielt den Beschluss zur vorzeitigen Haftentlassung in der Hand. Er hatte tiefliegende Augen, darüber wölbten sich auffällige Brauen. Er war siebenundzwanzig, sah jedoch jünger aus. Sein Gesichtsausdruck mit den klaren Zügen wirkte angespannt und nachdenklich.

»Drittens: Jeglicher Umgang mit Kriminellen und Vorbestraften ist mir verboten.«

Jun'ichi starrte auf den Rücken des Häftlings, der das Gelübde laut verlas. Er hieß Tazaki und war etwa zehn Jahre älter als Jun'ichi. Wenn er dessen Gesicht mit den herabhängenden Schlupflidern betrachtete, konnte er sich kaum vorstellen, dass dieser seine Verlobte aus Wut, weil sie keine Jungfrau mehr war, getötet hatte.

»Viertens: Bei einem geplanten Wohnsitzwechsel oder vor dem Antritt einer längeren Reise muss zuvor der zuständige Bewährungshelfer darüber informiert werden.«

Im Sitzungssaal der Sicherheitsabteilung der Justizvollzugsanstalt Matsuyama befanden sich außer dem Anstaltsdirektor noch einige Beamte. Es waren die Aufseher, wie es so schön hieß, beziehungsweise einfache Justizvollzugsbeamte.

Das durch die Milchglasscheiben des Fensters schimmernde Sonnenlicht ließ die Gesichter der Beamten auf ungewohnte Weise mild erscheinen.

»Fünftens: Ich bete für das Seelenheil des Opfers und bemühe mich, meine Tat aufrichtig zu bereuen.«

Jun'ichi spürte, wie ihm das Blut in den Adern gefror.

Für das Seelenheil des Opfers beten und aufrichtig bereuen!

Wo mochte der Mann, den er getötet hatte, jetzt wohl sein? Im Himmel oder in der Hölle? Oder war die Seele des Toten vielleicht nirgendwohin gewandert, sondern einfach ins Nichts verpufft? Hatte er den Mann durch seine gegen ihn verübte Gewalt vollkommen ausgelöscht?

»Sechstens: Ich bin dazu angehalten, mich zweimal im Monat bei der Bewährungsbehörde beziehungsweise meinem zuständigen Betreuer zu melden, um über meine aktuelle Situation Auskunft zu geben.«

Jun'ichi senkte den Blick. Während der gesamten Haftzeit hatte ihm eine Frage keine Ruhe gelassen: Hatte er tatsächlich ein Verbrechen begangen? Sollte seine Tat wirklich eine Sünde gewesen sein, wäre dann seine Schuld mit knapp zwei Jahren Freiheitsstrafe abgebüßt?

»Siebtens: Die Vorgänge im Gefängnis unterliegen der Schweigepflicht, ich darf mit Außenstehenden nicht darüber sprechen.«

Als Tazaki mit dem Verlesen der Verhaltensregeln fertig war, ging er über zum Haupttext des Vertrages.

»Mit meiner vorzeitigen Entlassung wird mir ein ehrenamtlicher Bewährungshelfer zur Seite gestellt ...«

Als Jun'ichi aufschaute, traf sich sein Blick mit dem des Beamten, der ihm direkt gegenüberstand. Der Mann hieß Nangō und war der Oberaufseher im Gefängnis. Er war etwa Ende vierzig, hatte breite Schultern und ein zerfurchtes Gesicht. Er lächelte Jun'ichi zu.

Gratuliert er mir etwa zu meiner Entlassung?, dachte Jun'ichi, doch dann beschlich ihn das leise Gefühl, dass das Lächeln seines Gegenübers einen tieferen Sinn haben musste.

»Ich gelobe hiermit, dass ich mich unter Befolgung der zuvor erwähnten Verhaltensmaßregeln in Zukunft aufrichtig bemühen werde, ein rechtschaffenes Mitglied der Gesellschaft zu werden ...«

Was für ein Interesse könnte dieser Nangō an mir haben?, fragte sich Jun'ichi irritiert. In der Haftanstalt gab es freundliche Aufseher, die einem Annehmlichkeiten zubilligten, sofern man nicht gegen die Regeln verstieß, andererseits aber auch Sadisten, die nach falschen Beschuldigungen Disziplinarstrafen verhängten. Aber Nangō gehörte zu keiner der beiden Kategorien, eigentlich hatte er bisher kaum mit ihm zu tun gehabt.

»Es darf kein Einspruch erhoben werden, wenn bei Zuwiderhandlung die Entlassung auf Bewährung erlischt und der Straftäter erneut inhaftiert werden muss. Der vorzeitig Entlassene ist Gorō Tazaki.«

Als er die Einverständniserklärung zu Ende gelesen hatte, begann hinter Jun'ichi ein Einzelner zu klatschen. Doch dem Zuschauer schien sein unangemessenes Verhalten sofort bewusst zu werden, denn sein Applaus verstummte abrupt.

Jun'ichi war sofort klar, von wem der Beifall kam, ohne sich zu dem Betreffenden umwenden zu müssen. Es war sein Vater, der hinter ihnen stand. Er hatte die beschwerliche weite Reise von Tokyo nach Matsuyama in der Region Shikoku auf sich genommen, um seinen Sohn abzuholen. Er war mittlerweile einundfünfzig und besaß einen kleinen Handwerksbetrieb. Jun'ichis angespannte Miene löste sich nun zu einem Lächeln.

»Ihre Haftzeit hier im Gefängnis mag Ihnen sehr lang vorgekommen sein«, sagte der mit einer marineblauen Uniform bekleidete Anstaltsdirektor und gab ihnen die letzten Anweisungen mit auf den Weg. »Ich wünsche mir, dass Ihre wahre Besserung jetzt beginnt. Dass Ihre Rehabilitierung eines Tages gelingen mag, damit Sie nie wieder ins Gefängnis müssen und ein rechtschaffenes Leben in der Gesellschaft führen können. Bitte lassen Sie sich nicht unterkriegen, versuchen Sie die im Zuge Ihrer Resozialisierung auftretenden Schwierigkeiten zu meistern und vergessen Sie nicht die Lektion, die Sie hier gelernt haben. Das wär's. Herzlichen Glückwunsch!«

Diesmal erhob sich allseits lautstarker Applaus im Sitzungssaal.

Die Zeremonie, bei der die Dokumente zur vorzeitigen Entlassung überreicht wurden, war damit beendet.

Nachdem Jun'ichi und Tazaki sich vor dem Gefängnispersonal verneigt hatten, wussten beide nicht so recht, wie es nun weiterging. In den letzten Jahren war ihr Leben so stark von Regeln bestimmt gewesen – bis hin zu der Vorschrift, in welche Richtung sie zu blicken hatten –, dass sie diese nicht so ohne Weiteres ablegen konnten.

»Also dann«, verabschiedete sie der Anstaltsdirektor und entließ die beiden, indem er ihnen mit einer Handbewegung den Weg wies. Jun'ichi blickte in die gezeigte Richtung.

Im hinteren Teil des Konferenzraums stand sein Vater Toshio an der Wand. Er hatte den typischen dunklen Teint und den drahtigen Körper eines Fabrikarbeiters. In seinem besten Anzug, der seiner bodenständigen Erscheinung eher Abbruch tat, wirkte er wie ein abgehalfterter Schlagersänger. Aber gerade sein unbeholfenes Auftreten weckte bei Jun'ichi ein Gefühl heimatlicher Geborgenheit. Er schritt auf seinen Vater zu. Tazaki seinerseits lief zu einem älteren Paar, bei dem es sich offenbar um seine Eltern handelte.

Toshio Mikami strahlte übers ganze Gesicht, als er seinen Sohn begrüßte, und reckte triumphierend die Faust, was den umstehenden Beamten ein Schmunzeln entlockte.

»Ganz schön lange, was?«, sagte Toshio, als er Jun'ichis Gesicht betrachtete, und seufzte, als hätte er selbst die Haftstrafe verbüßt. »Du hast es hinter dir.«

»Und Mutter?«

»Sie bereitet zu Hause das Willkommensessen vor.«

»Mhm.« Jun'ichi nickte und atmete tief durch. »Vater, verzeih mir.«

Toshios Augen wurden feucht. Auch Jun'ichi biss sich auf die Lippen, während er die Antwort seines Vater erwartete.

»Denk nicht mehr daran«, erwiderte Toshio stockend. »Du wirst dir jetzt eine vernünftige Arbeit suchen und ein ordentliches Leben führen, nicht wahr?«

Jun'ichi nickte.

Toshios Miene hellte sich sogleich wieder auf. Spielerisch packte er seinen Sohn am Kopf und rüttelte ihn ordentlich durch.

Vom Fenster der Abteilung für allgemeine Angelegenheiten aus sah man, wie Vater und Sohn gerade das Gefängnis verließen. Am Tor wurden abschließende Formalitäten durchgeführt, ein letztes Mal die Identität überprüft.

Erleichtert betrachtete Shōji Nangō die frohen Gesichter der beiden Mikamis. Solche Abschiedsszenen erfüllten ihn immer mit Freude – wenn jemand entlassen wurde und das Gefängnistor hinter sich ließ. Schon mit neunzehn war er als Gefängnisaufseher verbeamtet worden, und bereits nach dem ersten Dienstjahr war sein anfänglicher Enthusiasmus, Menschen bessern zu wollen, ziemlich abgeflaut. Mittlerweile, fast dreißig Jahre später, waren derartige Entlassungsszenen der einzige Trost, den seine Arbeit noch für ihn bereithielt. Zumindest in solchen Momenten konnte er sich einreden, dass der Kriminelle rehabilitiert war. Die Gefahr der Strafrückfälligkeit blendete er dabei einfach aus und freute sich stattdessen, wenn jemand freikam.

Die Mikamis verneigten sich tief vor dem diensthabenden Gefängnisbeamten und schritten durch das Tor. Seite an Seite gingen sie davon.

Nangō schaute ihnen nach, bis sie außer Sichtweite waren, und kehrte zum Aktenschrank zurück. Dort befand sich Jun'ichi Mikamis Strafakte. Der dicke Ordner beinhaltete sämtliche Aufzeichnungen der Gefängnisaufsicht über den Häftling. Von der sozialtherapeutischen Abteilung, wo Nangō tätig war, bis hin zur Abteilung für allgemeine Angelegenheiten. Solange Jun'ichi keine weiteren Strafen über diesen Arrest hinaus erhielt, wurde seine Akte hier verwahrt.

Obwohl er ihn schon häufig durchgeblättert hatte, schlug Nangō den Ordner erneut auf, um sich den Untersuchungsbericht mit den Angaben zu Jun'ichis Person und den Anklagepunkten noch einmal vorzunehmen. Er wollte sich ein letztes Mal vergewissern.

Jun'ichis Familie – außer den Eltern hatte er noch einen jüngeren Bruder – stammte aus Tokyo. Zur Tatzeit war er fünfundzwanzig Jahre alt gewesen. Ohne gegen die richterliche Entscheidung Berufung einzulegen, war er wegen Körperverletzung mit Todesfolge zu zwei Jahren Gefängnis unter Anrechnung der Untersuchungshaft verurteilt und in die Justizvollzugsanstalt Matsuyama überstellt worden.

Nangō überflog Jun'ichis Lebenslauf und den Tatbericht. Eine chronologische Übersicht, die sich von seiner Kindheit bis zum Verbrechen erstreckte, war mittels der Ermittlungsprotokolle zusammengefasst worden. Nangō fuhr mit dem Finger die Zeilen entlang, in denen die Einzelheiten des Tathergangs aufgeführt waren.

Jun'ichi Mikami war 1973 in Tokyo im Bezirk Ōta geboren. Sein Vater hatte sich dort nach seiner anfänglichen Anstellung in einer Fabrik selbständig gemacht und führte inzwischen einen Kleinbetrieb mit drei Mitarbeitern.

Bis zu Jun'ichis Mittelschulabschluss gab es keine besonderen Vorkommnisse, aber 1991, in seinem dritten Jahr in der Oberschule, hatte sich ein Vorfall ereignet, der mit seiner späteren Tat in Zusammenhang gebracht wurde.

Jun'ichi war in den Sommerferien mit Freunden auf einem viertägigen Kurztrip unterwegs gewesen, aber zur vereinbarten Zeit nicht wieder heimgekehrt, worauf die besorgten Eltern eine Vermisstenanzeige aufgegeben hatten.

Zehn Tage später, am 29. August, war Jun'ichi in Nakaminato, das fünfzehn Kilometer südlich vom ursprünglichen Reiseziel Katsuura in der Präfektur Chiba lag, aufgegriffen worden. Jun'ichi war nicht allein, sondern in Begleitung seiner Freundin. Mit den Kumpeln zu verreisen, war nur ein Vorwand gewesen – tatsächlich hatte er zum ersten Mal eine Tour allein mit einem Mädchen unternommen.

Nach diesem Vorfall schwänzte Jun'ichi wiederholt die Schule und legte ein rebellisches Verhalten gegen Eltern und Lehrer an den Tag. Seine Leistungen wurden zusehends schlechter, und er fiel durch die Aufnahmeprüfung zur Universität. Als stellenloser Abiturient fand er dann schließlich einen Studienplatz für Industriechemie an der Technischen Hochschule, die an vierter Stelle auf seiner Wunschliste stand. Nach seinem Abschluss ging er seinem Vater in dessen metallverarbeitendem Betrieb zur Hand, bis sich dann 1999, zwei Jahre später, die Tat ereignete.

»Was lesen Sie denn da so interessiert?«

Die plötzliche Frage schreckte Nangō auf. Sugita, der Leiter der Abteilung für allgemeine Angelegenheiten, schaute ihm über die Schulter. Als Vizedirektor war er Nangōs Vorgesetzter. Die beiden goldenen Streifen am Ärmelsaum seiner Uniform blitzten.

»Gibt es etwa ein Problem bei der vorzeitigen Entlassung von Nummer 229?«

»Nein, gar nicht, ich bin nur etwas wehmütig, der Abschied von ihm fiel mir doch ein wenig schwer«, sagte Nangō betont scherzhaft, um die Situation zu überspielen. »Darf ich mir das mal ausleihen?«

»Klar, warum nicht«, erwiderte Sugita, sah ihn jedoch leicht befremdet an.

Nangō hätte beinahe gegrinst. Bei der kleinsten Abweichung vom regulären Ablauf reagierten die Vollzugsbeamten sofort irritiert. Solche minimalen Störungen konnten sich in einer Haftanstalt zu einem Riesenproblem auswachsen.

Sugita war ein Emporkömmling, immer in Habachtstellung, ganz typisch für so einen kleinkarierten Beamten. Jetzt wurde er schon nervös, nur weil sein Untergebener eine Akte mitnehmen wollte.

»Ich bringe sie auch gleich wieder zurück«, versuchte Nangō ihn zu beruhigen und verließ die Abteilung für allgemeine Angelegenheiten, um zur sozialtherapeutischen Abteilung im ersten Stock des Sicherheitstrakts zurückzukehren. Es war sein Revier, wo in erster Linie die Sträflingsarbeit sowie weitere Maßnahmen zur Gefangenenbetreuung organisiert wurden, und er war dort der Oberaufseher. Ein Rang, der ungefähr dem eines stellvertretenden Abteilungsleiters in einem zivilen Unternehmen entsprach.

Das Zimmer mit den Schreibtischen und aufgestellten Überwachungsmonitoren, vor denen bloß vereinzelt ein paar Aufseher saßen, wirkte wie ausgestorben. Die anderen hatten Aufsicht bei der Gefangenenarbeit oder waren auf Kontrollgang. Nangō wartete noch, ob auch kein rangniedriger Beamter ein Anliegen an ihn hatte, und setzte sich dann auf die Bank vor dem Fenster, um die Akte von Jun'ichi Mikami ein weiteres Mal gründlich durchzugehen.

Die Umstände des Verbrechens waren mehrfach sowohl im Ermittlungsprotokoll als auch in den Prozessakten bis ins kleinste Detail schriftlich festgehalten worden.

Die Tat – Körperverletzung mit Todesfolge – hatte sich am 7. August 1999 um 20.33 Uhr völlig unvorhergesehen ereignet. Der Tatort war ein Lokal in der Nähe der Station Hamamatsu-chō in Tokyo. Der fünfundzwanzigjährige Gast Kyōsuke Samura hatte Jun'ichi im hinteren Bereich des Gastraums angepöbelt und mit der Bemerkung »He, passt dir was nicht!« provoziert. Mehrere Augenzeugenberichte hatten in ihrer Aussage bestätigt, dass Samura Jun'ichi zuerst angesprochen hatte.

Jun'ichi habe erstaunt aufgeschaut, als Kyōsuke Samura sich vor ihn hinstellte. Nach Darstellung des Wirts war Samura auf Jun'ichi zugegangen und hatte ihn mit den Worten »Mir gefällt nicht, wie du mich anstarrst« und »Du schaust, als wäre ich ein Verbrecher« beschimpft.

Es habe dann einen heftigen Wortwechsel zwischen den beiden gegeben, bis der Streit plötzlich eskalierte.

Jun'ichi hatte zu Protokoll gegeben, dass Samura erregt behauptet habe, von ihm als »Landei« verhöhnt worden zu sein. Jun'ichi, der während der Auseinandersetzung von Samura erfuhr, dass dieser aus der Präfektur Chiba stammte, habe ihn zu beschwichtigen versucht, indem er seine eigene Ausreißer-Story aus der Oberschulzeit zum Besten gab: Er sei einmal nach Nakaminato an der Pazifikküste der Bōsō-Halbinsel in der Präfektur Chiba gereist. Aber mit dieser Bemerkung habe er zusätzlich Öl ins Feuer gegossen. Kyōsuke Samura war nämlich ausgerechnet aus Nakaminato nach Tokyo gekommen, um hier eine Maschinenmesse zu besuchen.

Kurz nachdem die Zeugen jemanden »Mistkerl« fluchen gehört hatten, habe Samura Jun'ichi am Revers gepackt. Der Wirt wollte die beiden auseinanderbringen und sei vom Tresen aus zu ihnen geeilt, aber bevor er den Tisch erreichte, habe es eine Prügelei gegeben, bei der Jun'ichi als Erster zugeschlagen habe. Jun'ichi hatte dann später erklärt, er habe sich nicht anders zu helfen gewusst, um den anderen abzuwehren.

Als der Wirt sich endlich einen Weg zu ihnen gebahnt hatte, war es ihm jedoch nicht gelungen, die Raufenden auseinanderzubringen. Im Prozess hatte er bezeugt: »Das Opfer wollte allem Anschein nach dem Angeklagten Gewalt zufügen, und der Angeklagte hat lediglich versucht, sich dem Zugriff des anderen zu entziehen.«

Jun'ichi sei es schließlich gelungen, sich aus der Umklammerung zu befreien, worauf Samura ihn aufs Neue gepackt habe. Jun'ichi habe ihn dann unter Beschimpfungen wie »Mistkerl« und »Du mieses Dreckschwein« von sich gestoßen. Samura geriet dadurch rücklings ins Straucheln, wobei er über einen Stuhl mit niedriger Lehne stolperte und mit dem Hinterkopf auf den Boden aufschlug. Durch den heftigen Sturz erlitt er eine Schädelfraktur und eine Hirnprellung, infolge derer er elf Minuten nach Eintreffen der Sanitäter starb.

Jun'ichi blieb nach dem Zwischenfall, ohne dass der Wirt ihn festhalten musste, so lange im Lokal, bis die Polizei eintraf. Er habe völlig apathisch dagesessen. Er wurde als mutmaßlicher Täter unter dem Verdacht der Körperverletzung mit Todesfolge festgenommen.

Nangō seufzte. So lief es oft ab: Zwei gerieten in Streit, und am Ende war einer von ihnen tot. Aus Sicht der Verteidigung war die Verurteilung zu zwei Jahren Gefängnis ein eher hohes Strafmaß. Eigentlich wäre es ein klassischer Fall für eine Freiheitsstrafe auf Bewährung gewesen. Für den Richter jedoch schienen die Vorkommnisse während Jun'ichis Oberschulzeit sowie seine spätere Entwicklung Anzeichen für eine kriminelle Veranlagung gewesen zu sein. Auch der Staatsanwalt hatte Jun'ichi offenbar in dieses Licht rücken wollen, indem er dessen Ausreißer-Episode in seinem Eröffnungsplädoyer detailliert erwähnte.

Dennoch hatte der Richter ein faires Urteil gefällt. Bei Körperverletzung mit Todesfolge ist der springende Punkt, ob die Tat aus reiner Notwehr erfolgt oder vorsätzlich geschieht. Im ersteren Fall gilt der Angeklagte als unschuldig, im letzteren hat der Angeklagte sich des Mordes schuldig gemacht, was das Strafmaß enorm in die Höhe treibt. Mord ist nach der gängigen Rechtsprechung ein Schwerverbrechen, für das unter Umständen sogar die Todesstrafe verhängt wird.

Erschwerend kam hinzu, dass Jun'ichi zur Tatzeit ein Jagdmesser bei sich trug. Es war zwar ein belastendes Indiz, aber glücklicherweise steckte das Messer noch in der Originalverpackung. Jun'ichi, der als Gehilfe im Betrieb seines Vaters ohnehin andauernd mit Messern hantierte, hatte es erst kurz zuvor in einem Outdoor-Laden gekauft. Nachdem die Verteidigung die Frage der Vorsätzlichkeit entkräftet hatte – »hätte Jun'ichi das Opfer töten wollen, hätte er doch zum Messer gegriffen« –, war bereits im Vorfeld der Vorwurf des unerlaubten Waffenbesitzes fallen gelassen worden.

Der Prozess erstreckte sich über drei Verhandlungstermine, und am Ende wurde Jun'ichi unter Anrechnung der einmonatigen U-Haft zu zwei Jahren Freiheitsentzug verurteilt.

Nangō hob den Blick von der Strafakte und dachte an die zurückliegende zwanzigmonatige Haftzeit, die Jun'ichi hier im Gefängnis zugebracht hatte.

Er schätzte den Charakter des Insassen Nummer 229 eher als gutmütig und unbeholfen ein, aber keineswegs berechnend. Nach der Durchsicht seiner Akte fand er diesen Eindruck erneut bestätigt. Seine noch jungenhaften Gesichtszüge und der stets grüblerisch wirkende Blick. Er war damals doch nur deshalb als Siebzehnjähriger für zehn Tage von zu Hause ausgerissen, weil er mit seiner Freundin hatte zusammen sein wollen.

Nangō fiel die Sitzung der Vollzugsbeamten vor einem halben Jahr ein. Jun'ichi hatte sich geweigert, den Gefängnisprediger zu empfangen, und als er nach dem Grund gefragt wurde, erklärt, er würde keiner Religion vertrauen, sondern lieber selbst die Verantwortung übernehmen. Dem ihm zugeteilten Justizvollzugsbeamten, der seinerzeit die Aufsicht über Nummer 229 innehatte, erschien dieses Benehmen zu aufsässig. Es wurde damals in Betracht gezogen, eine Disziplinarstrafe zu verhängen, was jedoch durch Nangōs Einspruch abgewendet werden konnte. Seit jenem Vorfall hatte er sein Augenmerk verstärkt auf Jun'ichi Mikami gerichtet.

Es gab da einen höchst merkwürdigen Zufall, auf den Nangō erst später in der Strafakte gestoßen war und dem er besondere Bedeutung beimaß.

Es betraf Jun'ichis Ausreißer-Episode: Der Junge befand sich zusammen mit seiner Freundin nämlich just im selben Ort, wo sich damals ein schrecklicher Raubmord ereignete.

Nangō war sich nun endgültig sicher: Er hatte die richtige Wahl getroffen.

Er zog das Telefon auf dem Schreibtisch zu sich heran. Am anderen Ende der Leitung meldete sich ein Anwaltsbüro in Tokyo.

»Ich bin mit meinen Vorbereitungen fertig«, teilte Nangō seinem Gesprächspartner mit. »In ein paar Tagen kann es losgehen, denke ich.«

2

Vier Stunden waren vergangen, seit er das Gefängnis Matsuyama verlassen hatte und in Tokyo angekommen war. Die unterschiedlichen Landschaften waren in atemberaubendem Tempo an ihm vorbeigezogen, und er war voller Freude über die wiedergewonnene Freiheit.

Als Erstes hatte er verwundert festgestellt, wie niedrig die Mauern des Gefängnisses, in dem er so lange eingesperrt gewesen war, von außen wirkten. Die fünf Meter hohen Schutzwälle aus Beton sahen nun nicht mehr so gigantisch aus, von innen hingegen hatten sie überdimensional in die Höhe geragt und fast den ganzen Himmel verdeckt.

Auch die weitläufigen Straßenfluchten versetzten ihn in Erstaunen. Als er aus dem Fenster des Taxis schaute, das ihn zum Flughafen brachte, machte die Skyline von Matsuyama mit all den Hochhäusern einen überwältigenden Eindruck auf ihn. Zwar hatten sie in der gestrigen letzten Trainingsstunde für ihre Entlassung auch die Stadt besichtigt, aber nun sah über Nacht alles komplett anders aus. Welche Wirkung musste dann erst Tokyo auf ihn haben?

Als sie am Flughafen mit dem Check-in fertig waren, fragte ihn sein Vater: »Möchtest du einen Sake?«

Jun'ichi schüttelte den Kopf, entgegnete aber spontan: »Mir ist eher nach was Süßem.«

Sie gingen zur Café-Lounge und bestellten für ihn einen Flan und einen Eisbecher mit Schokoladensoße.

Toshio schaute seinem Sohn entgeistert dabei zu, wie er gierig die Süßspeisen verschlang.

Als Jun'ichi sich satt gegessen hatte, erhaschte er flüchtig einen Blick auf die vielen jungen Frauen, die durch die Halle an ihm vorübergingen. Es war Juni, und sie alle liefen in leichter Sommerkleidung herum. Die beiden verließen die Café-Lounge, und Jun'ichi ging den ganzen Weg bis zum Gate mit gesenktem Kopf, die Hände tief in den Jackentaschen vergraben.

Sobald sie an Bord des Flugzeugs waren, begann es in seinem Bauch schmerzhaft zu rumoren, und er rannte mehrmals zur Toilette. Nachdem er zwei Jahre lang als Hauptmahlzeit immer nur Mischreis als Kalorienzufuhr zu sich genommen hatte, reagierten seine Eingeweide geradezu panisch auf die Zuckerattacke von zuvor. Trotzdem war er guter Dinge. Welche Befreiung, endlich unbeobachtet in einer Einzelkabine seine Notdurft verrichten zu können.

Vom Flughafen Haneda aus nahmen sie den Zug und mussten einmal umsteigen, um nach Ōtsuka zu gelangen. Die Station lag im Nordwesten Tokyos auf der Yamate-Ringbahn. Der nächste Bahnhof Ikebukuro mit dem Einkaufsviertel war bequem zu Fuß zu erreichen.

Dort befand sich ihr neues Heim, das Jun'ichi nun zum ersten Mal sehen würde. Die Eltern hatten ihm vor einem halben Jahr in einem Brief mitgeteilt, dass sie umgezogen seien. Jun'ichi hatte sich absichtlich nicht näher danach erkundigt, weil er sich die Vorfreude auf das neue Zuhause bis zu seiner Entlassung bewahren wollte. An einem unbekannten Ort zu leben, wo er seine Vergangenheit hinter sich lassen und sich eine neue Existenz aufbauen konnte, erschien Jun'ichi eine günstigere Option für die Zukunft zu sein.

Vor ihm erstreckte sich ein Kreisverkehr mit sternförmig abgehenden Straßen, als er aus der Ticketsperre am Bahnhof Ōtsuka trat. Hier herrschte reges Treiben: Er sah jede Menge Banken, Restaurants, Business-Hotels und Passanten, die kreuz und quer liefen. Auch die Leuchtreklamen der Sexshops stachen ihm ins Auge. Ihm gefiel das quirlige Leben auf den Straßen.

Doch nach weiteren fünf Minuten, die er seinem Vater hinterhergeschlendert war, wurde es immer stiller um ihn herum. Offenbar lag es an dem Wohnbezirk, in den sie nun gelangten. Nach weiteren zehn Minuten Fußweg fühlte er sich zunehmend beklommen. Er grübelte, ob er vielleicht etwas übersehen hatte, irgendein Problem, das er nicht hatte wahrhaben wollen. Von einer dunklen Vorahnung erfasst, trottete er weiter.

Schließlich verkündete Toshio, der ebenfalls immer einsilbiger geworden war: »Die nächste Querstraße ist es, dann sind wir da.«

Als sie nach wenigen Schritten um die Ecke bogen, blickte Jun'ichi auf eine kahle Brandmauer. Auf dem verwitterten Putz hatten sich über die Jahre Dreckschlieren gebildet. Es gab kein Tor, sondern nur eine unscheinbare Tür, die als Eingang direkt vom Bürgersteig in die Diele führte. Der Grundriss maß vielleicht zwanzig Quadratmeter. Jedenfalls war es für ein Einfamilienhaus eine äußerst dürftige Behausung.

»Na dann, herein mit dir«, sagte Toshio, den Blick gesenkt. »Das ist dein neues Zuhause.«

Jun'ichi wollte seinen Vater nicht in Verlegenheit bringen. Er durfte sich nichts anmerken lassen, sondern einfach nur eintreten.

Jun'ichi öffnete die Tür und rief: »Hier bin ich!« Er

stand sofort in der Küche, wo seine Mutter Yukie gerade einen Salat zubereitete. Sie drehte sich zu ihm um.

Ihre Augen weiteten sich vor Freude. Ihr rundliches Gesicht mit dem willensstarken Ausdruck in den Augen, über denen sich dichte Brauen wölbten, hatte sie ihrem Sohn vererbt.

»Jun'ichi!«

Yukie wischte sich die Hände an der Schürze ab und ging langsam auf ihn zu. Tränen liefen ihr über die Wangen.

Jun'ichi stellte erschrocken fest, wie sehr sie in der Zwischenzeit gealtert war, ließ sich jedoch weiterhin nichts anmerken.

»Ich bin euch sehr dankbar für alles«, sagte er. »Endlich wieder daheim.«

Die drei begannen bereits am späten Nachmittag ihr Wiedersehen zu feiern. Der Tisch in dem winzigen Wohnzimmer war festlich gedeckt. Das Mahl bestand aus drei verschiedenen Hauptspeisen: Rindfleisch, gegrilltem Fisch und einem chinesischen Gericht.

Jun'ichi wunderte sich, dass sein acht Jahre jüngerer Bruder Akio sich nicht blicken ließ, verlor jedoch darüber kein Wort, solange die Eltern es nicht von sich aus erwähnten.

Toshio und Yukie wirkten beide anfangs sehr befangen. Es schien so, als wüssten sie nicht so recht, was sie mit ihrem siebenundzwanzigjährigen, vorbestraften Sohn reden sollten. Das einsilbige Gespräch plätscherte vor sich hin, bis sie schließlich auf Jun'ichis Zukunftspläne zu sprechen kamen.

Er selbst hatte eigentlich vorgehabt, schon am nächsten

Tag seinem Vater in dessen Betrieb zu helfen, doch seine Eltern rieten ihm, erst mal eine Woche auszuspannen. Jun'ichi beschloss, ihrem Vorschlag zu folgen. Doch eine ganze Woche nur herumhängen wollte er auch nicht. Seitdem er das heruntergekommene Haus gesehen hatte, ließ ihn der Gedanke nicht mehr los, dass zwischenzeitlich einiges vorgefallen sein musste, das sie ihm verschwiegen hatten.

Nach dem Abendessen führte ihn Yukie in den ersten Stock. Sie stiegen die steile knarrende Treppe hoch und gelangten zu einem engen Korridor, von dem zwei kleine Zimmer abgingen. Als Jun'ichi die ihm zugeteilte Kammer erblickte, wurde seine Freude über die wiedergewonnene Freiheit endgültig zunichtegemacht. Dieses Kabuff war nicht größer als seine Zelle im Gefängnis.

»Es ist zwar klein, aber es wird schon gehen, nicht wahr?«, fragte Yukie leichthin.

»Ja«, erwiderte Jun'ichi, stellte seine Sporttasche, die er vom Gefängnis mitgebracht hatte, ab und setzte sich auf den bereits ausgerollten Futon.

»Das Haus ist in jeder Hinsicht sehr komfortabel«, sagte Yukie, die in der Tür stehen geblieben war. »Es ist so alt, dass man sich nicht groß drum kümmern muss. Lediglich ein paar Zimmer putzen, mehr nicht.«

Doch je mehr sie redete, desto deutlicher war aus ihrer Stimme die Verzweiflung herauszuhören, auch wenn ihre Miene das Gegenteil zum Ausdruck zu bringen versuchte.

»Der Bahnhof liegt so weit weg, dass man kaum Verkehrslärm hört. In einer Viertelstunde ist man im Einkaufsviertel. Und Sonnenlicht kommt auch ein bisschen herein.«

Allmählich schienen ihr die Argumente auszugehen, und

am Schluss murmelte sie nur noch: »Nun ja, wir wohnen ein wenig beengter als früher.«

»Sag mal, Mutter«, versuchte Jun'ichi das Thema zu wechseln, da er befürchtete, dass sie gleich in Tränen ausbrechen würde. »Was ist mit Akio?«

»Akio ist ausgezogen. Er lebt jetzt allein in einem Apartment.«

»Wo wohnt er denn genau?«

Yukie zögerte erst, nannte ihm dann aber die Adresse.

Mit der Anschrift und einer Wegskizze in der Hand verließ Jun'ichi kurz nach sechs Uhr abends das Elternhaus.

Es war bald Mittsommer, und draußen schien noch die Sonne. Trotzdem fürchtete er sich davor, allein durch die Straßen zu gehen. Ihm kam es vor, als rasten die Autos in einem Wahnsinnstempo an ihm vorbei, und es gab noch ein weiteres Problem, das alle auf Bewährung entlassenen Häftlinge betraf. Falls er sich bis zur Vollendung seiner Haftzeit, die erst in drei Monaten abgegolten war, einer Gesetzesübertretung schuldig machte, würde er zurück in den Knast müssen. Nicht einmal ein Verkehrsdelikt durfte er sich erlauben. Er spürte das Gewicht des Bewährungsausweises, des sogenannten »Vorstrafenpasses«, den er ständig bei sich tragen musste.

Mit der Bahn gelangte er mit einmal Umsteigen in zwanzig Minuten nach Higashi-Jūjō, wohin sein Bruder inzwischen gezogen war. Akio wohnte in einem Apartment in einem zweistöckigen Holzhaus. Jun'ichi stieg die Außentreppe hinauf und klopfte an die letzte Tür, worauf ein apathisch klingendes »Ja« von drinnen ertönte. Er hatte die Stimme seines jüngeren Bruders seit zwanzig Monaten nicht mehr gehört.

»Akio? Ich bin's!«, rief er vom Eingang aus. Sein Bruder schien hinter der Tür innezuhalten. »Willst du mir nicht aufmachen?«

Eine Weile herrschte Stille. Die Tür wurde einen kleinen Spalt geöffnet, und Akios verhärmtes Gesicht, das dem seines Vater ähnelte, lugte heraus.

»Was willst du?«, herrschte ihn sein jüngerer Bruder feindselig an.

Jun'ichi konnte den Zorn seines Bruders nur allzu gut nachvollziehen, trotzdem ließ er sich nicht abwimmeln. »Ich möchte mit dir reden. Kannst du mich nicht reinlassen?«

»Nein!«

»Wieso denn nicht?«

»Mit einem Mörder will ich nichts zu tun haben!«

Jun'ichi spürte einen Kloß im Hals. Es war das Gefühl der Verzweiflung, das einen überkommt, wenn man sich seines nicht wiedergutzumachenden Fehlers bewusst wird. Jun'ichi zögerte noch, ob er besser gehen sollte. Aber so einfach wollte er sich seiner Verantwortung nicht entziehen.

In diesem Moment waren Schritte auf der Treppe zu hören. Offenbar ein Nachbar, der gerade heimkehrte. Akios Blick verriet Panik. Er packte Jun'ichi an der Schulter, zog ihn in die Wohnung und schloss hastig die Tür.

»Es muss ja niemand mitkriegen, dass ich mit einem Mörder Kontakt habe.«

Jun'ichi erwiderte nichts darauf und schaute sich stumm im Zimmer um. Auf einem schäbigen Tisch, den Akio sich wahrscheinlich vom Sperrmüll geholt hatte, lagen verstreut Nachschlagewerke, mit denen er sich für die Aufnahmeprüfung an der Universität vorbereitete.

Eines davon war aufgeschlagen, als hätte Akio gerade darin gelesen.

Jun'ichi wunderte sich, dass sein Bruder sich jetzt erst auf ein solches Examen vorbereitete.

Akio folgte seinem Blick und erklärte einsilbig: »Ich habe die Oberschule abgebrochen.«

»Wie?«, rief Jun'ichi erstaunt. Er erinnerte sich an die schreckliche Zeit vor zwei Jahren, als alles begann. »Aber es war doch nur noch ein halbes Jahr damals bis zum Schulabschluss.«

»Wie hätte ich denn in der Schule bleiben können! Ich bin der Bruder eines Mörders!«

In Jun'ichis Kopf drehte sich alles, aber er versuchte die Fassung zu wahren. Ich muss da durch, Akio wird mir bestimmt alles erzählen, ermahnte er sich.

»Weshalb bist du von zu Hause ausgezogen?«

»Weil Vater wollte, dass ich mir die Uni aus dem Kopf schlagen und stattdessen arbeiten gehen sollte. Daraufhin habe ich beschlossen, mir die Studiengebühr selbst zu verdienen.«

»Du hast dir einen Job gesucht?«

»Ich sortiere Waren in einem Lager. Wenn ich mich anstrenge, kann ich dort ungefähr 170.000 Yen im Monat verdienen.«

Jun'ichi nahm seinen ganzen Mut zusammen und fragte: »Soll das heißen, unsere Eltern haben kein Geld mehr?«

»Das ist doch wohl offensichtlich, oder?«, erwiderte Akio brüsk und hob den Kopf. »Was meinst du, wie wir darunter zu leiden haben, dass du einen Menschen getötet hast? Du hast offenbar keine Ahnung, wie viel wir für die Abfindung blechen müssen.«

Nach dem Schuldspruch hatte der Vater des Opfers gegenüber Jun'ichi und seinen Eltern Schmerzensgeld und Schadensersatz gefordert. Jun'ichi war davon ausgegangen, dass sich daraufhin die Anwälte beider Parteien zusammengesetzt und einen Vergleich ausgearbeitet hatten. Die gesamte Verhandlung hatte er seinen Eltern überlassen. Irgendwann war ihm dann mitgeteilt worden, dass der Vertrag abgeschlossen wurde, aber die näheren Einzelheiten waren ihm nicht bekannt. Er hatte sich damit zufriedengegeben, als sein Vater ihm schrieb, er solle sich darüber keine Sorgen mehr machen. Jun'ichi war damals, als der Brief ihn erreichte, gerade aus der Isolationshaft entlassen worden. Wegen einer Auseinandersetzung mit einem Vollzugsbeamten, mit dem er gar nicht zurechtkam, war er in eine stinkende Einzelzelle gesperrt worden, wo er an beiden Armen mit Lederriemen gefesselt eine ganze Woche zubrachte. Den Essensnapf am Boden musste er sich mit dem Mund schnappen und wie ein Hund daraus fressen. Das Allerschlimmste war jedoch für ihn, dass er beim Verrichten seiner Notdurft gezwungen war, sich in die Hosen zu machen. Der Brief des Vaters war also zu einem Zeitpunkt gekommen, wo er keinen klaren Gedanken hatte fassen können, und so hatte er das Problem wohl einfach verdrängt.

»Wie hoch war denn die Abfindung?«

»70 Millionen Yen.«

Jun'ichi verschlug es die Sprache. Das Geld, das er während der zwanzigmonatigen Haft bei einer Vierzig-Stunden-Woche in der Schreinerwerkstatt erwirtschaftet hatte, betrug 60.000 Yen, womit er gerade seinen persönlichen Bedarf decken konnte. An die Zahlung von Schadensersatz war nicht zu denken. Der Erlös, den die

Haftanstalt aus dem Verkauf der hergestellten Produkte erzielte, floss direkt in die Staatskasse.

Akio redete aufgebracht auf seinen Bruder ein, der schweigend vor ihm stand: »Sie haben das Pachtrecht an unserem alten Haus für 35 Millionen Yen verkauft, das Auto und die Werkzeugmaschinen haben 2 Millionen eingebracht. Außerdem mussten sie sich bei Verwandten für 6 Millionen Yen verschulden – und trotzdem fehlen immer noch 27 Millionen.«

»Und woher soll nun das Geld kommen?«

»Sie stottern Monat für Monat ab, soviel sie eben können. Sie werden wohl noch zwanzig Jahre brauchen, bis sämtliche Schulden getilgt sind, meint Mutter.«

Jun'ichi sah ihr verhärmtes Gesicht vor sich und schloss die Augen. Mit welchem Gefühl mochte sie wohl ihr vertrautes Zuhause aufgegeben haben? Wie schrecklich musste es für sie gewesen sein, in diese schäbige Behausung zu ziehen?

»Was heulst du?«, rief Akio und versetzte ihm einen Schlag. »Es ist doch alles deine Schuld. Glaubst du, du kannst mit deinen Tränen um Verzeihung bitten?«

Es gab nichts mehr zu sagen. Niedergeschlagen verließ Jun'ichi die Wohnung seines Bruders. Als er durch den düsteren Korridor ging, versuchte er sich mit aller Macht zusammenzureißen, um bei seiner Heimkehr nicht vor seinen Eltern in Tränen auszubrechen.

3

Das zentrale Regierungsgebäude in Tokyo-Kasumigaseki, Dezernat 6.

In der Obersten Justizvollzugsbehörde im Justizministerium war der für diesen Fall eingesetzte Anklagevertreter in einer Ecke des Büros damit beschäftigt, die Anordnung zur Vollstreckung des Todesurteils fertigzustellen. Nachdem er sich durch einen riesigen Berg von Dokumenten und Protokollen gearbeitet hatte, war diese Akte das 170 Seiten umfassende Resultat der Überprüfung.

Der Name des zum Tode Verurteilten lautete Ryō Kihara. Er war zweiunddreißig, genauso alt wie der zurzeit mit dem Fall betraute Staatsanwalt. Der Beamte ließ den Abschluss offen, lehnte sich auf seinem Stuhl zurück und überlegte noch einmal, ob ihm auch wirklich kein Versäumnis unterlaufen war. Eine Routine, die er zuvor schon mehrmals durchexerziert hatte.

Der Staatsanwalt, der die Macht besaß, Anklage zu erheben, trug zugleich auch die Verantwortung, den Vollzug der Strafe zu begleiten. Insbesondere wenn es um ein Todesurteil ging, war eine gewissenhafte Überprüfung unerlässlich, und bis zur Vollstreckung war die Zustimmung von dreizehn Beamten in fünf Instanzen erforderlich.

Dreizehn Personen.

Der Staatsanwalt rechnete nach, wie viele Formalitäten

erledigt werden mussten, bis die Verkündung des Todesurteils zur Vollstreckung gelangte. Es waren dreizehn
Schritte.

Dreizehn Stufen.

Ein Synonym für den Aufstieg zum Galgen. Was für
eine Ironie, dachte sich der Vertreter der Anklage nicht
ohne einen Anflug von Verbitterung. In der japanischen
Geschichte der Todesstrafe seit der Meiji-Zeit hatte es nie
ein Podest mit dreizehn Stufen gegeben, auf dem der Delinquent gehängt wurde. Die einzige Ausnahme machte das
Podium für die Vollstreckung der Kriegsverbrecher im
Gefängnis Sugamo, das vom amerikanischen Militär errichtet worden war. Sehr viel früher sollte der Weg zum
Galgen neunzehn Stufen gezählt haben, aber da sich zu
häufig Unfälle ereigneten, wenn die zum Tode Verurteilten
die Treppe erklommen, hatte man die Konstruktion geändert. In die Plattform war eine zweiteilige Falltür eingelassen, die sich unter dem Delinquenten auftat, sobald er
mit verbundenen Augen die Schlinge um den Hals gelegt
bekommen hatte.

Dennoch existierten die dreizehn Stufen, wenn auch
unsichtbar an einem anderen Schauplatz. Die Aufgabe,
die dem zuständigen Staatsanwalt oblag, entsprach der
fünften Stufe. Bis zur Vollstreckung gab es folglich noch
acht Instanzen. Ryō Kihara stieg Stufe um Stufe seiner
Hinrichtung entgegen, ohne selbst Kenntnis davon zu
haben. Aller Voraussicht nach würde er nach etwa drei
Monaten die letzte erreichen.

»Beschluss.«

Der Staatsanwalt hackte auf die Tastatur des Compu-
ters.

»Aus den vorangehenden Punkten ergibt sich, dass keine außerordentlichen Gründe für eine Berufung, verbunden mit einer Aufhebung der Urteilsvollstreckung und Wiederaufnahme des Verfahrens vorliegen. In Anbetracht der Umstände gelangt die Anklage zu der Überzeugung, dass es für eine Begnadigung keinerlei Spielraum gibt.«

An dieser Stelle hielt er inne. Der Fall Ryō Kihara war außergewöhnlich. Er ging in Gedanken noch einmal die zweifelhaften Punkte durch, aber die Entscheidung für die Todesstrafe war aufgrund der schwerwiegenden Beweise juristisch zwingend. Allein sein ungutes Gefühl reichte für eine Revision nicht aus.

Er fügte dem Dokument noch einen letzten Satz hinzu:

»Hiermit ersuche ich hochachtungsvoll das Gericht, die Entscheidung zur Vollstreckung zu fällen.«

Am Morgen nach seiner Entlassung fuhr Jun'ichi in den Stadtteil Kasumigaseki. Er musste bei der Bewährungsbehörde und seinem Bewährungshelfer vorstellig werden.

In der letzten Nacht hatte er bis zum Morgengrauen kein Auge zugetan. Nach kurzem Dösen war er dann trotzdem um sieben Uhr wach geworden, denn seine innere Uhr war noch ganz auf den Gefängnisrhythmus eingestellt. Ganz allmählich wurde ihm bewusst, dass es keinen Morgenappell mehr gab, und dies stimmte ihn ein wenig heiterer. Nachdem er von seinem Bruder alles über die Zahlungen erfahren hatte, wollte er sich so lange in

Schweigen hüllen, bis seine Eltern von sich aus die Angelegenheit zur Sprache brachten.

Nach dem gemeinsamen Frühstück hatte er seinen Vater verabschiedet, als dieser zu seinem Betrieb aufbrach, und sich dann selbst fertig gemacht, um das Haus zu verlassen.

Als Jun'ichi ins Wartezimmer des Justizsozialamts kam, nahm er auf einem der Stühle Platz, die auf dem gefliesten Boden in einer Reihe standen. Außer ihm warteten etwa zehn weitere sichtlich gelangweilte Männer. Nach einer Weile wurde ihm mit Schrecken bewusst, dass alle Anwesenden hier im Raum eine kriminelle Vergangenheit hatten.

»Mikami!«, rief jemand seinen Namen. Ein Mann mittleren Alters im aschgrauen Anzug hatte soeben den Raum betreten.

»Guten Tag, Herr Kubō.« Jun'ichi trat zu seinem Bewährungshelfer, der ein wenig kleiner war als er selbst, und schaute in das vertraute Gesicht.

Kubō gehörte zum Kreis der Bewährungshelfer des Bezirks Toshima. Seit er zu Jun'ichis Betreuer ernannt worden war, hatte er sich um die nötigen Formalitäten für seine Resozialisierung und die Entlassung auf Bewährung gekümmert. Er war damals trotz der großen Entfernung zur Justizvollzugsanstalt Matsuyama gereist, um Jun'ichi persönlich kennenzulernen.

»Na, dann mal reinspaziert«, ertönte die warmherzige Stimme hinter Jun'ichi, der sich hastig zum Gruß verneigte, als er von Kubō ins Büro bugsiert wurde. In dem Raum gab es einen Schreibtisch, wo ihn der vierzigjährige Bewährungssachbearbeiter Ochiai erwartete.

Seine stattliche Figur und der dunkle Teint ließen ihn

zunächst etwas arrogant erscheinen, aber nach den ersten Worten entpuppte er sich als umgänglicher Pragmatiker. Er legte Jun'ichi nochmals die Auflagen bei einer vorzeitigen Entlassung dar und fügte weitere Sonderbestimmungen hinzu: dass er seine Anstellungen nicht wahllos wechseln dürfe und dass er erst eine Genehmigung einholen müsse, wenn er sich mehr als zweihundert Kilometer beziehungsweise mehr als drei Tage von seinem aktuellen Wohnsitz entfernen wolle.

Nach der strengen Unterweisung fügte Ochiai versöhnlich hinzu: »Gegenüber einem Vorbestraften trifft die Polizei mitunter härtere Maßnahmen als normalerweise. Aber wenn das unbegründet sein sollte, dann wenden Sie sich bitte unverzüglich an mich. Um Ihre Rechte zu wahren, kann ich alle möglichen Hebel in Bewegung setzen.«

Erstaunt über die milden Worte blickte Jun'ichi zu seinem Betreuer. Kubō nickte ihm lächelnd zu, um Ochiais Worte zu bestätigen.

»Jedoch«, fuhr Ochiai mahnend fort, »wenn Sie den Auflagen zuwiderhandeln und sich ein Delikt, das über ein Bußgeld hinausgeht, zuschulden kommen lassen, werden Sie ohne weitere Verwarnung wieder ins Gefängnis zurückgeschickt.« Verängstigt schaute Jun'ichi abermals zu seinem Betreuer. Und Kubō nickte wieder lächelnd, um auch diese Aussage zu bekräftigen.

»Die Vertragsbedingungen für den Vergleich haben Sie erfüllt?«

Erschrocken blickte Jun'ichi den Sachbearbeiter an. »Sie meinen die Zahlungen?«

»Da ist noch etwas anderes ... Haben Ihre Eltern Sie denn darüber nicht informiert?«

»So ausführlich noch nicht. Was hat das zu bedeuten?«

»Er ist doch erst seit gestern raus und heute schon hier«, kam Kubō ihm zu Hilfe.

»Aha«, erwiderte Ochiai und senkte den Blick auf das Dokument vor ihm auf dem Schreibtisch. »Die finanzielle Belastung haben Ihre Eltern vorerst auf sich genommen. Das sollten Sie nun bitte untereinander regeln. Aber darüber hinaus wird von Ihnen verlangt, sich gegenüber der Familie des Opfers zu entschuldigen.«

Jun'ichi wurde schwer ums Herz.

»Fahren Sie nach Nakaminato in der Präfektur Chiba, um dem Vater von Kyōsuke Samura einen Besuch abzustatten und sich bei ihm zu entschuldigen«, forderte ihn der Beamte auf. Da er Jun'ichis Vorgeschichte kannte, fügte er hinzu: »Das ist genau dort, wohin Sie damals in Ihrer Schulzeit mit Ihrem Mädchen ausgerissen sind. Demnach kennen Sie sich da also aus, nicht wahr?«

Er musste also an diesen Ort zurück. Allein der Gedanke jagte Jun'ichi kalte Schauer über den Rücken.

Ochiai, dem nicht entgangen war, wie blass Jun'ichi plötzlich geworden war, warf ihm einen aufmunternden Blick zu und milderte seinen Ton: »Ich weiß, es ist nicht angenehm, aber Sie sind nun mal dazu verpflichtet. Sowohl von Rechts wegen als auch moralisch.«

»Ja, natürlich«, erwiderte Jun'ichi, während seine Gedanken nur um Yuri kreisten. Er beschloss, sofort zu ihr zu fahren.

Das Geschäft in Hatanodai, dem Einkaufsviertel am Bahnhof, sah immer noch genauso aus wie früher. Der kleine Laden mit der fliederfarbenen Kunststoffmarkise, auf der in verschnörkelter Schrift der Name »Fancy Shop Lily« prangte.

Sie war nicht da. Jun'ichi setzte sich deshalb erst mal ins Café vis-à-vis und bestellte einen süßen Milchkaffee.

Schließlich hielt ein Kleinwagen vor der Tür, und er erkannte sie, als sie auf der Fahrerseite ausstieg. Sie trug Jeans, ein T-Shirt und darüber eine Schürze aus Denimstoff. Die Frisur war kürzer, aber den seidig feinen Pony hatte sie beibehalten. Die zarten Wangen waren genauso bleich wie früher, und auch den kraftlosen, abwesend wirkenden Ausdruck in ihren Augen erkannte er wieder.

Er beobachtete Yuri Kinoshita eine Weile, und ihm fiel auf, wie ausgezehrt sie wirkte, ähnlich abgespannt wie seine Mutter.

Yuri holte einen Pappkarton von der Ladefläche und trug ihn in den Laden, wo sie mit ihrer Mutter, die hinter der Kasse stand, ein paar Worte wechselte.

Jun'ichi brachte seine leere Tasse zum Tresen und trat auf die Straße. Der Motor des Fahrzeugs lief noch, da sie den Wagen offenbar auf den Parkplatz fahren wollte.

In dem Moment kam Yuri heraus. Sie entdeckte ihn sofort, als hätte sie Jun'ichis Anwesenheit geahnt.

»Ich bin wieder da«, sagte er, worauf sich ihre überraschte Miene zu einem schmerzerfüllten Ausdruck verzog. Nach einem Blick auf ihre Mutter setzte sie sich eilig ans Steuer.

Jun'ichi dachte zuerst, sie würde ihm eine Abfuhr erteilen, doch Yuri winkte ihn neben sich auf den Beifahrersitz, und als er neben ihr im Auto saß, fuhr sie sofort los.

Zunächst sprachen beide kein Wort. Yuri bog am Bahnhof ab und steuerte den Wagen auf die Hauptstraße.

»Ich hab's damals im Fernsehen gesehen«, begann sie schließlich das Gespräch. »Anfangs konnte ich es gar nicht glauben, dass du so etwas getan haben solltest, Jun.«

Sie war die Einzige, die Jun'ichi mit diesem Kosenamen anredete.

»Wie, ich war in den Nachrichten?«

»Nicht nur in den Nachrichten. Auch in der Klatschpresse. Der ehemalige jugendliche Ausreißer, bla bla bla. Diese Idioten haben nur Lügen über dich verbreitet, um dich als Schwerkriminellen hinzustellen.«

Das war also das Bild, das er in der Öffentlichkeit abgegeben hatte. Jun'ichi durchlief eine heiße Welle der Scham. Ohne den ganzen Presserummel hätte sein Bruder Akio sich nicht um das Gerede der anderen scheren müssen und den Schulabschluss machen können.

»Und wie geht es dir, Yuri?«, fragte er vorsichtig nach. »Hat sich nichts verändert?«

»Nein. Seit damals steht die Zeit für mich still«, erwiderte sie. In ihrer Stimme lag große Traurigkeit. »Ich muss ständig an das denken, was vor zehn Jahren passiert ist.«

»Und es wird nicht besser?«

»Nein.«

Jun'ichi riss seinen Blick von ihrem Profil los und schaute weg.

»Es tut mir leid, aber es geht nicht. Egal, was passiert, ich kann mich nicht von der Vergangenheit lösen.«

Jun'ichi schwieg. Er war derjenige, der sie um Verzeihung hätte bitten müssen. Noch hatte er keine Abbitte geleistet. Doch er brachte kein Wort heraus.

Yuri schien den Wagen zu dem Haus zu steuern, wo Jun'ichi mit seiner Familie vor zwei Jahren noch gewohnt hatte. Offenbar wusste sie gar nicht, dass die Mikamis umgezogen waren.

Als sie durch die vertrauten Straßen fuhren, dachte er an die Schulzeit zurück. Das Laufen am frühen Morgen.

Wie er zielstrebig durch das noch ruhige Wohnviertel gejoggt war. Wie er wieder umkehrte, nachdem er Yuris Haus mit den heruntergelassenen Rollläden der Boutique passiert hatte. Allein das hatte ihn glücklich gemacht.

»Hier kannst du halten«, sagte Jun'ichi, als sie sich der Zeile mit den Fabrikgebäuden näherten. Bis zu seinem Elternhaus, dessen Anblick so viele Erinnerungen auslösen würde, sollte sie nicht fahren.

Wortlos parkte Yuri den Wagen halb auf dem Bürgersteig.

»Bis dann.«

Als Jun'ichi sich beim Aussteigen von ihr verabschiedete, drehte sich sich zu ihm und sagte mit gepresster Stimme: »Es ist aus. Mit dir ... und mir.«

Als Jun'ichi ein paar Minuten später vor sich hin grübelnd in das Viertel kam, wo sich Wohnhäuser und Manufakturen aneinanderreihten, kam ihm ein bekanntes Gesicht entgegen. Es war die Inhaberin des Schreibwarenladens, den er vor dem verhängnisvollen Ereignis öfter aufgesucht hatte. Jun'ichi erinnerte sich daran, dass sie die Petition für eine Strafminderung verfasst hatte, und wollte ihr dafür danken. Doch als die Frau ihn bemerkte, blieb sie abrupt stehen und schaute ihn erschrocken an. Die Dankesworte, die Jun'ichi sich zurechtgelegt hatte, blieben ihm im Hals stecken.

Die Frau setzte ein künstliches Lächeln auf. »Ah, Jun'ichi, lange nicht gesehen«, sagte sie lediglich und ging weiter. Jun'ichi jedoch war nicht entgangen, wie sich auf ihrem Gesicht in einem Bruchteil von Sekunden, kaum hatte sie sich von ihm abgewandt, Angst und Abscheu abzeichneten.

»*Es gibt keinen sympathischeren jungen Mann als Jun'ichi ...*«

Das hatte sie in der Petition geschrieben. Und weiter:

»*Wenn es sich tatsächlich so ereignet hat, dann kann es unseres Erachtens nur ein tragischer Unfall gewesen sein ...*«

Diese von ihr verfasste Eingabe zu seiner Entlastung hatte Einfluss auf das Urteil genommen, wie er sehr wohl wusste. Der Prozess war eine einzige Farce gewesen, denn das vom Richter verkündete Urteil hatte nichts, absolut nichts mit der Wahrheit zu tun.

Mit gesenktem Kopf, ängstlich lauernd, ob ihm ein weiteres bekanntes Gesicht begegnen würde, setzte Jun'ichi seinen Weg fort.

Das Stigma, vorbestraft zu sein, lastete schwer auf ihm. Die »Rückkehr in die Gesellschaft« war weitaus schwieriger, als er sie sich vorgestellt hatte.

Ich bin ein vorbestrafter Krimineller!, hätte er beinahe laut aufgeschrien. Am liebsten hätte er die Windschutzscheibe des nächsten geparkten Wagens zertrümmert. Er konnte sich gerade noch beherrschen, da er sich darauf besann, dass er sich an einem gefährlichen Scheidepunkt befand. Auf die schiefe Bahn zu geraten, war nicht sonderlich schwer; eine sehr viel größere Herausforderung war es, auf dem rechten Weg zu bleiben. Diejenigen, die ihn verächtlich als Mörder beschimpften, machten es ihm nicht einfacher. Nur Yuri verhielt sich anders. Sie sah ihn so, wie er wirklich war. Bei diesem Gedanken wurde ihm ganz warm zumute.

Tief in Gedanken versunken erreichte er schließlich den Betrieb seines Vaters: Mikami Modell- und Formenbau. Von außen betrachtet hatte sich nichts verändert. Die flache Fertigbauhalle, der Eingang mit den in Metallrahmen gefassten Schiebetüren – alles sah aus wie früher.

Als Jun'ichi eintrat, war sein Vater gerade damit beschäftigt, einen Stapel Lieferscheine zu sortieren, eine Tätigkeit, die zwei Jahre zuvor noch eine Sekretärin erledigt hatte.

»Jun'ichi!« Sein Vater Toshio blickte erstaunt auf. »Was machst du denn hier?«

»Ich möchte dir helfen.«

»Ach so?«, sagte Toshio und warf einen Blick durch die noch offen stehende Tür nach draußen.

Wahrscheinlich hatte er noch keine Vorkehrungen getroffen, mutmaßte Jun'ichi. Er musste sicher erst die Nachbarschaft diskret darüber informieren, dass sein vorbestrafter Sohn hier bei ihm zu arbeiten anfangen würde.

»Ach, übrigens, vorhin hat jemand für dich angerufen.«

Wer denn?, wollte Jun'ichi schon fragen, doch etwas anderes erregte seine Aufmerksamkeit. Im hinteren Teil der kleinen Halle erblickte er eine moderne Anlage, die im krassen Gegensatz zu der ansonsten schäbigen Einrichtung stand: Er erkannte das verglaste Gehäuse und die cremefarbenen Paneele, die den unteren Teil der Maschine verkleideten. Dieses Hightech-Gerät hatte Jun'ichi damals ausgerechnet an dem verhängnisvollen Tag auf einer Verkaufsmesse geordert. Von einem Großhändler in Hamamatsu-chō.

Es war der Tag, an dem er Kyōsuke Samura begegnete.

Jun'ichi schloss die Augen, als ihn die Erinnerung übermannte.

»Was ist denn das für eine Maschine?«

Hinter ihm ertönte plötzlich eine bekannte Stimme und

holte Jun'ichi in die Gegenwart zurück. Er drehte sich um, in der Tür stand ein Mann mittleren Alters mit einem breitkrempigen schwarzen Hut.

Er grinste verschmitzt und nahm mit einer leichten Verbeugung den Hut vom Kopf. Als Jun'ichi das zerfurchte Gesicht erblickte, verspürte er augenblicklich den Impuls, strammzustehen und lautstark die ihm zugeteilte Sträflingsnummer zu nennen.

Der Oberaufseher in Matsuyama betrat freundlich lächelnd die Werkstatt und wandte sich an Toshio: »Wir hatten vorhin miteinander telefoniert. Mein Name ist Nangō. Ich hatte in Matsuyama das Vergnügen, Ihren Sohn zu betreuen.«

»Oh, dann kommen Sie ja von weit her.« Toshio verneigte sich respektvoll.

»Tut mir leid, falls ich dir einen Schrecken eingejagt habe«, wandte Nangō sich an dessen Sohn.

Jun'ichi war überrascht, aus dem Mund eines Gefängnisaufsehers eine Entschuldigung zu hören.

»Herr Oberaufseher Nangō, was führt Sie denn zu uns?«

»Lass das mal mit dem Herrn Oberaufseher.« Nangō konnte es nicht ausstehen, wenn die Sträflinge ihn vorschriftsgemäß mit diesem Titel anredeten. »Ich habe etwas mit dir zu besprechen«, erklärte er.

Jun'ichi beschlich eine leise Furcht. Wollten sie etwa seine Entlassung auf Bewährung wieder rückgängig machen? Aber nichts in Nangōs Verhalten deutete darauf hin, er schaute sich gut gelaunt um.

»Wozu dient denn diese imposante Maschine?«, erkundigte er sich abermals.

»Es ist eine sogenannte Rapid-Prototyping-Anlage, im

Grunde nichts anderes als ein riesiger 3-D-Drucker«, erklärte Jun'ichi, der vor dem riesigen Tank stand. Das Behältnis war mit bernsteinfarbenem, transparentem Kunstharz gefüllt.

»Man braucht nur die Daten in den Computer hier auf der Seite einzugeben, und schon erhält man die dreidimensionale Abbildung.«

Nangō schaute ihn verdutzt an. »Wirklich?«

Weshalb war der Oberaufseher hierher gekommen? Jun'ichi beschlich das Gefühl, dass er zuerst eine Kurzfassung des technischen Verfahrens würde liefern müssen, bevor er den wahren Grund seines Besuchs erfahren würde.

»Wenn ich zum Beispiel die Daten Ihres Gesichts, Herr Oberauf... ich meine, Herr Nangō, eingebe, würde der Apparat ein plastisches Kunststoffmodell davon herstellen können.«

»Du meinst, mit einem Passfoto von mir ließe sich eine Büste herstellen?«

»Besser als ein Foto wären dreidimensionale Maßangaben«, erwiderte Jun'ichi, räumte jedoch ein: »Flächendaten reichen aber auch aus, da im Computer dann die Ausformungen ergänzt werden. Ein Laser härtet das flüssige Harz entsprechend der jeweiligen Form aus.«

»Oh ...« Nangōs Augen leuchteten wie bei einem Kind, das ein interessantes Spielzeug gefunden hatte. »Kann die Nachbildung etwa auch meine Nasenhaare wiedergeben?«

»Die Maschine arbeitet mikrometergenau.«

»Mannomann!«, rief Nangō und drehte sich freudestrahlend zu Jun'ichi um. »Das ist ja fantastisch. Macht bestimmt Spaß, so eine tolle Maschine bedienen zu können.«

Nangō schien ihm tatsächlich freundlich gesonnen, ging Jun'ichi durch den Kopf. Seine Fragen zu der Maschine dienten wohl vor allem dazu, ihm zu zeigen, dass er ihn ernst nahm.

Jun'ichi, nun nicht mehr so misstrauisch, fühlte sich durch Nangōs Herzlichkeit ermutigt und gab unumwunden zu: »Ehrlich gesagt, habe ich sie selbst noch gar nicht bedient. Ich hatte sie damals genau an dem Tag bestellt, an dem sich der tragische Zwischenfall ereignete.«

»Ach so. Da hast du aber Pech gehabt«, sagte Nangō bedauernd und wandte sich wieder an Toshio. »Darf ich Ihnen Ihren Sohn für kurze Zeit entführen? Ich habe allerhand mit ihm zu besprechen.«

»O ja, nur zu«, rief dieser mit einem Lächeln. »Bitte seien Sie so freundlich und nehmen Sie sich seiner an. Ich möchte ohnehin, dass er sich diese Woche noch ein wenig einlebt.«

»Du hast dich sicher über meine Aufmachung gewundert.«

Nangō setzte lächelnd seinen Hut ab, nachdem sie in einem Café Platz genommen hatten.

»Wenn man als Gefängnisaufseher arbeitet, haftet einem immer etwas Tristes an. Deshalb putze ich mich dann wenigstens in meiner Freizeit etwas heraus.«

Jun'ichi betrachtete Nangō in seinem dezent gemusterten Oberhemd. Er bot einen merkwürdigen Anblick, hier draußen, außerhalb der Gefängnismauern; grobschlächtig und dandyhaft zugleich mit seinem Bürstenschnitt und den darunter lebhaften, schmalen Brauen. Erstaunlich, wie charmant der Mann plötzlich wirkte. Ganz anders als sonst in seiner Uniform mit den Goldstreifen.

Nachdem sie bei der Bedienung zwei Eiskaffee bestellt hatten, rückte Nangō endlich mit der Sprache heraus: »Du fragst dich sicherlich, weshalb ich hier aufgekreuzt bin, oder?«

»Ja.«

»Keine Angst. Es ist nichts Schlimmes. Nun, ich möchte dich um einen Gefallen bitten. Es geht um einen Job auf Zeit.«

»Ein Job auf Zeit? Und dafür sind Sie extra aus Matsuyama gekommen?«

»Dort ist mein Arbeitsplatz. Eigentlich stamme ich aus Kawasaki, also nicht so weit weg.«

»Ach, tatsächlich?«

»Als Aufseher wird man andauernd versetzt, viel zu oft.« Nangō machte ein zerknirschtes Gesicht. »Also der Job, um den es geht, würde etwa drei Monate in Anspruch nehmen. Das heißt, etwa solange, wie deine Bewährungsfrist noch läuft. Du wärst als Aushilfe in einer Anwaltskanzlei tätig.«

»Worum geht es dann da genau?«

»Um die Überprüfung einer vermutlich falschen Beschuldigung, wegen der ein Mann zum Tode verurteilt wurde.«

Jun'ichi konnte sich erst einmal keinen Reim darauf machen.

Mit gesenkter Stimme fuhr Nangō fort: »Es gilt herauszufinden, ob ein zum Tode Verurteilter zu Unrecht beschuldigt wird. Wie sieht's aus? Hast du Lust, mit mir zusammenzuarbeiten?«

Jun'ichi schaute ihn immer noch entgeistert an. »Ich soll also einen unschuldigen Todeskandidaten retten?«

»Ja, und zwar vor der Hinrichtung.«

»Und Sie arbeiten auch an dem Fall, Herr Nangō?«

»Schon. Sofern du den Job annimmst.«

»Aber wieso ausgerechnet ich?«

»Du könntest dich beweisen, nachdem dir die Bewährung zugestanden wurde.«

»Aber warum ausgerechnet ich? Da wäre doch auch noch Tazaki.« Jun'ichi sprach von dem anderen Insassen, der ebenfalls entlassen worden war; der, der seine Verlobte erschlagen hatte.

»Dieser Typ wird sich nicht bessern«, sagte Nangō, und aus ihm sprach seine ganze dreißigjährige Berufserfahrung als Aufseher. »Er ist zwar auf Bewährung entlassen worden, aber irgendwann rastet er wieder aus und wird rückfällig.«

Wollte Nangō damit andeuten, dass er Jun'ichis Resozialisierung optimistischer sah?

»Übrigens, hast du dich eigentlich schon bei der Familie des Opfers entschuldigt?«, wollte Nangō wissen.

Der plötzliche Themenwechsel verwirrte Jun'ichi.

»Nein, noch nicht. Ich wollte es in den nächsten Tagen erledigen.«

»Gut, dann begleite ich dich.«

»Wie, Sie kommen mit, Herr Nangō?«, fragte Jun'ichi verwundert.

Nangō lehnte sich vertraulich zu ihm hinüber. »Es geht dabei auch um den Fall des Todeskandidaten, den ich eben erwähnt habe. Das Verbrechen hat sich nämlich in Nakaminato in der Präfektur Chiba zugetragen. Die Gegend müsste dir vertraut sein von damals, als du ausgerissen bist ...«

Jun'ichi sah ihn nur sprachlos an. Plötzlich hatte er gar kein Interesse mehr an diesem Job.

»Und dieses Verbrechen, wann ist das genau passiert?«, fragte er zögernd.

»Am 29. August vor zehn Jahren. An dem Tag, als du mit deiner Freundin von der Polizei aufgegriffen worden bist.«

In Jun'ichis Kopf drehte sich alles. War das die Strafe Gottes? Eine Vergeltung namens Zufall?

»Falls du den Job annimmst, müsstest du dich für drei Monate dort aufhalten. Ich würde das dann mit deinem Bewährungshelfer regeln. Da der Auftrag von einer Anwaltskanzlei kommt, ist der Job seriös. Es besteht also keine Gefahr, gegen die Bewährungsauflagen zu verstoßen.«

Nangō bemerkte Jun'ichis Zögern und lenkte das Gespräch in eine andere Richtung: »Die hohe Abfindung für die Hinterbliebenen war doch sicher schlimm für deine Eltern, oder?«

Aufgeschreckt hob Jun'ichi den Kopf.

Der Gefängnisaufseher wusste aus der Strafakte genauestens über ihn Bescheid. Sein Lebenslauf, die finanzielle Situation seiner Familie.

Nangō, dem sein berechnendes Vorgehen selbst unangenehm war, senkte den Blick: »Tut mir leid, wenn ich dir damit zu nahe getreten bin, aber es geht bei dem Job um eine ziemlich hohe Summe. Das Honorar für drei Monate beträgt für jeden von uns drei Millionen Yen. Hinzu kommen drei Millionen Yen für Spesen und Unkosten. Sollten wir die Unschuld des Todeskandidaten beweisen können, winkt uns eine Erfolgsprämie von zehn Millionen Yen.«

»Zehn Millionen?«

»Ja, zehn Millionen, für jeden von uns.«

Jun'ichi dachte an seine Eltern. Er sah seinen Vater vor

sich, wie er mit dem Sortieren von Aufträgen beschäftigt war. Seine Mutter mit dem ausgezehrten, ewig vergrämten Gesicht. Beide hatten sie Bittgesuche für mildernde Umstände verfasst, und noch während des Prozesses hatten sie den Richter unter Tränen um Gnade für ihren Sohn angefleht.

Nangō ließ es nicht unberührt, als er nun Jun'ichis Verzweiflung sah, was ihn aber nicht daran hinderte, weiter auf ihn einzudringen: »Was meinst du? Ein hehres Wort wie Sühne möchte ich gar nicht anführen, es geht darum, ein Menschenleben zu retten. Und als Zugabe bekommst du auch noch Geld für den Job. Also, was gibt's dagegen einzuwenden?«

Falls die Sache erfolgreich verlief, würde die Prämie die Hälfte der restlichen Abfindung abdecken. Und als Retter eines unschuldig zum Tode Verurteilten würde sich sein Ansehen in der Öffentlichkeit vielleicht wandeln.

Er hatte nichts weiter zu tun, als das Angebot anzunehmen. Wenn er doch bloß den Mut hätte, sich noch einmal an diesen verfluchten Ort zu begeben.

»Einverstanden«, sagte Jun'ichi. »Ich mache es.«

»Na bitte«, bestätigte Nangō mit einem leisen Lächeln.

Jun'ichi zwang sich zu einem Lachen. »Der Job passt ja wie die Faust aufs Auge: Ausgerechnet ich soll einen Mörder rehabilitieren.«

»Du bist es, der dadurch rehabilitiert wird«, erwiderte Nangō mit ernster Miene. »Darauf gebe ich dir mein Wort.«

II
DER FALL

1

Am nächsten Morgen verließ Nangō sein früheres Elternhaus in Kawasaki, wo inzwischen sein älterer Bruder und seine Schwägerin lebten, und lief zum nahegelegenen Bahnhof Musashi-Kosugi. Dort mietete er einen Wagen und fuhr über die Route 2, über die er direkt nach Hatanodai gelangte, um sich dort wie vereinbart mit Jun'ichi zu treffen.

Um Viertel nach sechs erreichte er den verabredeten Treffpunkt und fand den jungen Mann in einem Café, das schon frühmorgens geöffnet hatte.

»Wartest du schon lange?«

Jun'ichi, der nach draußen geschaut hatte, blickte überrascht zu ihm auf. »Aber nein! Entschuldigen Sie bitte die Umstände, dass Sie mich extra abholen kommen.«

»Nicht der Rede wert, es war ja kein großer Umweg für mich.«

Nangō holte sich zum Frühstück vom Tresen ein belegtes Brötchen und setzte sich zu Jun'ichi. Der junge Mann ihm gegenüber trug heute ein schlichtes weißes Hemd und eine Baumwollhose, die er im Bund mit einem Gürtel zusammengerafft hatte. Offenbar hatte er während der Haft ziemlich an Gewicht verloren. In ziviler Kleidung wirkte Jun'ichi vertrauenswürdiger als in der Gefängniskluft. Trotzdem machte er immer noch einen bekümmerten Eindruck. Weshalb bloß?, rätselte Nangō. Ihm war natürlich bewusst, dass es für einen Vorbestraften nicht leicht war, sich wieder in der Gesellschaft zurechtzufinden, zumal er erst vor zwei Tagen entlassen worden war. Aber er hätte doch eigentlich allen Grund, ein wenig fröhlicher zu sein.

In diesem Augenblick zeigte sich eine Regung in Jun'ichis Miene. Nangō folgte seinem Blick, der offenbar auf den kleinen Laden namens »Lily« auf der gegenüberliegenden Straßenseite gerichtet war. Der Rollladen der Tür war ein Stück hochgekurbelt, und eine junge Frau zwängte sich gerade unter dem Spalt hervor. War sie unterwegs zu einem Lebensmittelgeschäft, um noch etwas fürs Frühstück zu besorgen? Mit sehnsüchtigem Blick schaute Jun'ichi ihr hinterher.

Die junge Frau mit dem hellen Teint schien in seinem Alter zu sein. Womöglich seine Exfreundin? Während Jun'ichis Prozess war keine junge Frau als Leumundszeugin für ihn aufgetaucht, vermutlich waren sie also zum Zeitpunkt der Verhaftung kein Paar mehr gewesen.

Nangō stieß einen Seufzer aus. In dieser Hinsicht konnte er ihm nicht helfen. Ein Mensch, der ein Verbrechen begangen hat, zerstörte meist auch sein Umfeld in irreparabler Weise.

Ohne recht zu wissen, wie er ihm Trost zusprechen konnte, beendete Nangō sein Frühstück und verließ mit Jun'ichi das Café.

Für die Fahrt nach Nakaminato rechnete er zwei Stunden Fahrt. Nangō steuerte den Wagen auf die Schnellstraße, die die Bucht von Tokyo überquerte. Als sie bald darauf die Bōsō-Halbinsel erreichten, wechselte Jun'ichi vom Smalltalk zu direkten Fragen: »Die näheren Umstände zu dem Fall werden Sie mir doch vor Ort noch erklären, nicht wahr?«

»Aber ja.«

»Und was haben Sie damit zu tun, Herr Nangō?«

»Letztes Frühjahr habe ich auf einer Dienstreise nach Tokyo einen Rechtsanwalt kennengelernt. Er ist derjenige, der mich für diesen Auftrag ausgesucht hat.«

»Aber geht das denn so ohne Weiteres? Ich meine, dass Sie als Gefängnisaufseher die Unschuld eines Delinquenten beweisen wollen?«

»Wie, du machst dir wegen mir einen Kopf?« Nangō lachte kurz auf, aber insgeheim freute es ihn. »Aber keine Sorge, ich werde ohnehin bald den Dienst quittieren.«

»Wirklich?«, rief Jun'ichi verblüfft.

»Im Moment bummle ich die angesparten Urlaubstage ab. Und wenn die aufgebraucht sind, reiche ich offiziell meine Kündigung ein. Bis zur eigentlichen Pensionierung werde ich dann ehrenamtlich tätig sein, um nicht gegen das Beamtengesetz zu verstoßen.«

»Aber wieso wollen Sie denn kündigen?«

»Aus verschiedenen Gründen. Unzufriedenheit mit der Arbeit, aber auch wegen der Familie. Eben so allerlei.«

Jun'ichi nickte nur, ohne weitere Fragen zu stellen.

»Und, bist du gut gerüstet für die andere Angelegenheit, die noch ansteht?«, wechselte Nangō das Thema.

»Na ja«, erwiderte Jun'ichi nicht besonders zuversichtlich. »Ich habe zumindest eine Krawatte und ein Jackett dabei.«

»Wunderbar!«, versuchte Nangō ihn aufzumuntern. Immerhin stand Jun'ichi ein schwerer Gang bevor.

»Wenn du dich bei den Angehörigen des Opfers in aller Form entschuldigst, kommt es vor allem darauf an, dass du aufrichtiges Bedauern zeigst. Es könnte durchaus sein, dass die Hinterbliebenen zornig reagieren, aber dadurch darf man sich nicht von seinem Vorhaben abbringen lassen. Versuch einfach nur, mit Worten und deinem Benehmen zum Ausdruck zu bringen, dass es dir aufrichtig leidtut.«

»Ja«, sagte Jun'ichi kleinlaut. »Wird schon gehen.«

»Wenn du wirklich Reue empfindest, dann ist alles gut.« Als keine Antwort kam, warf Nangō ihm einen flüchtigen Seitenblick zu. »Du bereust doch deine Tat?«

»Schon.«

Das klingt wenig überzeugend, wollte Nangō ihm entgegnen, ließ es jedoch bleiben. Schließlich waren sie nicht mehr im Gefängnis.

Etwa eine Stunde lang ging die Fahrt flott voran. Als sie von der Staatsstraße auf die Verbindungsstraße nach Kamogawa abbogen und die Bōsō-Halbinsel durchquerten, kam schließlich der Pazifik in Sicht. Ihr Ziel Nakaminato war eine Ortschaft mit knapp zehntausend Einwohnern, die zwischen der Stadt Katsuura und der Provinz Awa lag. Sie durchquerten einen schmalen Küstenstreifen, zwischen einer langgestreckten Bergkette und der Küste lagen verstreut einzelne Dörfer. Die Region lebte hauptsächlich vom Fischfang, aber es gab auch Badestrände und touristische Einrichtungen wie Hotels, Restaurants und Spielhallen. Obwohl sich dies alles im eher bescheidenen Rahmen abspielte, ging es den Einwohnern hier nicht schlecht. Gleiches ließ sich von Nakaminato behaupten.

Von der Stadt Kamogawa aus ging die Fahrt nun die Küstenstraße nordostwärts entlang, und während ihnen die frische Brise vom Meer entgegenschlug, passierten sie Awa und gelangten schließlich in den Ort.

Vom Beifahrersitz aus lotste Jun'ichi sie mithilfe einer Landkarte zu der Adresse der Familie des Opfers. Sie bogen von der Staatsstraße rechts ab und fuhren durch ein belebtes Geschäftsviertel, bevor sie zu dem Karree gelangten, wo sich das Haus von Mitsuo Samura befand. Durch seine exklusive Lage an der Grenze zwischen Einkaufs- und Wohngegend stach der traditionelle Holzbau sofort ins Auge. Auf dem Dach des einstöckigen Vorbaus zur Straße hin war ein Schild angebracht: »Samura Modell- und Formenbau«.

Während sich Jun'ichi die Krawatte umband, betrachtete Nangō Mitsuo Samuras Haus. Hinter einer hölzernen Schiebetür stand ein junger Mann in Arbeitskleidung an einer Drehbank. Einen Bruder hatte das Opfer nicht gehabt, sicher war es einer der Angestellten des Betriebs. Als Nangō weiter in die Werkstatt hineinspähte, entdeckte er zu seinem Erstaunen einen bernsteinfarben leuchtenden Behälter. War das nicht die gleiche Maschine, die er erst kürzlich bei Jun'ichis Vater gesehen hatte? Obwohl er die Protokolle zu dem Fall zigmal durchgelesen hatte, war ihm nie aufgefallen, dass die Familien von Täter und Opfer offenbar im selben Gewerbe tätig waren. Was für eine Ironie des Schicksals, dachte er.

Nachdem er sich die Krawatte umgebunden und den Hemdkragen im Rückspiegel zurechtgezupft hatte, stieg Jun'ichi aus dem Wagen und zog sich das Jackett über. Offenbar hatte er nach der Entlassung noch keine Zeit gehabt, seine Garderobe zu erneuern, weshalb seine Aufmachung etwas kunterbunt zusammengestellt wirkte. Trotzdem schien er entschlossen, die Sache hinter sich zu bringen.

»Und, geht das so?«, fragte er.

»Aber sicher. Du machst bestimmt einen guten Eindruck. Also nur Mut! Nun geh schon!«

Jun'ichi überquerte die Straße und bemerkte, dass ein Angestellter in der Werkstatt Samuras zu ihm schaute. Er grüßte ihn mit einem Nicken und betrat das Grundstück.

An das Gesicht von Mitsuo Samura konnte er sich noch gut erinnern. Der Vater des Opfers war als Zeuge der Anklage vor Gericht erschienen. »Verhängen Sie die Höchststrafe über den Angeklagten«, hatte er den Vorsitzenden Richter unter Tränen angefleht. »Ich habe meinen einzigen Sohn verloren.«

Obwohl er mehrmals am liebsten kehrtgemacht hätte, schaffte Jun'ichi es bis zur Haustür.

»Ist Herr Mitsuo Samura da?«, fragte er den Arbeiter.

»Ja«, erwiderte dieser. »Und wer sind Sie?«

»Ich heiße Jun'ichi Mikami.«

»Einen Moment bitte!«

Der Arbeiter schaltete die Drehbank ab und verschwand durch die Tür, die zum Wohntrakt führte.

Während Jun'ichi am Eingang wartete, betrachtete er den Betrieb mit seinen Einrichtungen. Die Ausstattung wirkte weitaus imposanter als die seines Vaters. Ob die moderne Ausstattung hier mithilfe der Abfindung seiner Eltern angeschafft worden war? Die Rapid-Prototyping-Anlage sah doch auch um das Zehnfache kostspieliger und leistungsfähiger aus als die in der Werkstatt seines Vaters.

»Mikami?«, hörte er plötzlich einen wutentbrannten Aufschrei.

Kaum hatte Jun'ichi Haltung angenommen, erschien schon Mitsuo Samura am Eingang. Sein Haar hatte er mit Pomade zurückgekämmt, unter einer breiten Stirn funkelten wütende Augen. Mit seinem wuchtigen Auftreten wirkte er genauso wie damals vor Gericht.

Als Samura Jun'ichi sah, blieb er wie angewurzelt stehen. »Sie haben dich freigelassen?«, brüllte er drohend.

»Ich habe meine Strafe verbüßt.«

Er stand stocksteif vor dem tobenden Mann und presste seine Worte heraus: »Ich gehe nicht davon aus, dass Sie mir verzeihen werden, aber ich möchte zumindest meine Entschuldigung vorbringen. Es tut mir unendlich leid.«

Jun'ichi verneigte sich ganz tief in Erwartung einer Antwort. Aber es kam nichts dergleichen. Fast rechnete er schon damit, dass der Mann auf ihn losgehen würde.

»Heb den Kopf!«, sagte Samura schließlich. Das Zittern in seiner Stimme verriet, wie sehr er seinen Zorn zu beherrschen versuchte. »Ich möchte deine Entschuldigung in Ruhe hören. Komm rein!«

»Ja.«

Jun'ichi betrat die Werkstatt. Der Arbeiter warf den beiden nur einen verstohlenen Blick zu, offenbar ahnte er, worum es ging. Samura ging mit Jun'ichi durch die Halle und ließ ihn hinten in einer Ecke an einem Schreibtisch Platz nehmen. Er selbst setzte sich auch für einen kurzen Augenblick, sprang aber sofort mit einem leisen Stöhnen wieder auf. Jun'ichi zuckte ängstlich zusammen. Wird er auf mich losgehen?, fragte er sich.

Samura jedoch drehte sich abrupt zu einer Küchenzeile mit Wasserkocher um, brühte Tee auf und stellte Jun'ichi den Becher vor die Nase. Wie viel Überwindung musste es ihn kosten, dem Mörder seines Sohnes Tee zu servieren?

»Vielen Dank«, sagte Jun'ichi eingeschüchtert. »Es tut mir wirklich unendlich leid«, entschuldigte er sich abermals.

Samura starrte ihn eine Weile schweigend an. »Wann bist du rausgekommen?«, fragte er dann.

»Vorgestern.«

»Vorgestern? Wieso bist du nicht gleich hergekommen?«

»Ich habe erst gestern von der Schadensersatzregelung erfahren«, gab Jun'ichi unumwunden zu.

Als Samura das hörte, schwollen ihm die Adern auf seiner ölig verschwitzten Stirn. »Soll das heißen, wenn es diese Abmachung nicht gäbe, hättest du dich nicht bei mir entschuldigt?«

»Aber nein«, beeilte sich Jun'ichi zu entgegnen, auch wenn er insgeheim genau so dachte, wie der Mann vermutete. Es war doch nicht meine Schuld! Dein Sohn hat sich das alles selbst eingebrockt!, hätte er ihm am liebsten entgegnet.

Samura hüllte sich erneut in Schweigen, als wolle er ihn damit noch zusätzlich quälen. Jun'ichi wollte nur noch weg, also riss er sich zusammen und verneigte sich ein weiteres Mal.

»Es wird Ihren Zorn nicht lindern … aber ich bitte Sie dennoch aufrichtig um Verzeihung.«

»Was die Schadensersatzregelung anbelangt«, begann Samura. »Die guten Absichten deiner Eltern weiß ich wohl zu schätzen. Da ich in derselben Branche arbeite wie dein Vater, kann ich mir gut vorstellen, was für eine schwere finanzielle Belastung die Abfindung für deine Familie bedeutet. Das ist mir durchaus klar.«

Samura klang so, als wollte er sich mit seinen Worten in erster Linie selbst besänftigen. Sein Groll gegen Jun'ichi war dennoch deutlich zu spüren.

»Na, komm schon, nun trink deinen Tee«, forderte ihn Samura auf. Sein sichtliches Bemühen ließ Jun'ichi nicht ungerührt. Zuerst hatte es ihn enorm gestört, dass Samura so eine hohe Abfindungssumme erhalten sollte, vor allem, weil er wusste, wie sehr seine Eltern dadurch ins Unglück gestürzt wurden. Aber wenn er jetzt so darüber nachdachte, musste er sich eingestehen, dass einzig und allein seine Tat der Grund dafür war.

»Danke«, sagte er und führte den Becher zum Mund.

»Um ehrlich zu sein, solltest du mir nie wieder unter die Augen treten. Aber da du jetzt schon mal hier bist, will ich dich doch noch um einen Gefallen bitten.«

»Was denn?«, fragte Jun'ichi zaghaft nach.

»Bevor du fortgehst, möchte ich, dass du vor dem Altar niederkniest und betest.«

Zehn Minuten später verließ Jun'ichi endlich den Betrieb von Mitsuo Samura. Völlig ausgelaugt schleppte er sich auf die andere Straßenseite, wo der Wagen parkte. Mit einem tiefen Seufzer ließ er sich in den Beifahrersitz fallen.

»Wie war's?«, erkundigte sich Nangō neben ihm.

»Jetzt habe ich es hinter mir.«

»Gut so«, sagte Nangō verständnisvoll und ließ den Motor an.

Sie hielten vor der Filiale einer Restaurantkette und bestellten sich einen Imbiss. Jun'ichi berichtete ausführlich, wie die Begegnung zwischen ihm und Mitsuo Samura abgelaufen war. Allerdings konnte er nicht darüber sprechen, was er vor dem Porträt des Toten auf dem Altar empfunden hatte. Kyōsuke Samura hatte ihn auf dem Foto angelächelt. Es war das Lächeln eines fünfundzwanzigjährigen jungen Mannes, nichts erinnerte an das vor Wut verzerrte Gesicht, das Jun'ichi vor sich sah, wenn er an ihre verhängnisvolle Begegnung dachte.

Dieser Mensch existierte nun nicht mehr. Als ihm das richtig bewusst wurde, überkam Jun'ichi ein Gefühl der

Leere. Er wusste nicht mehr, was er denken, was er fühlen sollte. All das, was bisher unaufhörlich in seinem Kopf gekreist hatte, war auf einmal verschwunden – das ewige Selbstmitleid, die Rechtfertigung für seine Tat, die Resignation.

Als er zu Ende erzählt hatte, ermahnte ihn Nangō: »Vergiss niemals den Zorn der Hinterbliebenen. Bei diesem Verbrechen bist nicht du es, sondern das Opfer und seine Familie, die es am härtesten getroffen hat.«

»Ja.«

»Gut. Nun aber Schluss damit. Jetzt kannst du dich auf die Arbeit stürzen.«

Nangō ging zur Kasse und bezahlte für sie beide.

Jetzt konnten sie also mit ihrer Arbeit beginnen, dachte Jun'ichi und riss sich zusammen.

Aber würden sie es überhaupt schaffen, die Unschuld eines zum Tode Verurteilten zu beweisen?

2

Die beiden verließen das Restaurant und machten sich wieder auf den Weg. Nach kurzer Fahrt überquerten sie die Gleise der Sotobo-Linie und folgten der immer schmaler werdenden Landstraße hinauf ins bergige Inland. Jenseits der verrosteten Leitplanke wucherte Gestrüpp und verdeckte die Sicht auf Nakaminato.

In einer der letzten Kurven der Serpentinenstraße parkte eine weiße Limousine.

»Da ist unser Auftraggeber«, erklärte Nangō und hielt direkt dahinter an.

Als die beiden auf die Straße traten, stieg ein Mann im Anzug ebenfalls aus seinem Fahrzeug. Er war etwas über fünfzig und trug eine etwas fadenscheinige Krawatte, die im Wind flatterte. Neben seinen buschigen Brauen fielen die tiefen Falten um die Augen auf.

»Entschuldigen Sie, dass Sie warten mussten«, begrüßte ihn Nangō, woraufhin sich die Falten sofort in ein Lächeln vertieften.

»Kein Problem, ich bin selbst gerade erst gekommen.«

»Das ist Jun'ichi Mikami«, stellte Nangō ihn vor. »Und das ist Herr Rechtsanwalt Sugiura.«

Jun'ichi verneigte sich vor dem Mann. »Freut mich, Sie kennenzulernen.«

»Ganz meinerseits«, erwiderte Sugiura. Er wusste bestimmt von Jun'ichis Vorstrafe, ließ sich aber nicht das Geringste anmerken.

Nach einem kurzen Gespräch mit Nangō wandte er sich erneut an Jun'ichi: »Herr Mikami, Sie sind sicher noch nicht mit den Einzelheiten des Falls vertraut, stimmt's?«

»So ist es.«

»Das ist gut. Dann können Sie jetzt alles nämlich ganz unvoreingenommen von mir erfahren. Ich werde Herrn Nangō die Prozessakten übergeben, die Sie sich später gründlich durchlesen werden.« Er ließ für einen Moment den Blick schweifen, bevor er fortfuhr. »Nun, dann werde ich Ihnen mal die Umstände der Reihe nach schildern. Es begann in einer Nacht vor zehn Jahren. So ziemlich dort, wo sie beide jetzt stehen, lag damals ein Mann am Boden.«

Jun'ichi trat unwillkürlich ein paar Schritte beiseite und starrte auf die Stelle.

»Es war ein Motorradunfall. Neben dem Mann lag die Maschine, die gegen die Leitplanke geprallt und schwer beschädigt worden war.«

Es geschah am 29. August 1991, etwa gegen 20.30 Uhr.

Der Lehrer Keisuke Utsugi war zusammen mit seiner Ehefrau Yoshie in einem kleinen Pkw die Straße hinaufgefahren, um seine betagten Eltern in ihrem Haus zu besuchen. Es fing an zu regnen, aber er kannte die Strecke bestens und gab nicht besonders Acht.

Fast hätte er deshalb etwa dreihundert Meter vor seinem Elternhaus einen Mann überfahren, der zusammengekrümmt auf der Fahrbahn lag. Der Mann stöhnte vor Schmerzen, und Keisuke Utsugi vermutete einen Verkehrsunfall. Kurz darauf entdeckte er etwas abseits ein Motorrad, das umgestürzt am Rand der Straße lag.

Die spätere Untersuchung des Unfallhergangs ergab,

dass die Geländemaschine mit einer Geschwindigkeit von rund siebzig Stundenkilometern unterwegs gewesen, in einer Kurve ins Schleudern geraten und gegen die Leitplanke geprallt war.

Im Lauf der Ermittlungen sagte Keisuke Utsugi über ein wichtiges Detail aus, das sich später bei der Gerichtsverhandlung als einer der strittigen Punkte herausstellen sollte. »Der Mann hatte keinen Helm auf. Ich sah, dass er am Kopf blutete.«

Das Ehepaar war sofort zurück in den Wagen gestiegen, um vom nahe gelegenen Haus der Eltern aus Hilfe zu rufen. Zu jener Zeit waren Handys noch nicht sehr verbreitet.

Als die beiden dort ankamen, entdeckten sie die Leichen der Eltern, die grässlich zugerichtet waren.

»Jetzt zum anderen Schauplatz.«

Nachdem der Rechtsanwalt Sugiura den Fall so weit geschildert hatte, stieg er in die Limousine und fuhr Nangō voraus.

Nach einer kurzen Fahrt stießen sie am Ende der befestigten Straße, die sich ab hier nur als Feldweg fortsetzte, auf ein flaches Einfamilienhaus aus Holz. Es war der Wohnsitz der Familie von Kōhei Utsugi, der damalige Tatort. Offenbar war es seitdem nicht mehr bewohnt, denn der Garten sah völlig verwildert aus, sämtliche Fenster waren blind vor Schmutz. Selbst im hellen Sonnenschein bot das verfallene Haus einen furchtbar trostlosen Anblick.

»Gehen wir kurz rein«, sagte der Anwalt in lockerem Ton und stieg über die Absperrkette, die das Grundstück von der Straße trennte.

»Warten Sie bitte!«, hielt ihn Jun'ichi zurück.

»Wieso?«

»Haben Sie denn eine Genehmigung, um da reinzugehen?«

»Keine Sorge, hierher kommt doch niemand.«

»Nein, darum geht es nicht ...«

»Ach so, deswegen«, schaltete sich Nangō ein. »Er ist noch auf Bewährung«, erklärte er an Sugiura gewandt.

Doch der Anwalt begriff offenbar immer noch nicht, worum es ging. »Ja, und?«

»Wenn ihm das als Hausfriedensbruch angelastet wird, muss er zurück ins Gefängnis.«

»Ich verstehe. Da haben Sie recht. Was für ein Lapsus, ausgerechnet von mir, einem Anwalt.«

Jun'ichi bemerkte sehr wohl Sugiuras süffisantes Grinsen.

»Dann erzähle ich eben hier draußen weiter.« Sugiura zog den Fuß, den er schon auf das Grundstück gesetzt hatte, wieder zurück. »Der Grundriss des Hauses ist folgendermaßen: Von der Diele aus gehen rechts Küche und Bad ab, auf der linken Seite befinden sich Wohn- und Schlafzimmer. Das ermordete alte Ehepaar wurde gleich links aufgefunden, im Wohnzimmer.«

Als der Sohn Keisuke mit seiner Frau Yoshie dort eintraf, brannte Licht im Haus. Die Schiebetür am Eingang stand offen. Deshalb ging Keisuke gleich hinein und griff sich das Telefon, das auf dem Schuhschrank stand.

Yoshie wollte indessen, während ihr Mann telefonierte, die Schwiegereltern begrüßen und sie über den Unfall informieren. Als sie dann die Tür zum Wohnzimmer aufschob, erblickte sie die beiden entsetzlich zugerichteten Leichen, die jeweils auf einer Seite des Zimmers lagen.

Mitten im Telefonat mit der Rettungsstelle hörte Keisuke, wie Yoshie einen Schrei ausstieß. Er ließ den Hörer fallen und eilte ins Wohnzimmer, wo sich ihm der grauenhafte Anblick bot.

Zuerst stand er wie versteinert, und als er sich aus seiner Schockstarre befreit hatte, alarmierte er die Polizei. Kurz bevor er auflegen wollte, fiel ihm auch wieder der Motorradunfall ein, und er bestellte einen Rettungswagen für den Verletzten.

Zwanzig Minuten später trafen ein Polizeibeamter und drei Krankenwagen ein. Nach einer weiteren Viertelstunde tauchte bereits das erste Ermittlerteam von der Polizeistation in Katsuura auf. Dies war der erste Akt des Raubmord-Falles, der die gesamte südliche Region der Bōsō-Halbinsel erschütterte.

Aus der Spurensicherung am Tatort sowie der späteren Obduktion der Leichen ergaben sich dann folgende Fakten:

Da keine Einbruchsspuren an Fenster und Türen gefunden wurden, musste der Täter das Haus durch den Haupteingang betreten haben, die Gewalttat geschah danach im Wohnzimmer.

Die Tatopfer waren der siebenundsechzigjährige Rentner Kōhei Utsugi und seine Ehefrau Yasuko. Kōhei war bis zu seiner Pensionierung Direktor der lokalen Mittelschule und engagierte sich seit sieben Jahren als ehrenamtlicher Bewährungshelfer. Der Todeszeitpunkt wurde auf etwa 19.00 Uhr eingegrenzt.

Den Wunden an den Leichen nach zu urteilen rührten diese offensichtlich von einer großen Hieb- oder Stichwaffe in Form einer Axt oder eines Beils her. Die tödlichen Verletzungen wurden jeweils durch einen senkrechten

Hieb auf den Kopf verursacht, dessen Wucht so stark war, dass er den Schädel des Opfers zertrümmerte. Kōhei schien noch eine kurze Zeit mit dem Mörder gerungen zu haben, da an beiden Armen Abwehrverletzungen festgestellt wurden, und auch da gab es Wunden, die auf den massiven Einsatz einer großen, scharfen Waffe deuteten. Am Tatort lagen vier Finger verstreut am Boden, die mit einem Schlag abgetrennt worden waren, und Kōheis linker Unterarm hing nur noch lose an einem Sehnenstrang vom Ellbogen.

Der späteren Aussage von Keisuke Utsugi zufolge, waren offensichtlich das Kontobuch, der Namensstempel und die Börse mit den Kreditkarten entwendet worden. Auch in den anderen Räumen gab es Spuren, die darauf hindeuteten, dass die Habseligkeiten durchwühlt worden waren, aber der Sohn und die Schwiegertochter konnten nur besagte Dinge als gestohlen angeben.

Das Ermittlerteam wurde schnell auf die Verbindung zum unweit des Tatorts Verunglückten aufmerksam, einem jungen Mann namens Ryō Kihara. Der zweiundzwanzigjährige Kihara war bis zu diesem Zeitpunkt wegen einiger Bagatelldiebstähle schon zu mehreren Jugendstrafen verurteilt worden, die zur Bewährung ausgesetzt wurden. Sein zuständiger Bewährungshelfer war ebenjener ermordete Kōhei Utsugi.

Sobald diese Beziehung offenkundig wurde, fuhr der leitende Kommissar unverzüglich zur Notaufnahme, wohin man den verletzten Kihara gebracht hatte. In dessen Kleidung fand er dann die Börse von Kōhei Utsugi mit den Kreditkarten. Außerdem wurden Blutspuren dreier Menschen an den Sachen sichergestellt, und zwar seines und das der beiden Opfer.

Damit schien die Sache klar. Kihara hatte das Haus seines Bewährungshelfers als Bekannter betreten, dort das Ehepaar Utsugi umgebracht und deren Wertsachen gestohlen, worauf er mit dem Motorrad flüchten wollte. Dann war er jedoch in der Kurve ins Schleudern geraten und mit der Maschine verunglückt. Dass er dann ausgerechnet von den Hinterbliebenen der Opfer entdeckt wurde, war Ironie des Schicksals.

Schließlich wurde gegen Ryō Kihara wegen Raubmordes Haftbefehl erlassen. Er wurde im Krankenhaus so lange unter Arrest gestellt, bis nach seiner Genesung Anklage gegen ihn erhoben wurde.

»So weit der Fall in groben Zügen«, sagte Sugiura und unterbrach sich, um eine Zigarette anzuzünden.

»Damit sprechen alle Indizien klar gegen Kihara«, stellte Jun'ichi fest. »Ist denn später ein Umstand aufgetaucht, der seine Unschuld beweisen könnte?«

»Zunächst einmal ...«, fuhr Sugiura fort, nachdem er einen Zug von der Zigarette genommen hatte, »gibt es keinen einzigen strittigen Punkt, wenn man sich das Protokoll der ersten Instanz anschaut. Kihara hat einfach Pech gehabt. Der Pflichtverteidiger hat sich nicht sonderlich bemüht.«

Jun'ichi schaute Sugiura erstaunt an. »Er hat sich nicht bemüht?«

»So ist es. Das ist nichts Ungewöhnliches«, sagte Sugiura ungerührt. »Entweder hat man Glück oder Pech, so sind nun mal alle Prozesse. Das Urteil wird durch allerlei Faktoren beeinflusst: Da sind der Verteidiger, der den Angeklagten vertritt, der Staatsanwalt und der Richter, sowie die Konstellation aller Beteiligten. Es wird gemunkelt, wenn eine junge, hübsche Frau auf der Anklagebank sitzt, wird ein Richter vielleicht ein milderes Urteil fällen, während eine Richterin in diesem Fall strenger verfährt. Das fällt dann unter den sogenannten richterlichen Ermessensspielraum. Hahaha.«

Ohne auf Sugiuras Gelächter zu achten, ließ sich Jun'ichi seinen eigenen Prozess durch den Kopf gehen.

»Nun zurück zum Fall«, fuhr Sugiura fort. »Zweifel am erstinstanzlichen Urteil, das die Todesstrafe fordert, wurden dann durch die Berufung erhoben. Der neu eingesetzte Verteidiger hatte nämlich zwei Unstimmigkeiten hartnäckig verfolgt. Erstens die Tatsache, dass vom Diebesgut weder das Kontobuch und der dazugehörige Namensstempel gefunden wurden und die Tatwaffe nirgends aufgespürt wurde. Danach hatte die Polizei unmittelbar nach ihrem Eintreffen gesucht. Das führte dazu ...«

Der Anwalt trat auf die Straße vor dem Grundstück der Utsugis und zeigte auf den ungeteerten Feldweg, der in die Berge führte. »Dort oben, etwa dreihundert Meter von hier wurde ein Spaten gefunden. Er stammte aus dem Lagerschuppen am Haus der Opfer. Das heißt, der Täter könnte demnach vor seiner Flucht erst mal in Richtung Berge geflüchtet sein, um Beweise zu vergraben.«

»Aber wäre es nicht merkwürdig, wenn der Täter außer der Waffe auch Kontobuch und Namensstempel vergraben hätte?«, wunderte sich Jun'ichi.

»Dieses Argument hat auch die Verteidigung angeführt, aber der Einwand der Staatsanwaltschaft lautete, dass es dem Täter eben genügte, mit der Kreditkarte Bargeld abheben zu können.«

»Das klingt jetzt aber etwas weit hergeholt«, wandte Nangō ein.

»Schon, aber die Reifenspuren an der Stelle, wo der Spaten lag, stammten eindeutig von Kiharas Motorrad.«

»Das würde bedeuten, dass er erst Richtung Berge fuhr, vielleicht um Beweise zu vergraben, dann aber in entgegengesetzter Richtung verschwinden wollte, um seinen Fluchtweg zu verschleiern?«

»Das wäre denkbar.«

»Aber Tatwaffe, Kontobuch und Namensstempel sind nie gefunden worden, richtig?«, vergewisserte sich Jun'ichi.

»Stimmt. Man hat das Gebiet weiträumig abgesucht und die Spuren fremder Erde, die am Spaten klebte, analysiert, aber erfolglos. Es gab jedoch eine hundertprozentige Überstimmung des Drecks am Spaten mit der Erde an den Reifen des Motorrads. Insofern gilt als gesichert, dass Kiharas Maschine an dem Ort gewesen sein muss, wo der Spaten weggeworfen worden war.«

Während Jun'ichi und Nangō noch dabei waren, die erhaltenen Informationen zu verarbeiten, setzte Sugiura die Erzählung fort: »Der zweite dubiose Punkt ist die Tatsache, dass Kihara keinen Helm trug, als er an der Unfallstelle aufgefunden wurde. Laut Zeugenaussagen seiner Nachbarn und Bekannten ist er stets nur mit Integralhelm gefahren. Also eigentlich eine perfekte Tarnung, um sein Gesicht zu verbergen. Wieso sollte er also ausgerechnet am Tag des Raubmords keinen Helm aufgesetzt haben?«

Nangō dachte einen Moment nach und fragte dann: »War eine weitere Person dabei?«

»Genau. So lautete die Behauptung des Verteidigers. Als der Unfall passierte, saßen zwei Personen auf der Maschine. Der Beifahrer hinter ihm könnte ihm den Helm abgenommen und sich selbst aufgesetzt haben, was auch erklären würde, weshalb dieser Zweite ohne schwere Verletzungen davon gekommen sein kann.«

»Und dann? Ist er allein geflüchtet?«

»Höchstwahrscheinlich. Der Unfallort ist zwar von steilen Hängen umgeben, aber es wachsen da eine Menge Bäume. Wenn man sich an den Stämmen entlanghangelt, kommt man recht gut zu Fuß den Berg runter.«

»Hat die Polizei denn nicht nach Fußabdrücken gesucht?«, hakte Jun'ichi nach.

»Doch, schon. Aber an jenem Tag hat es geregnet, sodass alle Spuren verwischt wurden. Allerdings gibt es ein starkes Argument, was gegen eine weitere Person spricht«, räumte Sugiura ein. »Auch nach dem Mord wurde niemals Bargeld vom Konto des Opfers abgehoben. Es stellt sich also die Frage: Falls es einen anderen Täter gab, der im Besitz des Kontobuchs und des Namensstempels war, wieso hat dieser dann nie Gebrauch davon gemacht? Immerhin wurde das Ehepaar doch genau aus diesem Grund ermordet.«

Darauf wusste weder Jun'ichi noch Nangō etwas zu erwidern. Es war nicht schwer, sich vorzustellen, wie während der Berufungsverhandlung zwischen Verteidigung und Anklage heftig argumentiert wurde.

»Doch dann ergab sich Folgendes«, erklärte Sugiura weiter. »Die Berufung wurde in der zweiten Instanz abgelehnt, ebenso der Revisionsantrag beim Obersten Gerichtshof. Später wurde auch der Revisionsantrag nach der endgültigen Bestätigung des Urteils seitens des Obersten Gerichtshofs zurückgewiesen, sodass am Ende das Todesurteil bestätigt wurde.«

»Können wir noch mal einen Schritt zurückgehen?«, bat Jun'ichi, der das Gefühl hatte, etwas Wichtiges verpasst zu haben. »Der sogenannte Andere, von dem vorhin die Rede war – hat denn der gefasste Täter nichts darüber ausgesagt? Dass mit ihm jemand auf dem Motorrad saß?«

»Das ist ja gerade die Crux bei diesem Fall«, erwiderte Sugiura. »Der Angeklagte leidet durch den Unfall an Gedächtnisverlust. Er weiß bis heute nicht, was sich um die Tatzeit herum ereignet hat.«

Kihara zog sich bei dem Unfall einen Schädelbasisbruch und eine schwere Gehirnerschütterung zu. Außerdem erlitt er tiefe Schürfwunden an der rechten Wange, wobei ihm eine ganze Hautpartie vom Gesicht gerissen wurde, sowie Prellungen an Armen und Beinen. Ein Hämatom im Gehirn musste operativ entfernt werden. Alle Verletzungen konnten so weit behandelt werden, dass er nach einigen Wochen wieder ganz hergestellt war.

Jedoch gab es Spätfolgen, die die Ermittler vor Probleme stellten, denn Kihara beteuerte immer wieder, dass er sich an nichts, was sich an dem gesamten Abend des Mordes ereignet hatte, erinnern könne. Aufseiten der Ermittler hegte man jedoch Zweifel, ob die Amnesie nicht nur vorgetäuscht wäre. Die Kommissare hatten ihn ordentlich in die Mangel genommen, um ein Geständnis aus ihm herauszuholen, aber Kihara beharrte weiter auf seiner Behauptung.

Der Gedächtnisverlust des Angeklagten stand auch später vor Gericht im Mittelpunkt, als es um die Festsetzung des Strafmaßes ging. Falls er seinen Gedächtnisverlust nur vortäuschte, um sich einem Geständnis zu entziehen, kämen mildernde Umstände kaum in Betracht. Doch der Richter gelangte anhand medizinischer Gutachten zu der Überzeugung, dass Kiharas Angaben der Wahrheit entsprachen. Personen, die eine Kopfverletzung durch einen Schlag erlitten haben, weisen nicht nur Amnesien auf, die den Zeitpunkt des Unfalls betreffen, sondern oft auch rückwirkende Erinnerungslücken. Es kann dann durchaus das Phänomen einer »retrograden Amnesie« auftreten, was zudem kein seltenes Symptom ist und besonders häufig bei Opfern von Verkehrsunfällen beobachtet werden kann. Dies wurde während der Verhandlung berücksichtigt.

Trotzdem bleibt eine derartige Annahme im Bereich der Spekulation. Es ist nicht geklärt, welcher Mechanismus eine retrograde Amnesie hervorruft, und ebenso kann dabei die organische Veränderung in der Hirnsubstanz nur in vereinzelten Fällen objektiv nachgewiesen werden. Insofern konnte in diesem Mordfall nicht eindeutig bewiesen werden, dass Ryō Kihara tatsächlich sein Gedächtnis verloren hatte.

»Darin liegt also das Problem«, pflichtete Nangō ihm bei. »Wegen der Erinnerungslücke kann Kiharas Verteidigung die Anklagepunkte der Staatsanwaltschaft nicht entkräften. Oder anders ausgedrückt, gerade wegen seines Gedächtnisverlusts wurde er zum Tode verurteilt.«

»Was soll das denn heißen?«

»Ich meine die Strafzumessung. Wenn bei einem Raubmord eine Person zu Tode kommt, wird noch keine Todesstrafe verhängt. Dann gibt es lebenslänglich. Erst bei mehr als drei Opfern steht das Todesurteil außer Frage.«

»Das Heikle in diesem Fall ist eben, dass es zwei Leichen gibt«, ergänzte Sugiura. »Damit kann das Urteil sowohl so oder so ausfallen. Für den Angeklagten bedeutet das folglich, ob er stirbt oder am Leben bleibt. Wenn er der Todesstrafe entgeht und lebenslänglich bekommt, wird er gemäß geltendem Recht nach zehn Jahren entlassen, und ihm bleibt der Weg offen, sich wieder in die Gesellschaft einzugliedern.«

Jun'ichi schaute abwechselnd von einem zum anderen. »Was hat denn nun aber der Gedächtnisverlust, ob vorgetäuscht oder nicht, für juristische Auswirkungen?«

»Es geht um das Gefühl der Reue«, sagte Nangō. »Der entscheidende Grund, weshalb ein Richter vom Todesurteil absehen könnte, ist der, dass der Angeklagte Reue zeigt.«

Die Forderung nach Reue war Jun'ichi nur allzu sehr vertraut, bis zum Überdruss. Auch bei seiner eigenen Verurteilung hatte dies eine Rolle gespielt. Doch damals war es lediglich darum gegangen, ob er einige Monate Haftzeit mehr oder weniger aufgebrummt bekommen würde. Hier hingegen war es eine Frage von Leben und Tod.

Jun'ichi äußerte einen Gedanken, der ihn schon seit Langem umtrieb: »Kann denn ein Außenstehender die Wahrhaftigkeit empfundener Schuld überhaupt ermessen? Woran soll man denn erkennen, dass ein Verbrecher seine Tat von ganzem Herzen bereut?«

»Durch frühere Präzedenzfälle gibt es dafür verschiedene Beurteilungskriterien«, erklärte ihm der Anwalt. »Wie emotional zeigt sich der Angeklagte vor Gericht? Wie hoch ist die angebotene Abfindung für die Hinterbliebenen? Errichtet der Angeklagte in seiner Zelle einen Altar für das tägliche Gebet? Solche Sachen eben.«

»Das Opfer kann doch gar nicht in Frieden ruhen, wenn es nach seiner Ermordung ständig im Gebet angerufen wird. Außerdem, wenn man es danach beurteilt, sind dann nicht wohlhabende und gefühlsbetonte Menschen im Vorteil?«, konterte Jun'ichi so hitzig, dass Nangō aufhorchte.

»Das halte ich für übertrieben«, wies dieser ihn leicht tadelnd zurecht, fügte jedoch hinzu: »Auf jeden Fall ist nicht zu leugnen, dass solche Aspekte eine Rolle spielen.«

»Nun zurück zur Amnesie von Ryō Kihara«, schaltete sich Sugiura ein. »Da der Angeklagte sich nicht erinnern kann, fehlt ihm auch die Möglichkeit, Reue zu empfinden. Er weiß ja nicht, ob er die Tat begangen hat. Die einzige Erklärung, die der Angeklagte guten Gewissens abgeben könnte, wäre, dass er, abgesehen von den paar Stunden, wo ihn sein Gedächtnis im Stich ließ, nie daran gedacht habe, das Ehepaar Utsugi umzubringen.«

»Wie absurd, dass jemand, der in einem anderen Fall für das gleiche Verbrechen angeklagt wäre, der Todesstrafe entkommen könnte, sobald er ein Geständnis ablegt und Reue zeigt«, wandte Nangō ein.

Wieder dachte Jun'ichi über seine nicht mal zwei Jahre währende Haftstrafe nach. Auch er hatte einen Menschen getötet. Sein eigenes Leben war jedoch dadurch nicht bedroht gewesen. Raubmord und Körperverletzung mit Todesfolge sind zwar beides Verbrechen, bei denen das Opfer sein Leben verliert, aber im Strafmaß wird deutlich unterschieden.

»Die retrograde Amnesie wirkt sich auch nach dem Urteilsspruch äußerst ungünstig aus«, fuhr Sugiura fort. »Um den Verurteilten vor der Exekution zu bewahren, gibt es einige Maßnahmen wie etwa ein Antrag auf Wiederaufnahme des Verfahrens oder ein Gnadengesuch. Aber für eine Begnadigung müsste ein Geständnis des Angeklagten vorliegen, und diese Möglichkeit kommt in unserem Fall nicht in Betracht.«

»Nun, dann bleibt als letztes Mittel also nur der Antrag auf Wiederaufnahme des Verfahrens, oder?«

»Richtig. Es gab insgesamt drei Ablehnungen solcher Revisionsanträge in der Vergangenheit, nun ist der vierte ebenfalls zurückgewiesen worden. Zwar ist umgehend eine Beschwerde dagegen eingereicht worden, aber auch diese wird vermutlich abgelehnt werden. Deshalb meine Bitte an Sie beide, mir genügend Beweismaterial für eine fünfte Revision zu verschaffen.«

Sie mussten diesem Ryō Kihara unbedingt das Leben retten, ging es Jun'ichi durch den Kopf. Noch im selben Moment musste er sich jedoch eingestehen, dass er ohne seine eigene Vorstrafe wahrscheinlich gar nicht genug Mitgefühl für den zum Tode Verurteilten aufgebracht hätte.

»Allerdings bleibt uns nicht mehr viel Zeit. Da seit der Verurteilung bereits sieben Jahre verstrichen sind, kann das Urteil jederzeit vollstreckt werden. Kritisch wird es in dem Moment, wo der aktuelle Revisionsantrag vollständig abgelehnt wird.«

»Soll das etwa heißen, selbst wenn wir Beweise für seine Unschuld finden würden, bestünde die Möglichkeit, dass die Hinrichtung bereits vor dem fünften Berufungsantrag vollstreckt wird?«

»Genau. In Anbetracht dessen hat auch der Mandant, der sich an meine Kanzlei gewandt hat, die Frist auf drei Monate begrenzt.«

»Welcher Mandant?«, fragte Nangō verwundert. »Kommt denn dieser Auftrag nicht von Ihnen persönlich, Herr Sugiura?«

»Ach, das habe ich Ihnen ja noch gar nicht erzählt«, erwiderte der Anwalt mit einem geflissentlichen Lächeln.

»Ich bin hier nur in Vertretung meines Mandanten. Da ihm viel daran liegt, die Unschuld des Verurteilten zu klären, bittet er Sie, das nötige Beweismaterial zusammenzubringen.«

»Soll das heißen, er ist derjenige, der sich uns als Detektivgespann ausgesucht hat?«

»So könnte man es nennen.«

»Und ich hatte mich schon darüber gewundert, dass Sie für Ihren Auftrag so ein großzügiges Honorar springen lassen wollen«, sagte Nangō mit einem amüsierten Lächeln. In seinem Blick allerdings war ein leiser Argwohn zu erkennen. »Und wer ist nun dieser Auftraggeber?«

»Er möchte anonym bleiben. Ein unbekannter Wohltäter, mehr darf ich Ihnen nicht verraten. Ein entschiedener Gegner der Todesstrafe«, erwiderte Sugiura, doch als Nangō ihn immer noch skeptisch ansah, fügte er beschwichtigend hinzu: »Die Höhe des Honorars lässt doch aber nichts zu wünschen übrig, oder?«

»Natürlich«, erwiderte Nangō. »Sonst gibt es aber nichts mehr, von dem wir keine Ahnung haben?«

»Noch eine Sache. Inzwischen haben sich einige andere Leute zusammengetan, die Ryō Kihara beistehen wollen. Sie protestieren damit gegen die Todesstrafe. Ich bitte Sie jedoch, jeglichen Kontakt zu solchen Gruppierungen zu vermeiden.«

»Aus welchem Grund?«

»Die meisten der Sympathisanten sind natürlich gutmütige Zeitgenossen, aber unter ihnen tummeln sich auch radikale Fanatiker. Sollten solche Kandidaten bei der Beweismittelsuche beteiligt sein, gerät der Revisionsantrag womöglich in ein ungutes Licht, sodass man Kihara womöglich mehr schaden als helfen würde.«

Jun'ichi fand das Argument wenig überzeugend. »Ist doch egal, wer etwas findet. Beweis ist Beweis, oder etwa nicht?«

»Das ist nun mal so in unserer Gesellschaft, da wird nicht alles akzeptiert«, flüchtete sich Sugiura in einen Allgemeinplatz. »Auf alle Fälle bitte ich Sie inständig um Diskretion bei Ihren Nachforschungen.«

»Ich muss doch aber meinen Sachbearbeiter und meinen Bewährungshelfer darüber informieren«, gab Jun'ichi zu bedenken.

»Dagegen ist nichts einzuwenden. Die beiden sind an ihre Schweigepflicht gebunden, was Ihre Angelegenheiten betrifft. Da sickert bestimmt nichts durch.«

»Herr Sugiura, haben Sie Kihara eigentlich schon früher vertreten?«, erkundigte sich Nangō.

»Nein, dies ist das erste Mal.«

Als Sugiura Nangōs zweifelnde Miene bemerkte, fügte er rasch hinzu: »Es verhält sich nämlich folgendermaßen: Inzwischen ist ein anderer Verteidiger für Kihara zuständig, der alle weiteren Aktivitäten koordiniert, die den Angeklagten unterstützen sollen. Einer von diesen Sympathisanten hat sich jedoch speziell an meine Kanzlei gewandt. Vermutlich ist er nicht mit allem einverstanden, was diese Gruppe unternimmt, weshalb er den Fall auf eigene Faust angehen will.«

»Ach so, verstehe«, erwiderte Nangō, der sich offenbar damit zufriedengab. Betont munter wandte er sich an Jun'ichi: »So, womit fangen wir denn nun an?«

Jun'ichi freute sich zwar darüber, dass Nangō ihn miteinbezog, hatte jedoch spontan keine Idee.

»Da ist noch eine letzte Sache«, meldete sich nun wieder Sugiura zu Wort. »Es gibt einen besonderen Anlass, weshalb der Auftraggeber jetzt aktiv geworden ist«, erklärte der Anwalt zögernd. »Kihara hat nämlich ein Stück Erinnerung wiedererlangt.«

»Ein Stück Erinnerung?«

»So ist es. Er behauptet, während des Zeitraums, über den ihn sein Gedächtnis im Stich lässt, eine Treppe hochgestiegen zu sein.«

»Eine Treppe?«, vergewisserte sich Jun'ichi.

»Ja. Er sagt, er sei in Todesangst eine Treppe hinaufgerannt.«

3

Nachdem der Anwalt in seiner weißen Limousine die Straße hinuntergefahren war, blieben Jun'ichi und Nangō noch eine Weile dort stehen und betrachteten das Haus von Kōhei Utsugi.

Es war halb zwei am Nachmittag, und die Sonne stand noch hoch am Himmel. In dem grellen Licht war noch deutlicher zu erkennen, wie heruntergekommen das Haus war.

»Merkwürdige Geschichte«, bemerkte Nangō schließlich. »Dieses Haus hier ist ebenerdig gebaut.«

»Ja, Treppen gibt es jedenfalls nicht.«

»Wir sollten uns bald von den Hinterbliebenen eine Genehmigung holen, damit wir uns drinnen umsehen können«, sagte Nangō und ließ den Blick über die Umgebung schweifen. Der Weg, der an dem Haus der Utsugis vorbeiführte, verlief in Richtung Nakaminato ins küstennahe Geschäftsviertel und entgegengesetzt in die Berge, wo möglicherweise die Beweisgegenstände im Wald vergraben lagen.

»Bei unserer Suche müssen wir besonderes Augenmerk auf Gebäude mit Treppen legen.«

»Was die zurückgekehrte Erinnerung von Kihara betrifft«, wandte Jun'ichi ein, »ist das nicht ein bisschen zu vage? Das Einzige, worauf er sich angeblich besinnen kann, ist, dass er in Todesangst eine Treppe hinaufgerannt ist. Ansonsten fehlt ihm jegliche Erinnerung, sagt er. Können wir ihn den nicht einfach besuchen und über weitere Einzelheiten ausfragen?«

»Nein, das geht nicht. Ein zum Tode Verurteilter wird komplett von der Gesellschaft isoliert. Die Einzigen, die ihn sehen dürfen, sind sein Verteidiger und die engsten Angehörigen. Man könnte sagen, ab dem Moment seiner Verurteilung ist er aus der Welt verschwunden.«

»Selbst Sie, Herr Nangō, als Gefängnisaufseher können ihn nicht aufsuchen?«

»Nein.« Nangō überlegte kurz und sagte dann: »Auch ich darf einen zum Tode Verurteilten nur so lange sehen, bis das Urteil des Obersten Gerichtshofs erlassen ist. In unserem Fall müssen wir also allein klarkommen.«

»Was denken Sie denn über die ganze Sache, Herr Nangō? Halten Sie Kihara für unschuldig?«

»Kommt darauf an«, erwiderte Nangō mit einem zögerlichen Lächeln. »Vorläufig lassen sich vier Szenarien ableiten. Erstens: Kihara kommt als Einzeltäter infrage. Dann wäre das Urteil gerechtfertigt. Dann die zweite Hypothese, nach der es einen zweiten Täter gab. Falls dieser der Komplize von Kihara war, wäre das Urteil ebenfalls nicht anfechtbar. Sollte jener andere jedoch der Haupttäter gewesen sein und Kihara nur sein Handlanger, dann könnte die Strafe auf lebenslänglich herabgesetzt werden.«

Jene drei genannten Hypothesen zogen alle Kihara als Täter beziehungsweise Mittäter in Betracht. Jun'ichi bevorzugte insgeheim die vierte Möglichkeit.

»Die letzte Version würde folglich darauf hinauslaufen, dass jemand anderes der alleinige Täter war«, fuhr Nangō fort. »Ryō Kihara, der seinem Bewährungshelfer gerade einen Besuch abstatten wollte, ist womöglich von einem Einbrecher überrascht worden. Dieser könnte Kihara bedroht und ihn dazu gezwungen haben, die Beweismittel zu entsorgen und ihm bei der Flucht zu helfen. Doch dann ist auf der Rückfahrt der Unfall passiert.«

»Die Sache mit dem Helm würde diese These stützen. Falls nämlich beide den Raubmord gemeinsam geplant hätten, hätte es auch zwei Helme geben müssen, oder?«

Nangō nickte, wandte jedoch zweifelnd ein: »Aber wieso hat der Raubmörder dann Kihara am Unfallort nicht gleich getötet? Immerhin hatte dieser doch vermutlich sein Gesicht erkannt.«

»Vielleicht glaubte er, wenn er Kihara dort verletzt liegen lässt, würde dieser ohnehin sterben. Ein zusätzliches Mordopfer, am Unfallort, hätte dem Täter doch noch mehr Probleme eingebrockt.«

»Das leuchtet ein. Oder auch weil gleich nach dem Unfall das Ehepaar Utsugi dort vorbeigefahren ist.«

»Dann hätte er keine Zeit mehr dafür gehabt«, ergänzte Jun'ichi den Gedanken.

»Genau. Und um Kihara die Schuld zuzuschieben, genügte es, die Börse mit den Kreditkarten bei ihm zurückzulassen.«

Jun'ichi leuchtete die Argumentation ein.

»Das Einzige«, fuhr Nangō fort, »was mich noch stutzig macht, ist, dass das Kontobuch und der Namensstempel nicht aufgetaucht sind. Wie man es auch drehen mag, es wäre schon sonderbar, wenn die Sachen zusammen mit der Tatwaffe vergraben worden wären. Das Plausibelste ist noch, dass der Täter die Dinge nach dem Unfall mitgenommen hat – aber wieso hat er dann keinen Gebrauch davon gemacht und kein Geld abgehoben?«

»Vielleicht fürchtete er die Überwachungskameras in den Banken?«

Nangō musste lachen. »Na, wenn das seine Sorge war, wieso hat er dann überhaupt das Kontobuch geklaut?«

»Hm, stimmt auch wieder.«

»Eins steht fest, falls wir uns an die vierte Erklärung halten, gilt es, die Treppe zu finden. Mit ein bisschen Glück werden wir an diesem Ort auch auf die Tatwaffe stoßen. Und wer weiß, vielleicht sogar noch auf die anderen Beweisstücke.«

Jun'ichi teilte seine Meinung. Nach der Tat war der in den Raubmord verwickelte Kihara offenbar an einen Ort mit einer Treppe verschleppt und dort gezwungen worden, die belastenden Gegenstände zu vergraben. Doch selbst wenn Kihara nach dem Unfall der Polizei verraten hätte, wo die Beweise versteckt waren, wäre dies wahrscheinlich zu seinen Ungunsten ausgelegt und quasi als Geständnis gewertet worden.

»Aber«, gab Jun'ichi zu bedenken, »eine Treppe befindet sich doch normalerweise eher in einem Gebäude. Wäre es dann nicht denkbar, dass der gefundene Spaten, mit dem offensichtlich etwas vergraben wurde, in gar keinem Zusammenhang damit steht?«

»Wir fahren jetzt erst mal nach Tokyo zurück«, erwiderte Nangō und begab sich zum Wagen.

Jun'ichi folgte ihm, musste aber noch eine Frage loswerden: »Ist denn der Anwalt von eben, dieser Herr Sugiura, vertrauenswürdig?«

»Das sollte ihm die Berufsehre gebieten«, gab Nangō lachend zur Antwort, doch dann fügte er hinzu: »Na ja, zumindest in der Idealvorstellung.«

Nangō war mit Jun'ichi absichtlich zum Haus der Utsugis gefahren. Ihm war daran gelegen, sich miteinander vertrauter zu machen, zumal sie als Partner zusammenarbeiten würden. Nachdem sie sich einen Plan für die nächsten Tage zurechtgelegt hatten, fuhr er nach Kawasaki zum Haus seines Bruders zurück.

Beim Abendessen erzählte Jun'ichi seinen Eltern, dass er den Job von der Anwaltskanzlei angenommen habe. Wie erwartet, freuten sich Toshio und Yukie riesig über diese Nachricht. Vor allem die Tatsache, dass ein ranghoher Gefängnisbeamter ihrem Sohn dazu verholfen hatte, erleichterte sie sehr. Als er in ihre freudestrahlenden Gesichter blickte, empfand Jun'ichi erneut tiefe Dankbarkeit Nangō gegenüber.

Das gemeinsame Abendessen war zwar bescheiden, aber Jun'ichi genoss die Speisen im Kreis seiner Familie. Das großzügige Honorar verschwieg er seinen Eltern. Er selbst würde durch den dreimonatigen Job die stattliche Summe von drei Millionen Yen verdienen, und falls er das Leben von Ryō Kihara rettete, sogar noch zusätzliche zehn Millionen. Diesen ganzen Batzen Geld würde er dann seinen Eltern überreichen.

Die nächsten beiden Tage erledigte er die nötigen Vorbereitungen für den Job. Von den sechzigtausend Yen, die er in der Gefängniswerkstatt verdient hatte, kaufte er sich neue Kleidung und Toilettenartikel. Dann besuchte er seinen Bewährungshelfer, den alten Herrn Kubō, um die nötige Reisegenehmigung zu beantragen.

Kubō schien bereits einen ausführlichen Bericht von Nangō erhalten zu haben und strahlte über das ganze Gesicht. »Das hat auch Ihren Sachbearbeiter Herrn Ochiai höchst erfreut. Ein tadelloser Job. Halten Sie die Ohren steif!

»Ja«, erwiderte Jun'ichi lächelnd.

Nangō war zwischenzeitlich ebenfalls nicht untätig gewesen. Er hatte sich noch einmal mit Sugiura getroffen, bevor er wieder nach Nakaminato gefahren war.

Er beschloss, im Rahmen des verfügbaren Spesenbetrags in dieser Gegend ein Apartment für den dreimonatigen Aufenthalt zu mieten. Zuerst wollte er ein lokales Maklerbüro aufsuchen, aber dann überlegte er es sich bezüglich der Lage anders. Hier wohnten immerhin die Angehörigen des Opfers, dessen Tod Jun'ichi zu verantworten hatte. Wenn Jun'ichi und Mitsuo Samura sich hier über den Weg liefen, könnte es unter Umständen kritisch werden.

Schließlich fand er eine Mietwohnung in der Stadt Katsuura, die etwa zwanzig Autominuten entfernt lag. Um Jun'ichi etwas Privatsphäre zu ermöglichen, entschied er sich für eine Zweizimmerwohnung. Er bedachte die Zustände, in denen der frisch Entlassene zwei Jahre lang im Gefängnis hatte leben müssen, und wollte ihm deshalb etwas mehr Bequemlichkeit bieten. Die Wohnung mit Bad kostete 55 000 Yen im Monat.

Nachdem alle praktischen Dinge geregelt waren, fuhr er zur Justizvollzugsanstalt Tokyo, die im Stadtteil Kosuge lag. Ryō Kiharas musste im Todestrakt inhaftiert sein, der sich im zweiten Obergeschoss des Neubaus im Block IV befand, und unterlag dem üblichen Kontaktverbot. Nangōs potenzielle Ansprechpartner waren deshalb diejenigen Aufseher, die er im Lauf seiner langen Dienstzeit persönlich kennengelernt hatte. Unter ihnen befand sich auch ein jüngerer Kollege, ein gewisser Okazaki, ein Oberaufseher, der früher in der Haftanstalt Fukuoka unter ihm gearbeitet hatte. Nangō passte Okazaki zum Dienstschluss ab und lud ihn in eine Kneipe in der Nähe ein, um ihn unter dem Siegel der Verschwiegenheit um einen Gefallen zu bitten.

»Könnten Sie mir Bescheid geben, sobald die Vollstreckung ansteht?«, bat ihn Nangō im Flüsterton, worauf der sieben Jahre jüngere Untergebene erstarrte. Okazaki hatte mehr Ehrgeiz als Nangō gezeigt, um auf der Karriereleiter aufzusteigen. Er bekleidete inzwischen das Amt eines ranghohen Vollzugsbeamten in der Planungsabteilung. Das bedeutete, dass er in einer Position war, in der er von der Anweisung zur Vollstreckung des Todesurteils für Ryō Kihara unverzüglich erfahren würde, sobald das Schriftstück die Haftanstalt erreichte. Nangō wusste natürlich, dass vor einer bevorstehenden Exekution ein striktes Geheimhaltungsverbot an alle Mitarbeiter erging, aber Okazakis Zögern musste noch einen anderen Grund haben.

»Ich werde selbstverständlich Stillschweigen bewahren. Sie brauchen es wirklich nur mir anzuvertrauen«, versicherte ihm Nangō nachdrücklich, worauf Okazaki sich vorsichtig umschaute und kurz nickte.

»Einverstanden.«

»Ich danke Ihnen.«

Okazaki nahm einen Schluck von seinem Sake. »Ich mache das nur, weil Sie sich damals meiner angenommen haben, Herr Nangō.«

Bei dieser Bemerkung fühlte sich auch Nangō sofort etwas beklommen.

Kurz darauf verabschiedete er sich von seinem früheren Kollegen und fuhr zurück nach Kawasaki. Auf der Digitaluhr in der Küche seines Elternhauses war es gerade Mitternacht.

Er verstaute die Leihgaben wie Geschirr, Besteck und Futons aus dem Haushalt seines Bruders im Mietwagen, einem Honda Civic.

Damit waren seine Vorkehrungen abgeschlossen.

Mit einem tiefen Seufzer blickte Nangō hoch zum Nachthimmel, als wollte er das bedrückende Gefühl abschütteln, das ihn schon seit geraumer Zeit beschlich. Die Sterne am südlichen Firmament versteckten sich hinter dichten Wolken.

Die Regenzeit stand bevor.

III
DIE SUCHE

1

Vor ihrem morgendlichen Aufbruch nach Minami-Bōsō hatten sie sich wieder im Café in Hatanodai verabredet. Jun'ichi, der als Erster dort war, wartete mit dem Frühstück, bis Nangō eintraf. Danach stiegen sie in den mit Utensilien vollgestopften Honda Pick-up und nahmen die gleiche Strecke wie neulich nach Nakaminato.

»Gehört die Boutique gegenüber dem Café deiner Freundin?«

Die Frage traf Jun'ichi unvermittelt. Verfügte Nangō über einen berufsbedingten Instinkt, den er sich als Gefängnisaufseher angeeignet hatte?

»Ich meine Lilys Shop.«

An diesem Morgen war Yuri nicht aufgetaucht. Jun'ichi hatte eigentlich nichts dagegen, sich mit Nangō über sie zu unterhalten. So würde er dem Mann etwas näherkommen. Er schilderte ihm die Zusammenhänge, so weit es ihm möglich war. »Ja, das ist sie. Sie ist diejenige, mit der ich damals ausgerissen bin.«

»Ausgerissen?« Nangō blickte ihn fragend an. »Du meinst die Geschichte vor zehn Jahren?«

»Ja.«

»Seid ihr denn immer noch zusammen?«

»Na ja ... wir sind nur noch Freunde.«

»Hübsches Mädchen, oder?«

»Finde ich schon.«

Nangō lächelte.

Jun'ichi wechselte das Thema. »Und Sie Herr Nangō, weshalb sind Sie Gefängnisaufseher geworden?«

Nachdem Nangō sich in die Fahrspur, die in Richtung Schnellstraße über die Bucht von Tokyo führte, eingeordnet hatte, begann er zu erzählen. »Ich komme aus einer Bäckerfamilie, wo man sich zwar keine Sorgen ums tägliche Brot machen musste, aber um die Kinder auf die Universität zu schicken, reichte das Geld für die Gebühren gerade mal für einen Studienplatz. Deshalb hatten meine Eltern beschlossen, auch nur ein Kind zu bekommen.« Nach einer Pause fuhr er fort: »Doch dann bekam meine Mutter Zwillinge.«

Jun'ichi blickte überrascht zu Nangō. »Ach so, dann wohnt also Ihr Bruder in Ihrem Elternhaus in Kawasaki?«

»Ja, mein älterer Bruder, der mir zum Verwechseln ähnlich sieht.«

Jun'ichi musste lachen.

Auch Nangō grinste. »Wenn ich den Leuten erzähle, dass ich einen älteren Zwillingsbruder habe, ernte ich immer Gelächter. Jedenfalls standen meine Eltern vor dem großen Problem, wen sie nun von uns beiden auf die Universität schicken sollten. Mein Vater entschied am Ende, nur demjenigen das Studium zu finanzieren, der die Aufnahmeprüfung an einer besseren Universität geschafft hatte. Also ging mein Bruder auf die Uni, während ich lediglich die Oberschule abgeschlossen habe. Danach war ich ein Jahr lang ohne Anstellung. Wir hatten damals einen Richter als Stammkunden, und der hat mich ganz beiläufig auf die Idee gebracht, Justizvollzugsbeamter zu werden.« Nangōs schmale Brauen hüpften munter auf und ab, während er in amüsiertem Ton weiterplauderte. »Seiner Beschreibung zufolge klang es, als sei man als Beamter im Strafvollzug in einer chancengleichen Welt, in der der Bildungsweg keinen Einfluss auf die Karrierelaufbahn hat. Auch wenn man nur Abitur habe, könne man es immerhin bis zum Leiter der Landesdirektion des Justizvollzugs bringen.«

Während seiner Haftzeit hatte Jun'ichi davon nichts gewusst. »Hört sich gut an.«

»Ja. Ich habe mich dann ganz zielbewusst für eine Stelle im Strafvollzug beworben. Damals war dies noch ohne Weiteres möglich, aber heute ist die Zulassungsbeschränkung so hoch, dass nur einer von fünfzehn Bewerbern angenommen wird. Außerdem ist das Gehalt im Justizbereich verglichen mit dem anderer Beamter auch großzügiger.«

Und wieso wollte Nangō dann seinen Beruf an den Nagel hängen?, wunderte sich Jun'ichi, wagte jedoch nicht zu fragen.

»Nun, was meinen Bruder angeht, so hat er heute noch ein schlechtes Gewissen, weil er für das Studium bevorzugt wurde. Ich kann mich jederzeit auf ihn verlassen, falls ich mal seine Hilfe bräuchte.«

Nangō deutete mit dem Kinn auf den mit Futons, einem Reiskocher und anderen Utensilien vollgepackten Rücksitz. »Sogar diese ganzen Sachen hat er mir ausgeliehen. Ist doch nett von meinem Bruder, oder?«

»Ja«. Jun'ichi nickte. Zumal er bestimmt genauso freundlich aussieht wie Sie, wollte er noch hinzufügen, verkniff es sich jedoch, weil es zu einschmeichelnd geklungen hätte.

Die Fahrt ging flott voran. An diesem Morgen blieb es trotz angekündigtem Beginn der Regenzeit und bedecktem Himmel trocken. Als sie die Bōsō-Halbinsel erreichten, wies Nangō hinter sich auf seine Tasche auf dem Rücksitz.

»Da liegen ein Handy und die Visitenkarten drin. Nimm das bitte an dich.«

Jun'ichi holte die Sachen heraus. Auf den Visitenkarten stand sein eigener Name – »Jun'ichi Mikami/Anwaltskanzlei Sugiura« – sowie die Anschrift des Büros und die Telefonnummer. Er hegte zwar keine große Sympathie für den Anwalt, aber die Visitenkarten waren der Beweis, dass dieser einem Vorbestraften wie ihm Vertrauen schenkte.

Nangō teilte ihm seine Handynummer mit. Sollten sie getrennt unterwegs sein, könne er ihn mit diesem Mobiltelefon erreichen. »Da müsste auch noch ein Umschlag sein.«

Als Jun'ichi in der Tasche nachschaute, fand er einen dicken Geschäftsbrief.

»Das sind zweihunderttausend Yen – eine Anzahlung fürs Erste. Der Teil, den du für deinen ganz persönlichen Bedarf ausgibst, wird von deinem monatlichen Honorar abgezogen. Für Spesen und weitere Kosten lässt du dir bitte Quittungen geben.«

»Ja«, sagte Jun'ichi und verstaute die Geldscheine in seinem Portemonnaie, das er in die Gesäßtasche seiner Hose steckte.

Nach zweieinhalbstündiger Fahrt kamen entlang der Staatsstraße vereinzelt die ersten Wohnhäuser in Sicht. Sie hatten Nakaminato erreicht.

»Könntest du das hier bitte auf der Karte suchen.«

Nangō reichte ihm eine Notiz. »Keisuke Utsugi« stand auf dem Zettel, darunter eine Adresse. Der Wohnsitz der ersten Person, die sie zu dem zehn Jahre zurückliegenden

Mordfall befragen wollten, befand sich in einem küstennahen Gebiet bei Isobe, der am dichtesten bevölkerten Gemeinde in dieser Region.

Das Ehepaar lebte in einem der neu gebauten, zweistöckigen Einfamilienhäuser. Verglichen mit den älteren Wohnhäusern ringsum war dies hier auch noch eine Nummer größer. Im Kontrast zum heruntergekommenen Zustand des Familiensitzes der Utsugis, dem Tatort, wirkte der Neubau unerwartet protzig.

Als sie aus dem Wagen stiegen, fragte Nangō: »Sehen wir seriös genug aus für Mitarbeiter einer Anwaltskanzlei?«

Jun'ichi begutachtete ihrer beider Outfit. Nangō wirkte wie ein dandyhafter Tourist, der soeben von einer Europareise zurückgekehrt war, während Jun'ichi in Jeans und Hemd eher leger wirkte.

»Wir hatten nun mal keine Zeit, uns auch noch um unseren Aufzug zu kümmern«, sagte Nangō entschlossen. Er setzte den breitkrempigen Hut wieder ab und warf ihn in den Wagen. Jun'ichi seinerseits strich sich das zerknitterte Hemd glatt und folgte Nangō, der auf das Haus von Keisuke Utsugi zuschritt.

Am Eingang befand sich außer einem verzierten Türklopfer aus Holz noch eine Gegensprechanlage. Als sie klingelten, ertönte nach einer Weile eine Stimme: »Komme gleich!« Kurz darauf öffnete ihnen eine Frau Mitte fünfzig die Tür.

»Sie sind Frau Utsugi?«, fragte Nangō, worauf die Frau völlig arglos reagierte.

»Ja.«

»Frau Yoshie Utsugi?«

»Genau.«

Jun'ichi betrachtete die Schwiegertochter des ermordeten Ehepaares. Dass sie fremde Besucher so freundlich lächelnd empfing, lag wohl daran, dass dies hier keine Großstadt war.

»Hallo, wir kommen aus Tokyo.«

Nangō überreicht ihr seine Visitenkarte, Jun'ichi tat es ihm nach.

»Ich heiße Nangō, und das hier ist Herr Mikami.«

Als Yoshie die Visitenkarten las, machte sie ein ungläubiges Gesicht. »Anwaltskanzlei?«

»Ja, es tut uns sehr leid, Sie in dieser Angelegenheit zu belästigen, aber wir recherchieren in dem schrecklichen Mordfall, der sich vor zehn Jahren ereignet hat.«

Yoshie schaute verblüfft von einem zum anderen.

»Wenn es Ihnen nichts ausmacht, würden wir uns gern im Haus Ihres Schwiegervaters umschauen. Würden Sie uns den Zugang gewähren?«

»Wieso denn jetzt noch?«, entgegnete Yoshie tonlos. »Der Fall ist doch längst abgeschlossen.«

»Tja, wie soll ich sagen ...« Nangō zögerte, um sich auf die Schnelle eine Strategie zurechtzulegen. »Es geht nur um eine klitzekleine Information. Wir wollen eigentlich bloß von Ihnen wissen, ob sich in dem Haus eine Treppe befindet.«

»Eine Treppe?«

»So ist es. Könnten Sie uns dann freundlicherweise wenigstens darüber Auskunft geben?«

Jun'ichi verstand Nangōs Dilemma. Würde er sagen, es geschehe, um die Unschuld von Ryō Kihara zu beweisen, hätte er unnötigerweise die Gefühle der Hinterbliebenen verletzt. Aber Yoshie Utsugi wollte ihnen selbst diese einfache Frage nicht beantworten. »Bitte warten Sie einen Moment«, sagte sie lediglich und verschwand im Haus.

»Das läuft ja nicht gerade wie geschmiert«, wisperte Nangō.

Nach einer Weile kam Yoshie Utsugi mit einem hochgewachsenen Mann zurück. Es war der Sohn der Opfer, Keisuke Utsugi. Er musterte die fremden Besucher feindselig.

»Ich bin der Hausherr, was gibt's?«

»Ach, Herr Utsugi, wie gut, dass Sie auch zu Hause sind.«

»Ich arbeite als Lehrer an der Oberschule und habe pro Woche einen freien Tag«, erklärte Keisuke Utsugi.

Als Nangō sie beide erneut vorstellen wollte, fiel ihm Utsugi ins Wort: »Meine Frau hat mich bereits informiert. Wieso wollen Sie den alten Fall denn wieder ausgraben?«

»Es soll lediglich nachträglich festgestellt werden, ob sich in dem Haus Ihres Vaters eine Treppe befindet.«

»Eine Treppe?«

»So ist es. Bei dem Bungalow handelt es sich ja um einen Flachbau, aber vielleicht gibt es eine Treppe zum Keller?«

»Moment mal, ich wollte wissen, wieso Sie den alten Fall wieder aufrollen.« Doch dann beantwortete Utsugi die Frage gleich selbst. »Es geht doch bestimmt um den Revisionsantrag des Angeklagten, oder?«

Nangō nickte zögerlich. »Das stimmt.«

»In dem Fall können Sie keine Unterstützung von mir erwarten.«

»Dafür habe ich Verständnis«, erwiderte Nangō. Ihm blieb nichts anderes übrig, als so höflich wie möglich zu bleiben. »Es geht mir nicht darum, den Täter in Schutz zu nehmen, sondern es bestehen begründete Zweifel an der Beweisführung der Anklage.«

»Da gibt es keine Zweifel«, polterte Utsugi und blickte die beiden Besucher drohend an. »Dieser feige Schuft Kihara hat meine Eltern ermordet. Meinen Vater und meine Mutter, nur wegen ein paar lumpiger Yen.«

»Der Verlauf des Prozesses dürfte Ihnen bekannt sein. Zum Beispiel ...«

»Hören Sie auf!« Utsugi geriet plötzlich außer sich vor Wut. »Was für begründete Zweifel sollen das denn sein? Dieser Verbrecher hatte fremdes Blut an seiner Kleidung und trug die Börse meines Vaters bei sich, oder etwa nicht? Ist das nicht genug?«

Nangō und Jun'ichi standen einfach nur schweigend da, während die beiden sie feindselig anstarrten. Jun'ichi begann zu begreifen, dass jegliches Bedenken an dem Todesurteil bedeutete, auf den Gefühlen der Hinterbliebenen herumzutrampeln. Da gab es keinen Platz für logische Argumente.

»Können Sie sich vorstellen, wie das ist, wenn die eigenen Eltern ermordet worden sind? Und wie sich das anfühlt, den entsetzlichen Tatort sehen zu müssen?«

Keisuke Utsugis Augen füllten sich mit Tränen; Tränen der Wut und der Trauer. Angewidert wandte er den Blick ab und sagte mit gepresster Stimme: »Als ich meinen Vater fand, trat ihm Hirnmasse aus der Stirn.«

Eine Zeit lang sprach keiner von ihnen ein Wort. Nur das schwache Rauschen des Meeres war in der Ferne zu hören.

Schließlich sagte Nangō, der die ganze Zeit mit hängendem Kopf dagestanden hatte: »Verzeihen Sie mir.« Seine Stimme war voller Mitgefühl. »Haben Sie denn wenigstens eine ausreichende Abfindung erhalten? Ich meine, die finanzielle Entschädigung, die der Staat den Angehörigen von Mordopfern zahlt.«

Keisuke schüttelte kaum merklich den Kopf. »Das ist doch eine völlig törichte Regelung. Die bringt überhaupt nichts. Als wir Ausgleichsforderungen an den Angeklagten gestellt haben, war die Sache bereits verjährt.«

»Verjährt?«

»Ja. Nach zwei Jahren kann man keine Ansprüche mehr erheben. Aber darüber hat uns niemand aufgeklärt.«

Nangō nickte kurz und sagte: »Es tut mir aufrichtig leid, dass wir Sie so überfallen haben.«

»Ich hoffe, Sie haben Verständnis dafür, aber das Einzige, was ich mein Leben lang bereuen werde, ist, dass ich am Unfallort für den Motorradfahrer den Rettungswagen gerufen habe. Hätte ich das nicht getan, wäre dieser Verbrecher gleich an Ort und Stelle gestorben.«

Diese so offensichtlichen Rachegefühle der Hinterbliebenen waren für Jun'ichi kaum zu ertragen. Er sah das Gesicht von Mitsuo Samura vor sich. Was mochte der Vater des getöteten Sohns wohl empfunden haben, als Jun'ichi ihn aufgesucht hatte, um Abbitte zu leisten? War es auch der Wunsch nach Vergeltung gewesen, wie ihn jetzt Keisuke Utsugi unverhohlen äußerte? Wie viel Beherrschung musste es Mitsuo Samura gekostet haben, sich nicht auf Jun'ichi zu stürzen?

»Zum Glück hat das Gericht ihn zum Tode verurteilt«, sagte Utsugi leise, mehr zu sich selbst als zu den anderen. »Das bringt mir zwar meine Eltern nicht zurück, ist aber immer noch besser, als wenn der Mörder weiterleben würde. Wahrscheinlich können Sie das nicht verstehen.«

»Doch«, erwiderte Nangō nur.

»Es tut mir leid, dass ich laut geworden bin. Ich will damit nichts mehr zu tun haben«, beendete Utsugi mit einer knappen Verbeugung die Unterhaltung, bevor er sich umdrehte und im Haus verschwand.

Seine Frau hingegen blieb noch stehen. »Entschuldigen Sie die harten Worte, aber bitte haben Sie Verständnis. Wir haben seit jenem Tag die Hölle durchmachen müssen. Die ewigen Verhöre während der Ermittlungen, sodass wir nicht mal in Ruhe die Vorkehrungen für die Beerdigung treffen konnten. Dann der Medienrummel: Reporter, die die ganze Nacht bei uns Sturm geklingelt haben. Im Namen der Pressefreiheit hat dieser Mob uns attackiert, nicht viel anders als der Täter. Mein Mann und ich hatten einen Zusammenbruch, wir waren beide im Krankenhaus. Für die Arztkosten mussten wir natürlich selbst aufkommen. Während der Mörder sich auf Staatskosten von seinen Verletzungen erholen konnte.«

Auch ihre Augen füllten sich mit Tränen, worauf Jun'ichi verlegen den Blick abwandte.

»Verzeihen Sie, ich rede wirres Zeug. Aber Sie müssen uns verstehen. Sobald man Opfer eines Gewaltverbrechens wird, ist man der Gesellschaft schutzlos ausgeliefert. Egal, wie sehr die Hinterbliebenen auch schikaniert werden, es entschuldigt sich niemand dafür und übernimmt die Verantwortung.« Mit resignierter Miene schaute Yoshie Utsugi zu ihnen auf. »Als Hinterbliebene der Opfer bleibt einem letztlich nur noch eins, nämlich dem Verbrecher alles Übel der Welt an den Hals zu wünschen. Es tut mir leid, das sagen zu müssen, aber wir hoffen inständig, dass der Berufungsantrag abgewiesen wird.«

Yoshie Utsugi zog sich ins Haus zurück und schob die Eingangstür sachte zu.

Jun'ichi starrte auf die geschlossene Holzpforte, im Mund hatte er einen bitteren Geschmack. Das freundlich lächelnde Gesicht von Yoshie Utsugi, als sie ihnen geöffnet hatte, kam ihm wieder in den Sinn. Nach außen hin lebte des Ehepaar seinen ganz normalen Alltag, das schlimme Ereignis verbannten sie in einem Winkel ihres Herzens. Doch ihr unerwarteter Besuch hatte diesen brüchigen Frieden, an den sie sich mit aller Macht klammerten, schlagartig zerstört.

»Das war nicht so klug«, bemerkte Nangō.

Jun'ichi nickte.

»Wir haben ein hartes Stück Arbeit vor uns.«

Jun'ichi nickte abermals.

Den Nachmittag verbrachten Jun'ichi und Nangō in Katsuura. Sie bezogen die Wohnung im ersten Stock der »Villa Katsuura«, ihrer Unterkunft für die nächsten Wochen, schleppten die Küchenutensilien hoch, schlossen die Gasversorgung an, stellten sich beim Vermieter vor, der nebenan in einem Einfamilienhaus wohnte, und erledigten alles Weitere. Die Wohnung bestand aus Küche und einem Einbaubad, die beide zusammen gut sechs Quadratmeter maßen, sowie zwei Zimmern zu je knapp zehn Quadratmetern.

Jun'ichi staunte, die Räumlichkeiten erschienen ihm unerwartet großzügig. Er hatte gedacht, dass er in einem Einzimmer-Apartment direkt neben Nangō schlafen würde. Bei klarem Wetter konnte er vielleicht sogar von seinem Zimmer aus das Meer sehen. Er hatte ein schlechtes Gewissen, dass er Nangō die Mühe der Wohnungssuche aufgebürdet hatte.

»Kannst du kochen?«, fragte ihn Nangō.

»Gebratenen Reis werde ich wohl gerade noch hinkriegen«, gab er scherzhaft zurück.

»Na, dann ist es wohl besser, wenn ich das übernehme«, lachte Nangō. »Wir teilen die Hausarbeit auf – du kümmerst dich dann um die Wäsche und das Putzen.«

Danach gingen sie Lebensmittel besorgen. Es war gegen fünf Uhr nachmittags, als Nangō mit den Vorbereitungen für das Abendessen begann.

»Herr Nangō, darf ich Sie mal was fragen?«, sprach Jun'ichi ihn an. Er saß auf der Tatamimatte und schaute Nangō beim Kochen zu.

»Was denn?«

»Vorhin war doch die Rede von einer staatlichen Abfindung für die Hinterbliebenen von Mordopfern ... Wie war das denn in meinem Fall?«

»Du meinst, ob Mitsuo Samura auch Geld bekommen hat?«

»Genau.«

»Nein, er hat nichts gekriegt, weil deine Eltern ihm eine Entschädigung gezahlt haben. Das heißt ...« Nangō überlegte einen Moment und fuhr dann fort: »Es verhält sich folgendermaßen: Wenn der Hinterbliebene eine Abfindung erhält, die den Rahmen der üblichen Beihilfe übersteigt, rückt der Staat keinen einzigen Yen mehr heraus.«

Jun'ichi ließ sich die Information eine Weile durch den Kopf gehen, bevor er nachhakte: »Was ist denn die obere Grenze einer solchen Beihilfe?«

»Ungefähr zehn Millionen Yen. Vom gesetzlichen Standpunkt aus ist das der Preis für ein Menschenleben«, erklärte Nangō und fügte hinzu: »Ein Tropfen auf den heißen Stein.«

Jun'ichi nickte. Seit er von der Notlage seiner Eltern

wusste, hegte er gemischte Gefühle gegenüber Mitsuo Samura, der siebzig Millionen Yen von ihnen erhalten hatte. Aus Sicht der Hinterbliebenen des Opfers war es eine nachvollziehbare Forderung. Wenn er an das Ehepaar Utsugi zurückdachte, das so voller Zorn gewesen war, dann erschien ihm Mitsuo Samuras Haltung ihm gegenüber durchaus großmütig. Jun'ichi glaubte, dass ihm verziehen wurde, und erneut überkam ihn ein Gefühl des Bedauerns.

Ich befinde mich in einem Lernprozess. Diese Einsicht kam ihm ganz plötzlich, während er Nangōs Rücken anstarrte. War der Auftritt bei den Utsugis vielleicht gar nicht so unbedacht gewesen, wie es den Anschein hatte? Stand vielleicht eine erzieherische Absicht dahinter, und Nangō wollte ihm damit eine Lektion erteilen, indem er ihn eigens zu diesem Zweck dorthin mitgenommen hatte?

»Die Prozessakte liegt in meinem Zimmer«, sagte Nangō. »Es ist ein ziemlicher Haufen. Wie wär's, wenn du die Unterlagen mal durchgehst?«

»Ja«, erwiderte Jun'ichi und begab sich in Nangōs Zimmer. Dort lag in ein Tragetuch gewickelt ein etwa fünfzehn Zentimeter dicker Papierstapel.

»Und das ist nur ein Bruchteil der Unterlagen«, erklärte Nangō lachend.

Jun'ichi blätterte durch die Papiere und fragte sich, wo er am besten beginnen sollte. Ziemlich in der Mitte stieß er auf das Urteil.

Urteilstext:

Der Angeklagte Ryō Kihara wird zum Tode verurteilt. Beschlagnahmt werden:

1 Motorrad (125 ccm – Beschlagnahme 1991, Kennziffer 9 von Nr. 1842);
1 weißes Herrenoberhemd (Kennziffer 10);
1 blaue Männerhose (Kennziffer 11);
1 Paar schwarze Männersportschuhe (Kennziffer 12).

Weitere konfiszierte Gegenstände werden den Angehörigen der Opfer Kōhei und Yasuko Utsugi übergeben:
Bargeld im Wert von 20.000 Yen (zwei Scheine à 10.000 Yen – Kennziffer 1), 2000 Yen (zwei Scheine à 1000 Yen – Kennziffer 2); 40 Yen (vier Münzen à 10 Yen – Kennziffer 3).
Der Führerschein auf den Namen des Opfers Kōhei Utsugi (Kennziffer 4).
Die Kreditkarte desselben Inhabers (Kennziffer 5).
Ein Portemonnaie aus schwarzem Leder (Kennziffer 6)

Das war alles.

Wie mochte sich Ryō Kihara gefühlt haben, als das Urteil seinerzeit verlesen wurde?, fragte sich Jun'ichi. Kihara musste dermaßen von Furcht erfüllt gewesen sein, dass man dessen Zustand auf gar keinen Fall mit seinem eigenen vergleichen konnte, als die zweijährige Haftstrafe über ihn verhängt wurde. Vermutlich war einzig der Satz »zum Tode verurteilt« zu Kihara durchgedrungen, alles andere hatte er gar nicht mehr wahrgenommen.

Die Urteilsbegründung im Anschluss an den Haupttext umfasste ein über zwanzigseitiges Dokument. Innerhalb der Festsetzung der Strafzumessung gab es einen Passus, der auf die Situation des Angeklagten einging:

Auch wenn dem Umstand Rechnung getragen werden muss, dass der Angeklagte durch eine erlittene Kopfverletzung an retrograder Amnesie leidet, so rührt diese doch von einem Unfall her, der sich auf der Flucht vom Tatort ereignete. In Anbetracht der Tatsache, dass der Angeklagte sich infolgedessen bei den Angehörigen der Opfer nicht entschuldigt und ihnen auch keine Entschädigungszahlungen hat zukommen lassen, kann nicht davon ausgegangen werden, dass er imstande ist, Reue zu empfinden.

Ebenso wenig ist die desolate Herkunft des Angeklagten anzuführen, wenn man die von ihm begangenen wiederholten Straffälligkeiten und Diebstahlsdelikte berücksichtigt, obwohl ihm immer wieder Chancen geboten wurden, sich für eine rechtschaffene Lebensführung zu entscheiden.

Bei dem Wort »Herkunft« fiel Jun'ichi auf, dass er so gut wie nichts über den Angeklagten selbst wusste. Im Urteilstext fanden sich dann unter dem Abschnitt »Fakten zur sozialen Entwicklung« einige Anmerkungen über dessen Kindheit und Jugend.

Ryō Kihara war 1969 in der Stadt Chiba geboren worden. Vater unbekannt. Im Alter von fünf Jahren wurde er nach der Verhaftung seiner Mutter wegen illegaler Prostitution bei Verwandten in der Stadt Kamogawa aufgenommen. Nach dem Abschluss an der örtlichen Mittelschule verschlechterte sich seine Beziehung zur Pflegefamilie, er beging Ladendiebstähle und Erpressungsdelikte, die zur Bewährung ausgesetzt wurden. Als Volljähriger hatte er dann in Chiba einige Gelegenheitsjobs angenommen, wurde jedoch während seiner Anstellung bei einem

Schnellimbiss verhaftet, weil er Bargeld aus der Ladenkasse gestohlen hatte, und dafür zu einer Freiheitsstrafe auf Bewährung verurteilt.

Dies war seine zweite Bewährungsstrafe. Zu jener Zeit zog er dann nach Nakaminato, weil sein ehemaliger Klassenlehrer aus der Grundschulzeit dort wohnte, der die Bürgschaft für ihn übernahm. Es war jener Kōhei Utsugi, der ihm als Bewährungshelfer zugeteilt wurde.

Nur ein Jahr später wurde Kihara für den Mord an Utsugi und dessen Frau verhaftet.

Der Angeklagte war also nur vier Jahre älter als er selbst, dachte Jun'ichi, und zum Zeitpunkt der Tat zweiundzwanzig gewesen.

Sonderbar, wunderte sich Jun'ichi. Man hatte herausgefunden, dass das bislang unentdeckte Tatwerkzeug eine große Waffe, ein Beil oder eine Axt, gewesen sein musste. Aber würde ein junger Mensch um die zwanzig so ein Ding benutzen? Ich selbst hätte eher ein Messer vorgezogen, überlegte er sich.

Er überlegte, ob es noch andere fragwürdige Punkte gab. Jun'ichi blätterte weiter in der Akte und stieß auf das Dokument, das sich mit der Beweisaufnahme befasste.

Als Erstes fiel ihm die Abbildung des Namensstempels »Utsugi« ins Auge. Es handelte sich dabei offenbar um eine Kopie des bei der Bank registrierten Abdrucks des Siegels. Doch angesichts des schlichten Schrifttyps musste es sich bei dem vom Tatort entwendeten Stempel eher um ein handelsübliches Exemplar gehandelt haben, als um ein amtlich registriertes Unikat.

Die Folgeseiten umfassten das Ermittlungsprotokoll. Da die Aufzeichnungen sowohl mit den Unterschriften als auch den Stempeln der Kriminalbeamten von der Polizeistation in Katsuura versehen waren, ging es hierbei offensichtlich um die Ermittlungen am Tatort. Hier war der genaue Standort des Wohnsitzes von Kōhei Utsugi angegeben sowie eine ausführliche Beschreibung der Umgebung. Unter dem Stichwort »Lage des Tatorts« waren der Grundriss des Hauses und weitere Details aufgeführt. In dieser Beschreibung fand sich keine ausdrückliche Erwähnung einer Treppe. Der kurze Vermerk »Vorratsraum unterhalb der Küche« deutete jedoch auf die Möglichkeit einer solchen hin. Als er sich den dem Protokoll beigefügten Grundriss genauer anschaute, entdeckte er im Fußboden der Küche, die vom Eingang rechts abging, ein eingezeichnetes Quadrat, das mit »Vorratsraum« beschriftet war. Allerdings gab es keinen Hinweis darauf, dass sich dort eine Treppe befand.

Jun'ichi blätterte durch die Akte auf der Suche nach weiteren Angaben. Dabei sprang ihm unerwartet ein Foto ins Auge. Es zeigte die Leiche von Kōhei Utsugi in einer riesigen Blutlache.

Sofort wandte Jun'ichi sich ab, aber der entsetzliche Anblick hatte sich bereits auf seiner Netzhaut eingebrannt.

Als ich meinen Vater fand, trat ihm Hirnmasse aus der Stirn.

Jun'ichi holte tief Luft. Es ist meine Pflicht, mir das hier anzuschauen, ermahnte er sich. Aus der Küche drang Suppenduft zu ihm, aber es hielt ihn nicht davon ab, das Foto diesmal näher zu betrachten.

Die Aufnahme dokumentierte jedes drastische Detail. Die hellbraune Hirnflüssigkeit, das scharlachrote frische Blut, der schneeweiße Schädel. Jun'ichi konnte nun nachvollziehen, weshalb sich der Sohn des Opfers nicht weiter hatte dazu äußern wollen und warum er mit keinem Wort den schrecklichen Zustand seiner Mutter erwähnt hatte.

Auf dem angehefteten Foto der nächsten Seite war die Leiche von Yasuko Utsugi zu sehen, der offenbar infolge eines schweren Hiebs in die Stirn die Augäpfel ...

Jun'ichi stöhnte auf. Nangō schien in der Küche innezuhalten, sagte jedoch nichts.

Jun'ichi presste sich die Hand auf den Mund. Obwohl er selbst für den Tod eines Menschen verantwortlich war, verfluchte er denjenigen, der ein so grausames Verbrechen begangen hatte.

Ein Verbrechen, das die höchste Strafe verdiente!

Im großen Sitzungssaal der Obersten Justizvollzugsbehörde saßen drei Männer.

»Ich habe das Schreiben vom Gefängnisdirektor erhalten«, sagte der stellvertretende Leiter der Strafrechtsabteilung im Justizministerium, wobei er seinem Chef und dem Leiter des Referats für allgemeine Angelegenheiten einen Blick zuwarf. »Eine Kopie der Personalakte des Strafgefangenen trifft ebenfalls heute ein.«

Die beiden Angesprochenen starrten unschlüssig auf die Tischplatte. Ganz egal, wie oft ich diese Prozedur noch mitmachen werde, dran gewöhnen werde ich mich nie, dachte der stellvertretende Leiter.

»Gibt es denn noch irgendwelche Probleme im Bericht des Gefängnisdirektors?«, fragte der Referatsleiter.

»Abgesehen von der ausbleibenden Seelsorge, nicht.«

»Keinerlei religiöser Beistand?«

»Nein. Wegen des besagten Gedächtnisverlusts.«

Der Referatsleiter nickte bestätigend. »Weil er sich auf nichts besinnen kann.«

»Ist seine Amnesie denn nicht Grund genug, die Vollstreckung auszusetzen?«, erkundigte sich der stellvertretende Leiter.

»Sie meinen, dass man so lange warten sollte, bis seine Erinnerungen wiederkehren?«

»Wäre es denn nicht besser, diesen Punkt in Erwägung zu ziehen?«

Der Abteilungschef fuhr dazwischen: »Ich halte es nicht für angebracht, die Vollstreckung auszusetzen. Es mag zwar tatsächlich eine Amnesie vorliegen, aber am Ende weiß ja doch nur der Betroffene, ob sich die Erinnerungen wieder einstellen oder nicht. Falls er uns dann weiterhin etwas vorspielt, wird das Urteil nie mehr vollstreckt.«

»Sie meinen, er könnte die Amnesie einfach nur vortäuschen?«

»Genau.«

Mit düsterer Miene kam der stellvertretende Leiter wieder auf den Bericht zu sprechen: »Ansonsten gibt es keine Hinweise auf psychisch-mentale Probleme des Verurteilten.«

»Gut«, sagte der Abteilungschef, worauf er gemeinsam mit dem Referatsleiter schweigend vor sich hin brütete.

Während der stellvertretende Leiter noch auf eine Antwort wartete, flehte er im Stillen, der Verurteilte möge dem Wahnsinn verfallen. Bei einer schweren geistigen Erkrankung würde die Hinrichtung nämlich ausgesetzt. Würde der Zustand dann auch noch als unheilbar eingestuft, wäre die Vollstreckung statistisch sozusagen »erledigt«, und in der Spalte »Beschluss zur Undurchführbarkeit der Vollstreckung« würde ein entsprechender Vermerk eingefügt werden.

Es wäre zwar eine erbärmliche Alternative für den

Betroffenen, aber immerhin besser, als für eine Tat hinge-richtet zu werden, an die er sich noch nicht mal erinnerte. Und – nicht zu vergessen – zumindest wäre eine geistige Umnachtung für die rund dreißig an der Exekution zuständigen Personen die elegantere Lösung.

Allerdings ..., überlegte der stellvertretende Leiter in der bedrückend schweigsamen Atmosphäre, die sich im Sitzungssaal breitmachte, ist es sowieso verwunderlich, wie ein zum Tode Verurteilter überhaupt bei klarem Verstand bleiben kann. Diese Frage lastete schon lange auf ihm. Man stelle sich vor: Jeden Morgen beim Aufwachen die wiederkehrende Panik, abgeholt zu werden. Tage ohne Zukunft, die man mit dem Gefühl, auf einer tickenden Zeitbombe zu sitzen, verbringt. Doch soweit der stellvertretende Leiter wusste, war es nur sehr selten vorgekommen, dass ein Todeskandidat durchdrehte. Er erinnerte sich an den Fall einer solchen Delinquentin, die 1951 zum Tode verurteilt worden war.

Die völlig verarmte Frau hatte ihre betagte Nachbarin ermordet, um einen Bagatellbetrag zu stehlen. Als die Todesstrafe über sie verhängt wurde, steigerte sich ihre Sorge um die Kinder, die nach ihrer Hinrichtung Halbwaisen sein würden, dermaßen, dass sie darüber den Verstand verlor. Sie redete nur noch wirres Zeug und verletzte sich selbst, zum Beispiel übergoss sie sich mit heißem Wasser. Schließlich führte es dazu, dass die Hinrichtung ausgesetzt wurde, doch an ihrer geistigen Verfassung änderte sich nichts mehr. Ihr restliches Leben verbrachte sie in einer geschlossenen Anstalt.

Jedes Mal, wenn ihm diese tragische Geschichte in den Sinn kam, beschlichen den stellvertretenden Leiter arge Zweifel. Alles, was diese Frau gewollt hatte, war, ihrer hungrigen Familie etwas zu Essen beschaffen zu können. In diesem Fall hatte es ein Todesopfer gegeben.

Heutzutage würde der Mörder deswegen nicht mehr hingerichtet werden. Der jüngste Fall, auf den sich der stellvertretende Leiter besann, war ein Mann, der als Komplize bei einer terroristischen Aktion wahllos zwölf Menschen umgebracht, sich dann jedoch gestellt hatte, worauf er lediglich zu einer lebenslangen Freiheitsstrafe verurteilt worden war. Wieso wurde über ihn kein Todesurteil verhängt, während fünfzig Jahre zuvor die Angeklagte hingerichtet werden sollte? Was sollte an diesem Strafsystem gerecht sein? Je mehr er darüber nachdachte, desto überzeugter war er, dass es keine allgemeingültigen Maßstäbe dafür gab, wenn Menschen einen anderen Menschen im Namen der Gerechtigkeit verurteilen.

»Wenn der Betroffene keine Erinnerung hat, ist auch ein Gnadengesuch nicht möglich«, meldete sich der Abteilungschef endlich zu Wort.

»Verstehe«, erwiderte der stellvertretende Leiter, nun wieder ganz der Beamte.

»Und das Schriftstück?«

»Hier, bitte.«

Der stellvertretende Leiter überreichte ihnen den soeben erst von der Starfrechtsabteilung erhaltenen Antrag zur Vollstreckung des Todesurteils. Auf dem Deckel der zwei Zentimeter dicken Akte befanden sich bisher drei Genehmigungsstempel der prüfenden Instanzen des Justizministeriums: des stellvertretenden Leiters der Kriminalabteilung, des Leiters des Referats für Kriminalangelegenheiten sowie des Leiters der Kriminalabteilung.

»Sobald die Kopie der Strafakte des Angeklagten Ryō Kihara eintrifft, können Sie die Überprüfung vornehmen«, sagte der Abteilungschef zu seinem Stellvertreter. »Und bis ich mit meiner Begutachtung fertig bin, achten Sie bitte auf die laufenden Berichte des Gefängnisdirektors.«

»In Ordnung«, erwiderte dieser.

2

Auf der Fahrt zur Polizeistation in Katsuura unterdrückte Nangō ein Gähnen. Er hatte die letzte Nacht schlecht geschlafen. Auch Jun'ichi hatte sich im Nebenzimmer stundenlang unruhig hin und her gewälzt. Ob ihn die Fotos vom Tatort, die er in der Prozessakte gesehen hatte, bis in seine Träume verfolgt hatten, oder ihn seine eigene Tat immer noch beschäftigte – es wühlte ihn offenbar beides gleichermaßen auf. Als Nangō zum Beifahrersitz blickte, wirkte Jun'ichi jedenfalls genauso übermüdet. Er musste unwillkürlich lächeln und ließ das Fenster herunter, um ihre Schläfrigkeit zu vertreiben.

»Hat es dich gestört?«, wandte er sich an Jun'ichi.

»Was meinen Sie?«

»Meine Frau behauptet, ich stöhne im Schlaf.«

»Stimmt«, bestätigte Jun'ichi. »Aber ich doch bestimmt auch, oder?«

»Ja.« Nangō war überaus froh, eine Zweizimmerwohnung gemietet zu haben. Andernfalls hätten sie sich die nächtliche Unruhe des Mitbewohners aus nächster Nähe anhören müssen. »Das ist bei mir eine alte Angewohnheit.«

»Bei mir auch.« Jun'ichi verriet ihm jedoch nicht den wahren Grund für seinen unruhigen Schlaf. »Sie sind also verheiratet, Herr Nangō?«

»Ja, ich habe Frau und Kind. Aber wir leben getrennt.«

»Getrennt?«, fragte Jun'ichi erstaunt, biss sich dann aber auf die Lippen. Er wollte nicht aufdringlich wirken.

Nangō hingegen war gern bereit, Jun'ichis Neugier zu befriedigen. »Wir stehen kurz vor der Scheidung. Meine Frau hält es nicht mehr aus, mit einem Gefängnisaufseher verheiratet zu sein.«

»Wieso nicht?«

»In meinem Beruf lebt man in einer Dienstwohnung, und die befindet sich nun mal in der Vollzugsanstalt.«

»In Matsuyama war es auch so, oder?«

»Ja. Deshalb bekommt man schnell das Gefühl, als wäre man selbst einer der Insassen. Und wenn die Kollegen auch noch dort zusammenhausen, ist der eigene Horizont zwangsläufig stark eingeschränkt. Manche kommen gut damit zurecht, andere finden sich nie damit ab.«

Jun'ichi nickte zustimmend.

»Für mich ist dieser Job ziemlich stressig«, sagte Nangō mit einem Seufzen.

»Wollen Sie deshalb Ihren Beruf aufgeben, Herr Nangō? Ich meine, wegen der Trennung von Ihrer Frau?«

»Nicht allein deshalb, aber das ist schon ein schwerwiegender Grund. Ich will keine Scheidung. Wenn ich an meine Frau denke, dann empfinde ich es als ganz selbstverständlich, dass sie an meiner Seite ist.«

Als Nangō im Augenwinkel Jun'ichis Lächeln bemerkte, fügte er rasch hinzu: »Es geht nicht darum, dass ich sie liebe, aber schließlich ist da auch noch unser Sohn, und wir haben immer zusammengelebt.«

»Wie alt ist Ihr Sohn?«

»Er wird sechzehn.«

Nachdenklich verstummte Jun'ichi, und Nangō fragte sich, ob er sich daran erinnerte, wie er in dem Alter von zu Hause ausgerissen war.

Dann ließ auch Jun'ichi das Fenster herunter, und eine frische Brise aus Minami-Bōsō strömte in den Wagen.

»Und was haben Sie vor, wenn Sie im Gefängnis gekündigt haben und mit diesem Job hier fertig sind?«

»Dann werde ich Bäcker.«

Jun'ichi schaute Nangō mit großen Augen an.

»Hast du schon vergessen, was ich dir neulich erzählt habe? Ich stamme doch aus einer Bäckerfamilie.« Nangō strahlte. »Ich möchte einen Laden aufmachen, wo nicht nur Brot, sondern auch Kuchen und Flan verkauft werden, alles, woran Kinder Freude haben.«

Jun'ichi lachte nun auch. »Und wie soll der Laden heißen?«

»Nangō Bakery vielleicht?«

»Klingt das nicht ein wenig hölzern?«

»Findest du?« Nangō überlegte. »Was heißt ›Nangō‹ eigentlich auf Englisch?«

»South Wind.«

»Na bitte! Dann eben South Wind Bakery.«

»Das finde ich klasse!«

Nun mussten sie beide lachen, und Nangō fügte hinzu: »Das ist mein einziger bescheidener Wunsch: die Familie wieder zu vereinen und eine Bäckerei zu eröffnen.«

Als sie die Polizeistation in Katsuura erreichten, die direkt am Fischereihafen lag, fuhr Nangō den Civic auf den Parkplatz und stieg allein aus. Er hielt es für taktisch klüger, als Vollzugsbeamter dort vorzusprechen und nicht als Mitarbeiter einer Anwaltskanzlei, um etwas über den Fall herauszukriegen. Jun'ichi verstand seine Bedenken und wartete im Wagen auf ihn.

Nangō betrat das Gebäude und erkundigte sich beim

Pförtner nach der Polizeistation, worauf ihn die Beamtin, ohne weiter nach seinem Anliegen zu fragen, sofort in die erste Etage führte.

Das Büro der Polizeibeamten war ziemlich geräumig. In einer Ecke des Großraumbüros befanden sich nebeneinander die Abteilung für allgemeine Angelegenheiten und die Verkehrsabteilung, und dort hing auch ein Schild mit der Aufschrift »Kriminalpolizei« von der Decke. Hier standen ungefähr fünfzehn Tische, an denen lediglich drei Mitarbeiter saßen. Offenbar waren die anderen Ermittler unterwegs.

Nangō steuerte auf den Platz des Chefs hinten am Fenster zu. Dort saß der Polizeihauptkommissar im kurzärmeligen weißen Hemd und war gerade in ein Gespräch mit einem weiteren Besucher vertieft.

Nangō nickte ihm zu und wartete, bis die Unterredung beendet war. Der Gesprächspartner, ein Mann in den Dreißigern, trug das Abzeichen der Staatsanwaltschaft am Revers, registrierte Nangō erleichtert. Ihm als Vollzugsbeamten waren Staatsanwälte vertrauter als Polizisten.

Der Hauptkommissar blickte schließlich hoch und fragte ihn: »Was führt Sie zu mir?«

»Verzeihen Sie meinen unangemeldeten Besuch. Darf ich mich vorstellen?«

Nangō verbeugte sich vor dem etwa gleichaltrigen Kripochef und überreichte ihm seine Visitenkarte. »Mein Name ist Nangō. Ich komme vom Matsuyama-Gefängnis in Shikoku.«

»Matsuyama?«, rief der andere erstaunt und musterte über seinen Brillenrand hinweg die Visitenkarte. Der junge Staatsanwalt neben ihm warf ebenfalls einen neugierigen Blick darauf.

»Ich bin Funakoshi, Leiter dieser Abteilung«, erwiderte er und reichte ihm im Gegenzug seine Karte. »Was verschafft mir die Ehre Ihres Besuchs?«

Nangō gedachte, die Fakten ein wenig auszuschmücken. »Um ehrlich zu sein, möchte ich mit Ihnen über ein Verbrechen sprechen, das zehn Jahre zurückliegt. Es geht um den Fall Ryō Kihara.«

Bei der Erwähnung des Namens veränderte sich nicht bloß Funakoshis Miene, sondern auch die des Staatsanwalts. Um die aufgeschreckten Gemüter zu beruhigen, rasselte Nangō seine einstudierte Rede herunter: dass er als Vollzugsbeamter kurz vor dem Dienstaustritt stehe, dass er bei seiner früheren Anstellung in der Justizvollzugsanstalt Tokyo Ryō Kihara kennengelernt habe, dass er persönlich über einen Punkt gestolpert sei und so weiter.

»Über welchen Punkt sind Sie denn gestolpert?«, fragte Funakoshi.

»Mich würde interessieren, ob es am Tatort beziehungsweise in der näheren Umgebung eine Treppe gibt.«

»Eine Treppe? Nicht, dass ich wüsste«, erwiderte Funakoshi prompt, worauf er sich höflich an den Staatsanwalt wandte: »Oder ist Ihnen etwas Derartiges bekannt?«

»Nein«, sagte der Jüngere und erhob sich vor Nangō, um ihm mit einem freundlichen Lächeln seine Karte zu überreichen. »Ich bin Nakamori von der Präfekturstaatsanwaltschaft Chiba, Bezirk Tateyama. Ich habe gleich nach meinem dortigen Amtsantritt den Fall übernommen.«

»Ach, interessant«, erwiderte Nangō und dachte bei sich: Was für ein günstiger Zufall, Glück gehabt.

»Aber wieso fragen Sie nach einer Treppe?«

Als Nangō ihnen erklärte, dass der zum Tode Verurteilte sich daran erinnert habe, tauschten Funakoshi und Nakamori vielsagende Blicke aus.

»Im Ermittlungsprotokoll ist von einem Vorratsraum unter der Küche die Rede. Gibt es dort vielleicht eine Treppe?«

»Da muss ich leider passen.«

Nangō nickte und schickte gleich die nächste Frage hinterher. Schwierige Hürden sollte man im Sturm nehmen.

»Gab es eigentlich unter den Beweismitteln, die dem Gericht vorgelegt wurden, nichts, was auf die Mitwirkung eines weiteren Täters hindeuten könnte?«

Die beiden Männer erstarrten.

»Selbst das kleinste Detail könnte wichtig sein«, ergänzte Nangō, obwohl er ihm bereits klar war, dass das Gespräch ihn nicht weiterbrachte. Denn solche Fragen berührten einen wunden Punkt, der erzwungene Geständnisse und falsche Beschuldigungen betraf. Oft kamen in Japan Fälle erst vor Gericht, wenn mit Sicherheit von einer Verurteilung des Angeklagten auszugehen war. Dabei konnte es auch passieren, dass Anhaltspunkte zur Entlastung des Angeklagten zurückgehalten wurden.

»Sie sind ja ganz schön eifrig«, sagte Funakoshi überschwänglich, um die leicht peinliche Situation zu überspielen. »Darf ich fragen, weshalb, Herr Nangō?«

»Es gibt nun mal eine Sache, die mir sehr am Herzen liegt. Während meiner langen Dienstzeit habe ich zahllose Delinquenten erlebt, die sich wieder in die Gesellschaft einzugliedern vermochten. Was jedoch Ryō Kihara betrifft, so hat es diesmal eine spezielle Bewandtnis.«

»Sie meinen seinen Gedächtnisverlust?«, fragte Nakamori.

»Genau. Vor allem, dass er für ein Verbrechen verurteilt

wurde, an das er sich nicht erinnern kann. Insofern ist es auch unsinnig, ihn zur Reue drängen zu wollen. Außerdem möchte ich für mich selbst Klarheit schaffen, das heißt, eine Antwort darauf finden, ob der Todeskandidat Ryō Kihara tatsächlich ein Verbrechen begangen hat, das die Höchststrafe verdient.«

Seine Worte hatte er direkt an Nakamori gerichtet. Es war schließlich nicht die Polizei, sondern die Staatsanwaltschaft, die für einen Verbrecher die Strafe forderte. Ebenso erfolgte der Befehl zur Vollstreckung der Hinrichtung von dieser Instanz.

»Ich verstehe, was Sie meinen«, erwiderte Nakamori eine Spur verlegen und warf dem Abteilunsgleiter einen Blick zu.

»Wir vertuschen keine Beweismittel«, rechtfertigte sich Funakoshi. »Die Ermittlungen im Fall Ryō Kihara weisen keine Lücken oder Irrtümer auf.«

»Na gut.«

»Kommen Sie tatsächlich aus Matsuyama, Herr Nangō?«, wollte Funakoshi wissen, während er noch einmal einen Blick auf dessen Visitenkarte warf.

»Ja.«

»Gestatten Sie, dass ich das überprüfen lasse?«

»Nur zu.«

Insgeheim wusste er: Auf seiner Dienststelle wurden Urlaubstage und Abwesenheiten mit auswärtigen Übernachtungen registriert. Verwarnungen wegen Falscheinträgen hatten schlimmstenfalls zur Folge, dass die spätere Pension etwas geringer ausfiel.

»Dann gehe ich jetzt wohl besser«, sagte Nangō kurz angebunden. »Entschuldigen Sie bitte die Störung.«

Er verabschiedete sich und verließ die Polizeistation.

Als er zum Parkplatz zurückkehrte, stand ein uniformierter Beamter auf der Beifahrerseite des Civic und unterhielt sich mit Jun'ichi. Zuerst dachte Nangō, dass der Polizist ihn wegen unerlaubten Parkens maßregeln würde, doch dann fiel ihm Jun'ichis Gesicht auf. Er war ganz blass und hielt sich die Hand vor den Mund, als würde er sich gleich übergeben.

Nangō eilte zum Wagen.

»Alles in Ordnung?«, fragte der Polizist durchs Beifahrerfenster, bevor er Nangō bemerkte und sich zu ihm umwandte.

»Um was geht es?«, erkundigte sich Nangō.

»Ihm ist schlecht geworden«, erwiderte der Polizist mit besorgter Miene. »Sind Sie sein Begleiter?«

»Ja, er ist mein Schutzbefohlener.«

»Ach so? Ich kenne den jungen Herrn Mikami nämlich von früher.«

Nangō verstand nun gar nichts mehr und schaute von einem zum anderen.

»Wir sind uns schon mal vor zehn Jahren begegnet. Mein Revier ist ganz in der Nähe in Nakaminato.«

Allmählich dämmerte es Nangō. Es handelte sich offenbar um denjenigen Beamten, der Jun'ichi damals, als er mit seiner Freundin von zu Hause ausgerissen war, in Gewahrsam genommen hatte.

»Es ist eine Ewigkeit her. Ich war ganz perplex«, sagte der Polizist lachend.

Nangō vermutete, dass es für einen Beamten aus der Provinz ein außergewöhnliches Ereignis gewesen sein musste, zwei jugendliche Ausreißer aus Tokyo abzuführen. Aber wieso reagierte Jun'ichi darauf so empfindlich?

»Vielleicht ist ihm beim Autofahren schlecht geworden.«

»Machen Sie sich mal keine Sorgen. Ich kümmere mich um ihn«, beschwichtigte Nangō den Polizisten, der ihm zunickte und sich wieder an Jun'ichi auf dem Beifahrersitz wandte.

»Also dann, halten Sie die Ohren steif!«, verabschiedete er sich von ihm und verschwand im Gebäude.

Nangō setzte sich hinters Steuer. »Alles in Ordnung?«, fragte er Jun'ichi.

»Ja«, erwiderte dieser mit brüchiger Stimme.

»Ist dir schlecht vom Autofahren?«

»Mir ist ganz plötzlich übel geworden.«

»In dem Moment, als der Polizist aufkreuzte?«

Jun'ichi sagte nichts. Also versuchte Nangō es auf die humorige Art: »Erinnerst du dich an die Zeit, als du verliebt warst?«

Jun'ichi schaute überrascht zu ihm auf.

»Vor zehn Jahren hat dich doch dieser Beamte aufgegriffen.«

»Kann schon sein.«

»Wie?«

»Ich kann mich nicht genau erinnern. In meinem Kopf ist alles so verschwommen.«

»Dein Gedächtnis lässt dich im Stich? Das ist ja wie bei Ryō Kihara«, meinte Nangō scherzhaft, aber insgeheim nahm er Jun'ichi das nicht ab. Irgendetwas verbarg der junge Mann vor ihm, dachte er sich, aber im Moment hatte es keinen Zweck, ihn weiter auszufragen, denn Jun'ichi würde ihm nicht mehr verraten.

Schließlich schien sich Jun'ichi wieder etwas gefangen zu haben. »Wie war's da drinnen?«, erkundigte er sich.

»Eine ziemliche Pleite«, erwiderte Nangō und berichtete ihm ausführlich von der Unterhaltung mit dem Hauptkommissar Funakoshi und dem Staatsanwalt Nakamori. Als er mit seinem Bericht fertig war, ohne den Wagen angelassen zu haben, fragte Jun'ichi verwundert: »Warten Sie auf jemanden?«

»Ja.«

In diesem Augenblick trat Nakamori aus dem Portal.

»Gedankenübertragung«, sagte Nangō erfreut und entriegelte die hintere Wagentür.

Der Staatsanwalt blickte nur kurz über den Platz und entdeckte Nangō. Er setzte sich in Bewegung und deutete mit einer unauffälligen Geste zur Straße.

Nangō ließ den Motor an, rollte langsam an Nakamori vorbei und vom Gelände der Polizeistation. Schließlich erreichte der Staatsanwalt den Wagen und ließ seinen schlanken Körper auf den Rücksitz gleiten. Als Nangō losfuhr, fragte Nakamori: »Und wer sitzt da neben Ihnen?«

»Sein Name ist Jun'ichi Mikami. Er ist mir in dieser Angelegenheit behilflich. Auf ihn ist Verlass.«

Nakamori nickte. »Herr Nangō, mal ganz ehrlich, Sie sind doch nicht aus rein persönlichem Interesse so engagiert?«

»Könnte man so sagen«, bejahte Nangō.

»Na gut, sei's drum«, sagte der Staatsanwalt und kam auf das Wesentliche zu sprechen: »Was das Gespräch vorhin anbelangt, es gibt sehr wohl ein Indiz, das dem Gericht nicht vorgelegt wurde. Es handelt sich um einen schwarzen Stofffetzen, der an der Stelle, wo Kihara mit seinem Motorrad verunglückte, gefunden wurde.«

»Ein schwarzer Stofffetzen?«

»Ja, ein Stück Baumwollstoff, das mit der Kleidung von

Ryō Kihara keine Übereinstimmung aufwies. Es wurde nie geklärt, ob das Indiz dort infolge des Motorradunfalls gelandet ist.«

»Sie meinen, es ist nicht klar, wie lange das Stück Stoff dort gelegen hat?«

»Genau. Wir sind natürlich auch der Möglichkeit eines weiteren Komplizen gründlich nachgegangen. Es konnten auch tatsächlich einige schwarze Fasern am Tatort selbst sichergestellt werden.«

»Aber die stimmten nicht mit dem Fund überein?«

»Die Sache ist etwas kompliziert. Laut der kriminaltechnischen Auswertung des Stofffetzens vom Unfallort stammte dieser von einem Polohemd einer bestimmten Bekleidungsfirma. Für Kragen und Bündchen der Hemden hat dieser Hersteller ein synthetisches Material verwendet. Die Fasern, die man wiederum am Tatort gefunden hatte, waren zwar aus besagtem synthetischen Material, aber es wird nicht nur bei den Polohemden, sondern auch bei Strümpfen und Handschuhen verwendet.«

»Es lässt sich also keine beweiskräftige Verbindung zwischen beiden Funden herstellen.«

»Richtig. Man hatte zunächst versucht, die Händler dieser Ware zu ermitteln, aber da sich das Vertriebsnetz des Herstellers auf das gesamte Kantō-Gebiet erstreckt, war das praktisch unmöglich. Aus diesem Grund wurde der fragliche Stofffetzen als Beweismittel vor Gericht nicht zugelassen. Es war also seitens der Ermittlung keine vorsätzliche Unterschlagung im Spiel.«

»Das leuchtet mir ein. Aber gab es denn am Stofffetzen selbst keine Spuren? Blut oder dergleichen?«

»Blutspuren nicht, aber Schweißrückstände. Deshalb weiß man, dass der Träger des Polohemds die Blutgruppe

B besitzt«, erklärte Nakamori und hielt einen Moment inne. »Es ist übrigens das einzige Indiz, das nicht eingebracht wurde.«

»Das heißt, selbst wenn die Fasern am Tatort zum Stofffetzen gehörten, wäre das kein zwingender Grund für eine Wiederaufnahme des Verfahrens.«

»Ja, es wäre zu dürftig, um die Unschuld des Angeklagten zu beweisen.«

»Verstehe. Ich danke Ihnen vielmals.«

»Setzen Sie mich doch bitte irgendwo an einer günstigen Stelle ab.«

Nangō bog in den Kreisverkehr Richtung Bahnhof.

»Da können Sie mich rauslassen«, bat Nakamori und verneigte sich knapp.

Nangō zückte seine Visitenkarte der Anwaltskanzlei. »Falls Ihnen noch etwas einfällt, können Sie mich unter dieser Handynummer erreichen.«

Nakamori zögerte einen Moment, bevor er die Karte entgegennahm. Er stieg aus dem Wagen und sagte zum Abschied: »Ich hoffe, dass die Möglichkeit des falschen Tatverdachts bald vom Tisch ist.« Dann schloss er die Wagentür und lief zur Bahnhofstreppe.

»Ich bin diesem Staatsanwalt vorhin auf der Polizeistation begegnet«, erklärte Nangō Jun'ichi. »Sein Name ist Nakamori.«

»Und warum war er zu uns so entgegenkommend?«, fragte Jun'ichi verwundert.

»Vielleicht weil er für den Fall zuständig war«, antwortete Nangō nachdenklich. »Er ist derjenige Staatsanwalt, der in der Anklageschrift das Todesurteil für Ryō Kihara unterzeichnet hat.«

Jun'ichi schaute dem Mann, der gerade die Treppe hinaufstieg, hinterher. »Sie meinen, er war der Erste, der für Ryō Kihara die Todesstrafe gefordert hat?«

»Genau. Das scheint ihn nun nicht mehr loszulassen.« Nangō konnte selbst ein Lied davon singen, welch schwere Bürde auf den Schultern des Staatsanwalts lastete.

Während ihrer Fahrt nach Nakaminato blieb Jun'ichi schweigsam. In Gedanken war er bei dem Staatsanwalt.

Er schien etwa Ende dreißig zu sein, kaum älter. Demnach musste er, als er die Todesstrafe für Ryō Kihara gefordert hatte, in etwa so alt gewesen sein, wie er selbst es jetzt war.

Aufgrund seiner eigenen Erfahrung hatte Jun'ichi keine besonders gute Meinung von Staatsanwälten. Er hielt sie für einen elitären Haufen, der sich nach erfolgreich absolviertem Staatsexamen einzig und allein den Buchstaben des Gesetzes verpflichtet fühlte, ohne auch nur einen Hauch menschlichen Gefühls. Doch Nakamori war anders, er kannte durchaus Skrupel. Es war nicht zu übersehen gewesen, wie sehr er hoffte, dass Ryō Kihara nicht unschuldig hingerichtet wurde. Hätte dieser Mann einen anderen Beruf ergriffen, wäre er vielleicht sogar ein entschiedener Gegner der Todesstrafe, dachte Jun'ichi.

Als sie Nakaminato erreichten und durch das belebte Geschäftsviertel in der Ortschaft Isobe an der Küste fuhren, bewölkte sich der Himmel, und kurz darauf begann es zu regnen.

»Und was machen wir nun?«, fragte Jun'ichi nach einer Weile.

»Die Treppe suchen.«

Der Civic fuhr die Bergstraße hinauf, die zum Haus von Kōhei Utsugi führte.

»Hast du einen Führerschein?«

Jun'ichi zog sein Portemonnaie aus der Gesäßtasche. Er fand das Dokument, zuckte jedoch zusammen, als er den Eintrag prüfte.

»Oje, hier ist noch die Justizvollzugsanstalt Matsuyama als Adresse angegeben.«

»Die gleiche Anschrift wie meine«, sagte Nangō lachend. »Kein Problem, du musst sie nur innerhalb von zwei Wochen ändern lassen. Das heißt, du kannst mich gleich beim Fahren ablösen.«

»Ich?«

»Ja.« Er warf Jun'ichi einen Seitenblick zu. »Dir ist nicht wohl dabei, hab ich recht?«

»Ja.« Jun'ichi hätte derzeit sogar wegen einer Geschwindigkeitsüberschreitung oder wegen Falschparkens zurück ins Gefängnis gemusst.

»Trotzdem bitte ich dich darum. Ich werde nämlich jetzt in das Haus eindringen. Sozusagen Hausfriedensbruch begehen.«

Jun'ichi sah Nangō entsetzt an.

»Wir müssen zuallererst überprüfen, ob es nicht am Tatort diese fragliche Treppe gibt.«

»Aber geht das denn?«

»Was bleibt uns anderes übrig?« Nangō grinste. »Also, falls mich doch jemand zufällig dabei erwischen sollte, wäre es nicht so günstig, wenn du in der Nähe bist. Das könnte als Beihilfe ausgelegt werden. Außerdem ist es zu auffällig, wenn ein Auto vor dem Haus parkt. Während ich jetzt da einbreche, fährst du den Wagen am besten wieder nach unten. Okay?«

Jun'ichi musste wohl oder übel einwilligen. »Und wie kommen Sie zurück, Herr Nangō?«

»Sobald ich hier fertig bin, rufe ich dich an. Du kannst mich dann an der Unfallstelle auflesen.«

Jun'ichi nickte.

Nangō seufzte. »Schließlich geht es doch darum, was schlimmer wäre – illegalerweise in ein verfallenes Haus einzudringen oder einen Unschuldigen hinrichten zu lassen.«

Genau wie beim ersten Mal war vor dem Bungalow von Kōhei Utsugi kein Mensch weit und breit zu sehen. Die einspurige Straße, die sie hinauffuhren, war früher eine wichtige Verbindungsroute ins Landesinnere gewesen, doch nachdem das Verkehrsnetz weiter ausgebaut worden war, wurde sie kaum noch genutzt.

Es nieselte, als Nangō aus dem Wagen stieg. Er öffnete den Kofferraum, um sich die nötigen Utensilien herauszuholen. Einen Regenschirm, einen Spaten, Schreibzeug, eine Taschenlampe. Nach kurzer Überlegung streifte er sich noch ein paar Arbeitshandschuhe über.

Er spannte den Regenschirm auf und schaute sich zu dem verfallenen Holzhaus um, das einen wahrlich düsteren Anblick bot. Jun'ichi, der nun hinter dem Steuer Platz genommen hatte, rückte sich den Fahrersitz zurecht.

»Kommst du klar?«, fragte Nangō.

»Wird schon gehen«, erwiderte Jun'ichi angespannt und trat aufs Gaspedal, um mit kleinen Vor- und Rückwärtsbewegungen den Wagen zu wenden.

»Na, klappt doch!«

»Bis später«, grüßte Jun'ichi knapp, bevor er die Straße hinabfuhr.

Als der Civic außer Sicht war, wandte sich Nangō dem Haus zu. Er verscheuchte das ungute Gefühl, das ihn beschlich, und rief sich stattdessen den Grundriss aus dem Ermittlungsprotokoll ins Gedächtnis.

Um zum Hintereingang, der in die Küche führte, zu gelangen, bahnte er sich einen Weg durch das hohe Gras zur Rückseite des Hauses.

Der Eingang dort glich eher einer Schuppentür. Im Protokoll war ein Holzkeil erwähnt, der die Hintertür von innen verriegelte.

Nangō legte den Schirm beiseite, nahm die zusammengeklappte Schaufel auseinander und klopfte mit dem Stiel gegen den Beschlag. Die Tür sprang widerstandslos auf. Es ist noch nicht mal abgeschlossen, also nimm dich in Acht, ermahnte sich Nangō. Nur die Ruhe! Nichts überstürzen.

Als sich seine Augen an die Dunkelheit drinnen gewöhnt hatten, konnte er am Ende des Flurs die etwa zehn Quadratmeter große Küche erkennen. Er knipste die Taschenlampe an und verriegelte die Tür hinter sich, bevor er sich weiter ins Innere vortastete. Plötzlich stieg ihm, wenn auch schwach, ein metallischer Geruch in die Nase. Eine böse Vorahnung meldete sich, trotzdem zog er in der Diele des Hintereingangs seine Schuhe aus und betrat die Küche.

Der Boden war jedoch so schmutzig, dass er seine Schuhe gleich wieder anzog, bevor er weiterging. Der gesuchte Vorratsraum sprang ihm sofort ins Auge. Eine knapp ein Quadratmeter große Holzplatte war vor dem Küchenschrank in den Boden eingelassen. Nangō zog am Griff der Falltür. Staubpartikel wirbelten auf und tanzten flimmernd im gebündelten Lichtstrahl der Taschenlampe.

Eine Treppe gab es allerdings nicht, der Vorratsraum war lediglich einen halben Meter tief. Außer Geschirr und Flaschen entdeckte Nangō noch ein paar vertrocknete Küchenschaben.

Vorsichtshalber klopfte er den Boden und die Seitenwände der Vertiefung ab, die allerdings rundum mit Beton ausgekleidet waren, und so konnte er nicht sicher sagen, ob sich dahinter nicht doch noch etwas verbarg.

Nangō erhob sich und beschloss, das Haus nicht sofort wieder zu verlassen, sondern zuvor den Tatort mit eigenen Augen zu inspizieren.

Er trat in den Korridor. Im schummrigen Licht erkannte er links den Eingang. Auf dem Schuhregal stand das Telefon, von dem aus Keisuke Utsugi den Notruf abgesetzt haben musste.

Nangō rümpfte die Nase, da der üble Geruch nun intensiver wurde. Aber er musste da durch. Mit angehaltenem Atem schob er langsam die Doppeltür zum Wohnzimmer auf. Der Boden war mit dunklen Flecken übersät. Vom Blut zweier Opfer getränkt, war das Haus in diesem Zustand verlassen worden. In der Luft hing noch der Geruch des Todes.

Im Lichtkegel der Taschenlampe betrat Nangō den Tatort.

Als Jun'ichi nach der Fahrt bergab in den Küstenort Isobe gelangte, suchte er sofort nach einem Parkplatz. Bis er Nangō wieder abholen konnte, musste er irgendwie die Zeit rumbringen. Zwischendurch noch länger durch die Gegend zu kutschieren, war ihm zu riskant.

Als er durch die Einkaufsstraße fuhr, kam ihm die Gegend sofort bekannt vor aus der Zeit, als er vor zehn Jahren mit Yuri hier gewesen war. Schon bei der Erinnerung daran drehte sich ihm der Magen um.

Schließlich entdeckte er ein Café am Bahnhof und parkte den Wagen dort.

Er bestellte sich einen Eiskaffee und versuchte sich etwas zu entspannen, dennoch plagte ihn das schlechte Gewissen. Während er sich hier ausruhte, musste Nangō sich allein in einem verlassenen Geisterhaus vorankämpfen. Um auch etwas zur Recherche beizutragen, ging er zum Wagen zurück und holte sich die Karte von Nakaminato aus dem Handschuhfach.

Angenommen, im Haus selbst gab es keine Treppe, dann mussten sie in der Umgebung danach suchen.

Wieder im Café, verfolgte Jun'ichi auf der Karte die Route bis zum Tatort. Von der Küste führte nur dieser Weg ohne jegliche Abzweigung zu Kōhei Utsugis Haus. Eine Strecke von etwa zehn Minuten mit dem Auto. Der ungeteerte Feldweg, der sich vom Einfamilienhaus aus hoch in die Berge schlängelte, verzweigte sich nach circa drei Kilometern in drei verschiedene Richtungen. Der rechte Pfad führte nach Katsuura, der linke zur Provinz Awa, während der mittlere geradeaus in die Straße entlang des Yōrō-Flusses überging, der der Länge nach durch die Bōsō-Halbinsel verlief.

Die Stelle, an der die Polizei den Spaten gefunden hatte, befand sich etwa dreihundert Meter vom Haus der Utsugis in Richtung Berge entfernt. Es war denkbar, dass die Beweise in der Nähe vergraben worden waren, aber nach den Höhenlinien auf der Karte zu urteilen, befanden sich dort definitiv keine Gebäude. Wo aber sollte dann die Treppe sein, an die sich Ryō Kihara erinnerte?

Jun'ichi versuchte den Ablauf der Ereignisse zeitlich

einzugrenzen. Der mutmaßliche Todeszeitpunkt der Opfer war mit circa 19.00 Uhr angegeben. Um 20.30 Uhr war der mit dem Motorrad verunglückte Kihara entdeckt worden. Das hieß, Kihara musste binnen höchstens eineinhalb Stunden irgendwo eine Treppe hinaufgelaufen sein.

Wer immer der wahre Täter gewesen sein könnte, sein Fortbewegungsmittel war zweifellos Kiharas Motorrad gewesen. Dies wiederum würde bedeuten, dass sich die Treppe in einem Umkreis von einer fünfundvierzigminütigen Strecke befinden musste. Wenn man jedoch berücksichtigte, dass die Beweise erst vergraben werden mussten, grenzte das den Radius des fraglichen Gebietes noch mehr ein. Ein wenig großzügiger geschätzt, betrug die maximale Entfernung vom Tatort etwa fünfunddreißig Minuten. Die Luftlinie vom Küstenort zum Haus der Utsugis maß gerade mal einen guten Kilometer, ein Auto würde maximal zehn Minuten brauchen. Angesichts des schlecht befahrbaren Wegs hätte der Täter in der Zeit allenfalls drei Kilometer zurücklegen können. In diesem Umkreis also war die Treppe zu vermuten.

Jun'ichi überlegte, was als Nächstes zu tun sei, zum Beispiel Erkundigungen im Rathaus einzuholen. Plötzlich fiel ihm auf der Straße jemand ins Auge, den er hier nicht vermutet hätte.

Mitsuo Samura.

Jun'ichi erstarrte. Samura, in Arbeitskluft, kam aus der Kreditbank an der nächsten Kreuzung, offensichtlich ohne ihn zu bemerken. Er hielt eine Tasche in der Hand, wie man sie für Bargeld, Quittungen und dergleichen benutzte. Nachdem er einen älteren Passanten lächelnd gegrüßt hatte, stieg Samura in einen Minivan mit dem

Logo von »Samura Modell- und Formenbau«. Sein Anblick erschütterte Jun'ichi zutiefst.

Obwohl sein Sohn getötet worden war, musste der Vater sein Leben weiterführen. Essen und schlafen. Bekannte, denen er begegnete, freundlich grüßen. Seiner Arbeit nachgehen, um den nötigen Lebensunterhalt zu verdienen. Auf diese Weise verbrachte er seine Tage. Genauso wie das Ehepaar Utsugi in seiner Villa an der Küste oder auch Jun'ichis eigene Eltern irgendwie mit dem Alltag weitermachen mussten.

Jun'ichi fühlte sich elend. In diesem Moment bereute er es zutiefst, Mitsuo Samura nicht inbrünstiger um Verzeihung gebeten zu haben.

Ein Verbrechen zerstört weitaus mehr als das Offensichtliche. Es dringt tief in die Seelen der Betroffenen und erschüttert sie in ihren Grundfesten, das hatte er mittlerweile begriffen.

Und wieder quälte ihn die Frage: Hätte er sich damals anders verhalten können?

Aber es hatte doch keinen anderen Weg gegeben, als Kyōsuke Samura zu töten ...

Von den blutbesudelten Tatamimatten schlug Nangō ein strenger, modriger Geruch entgegen, wie ein Gemisch aus Eisen und Schimmel.

Mit einem Taschentuch vor Nase und Mund inspizierte er sämtliche Räume, um sicherzugehen, dass es in dem Haus keine Treppe gab. Dann entdeckte er, dass der Holzboden hier und da beschädigt worden war. Offenbar hatte die Polizei die Dielen aufgerissen, in der Annahme, dass sich dort eventuell die verschwundenen Beweisgegenstände verbargen.

Nachdem Nangō sich eine Weile umgesehen hatte, widmete er sich noch einer allerletzten Angelegenheit. Auf dem niedrigen Tisch im Empfangszimmer lag ein Bündel Umschläge. Nangō erkannte die großformatigen Taschen, die bei Durchsuchungen dafür benutzt wurden, beschlagnahmte Beweismittel sicherzustellen. Vermutlich hatte Keisuke Utsugi die vor Gericht nicht verwendbaren und ihm zurückerstatteten Sachen einfach hier liegen lassen.

Sämtliche Umschläge waren geöffnet, in einem von ihnen fand Nangō ein Adressbuch. Eine wichtige Quelle, die über die Bezugspersonen des Opfers Auskunft gab.

Sein erster Impuls war, das Adressbuch einzustecken, besann sich dann aber eines Besseren. Immerhin würde er damit einen Diebstahl begehen. Nangō holte Kugelschreiber und Notizblock hervor und schrieb im Schein der Taschenlampe, die er auf dem Tisch abgelegt hatte, alle Namen mitsamt der Kontaktdaten ab. Falls sie beim Durchforsten der näheren Umgebung nirgendwo Treppen entdeckten, könnten sich diese Aufzeichnungen als hilfreich erweisen.

Nangō kam nur langsam voran, da die Handschuhe ihn beim Schreiben und Umblättern behinderten. Notgedrungen entschied er, mit bloßen Fingern weiterzumachen. Plötzlich stutzte er.

Das verschwundene Kontobuch!

Der Täter hatte doch bestimmt einen Blick in das Heft werfen wollen, bevor er es an sich nahm, und dabei seine Handschuhe ausgezogen.

Nangō war sich nahezu sicher. Schließlich konnte der Mörder unmöglich mit blutverschmierten Handschuhen das Kontobuch durchblättern. Die Spuren wären zu auffällig gewesen, hätte er damit Geld abheben wollen.

Nangō, der im Lauf der Jahre Tausende von Strafakten gesichtet hatte, wusste, wie schwierig es war, Fingerabdrücke komplett zu entfernen. Sofern ein Verbrecher die Handschuhe am Tatort abstreifte, blieben garantiert latente Fingerabdrücke zurück. Solche sind für das bloße Auge nicht sichtbar, außerdem ist sich der Täter oft nicht bewusst, was er alles berührt hat, und so übersieht er beim nachträglichen Wegwischen einige. Falls also das Kontobuch und vielleicht auch der Namensstempel gefunden werden sollten, würden sich auf ihnen höchstwahrscheinlich auch die Fingerabdrücke des wahren Täters befinden.

Nangō hob den Blick vom Adressbuch und schaute zu den blutgetränkten Tatamis, wo das Ehepaar Utsugi gefunden worden war. Vielleicht spüren wir ja euren wahren Mörder auf, sagte er in Gedanken zu den Ermordeten.

Nangō fuhr fort, die Adressen abzuschreiben. Ein Blick auf seine Armbanduhr zeigte ihm, dass er sich bereits seit einer Stunde im Haus aufhielt.

Plötzlich machte er im Adressbuch eine unerwartete Entdeckung:

Mitsuo und Kyōsuke Samura.

Der Mann, den Jun'ichi getötet hatte, und sein Vater kannten das ermordete Ehepaar.

Nach Nangōs Anruf fuhr Jun'ichi wie verabredet zu der Stelle, wo sich der Motorradunfall ereignet hatte. Als er um die letzte Kurve der Serpentinenstraße bog, erwartete ihn Nangō bereits unter dem aufgespannten Regenschirm.

Jun'ichi atmete erleichtert auf. Er hatte es unfallfrei und ohne Übertretung der Verkehrsordnung bis hierher geschafft.

Nachdem er den Civic geparkt hatte, rückte er sofort auf den Beifahrersitz, um Nangō das Steuer zu überlassen.

»Und, was gefunden?«

Nangō informierte ihn darüber, dass er im Adressbuch auf die Namen von Vater und Sohn Samura gestoßen war.

Jun'ichi sah ihn nur erstaunt an.

»Ich wollte es auch zuerst nicht glauben, aber wenn man es sich recht überlegt, ist es andererseits gar nicht so verwunderlich. Erinnerst du dich an den Lebenslauf des ermordeten Kōhei Utsugi?«

»Sie meinen, seine Tätigkeit als Bewährungshelfer?«

»Davor.«

Jun'ichi rief sich die Erklärung von Rechtsanwalt Sugiura ins Gedächtnis. »Er war doch Direktor an einer Mittelschule, oder?«

»Ja, vermutlich war Kyōsuke Samura einer seiner Schüler gewesen.«

Jun'ichi stimmte ihm zu.

»Eine Treppe gibt es jedenfalls nicht in diesem Haus«, fuhr Nangō fort. »Jetzt müssen wir in die Berge und dort weitersuchen.«

»Ich hab da schon einiges vorbereitet«, verkündete Jun'ichi und zeigte Nangō die Landkarte, auf der er das laut seinen Berechnungen infrage kommende Terrain bereits markiert hatte.

Nangō schien nicht sonderlich begeistert. »Drei Kilometer in jede Himmelsrichtung?«

»Ich denke, wir können das infrage kommende Gebiet noch mehr eingrenzen, denn je weiter man sich vom Ausgangspunkt entfernt, desto weniger Zeit steht zur Verfügung, um tief in den Wald zu gelangen.«

»Ich kann dir nicht ganz folgen«, erwiderte Nangō.

»Angenommen, man würde drei Kilometer immer geradeaus laufen, dann geht die ganze Zeit nur für den Hin- und Rückweg drauf. Wenn dann die belastenden Gegenstände im Wald vergraben wurden, müsste es demnach nahe am Weg passiert sein.«

»Ach so, jetzt kapiere ich. Du meinst, falls es in der Nähe vom Haus der Utsugis geschah, dann hätte der Täter genug Zeit gehabt, tiefer in den Wald zu gehen. Oder andersherum: Je weiter die Entfernung, desto näher müsste die Stelle am Weg liegen.«

»Genau. Wenn man die Zeit für den Fußmarsch in den Wald berücksichtigt, dann beschränken wir unsere Suche auf ein Dreieck, dessen längste Seite drei Kilometer beträgt.«

Nangō lachte. »Mit einem Mathegenie wie dir kann ich nicht mithalten.«

»Noch was. Ich habe mich im Rathaus über das Gebiet erkundigt, Wohnhäuser gibt es dort nicht. Aber möglicherweise stehen die Einrichtungen der ehemaligen Forstverwaltung aus den Fünfzigerjahren noch dort.«

»Na schön, dann wollen wir der Sache mal auf den Grund gehen!«, sagte Nangō und ließ den Motor an.

Sie begannen die Suche am Nachmittag desselben Tages.

Zunächst fuhren sie nach Katsuura, um sich dort mit dem nötigen Zubehör einzudecken. Sie kauften Wanderschuhe, dicke Socken, Regenjacken und Seile. Damit kehrten sie in die Berge bei Nakaminato zurück, parkten das Auto am Straßenrand und machten sich auf den Weg.

Ihr Vorhaben gestaltete sich jedoch um einiges schwieriger als gedacht. Ihre Schuhe versanken in der vom Regen aufgeweichten Erde, sie verfingen sich in freistehenden Wurzeln und gerieten ständig ins Stolpern. Außerdem ließ ihrer beider Kondition ziemlich zu wünschen übrig, was bei Nangō am fortgeschrittenen Alter liegen mochte, bei Jun'ichi eher an der kümmerlichen Gefängniskost.

»Herr Nangō«, keuchte Jun'ichi bereits nach einem knapp fünfzehnminütigen Marsch hinter ihm. »Wir haben vergessen, Feldflaschen zu besorgen.«

»O Mann, wie dämlich von uns!«, fluchte Nangō, wobei ihn ihre Unbedachtheit eher zu amüsieren schien. »Und ohne Kompass kommen wir hier auch nicht groß weiter.«

»Es wäre eine ziemliche Blamage, wenn wir Schiffbruch erleiden.«

»Das kannst du laut sagen! Wie weit sind wir überhaupt gekommen?«, fragte Nangō schwer schnaufend.

»Ich glaube, nicht mehr als zweihundert Meter«, antwortete Jun'ichi, der die Karte trug.

Nangō stieß ein resigniertes Lachen aus. »Na, das kann ja heiter werden.«

In den folgenden Tagen nahmen sie sich mehr Zeit für die Vorbereitungen. Nangō stellte immer gleich nach dem Aufstehen die gefüllten Feldflaschen und zwei Lunchboxen zum Mitnehmen bereit, fast wie eine Mutter, die ihr Kind für einen Ausflug versorgte. Jun'ichi wiederum schnappte sich jeden Abend, wenn sie die Suchaktion in den Bergen beendet hatten und nach Katsuura ins Apartment zurückkehrten, ihre vom Regen durchweichte Outdoor-Kleidung und ging damit in einen nahegelegenen Waschsalon.

Außerdem gab es noch einiges andere zu tun: Die Spesen mussten abgerechnet, die Prozessakten durchgeackert und die Berichterstattung über den Verlauf der Recherche an Sugiura verfasst werden.

Jeden Tag konnten sie ihre Suche in den Bergen ein Stückchen ausdehnen, weil ihre Kondition sich verbesserte. Eine vergnügliche Wandertour war es trotzdem nicht, zumal sie sich in einem Gebiet aufhielten, wo gejagt wurde und es nicht auszuschließen war, dass plötzlich eine Wildschweinrotte ihren Weg kreuzte. Dazu kamen Unmengen an Schlangen, Tausendfüßlern, Blutegeln und dergleichen schaurige Kreaturen, die einem Stadtmenschen wie Jun'ichi die Haare zu Berge stehen ließen.

Jun'ichi fiel irgendwann ein, dass auch die Polizei auf der Suche nach den verschwundenen Gegenständen die Bergregion durchkämmt hatte. Also durchforstete er die Prozessakten daraufhin, um herauszufinden, wie genau die Ermittlungsbeamten vorgegangen waren. Außer den Kommissaren und ihrem Team waren noch weitere siebzig Beamte von der Bereitschaftspolizei im Einsatz gewesen, wie er entdeckte. Aus dem Bericht ging hervor, dass ein insgesamt hundertzwanzig Mann starker Suchtrupp zehn Tage lang ein Gebiet von vier mal vier Kilometern akribisch durchforstet hatte. Anders als Nangō und Jun'ichi, die eine Treppe finden wollten, hatten sie die Gegend nach Spuren abgesucht, die auf eine versteckte Mordwaffe hindeuteten, wobei sie jede verdächtige Stelle umgruben. Auch Metalldetektoren kamen dabei zum Einsatz, mit denen die gesamte Zone abgescannt wurde. Doch es konnten weder eine Hieb- oder Stichwaffe noch das Kontobuch oder der Namensstempel entdeckt werden.

Jun'ichi hatte gehofft, dass in den Akten vielleicht eine Hütte oder dergleichen erwähnt wurde, wo eine Treppe sein könnte, aber davon war nirgendwo die Rede.

Nach über zehn Tagen seit ihrem Aufbruch in die Wälder, als etwa die Hälfte der Landkarte von Dreiecken überzogen war, entdeckten sie an einem Bach am Berghang eine Blockhütte.

Jun'ichi sah sie schon von Weitem und schrie: »Herr Nangō, da ist sie!«

Auch Nangōs Miene hellte sich auf in der Hoffnung, dass die Plackerei nun ein Ende haben würde. »Ja, das könnte es sein!«, rief er.

Die Hütte, auf die sie zustürmten, war ein eher kleiner, aber hoher Bau von etwa zehn Quadratmeter Grundfläche mit zwei Stockwerken. Neben dem Eingang hing ein verwittertes Schild, dessen Aufschrift nur schwer zu entziffern war. Forstamt Soundso schien dort geschrieben zu stehen. An der Tür selbst war ein verrostetes Vorhängeschloss angebracht, doch als Nangō einmal kräftig daran zog, zerfiel es mitsamt den Metallbeschlägen.

»Mein zweiter Einbruch.«

Seine Bemerkung ließ Jun'ichi zusammenzucken. Unwillkürlich schaute er sich um.

»Es beobachtet uns keiner«, beruhigte ihn Nangō und stieß schwungvoll die Tür auf. Augenblicklich erlebten sie eine herbe Enttäuschung. Die Hütte war zwar ein zweistöckiges Gebäude, aber um in das obere Stockwerk zu gelangen, war keine Treppe angebracht worden.

»Bloß eine Leiter.«

Nangō trat ein und schaute hinauf ins Obergeschoss. Jun'ichi folgte ihm und sah sich in der Stube um. Zerbrochene Gläser, Holzbalken, mit Sand und Staub verdreckte Futons – hier herrschte ein ziemliches Tohuwabohu. Die Hütte hatte den Arbeitern vom Forstamt offensichtlich als Pausenraum gedient.

Maßlos enttäuscht stellten die beiden nun das ganze Haus auf den Kopf, um herauszufinden, ob sich hier nicht doch noch eine Treppe oder irgendwelche Hinweise finden ließen. Aber ihre Suche blieb erfolglos.

Kurz darauf standen Nangō und Jun'ichi ernüchtert und frustriert in der Stube. Es half nichts, sie mussten erneut in den Wald hinaus, der sich schier endlos um die Hütte erstreckte.

»Lass uns erst mal einen Moment ausruhen«, verkündete Nangō und machte es sich auf einem der Holzbalken bequem.

»Ja«, sagte Jun'ichi, der sich mit dem Rücken an die Wand gelehnt auf dem Boden niedergelassen hatte und einen tiefen Schluck von dem Isodrink aus der Trinkflasche nahm. Draußen zwitscherten Vögel. »Ich habe noch mal nachgedacht.«

»Was denn?« Nangō warf Jun'ichi nur einen erschöpften Blick zu.

»Angenommen, es gab eine zweite Person. Der Einbrecher könnte Ryō Kihara dazu genötigt haben, in den Wald zu fahren.«

»Du meinst, damit er die Beweise verschwinden lässt?«

»Und dabei müsste Kihara dann eine Treppe hochgelaufen sein, falls seine Erinnerung stimmt.«

»Genau.«

»Das ist der springende Punkt. Ob es reiner Zufall war, dass es genau da, wo er die Beweise vergraben hat, eine Treppe gab?«

»Aha … Der Täter hat also von Anfang diesen Ort mit der Treppe im Visier gehabt. Das heißt, er müsste jemand sein, der sich in der Gegend auskennt.«

»Ja, das glaube ich.«

»Der Täter ist dann womöglich ein Angestellter beim Forstamt, was?«, erwiderte Nangō belustigt. Aber Jun'ichi musste zugeben, dass das ein überzeugendes Gegenargument war.

»Sie haben recht. Selbst ein Ortsansässiger würde sich nicht unbedingt im Wald auskennen.«

»Könnte man annehmen. Aber mal ehrlich, je länger man sich mit dieser fraglichen Treppe beschäftigt, desto absurder erscheint einem die Geschichte. Ob Kihara tatsächlich eine Treppe hinaufgestiegen ist?«

»Handelt es sich vielleicht um einen Traum? Oder nur um ein Hirngespinst?«

»Keine Ahnung.« Nangōs Stimme verriet Zweifel. »Na dann!«, rief er nach kurzer Überlegung und erhob sich. »Es gibt eine gute und eine schlechte Nachricht. Welche willst du zuerst hören?«, fragte er Jun'ichi mit einem Lächeln.

»Hm ... tja, lieber erst die gute.«

»Unsere Arbeit ist bereits zur Hälfte geschafft.«

»Und die schlechte Nachricht?«

»Die andere Hälfte liegt noch vor uns.«

3

Es war an einem Freitag Ende Juni, als der Antrag zur Vollstreckung des Todesurteils in der Abteilung für Rehabilitation im Justizministerium eintraf.

Der zuständige stellvertretende Leiter der Strafrechtsabteilung begab sich unverzüglich zum Leiter des Referats für Amnestie und erkundigte sich über den Status des Gnadengesuchs von Ryō Kihara.

»Wir haben auch beim zentralen Untersuchungsausschuss für Gefangenenfürsorge nachgefragt, aber es wurde kein einziges Mal ein Gnadengesuch eingereicht. Der Angeklagte Ryō Kihara behauptet, er habe keine Erinnerung an den Zeitraum, als die Tat begangen wurde«, erklärte der Leiter der Amnestiereferats.

»Ist denn eine Amnesie nicht Grund genug, die Vollstreckung auszusetzen?«

»Darüber können wir hier nicht befinden. Was die mentale Verfassung anbelangt, liegt das Gutachten der Strafvollzugsanstalt bereits vor.«

Der stellvertretende Leiter schaute auf die drei Genehmigungsstempel unter dem Siegel des Abteilungsleiters für Strafvollzugsrecht. Sie alle befürworteten die Hinrichtung Kiharas, und die Rehabilitationsabteilung, die die Bedingungen für eine Begnadigung prüfte, besaß nicht die Befugnis, gegen die Entscheidung der Abteilung für Strafvollzugsrecht Einspruch zu erheben.

Nachdem der stellvertretende Leiter der Strafrechtsabteilung das Büro des Abteilungsleiters verlassen hatte, nahm er sich vor, den Antrag zur Vollstreckung zu sichten. Er wollte ihn gewissenhaft durchlesen, um seiner Berufspflicht und seinem Gewissen Genüge zu tun, obwohl ihm natürlich klar war, dass eine Aussetzung der Hinrichtung nicht mehr möglich war.

Dennoch, bei fortschreitender Lektüre wurde ihm die Aussichtslosigkeit abermals bewusst. Es stellte sich die Frage, ob das System der Begnadigung in Wirklichkeit überhaupt funktionierte. Bei einer Amnestie besteht die Möglichkeit, die Gültigkeit eines Gerichtsurteils mittels einer administrativen Entscheidung abzuändern. Einfach ausgedrückt, durch einen Kabinettsbeschluss kann die Bestrafung eines Verbrechers aufgehoben oder das Strafmaß herabgesetzt werden. Kritiker behaupten zwar, dies würde der Gewaltenteilung widersprechen, aber die Aufrechterhaltung dieses Instruments wird damit befürwortet, dass damit eine hehre Idee bewahrt wird. Sollte ein dem Gesetz zuwiderlaufendes Urteil gefällt werden, hat man ein Mittel gegen einen solchen Fehlbeschluss in der Hand, wo andere Methoden versagen. Aber in Wahrheit sieht die Sache ganz anders aus, es fallen eigentlich nur die Nachteile auf.

Bei einer Begnadigung unterscheidet man zwei Kategorien: Generalamnestie durch einen Regierungserlass oder Sonderamnestie. Bei einer Regierungsamnestie erfolgt die Begnadigung anlässlich eines freudigen oder traurigen Ereignisses seitens des Staats oder des Kaisers.

Als sich zum Beispiel im Jahr 1989 der gesundheitliche Zustand des Tennos Hirohito arg verschlechterte, wurden sämtliche Hinrichtungen vorläufig ausgesetzt. Im Todesfall des japanischen Kaisers ist ein Straferlass seitens der

Regierung gewiss. Zieht man den Fall in Betracht, dass die Amnestie auch für Todeskandidaten gilt, so wird die Hinrichtung ausgesetzt. Man könnte dies zwar für einen administrativen Akt der Gnade halten, aber tatsächlich spielten sich damals vor dem Hintergrund dessen unglaubliche Tragödien ab. Einige Angeklagte, die gegen ihr Todesurteil angekämpft hatten, zogen in falscher Hoffnung von sich aus ihre Berufungen und Revisionsanträge zurück und besiegelten dadurch ihre Hinrichtung erst recht.

Die Tragödie bestand darin, dass eine Amnestie nur auf verurteilte Strafgefangene anwendbar ist. Wenn zum Zeitpunkt des Straferlasses seitens der Regierung ein Angeklagter noch gegen das Urteil ankämpft, kann er nicht in den Vorzug der Amnestie gelangen, da das endgültige Urteil noch aussteht. Indem sie darauf verzichteten, das Todesurteil durch die Entscheidung einer höheren Instanz abzuwenden, setzten die Angeklagten dann auf die Option, dass bei einer staatlichen Amnestie die Todesstrafe in ein milderes Strafmaß umgewandelt würde. Doch schließlich wurde entschieden, die Amnestie nur Delinquenten zu gewähren, die geringfügige Straftaten begangen hatten, nicht aber Schwerverbrechern, die zu lebenslanger Haft oder zum Tode verurteilt waren. Somit hatten die Angeklagten, die auf ihre Berufungen und Revisionen verzichtet hatten, am Ende die Zeitspanne bis zu ihrer Hinrichtung sogar verkürzt.

Wie konnte es dazu kommen? Die Ursache liegt klar auf der Hand, denn die Richtlinien für die Amnestie sind nämlich nicht eindeutig definiert. Mit anderen Worten, durch die zuweilen beliebige Auslegung seitens zuständiger Beamter, wird das Verfahren völlig willkürlich gehandhabt. Dies hat sich in der Vergangenheit immer wieder bestätigt. Eine überwältigende Zahl derer, die durch die Amnestie freikamen, waren ausgerechnet jene, die gegen das Wahlgesetz verstoßen hatten. Das heißt, Personen, die ihre Finger bei kriminellen Machenschaften im Spiel hatten, um bestimmten Politikern bei den Wahlen Vorteile zu verschaffen, wurden bevorzugt auf freien Fuß gesetzt.

Demgegenüber gab es in den letzten fünfundzwanzig Jahren keinen einzigen Fall, wo bei einem zum Tode Verurteilten eine Amnestie wirksam geworden wäre. Das mag auch daran liegen, dass die Kriterien für die Strafzumessung von den Richtern der jeweiligen Instanzen milder ausgelegt werden. Sofern kein äußerst grausames Verbrechen begangen worden ist, wird auch kein Todesurteil verhängt.

Dem stellvertretenden Leiter der Strafrechtsabteilung war unbehaglich zumute, was damit zusammenhing, dass es für die beiden Kategorien Generalamnestie und Sonderamnestie keine eindeutigen Richtlinien gab, um sie klar voneinander abzugrenzen. Was bedeutete es, »die individuelle Situation des Täters nach der Urteilsverkündigung zu berücksichtigen«? Erfasste der Bericht des Gefängnisdirektors die wahre innere Verfassung des Todeskandidaten? Den stellvertretenden Leiter beschlichen angesichts der Willkür, mit der das Amnestiesystem ausgelegt wurde, arge Zweifel, ob nicht auch Personen hingerichtet wurden, denen eigentlich geholfen werden sollte.

Er hatte sich den Antrag zur Vollstreckung des Todesurteils im Fall Ryō Kihara durchgelesen. Wenn er ihn nun seinerseits absegnete, dürfte dies von keiner Seite mehr beanstandet werden.

Nachdenklich ließ der stellvertretende Leiter sein eigenes Leben Revue passieren, und Resignation überkam ihn.

Als er damals seinen Staatsdienst im Justizministerium antrat, hätte er es sich nicht träumen lassen, eines Tages an
der Vollstreckung eines Todesurteils beteiligt zu sein.

Wie naiv von mir, dachte er, als er seinen Stempel auf
das Dokument drückte.

»Soll ich ein dreifaches Hoch anstimmen?«, sagte Nangō,
als sie das letzte Eckchen des Areals erreicht hatten. Seit
dem Beginn ihrer Suche in den Bergen waren drei Wochen
vergangen. Die Regenzeit war fast vorüber, und mittlerweile hatten sie das abgesteckte Gebiet komplett durchforstet.

Zwischendurch hatte Jun'ichi lediglich einen halben
Tag freigenommen, um sich in Tokyo bei der Bewährungsbehörde zu melden. Obwohl sie mit Muskelkater zu
kämpfen hatten und tagein, tagaus erschöpft durch den
strömenden Regen gestapft waren, hatten sie keine Treppe
entdecken können. Nach dem letzten Abstieg zur Bergstraße hockte Jun'ichi sich neben dem Civic an den Weges-
rand. Seine Hose war völlig verdreckt, und ihm tropfte das
Wasser von der Kapuze seiner Regenjacke ins Gesicht.

»Was machen wir hier eigentlich? Vielleicht existiert
diese Treppe doch nur in Kiharas Fantasie«, keuchte er,
immer noch ganz außer Atem.

»Scheint so«, erwiderte Nangō, der ein Handtuch aus
seiner Regenjacke zog, um sich damit den Schweiß abzu-
wischen.

»Sie meinen, unser Auftrag ist damit gescheitert und
wir können Ryō Kiharas Unschuld nicht beweisen?«

»Aber nein, wir haben längst nicht alle Möglichkeiten
ausgeschöpft. Wir sollten uns nachher mit dem Rechtsanwalt beratschlagen.«

Jun'ichi sah Sugiuras Gesicht mit dem geschäftsmäßigen Lächeln vor sich. Der Anwalt wollte heute nach Katsuura kommen, um sich einen ausführlichen Lagebericht über die bisherige Suche geben zu lassen.

Jun'ichi besann sich auf die dreimonatige Frist, die ihnen insgesamt eingeräumt worden war. Das hieß, ihnen standen noch mehr als zwei Monate zur Verfügung. »Wir dürfen jetzt noch nicht aufgeben.« Und als er Nangōs anerkennenden Blick spürte, fügte er verlegen hinzu: »Natürlich geht es mir darum, Ryō Kiharas Leben zu retten, aber außerdem winkt ja auch eine Belohnung.«

»Schon klar. Du möchtest deine Eltern entlasten.«

»Ja.«

»Und für mich wäre es das Startkapital für die Southwind Bakery«, sagte Nangō mit einem Zwinkern. »Es ist ja nicht verwerflich, etwas aus Gründen des Geldes zu tun, zumal wir ein Menschenleben retten würden.«

»Ganz meine Meinung.«

Daraufhin stiegen sie müde in den Wagen und fuhren an Kōhei Utsugis Haus vorbei Richtung Küste hinab. Da sie die Suche kurz nach Mittag beendet hatten, kamen sie diesmal vier Stunden eher als üblich in Katsuura an, hatten also den ganzen Nachmittag für sich.

Sie waren gerade mit Duschen, Wäschewaschen und den anderen üblichen Verrichtungen fertig, als der Rechtsanwalt bei ihnen eintraf.

»Haben Sie nicht mal Fernsehen?«, fragte Sugiura noch im Eingangsbereich und schüttelte lachend den Kopf. Erstaunt sah er zwischen den beiden Räumen mit den ausgerollten Futons hin und her.

Nangō, dem erst jetzt ihre spartanische Behausung so richtig auffiel, erwiderte süffisant: »Da wir uns fast nur

153

draußen im Wald herumtreiben, sind wir eigentlich bloß zum Schlafen hier.«

»Oh, das tut mir leid. Da müssen Sie beiden ja inzwischen ziemlich durchtrainiert sein.«

Jetzt musste auch Jun'ichi kichern. Nangō hatte merklich in den letzten Wochen abgenommen.

»Apropos Wald – eine Treppe haben wir nicht gefunden«, sagte Nangō.

Schlagartig wurde Sugiuras Miene wieder ernst. »Wollen wir nicht erst mal was essen gehen? Wir müssen uns nun eine neue Strategie zurechtlegen.«

Die drei verließen das Apartment und begaben sich auf Sugiuras Vorschlag ins Sushi-Restaurant im Hotel am Bahnhof. Der Anwalt hatte offenbar schon einen Tisch reserviert, da sie sofort in den Tatamiraum geführt wurden. Er wollte sich wohl erkenntlich zeigen für die Mühen, die seine beiden Auftragnehmer durchgestanden hatten.

Als sie in einer Nische auf den Kissen Platz genommen hatten, prosteten sie sich als Erstes mit einem Bier zu und unterhielten sich eine Weile über Belanglosigkeiten. Jun'ichi genoss die Sushis, die er die letzten Jahre hatte entbehren müssen, und dachte daran, dass er seinen Eltern auch gern so ein köstliches Mahl spendieren würde. Als die Hälfte der Häppchen auf dem runden Holztablett verzehrt war, kam Nangō langsam auf ihr eigentliches Thema zu sprechen. »So, nun stellt sich die Frage, wie wir weiter vorgehen.«

»Einen Moment«, erwiderte Sugiura. »Ich muss Ihnen zuvor noch etwas mitteilen.«

»Und das wäre?«

Der Anwalt blickte unbehaglich von einem zum anderen. »Es ist ein kleines Problem aufgetaucht.«

»Was denn?«

»Mein Mandant bittet darum, dass nur Sie, Herr Nangō, die weiteren Ermittlungen durchführen sollen.«

»Was soll das heißen?«, fragte Nangō und warf Jun'ichi einen irritierten Blick zu.

»Den Grund dafür kenne ich auch nicht, aber er hat ausdrücklich diesen Wunsch geäußert.«

Jun'ichi legte die Stäbchen beiseite. Das eben noch so köstlich mundende Sushi-Häppchen blieb ihm förmlich im Hals stecken. Er wusste genau, weshalb er persönlich von der Sache ausgeschlossen werden sollte.

»Ist es, weil Mikami vorbestraft ist?«, fragte Nangō mit vor Zorn gepresster Stimme. »Werden die von einem Vorbestraften gefundenen Beweise bei der Revisionsprüfung etwa nicht anerkannt?«

»Ich weiß leider auch nicht, was der Auftraggeber sich dabei gedacht hat.«

»Was soll dieses Hin und Her? Sie haben ihn doch von Anfang an über Mikamis Vorgeschichte informiert, oder nicht?«

»Das habe ich«, betonte Sugiura nachdrücklich.

»Verdammt!«, entfuhr es Nangō.

Jun'ichi hatte ihn noch nie so wütend erlebt. Seit seiner Festnahme vor zwei Jahren hatte es keinen einzigen Menschen gegeben, der sich für ihn so vehement eingesetzt hatte, kam ihm in den Sinn.

Doch dann gab sich Nangō plötzlich unbekümmert und schenkte Sugiura ein Glas Bier nach. »Nun, das wird sich sowohl für Sie als auch für mich ziemlich nachteilig auswirken.«

»Nachteilig, wieso?«

»Na ja, zum Beispiel, was diese Treppe betrifft. Wenn Mikami nicht gewesen wäre, hätte die Suche danach doppelt so viel Zeit in Anspruch genommen. Das wird sich auch in Zukunft nicht ändern. Wenn ich allein weitermache, vermindert sich die Chance erheblich, Kiharas Unschuld zu beweisen.«

»Hm, da ist was dran.«

»Was das Honorar anbelangt, so verlange ich nicht unbedingt den doppelten Betrag. Das heißt, ich würde mit Mikami dann halbe-halbe machen.«

Jun'ichi traute seinen Ohren nicht. Nangō war wirklich bereit, auf einen Teil seines Honorars zu verzichten, nur um ihn weiterhin miteinzubeziehen.

»Außerdem …«, fügte Nangō mit einem hinterhältigen Lächeln hinzu, »haben Sie für sich selbst doch sicher auch eine Erfolgsprämie vereinbart, nicht wahr, Herr Sugiura?«

Der Anwalt räusperte sich verlegen.

»Was halten Sie von dieser Idee: Offiziell habe ich den Auftrag von Ihnen erhalten und mir auf eigene Kosten einen Assistenten genommen. Das dürfte Sie, Herr Sugiura, dann eigentlich nichts angehen.«

»Hmm …« Sugiura fing an zu grübeln.

»Das ist doch gar nicht so schlecht. Es erhöht immerhin für uns alle drei die Chance auf die Erfolgsprämie. Und außerdem …« Nangō war nun wieder ganz ernst. »Wenn Mikami raus ist, dann steige ich auch aus. Dann müssen Sie sich jemand anderen suchen.«

»Das ist nicht Ihr Ernst, oder?«

»Aber sicher doch. Was ist Ihnen lieber?«

»Ich gebe auf, nein wirklich, ich gebe auf, ich kapituliere …« Sugiura war anzusehen, dass er auf Zeit spielte.

Nangō frohlockte im Stillen, seelenruhig wartete er auf Sugiuras Antwort.

»Na gut«, sagte der Anwalt schließlich. »Ich beauftrage dann Sie allein damit, Herr Nangō. Einverstanden?«

»Ja«, bestätigte Nangō erfreut. »Du brauchst dir deswegen keine Sorgen zu machen«, sagte er schnell zu Jun'ichi, bevor dieser etwas einwenden konnte.

Jun'ichi senkte schweigend den Kopf.

»Tut mir leid, dass ich das erwähnen musste«, sagte Sugiura nun zu Jun'ichi und wischte sich mit dem feuchten Tuch die Sojasoße aus dem Mundwinkel. »Aber nun reden wir über das, was als Nächstes geschehen sollte. Wenn auf Ryō Kiharas Erinnerungsvermögen nun doch kein Verlass ist, muss man die Strategie eben ändern.«

»Der Meinung bin ich auch«, sagte Nangō.

»Mit anderen Worten, da sich nicht überprüfen lässt, ob Kiharas Erinnerung den Tatsachen entspricht, sollte man sich darauf konzentrieren, den wahren Täter zu finden.«

Nangō nickte.

Jun'ichi spürte die angespannte Atmosphäre am Tisch. »Besteht denn Aussicht auf Erfolg?«, fragte er zaghaft.

»Das wird sich zeigen.« Nangō zögerte kurz, bevor er Sugiura fragte: »Sagen Sie mal, Sie sind doch als Anwalt auf Kriminalfälle spezialisiert, oder?«

«Deshalb bin ich ein so armer Schlucker.«

»Zehn Jahre alte Fingerabdrücke lassen sich doch noch nachweisen, oder?«

»Es hängt vom Spurenträger ab, aber eigentlich sollte es möglich sein.«

»Kann man es mit Aluminiumpulver prüfen?«

»Das nimmt man eher für latente Fingerabdrücke, wenn sie noch frisch sind.«

»Aluminiumpulver …«, schaltete sich Jun'ichi nun ein. »Das kann ich aus unserem Betrieb besorgen.«

Sugiura nickte. »Aber wenn es um zehn Jahre alte Fingerabdrücke geht, dann ist diese Methode wohl eher ungeeignet. In solchen Fällen sollte man sie besser mit Gas besprühen oder per Laser sichtbar machen.«

»Aha.«

»Aber warum fragen Sie?«

»Ach, aus keinem besonderen Grund, ich wollte mich nur mal informieren.«

Sugiura nickte und richtete sich auf. »Ich möchte noch eine Sache anmerken. Es betrifft den Zeitrahmen.«

»Sie meinen die Frist von drei Monaten?«

»Genau. Vor zwei Tagen ist nämlich der aktuelle Revisionsantrag von Ryō Kihara abgelehnt worden. Es ist zwar prompt darauf ein neuer Einspruch eingereicht worden, aber es fragt sich, was geschieht, wenn dieser ebenfalls zurückgewiesen wird. Damit würde dann nämlich der fünfte Antrag auf Wiederaufnahme des Verfahrens abgelehnt werden.«

Nach einer Pause sagte Nangō: »Das bedeutet Vollstreckung.«

»Ja, wir kommen allmählich in die Gefahrenzone. Relative Ruhe besteht eigentlich nur für einen Monat.«

»Danach wäre also jederzeit die Hinrichtung möglich?«

»Genau.«

Nachdem sie Sugiura zum Bahnhof Katsuura begleitet hatten, von wo aus er nach Tokyo zurückfahren würde, kehrten Nangō und Jun'ichi zu Fuß heim. Es war kurz nach neun Uhr abends. Kaum hatten sie ihr trostloses

Apartment im ersten Stock betreten, begann es draußen in Strömen zu gießen. Ein für das Ende der Regenzeit typisches Gewitter kündigte sich an.

Jun'ichi nahm zwei Dosen Bier aus dem Minikühlschrank und ging damit in Nangōs Zimmer, der mit verdrossener Miene im Schneidersitz auf dem Boden saß.

»Die Zeit läuft uns davon.«

Jun'ichi nahm ihm gegenüber Platz und öffnete die Dosen. »Ist denn der Zeitpunkt der Hinrichtung nicht genau festgelegt?«, fragte er nach.

»Das Gesetz schreibt vor, dass der Justizminister binnen sechs Monaten nach der Urteilsverkündigung den Befehl dazu erteilt. Dieser muss dann innerhalb von fünf Tagen im Gefängnis vollstreckt werden.«

»Das heißt, es bleibt ihnen also eine maximale Frist von sechs Monaten und fünf Tagen?«

»Schon, aber der Zeitraum für Revisionsanträge und Gnadengesuche ist darin nicht enthalten. Wenn man zum Beispiel für Revisionsanträge zwei Jahre gebraucht hat, beträgt die gesamte Frist zwei Jahre, sechs Monate und fünf Tage.«

Jun'ichi stand auf und ging in sein Zimmer, um die Prozessakte zu holen. »Und wie war es in Ryō Kiharas Fall?«, rief er.

»Seine Frist ist längst überschritten. Seit der Urteilsverkündung hat er nun knapp sieben Jahre Haft hinter sich. Wenn man den Zeitraum der Revisionen abzieht, ist er somit bereits elf Monate drüber.«

»Und wieso ist er dann noch nicht hingerichtet worden?«

»Der Justizminister hält sich eben selbst nicht an die Gesetze«, seufzte Nangō. »In dieser Hinsicht handelt er ziemlich fahrlässig. Man könnte auch sagen, dass heutzutage die meisten Hinrichtungen nicht nach dem Gesetz gehandhabt werden.«

»Aber wie ist das möglich?«

»Es erhebt niemand Einwände. Was die Todeskandidaten selbst anbelangt, so zählt jeder Tag, den sie länger leben können. Auch seitens der Vollstrecker wünscht man sich eine größere Zeitspanne, in der Hoffnung, dass die Verurteilten sich im Lauf der Zeit mit ihrem Schicksal abfinden und bei der Hinrichtung weniger Widerstand leisten.«

Jun'ichi nickte, obwohl ihm noch nicht alles klar war. »Wenn das alles so vage ist, dann ist Ryō Kihara doch noch immer auf der sicheren Seite, oder? Vielleicht wird er gar nicht so bald hingerichtet.«

»Aber die Erfahrung zeigt, dass es nach durchschnittlich sieben Jahren Haft ab der Festsetzung des Urteils besonders kritisch wird.«

Allmählich verstand Jun'ichi, was Nangō und Sugiura so beunruhigte.

Nachdem Nangō die Dose Bier ausgeschlürft hatte, streckte er sich auf den Tatamis aus und wedelte sich mit einem Fächer Luft zu. Auch Jun'ichi wurde plötzlich zu heiß, und er ging in die Küche, um dort das Fenster zu öffnen. Es war ihm egal, dass es wegen des Unwetters durchs Fliegengitter hineinregnen würde. Das war nicht zu ändern bei einer Wohnung ohne Klimaanlage.

Als Jun'ichi in Nangōs Zimmer zurückkam, fragte er: »Sie haben doch vorhin von Fingerabdrücken gesprochen. Würden solche Spuren selbst nach zehn Jahren noch an den Tatgegenständen sein?«

»Ich dachte dabei eigentlich an das Kontobuch und den

Namensstempel. Aber die wurden ja ebenso wenig wie die Tatwaffe gefunden, obwohl die Polizei intensiv danach gesucht hat. Das bedeutet für uns sowohl eine gute als auch eine schlechte Nachricht.«

»Und wie lautet die gute Nachricht?«

»Sämtliche Beweise – die Tatwaffe, das Kontobuch, der Namensstempel – liegen höchstwahrscheinlich noch irgendwo hier in den Bergen verborgen. Das Gebiet, das wir durchforstet haben, ist ein überaus sicheres Versteck.«

»Und die schlechte Nachricht?«

»Wir können sie dort unmöglich finden.«

Jun'ichi ließ entmutigt den Kopf hängen. Die besagten Beweise waren selbst von einer hundertzwanzig Mann starken Sondereinheit der Polizei, die in dem fraglichen Terrain überall unterwegs gewesen war, nicht gefunden worden.

»Dann ist da noch die Sache mit der Blutgruppe B, von der Staatsanwalt Nakamori gesprochen hat. Ich denke, dass die Stofffetzen am Unfallort vom Täter stammen.«

»Das glaube ich auch.«

Nangō erhob sich. Offenbar war sein Tatendrang wieder zurückgekehrt. »Es gilt jetzt erst einmal zwei Stränge zu verfolgen. Entweder haben die Utsugis ihren Mörder gekannt, oder es war ein Fremder.«

»Gut möglich, dass sie ihn gekannt haben, oder?« Jun'ichi hatte irgendwie das Gefühl, dass es so gewesen sein musste.

»Das Problem ist die Lage des Hauses. Würde ein Dieb völlig planlos zu einem alleinstehenden Haus in eine so gottverlassene Gegend fahren? Oder aber hat er es gerade auf ein Objekt fernab von Wohngebieten abgesehen? Und wir müssen noch etwas in Betracht ziehen, nämlich dass der Täter Ryō Kihara vorsätzlich in die Tat verwickelt hat.«

»Sie meinen, der Täter hat von vornherein geplant, den Verdacht auf ihn zu lenken?«

»Ja.«

Nangō ging zu seinem schlammverdreckten Rucksack, der in der Zimmerecke stand, und zog das Notizbuch heraus.

»Ich habe hier eine Abschrift von dem Adressbuch der Opfer. Sollte sich meine Theorie vom Täter aus dem Bekanntenkreis bewahrheiten, dann müsste er sich unter den aufgeführten Kontakten befinden.«

Jun'ichi las sich die Adressen durch und stolperte ebenfalls über den Namen Mitsuo Samura. War es denkbar, dass er der Mörder ist? Dieser Gedanke rief eine beunruhigende Erinnerung in ihm wach.

Zunächst war es nicht mehr als ein merkwürdiges Gefühl gewesen. Eine Art Befremden, so als wäre man an einem falschen Ort gelandet, obwohl man doch eigentlich der richtigen Fährte gefolgt ist.

Jun'ichi hob den Kopf. Dieses unheimliche Gefühl schien nun plötzlich eine grausame Gestalt anzunehmen, ihn unvorbereitet aus dem Hinterhalt zu überfallen.

»Was ist los?«, fragte ihn Nangō.

»Warten Sie kurz, Herr Nangō«, bat ihn Jun'ichi. »Falls wir den wahren Täter finden und dieser im Prozess verurteilt wird, welche Strafe erwartet ihn dann?«

»Die Todesstrafe.«

»Auch wenn besondere Umstände eine Rolle spielen? Das heißt, wenn der biografische Hintergrund oder das Tatmotiv ganz anders liegen, als man es Ryō Kihara zur Last gelegt hat?«

»Ja, auch dann. Das Verbrechen als solches ist hier das Entscheidende. Ungeachtet der Umstände hält sich das Gericht an das erste Urteil.«

»Das kann doch nicht wahr sein!«, rief Jun'ichi empört. »Ich habe den Auftrag übernommen, die Unschuld eines Todeskandidaten zu beweisen. Um das Leben eines Menschen zu retten, würden wir also einen anderen an den Galgen liefern, sobald wir den wahren Täter finden?«

»So ist es. In einem Land, in dem die Todesstrafe gilt, bedeutet die Festnahme eines brutalen Schwerverbrechers, dass er hingerichtet wird. Wenn wir den wahren Täter aufspüren, blüht ihm mit Sicherheit die gleiche Strafe.«

»Aber ist das denn gerecht?«

»Das geht nun mal nicht anders«, entgegnete Nangō schroff. »Was sollte man denn stattdessen tun? Wenn man nichts unternimmt, wird am Ende ein Unschuldiger hingerichtet.«

»Aber ...«

»Hör mal, es geht um die Entscheidung zwischen zwei Möglichkeiten. Vor unseren Augen sind beide Kandidaten am Ersaufen. Der eine ist ein zu Unrecht angeklagter Todeskandidat, der andere ein Einbrecher, der einen grausamen Doppelmord auf dem Gewissen hat. Wenn wir nur einen retten können, für welchen sollten wir uns entscheiden?«

Jun'ichi kannte die Antwort. Es gab ihm zu denken. Je schwerer die Tat eines Verbrechers, desto weniger wog sein Leben. Das würde ja bedeuten ... Ihn fröstelte plötzlich. Hatte sein eigenes Leben dadurch, dass er jemanden fahrlässig getötet hatte, ebenfalls weniger Gewicht?

»Meinetwegen soll ein Mörder verrecken«, erklärte Nangō entschieden.

»Für Sie mag das in Ordnung sein, Herr Nangō«, gab Jun'ichi zurück. Das Wort »Mörder« versetzte ihm einen Stich. »Für mich ist es nicht so einfach. Auch ich habe jemanden getötet. Also bin ich ein Mörder.«

Nangōs Miene blieb regungslos. Er schwieg.

»Das kann ich nicht, einem weiteren Menschen das Leben nehmen.«

Einen Augenblick hörte man im Zimmer nur den prasselnden Regen draußen. Aber die Stille dauerte nicht lange.

»Nicht nur du«, sagte Nangō. »Ich habe sogar einen zweifachen Mord begangen.«

Jun'ichi glaubte sich verhört zu haben. »*Was?*«

»Ich habe mit diesen Händen hier zwei Menschen getötet.«

Jun'ichi war völlig perplex. Wovon redete er bloß? Zuerst dachte er, Nangō mache Witze, aber dann bemerkte er den erloschenen Blick im versteinerten Gesicht. Ihm fiel ein, dass Nangō jede Nacht im Schlaf stöhnte.

»Was meinen Sie damit?«

»Die Hinrichtungen.« Nangō hielt den Blick gesenkt. »Das gehört zum Job eines Gefängnisaufsehers.«

Jun'ichi sah ihn fassungslos an.

IV
VERGANGENHEIT

1

Als der neunzehnjährige Shōji Nangō 1973 auf die Stellenanzeige für den Posten eines Justizvollzugsbeamten gestoßen war, wurde mit keinem Wort erwähnt, dass sich sein Dienst auch auf Hinrichtungen erstrecken würde.

Ihm erschien es eine lohnenswerte Arbeit – Kriminelle zu bessern und für ihre Resozialisierung zu sorgen. Gegen die Unterschlagung von Beweisen bei Verbrechen kämpfen und sich um eine faire Behandlung der in Untersuchungshaft sitzenden Angeklagten zu kümmern.

Nach der bestandenen Aufnahmeprüfung zum Justizvollzugsbeamten trat Nangō seinen Dienst im Gefängnis Chiba an. Die Insassen verbüßten hier ihre erste Haftstrafe, ihr Strafmaß betrug jedoch mehr als acht Jahre.

Nachdem Nangō zunächst in der Sicherheitsabteilung verschiedene Aufgaben übernommen hatte, absolvierte er im Anschluss ein siebzigtägiges Praktikum in der sozialtherapeutischen Einrichtung. Er paukte die entsprechenden Richtlinien und Gesetze und unterzog sich einem Selbstverteidigungstraining, bis er glaubte, seiner Aufgabe gewachsen zu sein.

Doch als Nangō in die Justizvollzugsanstalt Chiba zurückkehrte, wurde er von der unerbittlichen Realität eingeholt, die mit seinen Idealvorstellungen nichts mehr gemein hatte. Zu jener Zeit herrschten landesweit in den Gefängnissen chaotische Zustände. Kaum ein Häftling bereute seine Tat, und ebenso wenig gab es Aufseher, die sich um die Erziehung der Gefangenen zu aufrechten Menschen und deren Resozialisierung bemüht hätten.

Exzessive Misshandlungen und daraus resultierende gerichtliche Klagen, Disziplinarverfahren gegen Beamte, die einzelnen Gefangenen Vorteile gewährten. Die Gefängnisse waren keine Anstalten der Umerziehung, sondern Orte des Taktierens, wo Aufseher schalteten und walteten, die selbst mit den menschlichen Abgründen bestens vertraut waren.

Um diesen Missständen ein Ende zu bereiten, wurde zuerst in Osaka ein Programm zum sogenannten kontrollierten Strafvollzug entwickelt, das später im ganzen Land den Verwaltungsapparat der Vollzugsanstalten von Grund auf änderte. Das Konzept beruhte auf harter Disziplin, Stechschrittparaden und strenger Überwachung von Blickkontakten und Gesprächen. Die Aufseher wurden angewiesen, Regelübertretungen sofort zu dokumentieren und rigoros zu ahnden.

Ausgerechnet zu der Zeit, als Nangō zum Justizvollzugsbeamten ernannt wurde, durchlief das japanische Strafsystem diesen großen Wandel.

Während Nangō pflichtgetreu seinen Dienst verrichtete, bekam er zunehmend Zweifel, was er da eigentlich trieb. Gefangene mussten gemaßregelt werden, nur weil sie beim Appell wiederholt zur Seite geschaut hatten. Unter seinen Kollegen gab es einige, die die Häftlinge verächtlich »Knastbrüder« nannten und nur darauf bedacht waren, dass die Arbeitsquoten von den Insassen erreicht wurden.

Nangō spürte, dass etliche seiner Kollegen diesen Entwicklungen kritisch gegenüberstanden. Ihnen ging es darum, die Kriminellen zu bessern, ihnen den Weg zurück in die Gesellschaft zu weisen und sie außerdem vor Repressalien zu schützen, aber was war aus diesen hehren Idealen der »Strafe als Mittel der Erziehung« geworden? Andererseits, würde man die strengen Vorschriften nur ein wenig lockern, gäbe es garantiert Häftlinge, die einem auf der Nase herumtanzten. Bevor der kontrollierte Strafvollzug eingeführt wurde, herrschten üble Sitten im Knast, was so weit ging, dass inhaftierte Yakuzas die Wärter losschickten, ihnen Nudelsuppen vom Imbissstand zu holen.

Wie sollte man unter den aktuell herrschenden Bedingungen mit Strafgefangenen den Resozialisierungsauftrag erfüllen? Die Vollzugsbeamten, die an vorderster Front standen, mussten mit diesem Dilemma zurechtkommen.

Fünf Jahre nach seinem Dienstantritt vollzog sich bei Nangō ein unvermuteter Sinneswandel. Anlass war das Sportfest, das einmal jährlich im Gefängnis stattfand. Es war ein fröhliches Ereignis für die Häftlinge, denn an diesem Tag war das angespannte Verhältnis zwischen ihnen und den Wärtern kurzzeitig vergessen. Ein besonderer Feiertag, an dem erwachsene Menschen wie Kinder herumtollten. Plötzlich wurde sich Nangō, der die Aufsicht über die damalige Veranstaltung hatte, bewusst, dass sich hier rund dreihundert Verbrecher versammelt hatten. Auf der anderen Seite gab es mindestens ebenso viele Opfer, die durch ihre Schuld zu Schaden gekommen, wenn nicht sogar getötet worden waren.

Schlagartig sah er die Szene vor sich mit anderen Augen: Mörder, die angesichts der Sonderspeisung völlig außer Rand und Band gerieten und gierig die gefüllten Hefeklöße verschlangen. Warum gewährte man ihnen überhaupt dieses Vergnügen? Die Seelen der Opfer würden keinen Frieden finden, ging ihm durch den Kopf.

Zur gleichen Zeit hatte er für die Prüfung zum mittleren Dienst zu büffeln begonnen, die die erste Hürde auf dem Weg zur Beförderung war. Ihm kam in diesem Augenblick eine historische Debatte in den Sinn, aufgeführt in der *Geschichte des Strafrechts*, die er zu diesem Anlass studierte.

In der Entstehungszeit des neuzeitlichen Strafrechts wurden in Europa heftige Diskussionen darüber geführt, welchem Zweck Strafe dienen solle.

Zum einen gab es die Idee der Vergeltungsstrafe, um Rache am Verbrecher zu üben, zum anderen das Konzept der Strafzwecktheorie, also den Täter zum Umdenken zu erziehen, sodass er keine Bedrohung mehr für die Gesellschaft darstellte. Nach langer kontroverser Debatte einigte man sich auf einen Kurs, der die Vorzüge beider Richtungen in sich vereinen sollte. Damit wurde das Fundament für das moderne Strafsystem geschaffen.

Je nach Gesetzgebung in den verschiedenen Staaten variiert jedoch auch die Tendenz, auf welchem der beiden Konzepte der Schwerpunkt liegt. Während die USA und einige westliche Länder eher der Vergeltungsstrafe zugeneigt sind, favorisiert Japan die Strafzwecktheorie.

Als Nangō sich im Rahmen seiner Studien damit beschäftigte, begriff er schließlich, was es mit dem Dilemma, dem er sich ausgesetzt sah, auf sich hatte.

Der streng kontrollierte Strafvollzug sollte nach außen hin als Erziehungsstrafe gelten, war jedoch tatsächlich eine in sich äußerst widersprüchliche Behandlungsstrategie, bei der die Strafgefangenen noch mehr an die Kandare genommen wurden.

Und nun, als Nangō erkannte, dass die Seelen der Opfer in diesem System keine Erlösung fanden, wurde ihm klar, welchen Weg er einzuschlagen hatte. Seine Aufgabe bestand darin, die Verbrecher zu züchtigen. Aus der Sicht der Opfer war die Idee der Vergeltungsstrafe als absolut gerecht zu betrachten.

Nangō erfüllte von da an seine Dienstpflicht, wobei er sich in erster Linie an die Richtlinien des kontrollierten Strafvollzugs hielt. Nachdem er die Prüfung für den mittleren Dienst bestanden und die entsprechende Ausbildung beendet hatte, wurde er einen Rang höher zum Oberaufseher befördert. Seine Reputation stieg auch unter den Vorgesetzten, und schon bald wurde er in die Justizvollzugsanstalt Tokyo versetzt.

In dieser Zeit machte er seine allererste Erfahrung mit der Vollstreckung der Todesstrafe.

Als Nangō damals seinen Dienst in der Haftanstalt Tokyo-Kosuge antrat, war er ein ehrgeiziger junger Mann von fünfundzwanzig Jahren und voller Tatendrang. Er hatte vor, Karriere zu machen, als ihm klar wurde, dass die Welt der Vollzugsbeamten eine absolute Klassengesellschaft mit streng befolgter Rangordnung war. Hier konnte man nur etwas bewirken, wenn man ganz oben stand. Die erste Hürde hatte er bereits genommen.

Nun hatte er es sich zu seiner persönlichen Aufgabe gemacht, insbesondere den kontrollierten Strafvollzug voranzutreiben. An seinem neuen Arbeitsplatz waren Delinquenten inhaftiert, denen die Todesstrafe drohte, weil man bei ihnen keine Chance zur Besserung vermutete. Es handelte sich dabei um kein Strafgefängnis im üblichen Sinn, sondern eher um ein Internierungslager, wo Todeskandidaten in Verwahrung sitzen. Sie werden ähnlich wie Untersuchungshäftlinge geführt, weil erst nach einer Reihe von möglichen Einsprüchen und Revi-

sionen das Urteil endgültig feststeht, wonach sie innerhalb kürzester Frist hingerichtet werden sollen. Diese Delinquenten, deren Personennummer an letzter Stelle die
Kennziffer o trägt, sind alle im selben Trakt inhaftiert, wo
sie unter strengster Bewachung stehen. Daher rührt der
gebräuchliche Spitzname »Nullbezirk« für die erste Etage
im neu errichteten Trakt IV der Justizvollzugsanstalt
Tokyo, wo die Todeskandidaten in Einzelhaft auf ihre
Hinrichtung warten.

Die ersten sechs Jahre nach seinem Dienstantritt hatte
Nangō sich mit der Todesstrafe nicht sehr intensiv beschäftigt. Auch er hatte wie jeder andere geglaubt, es handle
sich um eine Angelegenheit, die seine Welt nicht berührte.
Sogar als er an seine neue Dienststelle versetzt wurde
und ihn bald darauf ein Kollege bei der Besichtigung des
Sicherheitstrakts durch den Nullbezirk führte, ahnte er
noch nicht, was tatsächlich auf ihn zukommen würde.

Trotzdem hatte damals dessen zugeflüsterte Bemerkung
einen nachhaltigen Eindruck bei ihm hinterlassen.

»Bitte treten Sie möglichst leise auf und bleiben Sie auf
keinen Fall vor einer Zellentür stehen.«

»Wieso das denn?«, hatte Nangō zurückgefragt.

»Die Häftlinge könnten sonst glauben, dass man sie
abholen kommt. Mancher rastet dann völlig aus.«

Als sie mit der Inspektion im ersten Stock des neuen
Trakts IV fertig waren, erzählte ihm der Kollege eine gru-
selige Geschichte, die sich vor einigen Jahren zugetragen
hatte. Ein Wärter hatte sich damals der Einzelzelle eines
Todeskandidaten genähert, um einige Formalitäten zu
erledigen. Es war gedankenlos von ihm, denn es geschah
ausgerechnet in dem Zeitraum, wo in der Regel die Abho-
lung erfolgte, nämlich zwischen neun und zehn Uhr mor-

gens. Als er auf sein Klopfen an der Eisentür keine Antwort erhielt, wurde er skeptisch und lugte durch den Spion ins Zelleninnere. Der Insasse hatte sich vor Angst in die Hosen gemacht und schien kurz davor, ohnmächtig zu werden. Einige Tage später wurde eine Notrufeinrichtung installiert. Es handelte sich dabei um ein Holztäfelchen, das für die Verständigung mit dem Wärter diente. Wenn in der Zelle der entsprechende Hebel nach oben gestellt wurde, schob er die Tafel draußen im Korridor in die Höhe. Der durch diesen Mechanismus herbeigerufene Wärter begab sich dann sofort zur Zelle und öffnete die Klappe des Spions, um sich nach dem Anliegen zu erkundigen. Allerdings geschah es in einem Fall, dass ein Finger durch die Öffnung schoss und dem Aufseher ein Auge ausgestochen wurde.

»Inhaftierte Todeskandidaten befinden sich in einer Ausnahmesituation«, erklärte ihm sein Kollege. »Das muss man begreifen, um entsprechend mit ihnen umgehen zu können.«

Nangō nickte zwar beifällig, aber in Gedanken sah er immer noch einen der Gefangenen auf dem Sportfest vor sich: Ein Mörder, der mit großem Appetit Hefeklöße verschlang. Dieser war zu einer fünfzehnjährigen Freiheitsstrafe verurteilt worden, obwohl er ein schweres Verbrechen begangen hatte. Bei den Delinquenten im Todestrakt handelte es sich um Kriminelle, die noch brutalere Morde begangen hatten. Was, wenn man für sie Sympathie empfand?, fragte sich Nangō tief im Innern.

Eine Woche später, als er mit demselben Sicherheitsbeamten über das Gelände lief, fiel ihm ein kleines elfenbeinfarbenes Gebäude auf, das am Rand des Geländes unter Bäumen lag.

»Was ist das für ein Gebäude?«, erkundigte er sich arglos bei dem Kollegen.

»Die Hinrichtungsstätte«, antwortete dieser.

Nangō blieb unwillkürlich stehen. Das war also der Ort, wo den Delinquenten der Tod durch den Strang erwartete.

Nangō lief ein eisiger Schauer über den Rücken.

Gehörte es etwa auch zu seinen Pflichten, eine Hinrichtung zu vollziehen? Was genau würde sich dann hinter dieser Eisentür abspielen?

Nachdem er die Exekutionsstätte zu Gesicht bekommen hatte, begann Nangō damit, sich über die Behandlung von Todeskandidaten zu informieren. Was den Hinrichtungsvorgang betraf, konnte er sich lediglich theoretische Kenntnisse verschaffen. Jegliche Nachfrage bei seinen dienstälteren Kollegen brachte ihm bloß ausweichende Antworten ein. Die gesamte Belegschaft hüllte sich mehr oder weniger in Schweigen, so als hätte man etwas Anrüchiges zu verbergen. Die Zurückhaltung war vielleicht auch damit zu erklären, dass nur ganz wenige Aufseher praktische Erfahrungen mit der Hinrichtung hatten.

Allein die Bemerkung eines alten Wärters, den er zuvor in der Justizvollzugsanstalt Chiba kennengelernt hatte, klang ihm noch im Ohr: »Sie kommen immer am Morgen. Die Todesboten. Wenn ein schwarzlackierter Wagen leise vor dem Trakt hält, dann hat die Stunde geschlagen.«

Damals hatte Nangō nicht so recht kapiert, wovon der Alte redete, aber jetzt begriff er, dass dies eine wichtige Information über die Prozedur der Hinrichtung war.

Im Zuge seiner Nachforschungen, wie mit den Todeskandidaten verfahren wurde, stieß Nangō abermals auf ein verwaltungstechnisches Problem. Dem Gesetz nach haben diese Delinquenten den gleichen Status wie andere Häftlinge, was ihre Behandlung betrifft. Das heißt, solange das endgültige Urteil noch aussteht, werden sie normalen Strafgefangenen gleichgestellt – soweit die juristische Seite. Aber die Wirklichkeit sah anders aus. Aufgrund eines Erlasses des Justizministeriums von 1963 befanden sich die meisten Todeskandidaten in Isolationshaft, ohne Kontakt zur Außenwelt. Es war ihnen auch verboten, mit anderen Insassen in den Nachbarzellen zu sprechen. Darüber hinaus wurden weitere Details wie zum Beispiel ihre gesamte Korrespondenz nach dem Ermessen des Gefängnisdirektors geregelt. Insofern konnte keineswegs davon die Rede sein, dass die zum Tode Verurteilten die gleiche Behandlung erfuhren wie die anderen Sträflinge.

Obwohl Nangō der Ansicht war, grausame Verbrechen verdienen harte Strafen, erschien ihm diese Art der Behandlung zweifelhaft. Es war eigentlich verfassungswidrig, dass ein Erlass des Ministeriums wirksamer sein sollte als die geltende Gesetzgebung.

Für ihn bedeutete dieser Widerspruch einen neuen Ansporn. Wenn er die nächste Prüfung zum höchsten Dienstgrad bestand, würde er die letzte Hürde nehmen. Und wenn er damit in eine leitende Position aufstieg, würde er sich trotz seines dürftigen Oberschulabschlusses mit den Bürokraten des Justizministeriums ebenbürtig auseinandersetzen können.

Doch schon bald erschien vor Nangō, während er sich noch eifrig seinen Studien widmete, der Todesbote höchstpersönlich.

Es geschah genauso, wie der alte Wärter es gesagt hatte, in der Morgendämmerung. Ein schwarz lackierter Dienstwagen hielt vor dem Portal des Hauptquartiers. Ein Mann

Mitte dreißig in einem dunklen Anzug stieg aus dem Wagen. Er trug ein Bündel in der Hand.

Als Nangō das silbern schimmernde Abzeichen auf seiner Brust erblickte, wusste er sofort, dass dies der Todesbote im wahrsten Sinne des Wortes war. Der Staatsanwalt begab sich mit der Anordnung zur Vollstreckung des Todesurteils zur Haftanstalt. Die Plakette, die Nangō bemerkt hatte, war das »Zeichen für drakonische Strafen« – wörtlich: Herbstfrost und Sonnenhitze. Der Begriff mit den Zeichen für herbstlichen Frost und sommerliche Sonnenstrahlen symbolisierte die strenge Disziplin bei der Vollstreckung der Strafe.

Es stand also eine Hinrichtung bevor. Doch Nangō wusste nicht, wen von den zehn Todeskandidaten das Schicksal ereilen würde.

Während der nächsten zwei Tage geschah nichts in seiner Umgebung. Aber ihm fiel auf, dass seine Vorgesetzten in der Sicherheitsabteilung sowie die dienstälteren Aufseher angespannter wirkten als sonst.

Am Abend des dritten Tages wurde Nangō zum Leiter der Sicherheitsabteilung gerufen. Dieser empfing ihn mit finsterer, strenger Miene.

»Morgen soll die Hinrichtung von Nummer 470 stattfinden«, sagte er.

Nangō sah sofort das Gesicht des Insassen Nummer 470 vor sich. Ein Triebtäter in den Zwanzigern, der wegen zweifachen Mordes verurteilt worden war.

Nach einer geraumen Weile blickte der Abteilungsleiter ihn entschlossen an: »Aufgrund gewisser Umstände habe ich die Entscheidung getroffen, auch Sie, Herr Nangō, mit der Hinrichtung zu betrauen.«

Nun ist es so weit! Das war Nangōs erster Gedanke.

Merkwürdigerweise kam ihm in diesem Moment eine Szene aus seiner Grundschulzeit in den Sinn. Als er angsterfüllt im Wartezimmer beim Zahnarzt saß. Der panische Fluchtimpuls, sofort weglaufen zu wollen, wenn die Schwester ihn aufrief.

Der Abteilungsleiter fuhr fort, indem er ihm nüchtern die Auswahlkriterien erläuterte. Derjenige müsse seine Dienstpflichten in seinem Berufsalltag vorbildlich erfüllen. Er dürfe kein chronisches Leiden haben, und auch die Angehörigen sollten gesund sein. Seine Frau sollte zu diesem Zeitpunkt nicht schwanger sein, er selbst keinen Trauerfall zu beklagen haben. Unter diesen Bedingungen kämen sieben Aufseher infrage, die sich seiner Ansicht nach dafür eigneten.

»Dies ist jedoch keineswegs eine strikte Anordnung«, fügte der Abteilungsleiter hinzu. »Falls Sie aufgrund gewisser Umstände nicht dazu bereit sind, sagen Sie es frei heraus.«

Aus seinen Worten klang ehrliche Sorge um den Untergebenen heraus. Würde Nangō ablehnen, hätte sein Vorgesetzter dies akzeptiert. Aber mit Rücksicht auf die anderen ausgesuchten sechs Kollegen konnte er ihm keine Absage erteilen.

»In Ordnung«, erwiderte Nangō.

»Tatsächlich?« Der Abteilungsleiter nickte erleichtert. »Ich danke Ihnen.«

Eine Stunde später versammelten sich die sieben Ausgewählten im Büro des Abteilungsleiters, von dem sie nun den offiziellen Befehl empfingen. Danach wurde ihnen vom Leiter der Sicherheitsabteilung ein handgeschriebenes Schriftstück überreicht, das den Ablauf erläuterte. Es enthielt sämtliche Details, die in den nächsten vierundzwanzig Stunden durchgeführt werden mussten – angefangen mit der Inspektion der Exekutionsstätte, über die mündliche Mitteilung gegenüber dem Verurteilten, die verschiedenen Funktionen der mit der Hinrichtung betrauten Personen und ihre genaue Positionierung, bis hin zur Beseitigung des Leichnams und der anschließenden Mitteilung an die Presse.

Dem Prozedere folgend begaben sich Nangō und seine Gefährten zu dem elfenbeinfarbenen Gebäude. Die Hinrichtungsstätte musste vorbereitet sein und der Ablauf der Exekution vorher geprobt werden.

Als die Eisentür entriegelt und aufgestoßen wurde, hallte das Echo wie ein schwaches Ächzen durch die nächtliche Stille. Der vierzigjährige Oberaufseher, ihr ältester Kollege, betätigte den Lichtschalter an der Wand, und die Neonröhren flackerten auf.

Im Gebäude war alles in einem einheitlichen Beige gehalten. Der Boden war mit Teppichware im gleichen Farbton ausgelegt. Vom äußeren Anschein her sah es aus wie ein puristisch gestaltetes Domizil, doch die Einrichtung war alles andere als wohnlich. Im Erdgeschoss, wo die sieben Männer eingetreten waren, gab es lediglich den Eingang und einen Flur. Auf beiden Seiten führten kurze Treppen zu den unteren Zwischengeschossen hinab. Das hieß, bei dem zweistöckigen Gebäude lag ein halbes Stockwerk unterirdisch. Der Eingang befand sich also in einer mittleren Ebene.

Die sieben Henker stiegen zehn Stufen empor und befanden sich im oberen Halbgeschoss. Das Erste, was Nangō im Flur ins Auge fiel, waren die drei Schalter an der Wand – die sogenannten Hinrichtungstasten, von denen aber nur eine die Falltür unter dem Galgen öffnete.

Drei waren es deshalb, damit keiner der Beamten, die die Tasten bedienen sollten, im Nachhinein wusste, welcher dem Delinquenten den Tod gebracht hatte.

Die drei damit beauftragten Männer blieben im Korridor zurück, während die anderen vier, Nangō unter ihnen, einen Raum hinter der Wand betraten, der als »buddhistisches Gemach« bezeichnet wurde.

Er war durch eine Falttür abgeschirmt und maß etwa zehn Quadratmeter. An der Stirnseite befand sich ein Altar, in der Mitte stand ein Tisch mit sechs Stühlen. Es war der Ort, an dem ein Priester Sutren rezitierte und der Todeskandidat die sogenannte Henkersmahlzeit erhalten würde.

Zwei der vier Exekutionsbeamten hatten besondere Aufgaben im Hinterzimmer zu verrichten – der eine würde dem Delinquenten eine Kapuze über den Kopf stülpen, während der andere ihm von hinten Handschellen anlegen würde.

Um sich auf seinen Auftrag vorzubereiten, schob Nangō die Falttür hinter dem Altar beiseite, um den nächsten Raum zu betreten. Doch als er so unvermittelt den Galgen vor sich sah, wich er unwillkürlich einen Schritt zurück. Dicht vor ihm, gerade mal einen Meter entfernt, war die Trittplatte in den Boden eingelassen. Da sie durch einen Teppich verdeckt war, würde der Delinquent nicht mitbekommen, dass er auf ihr stand. Mitten über dieser ein Quadratmeter großen Falltür hing ein zwei Zentimeter dickes Hanfseil, dessen Gesamtlänge etwa acht Meter betrug. Mit einem Ende an einem Pfeiler an der Seitenwand fixiert, lief es über eine Rolle an der Decke und baumelte über der Trittplatte herab.

Nangōs Aufgabe würde es sein, dem zum Tode Verurteilten die Schlinge um den Hals zu legen. Er verharrte eine ganze Weile vor der Falttür. Seine sechs Kollegen standen derweil schweigend neben ihm.

Nangō versuchte zu schlucken, aber sein Mund war wie ausgedörrt. Schwer atmend betrat er den Exekutionsraum, wo er das zur Schlinge geformte Seilende in die Hände nahm.

Der Teil, der dem Todeskandidaten um den Hals gelegt werden sollte, war mit schwarzem Lederband umwickelt. An der Stelle, wo die Schlinge zusammenlief, war eine ovale Eisenplatte mit zwei Löchern befestigt. Durch diese Öffnungen war das von der Decke hängende Seil mit dem zurücklaufenden Ende hindurchgefädelt, um die Schlinge zu bilden. Sobald man dem Verurteilten die Schlinge um den Hals legte, wurde die Platte an seinen Nacken gedrückt, damit sich das Seil nicht lösen konnte.

Nangō bekam ein flaues Gefühl im Magen, als er sich die Handgriffe vorstellte. Aber es war nun mal seine Aufgabe. Solange die Todesstrafe nach dem Gesetz galt, musste es Menschen geben, die sie durchführten.

Nangō besann sich auf die Anordnung in der Vollstreckungsprozedur: Die Länge des Seils war so einzustellen, dass nach dem Fall die Füße des Delinquenten dreißig Zentimeter über dem Boden baumelten. Die Körpergröße des Todeskandidaten Nummer 470 war ebenfalls dort aufgeführt.

Nachdem er das Seil justiert hatte, begannen die Wärter unter der Führung ihres Vorgesetzten, dem älteren Oberaufseher, den Ablauf zu proben. Der jüngste der drei Wärter, die im Korridor zurückgeblieben waren, war dazu auserkoren, die Rolle des Verurteilten zu spielen. Ihm wurden Handschellen angelegt und die Kapuze über den

Kopf gezogen, bevor man die Falttür öffnete. Dann wurde er zur Exekutionsstätte geleitet und auf die Trittplatte gestellt. Nangō und der Oberaufseher teilten sich die Aufgaben, dem Delinquenten die Füße zusammenzubinden und ihm die Schlinge um den Hals zu legen. Danach traten die beiden einen Schritt von der Falltür zurück. Bei der wirklichen Exekution würde daraufhin der Leiter der Sicherheitsabteilung, nachdem er alles überprüft hatte, den Männern im Flur ein Zeichen geben. Das war der Augenblick, in dem die drei Ausgewählten die Hinrichtungstasten betätigten, worauf der zum Tode Verurteilte knapp drei Meter in das tiefer liegende Zwischengeschoss stürzte.

Der gesamte Hinrichtungsablauf wurde mehrmals geprobt, wobei die dafür benötigte Zeit mit jeder Wiederholung kürzer wurde. Nangō war erstaunt, wie schnell es am Ende ablief. Nicht einmal zehn Sekunden vergingen ab dem Moment, wo der Verurteilte Nummer 470 den Exekutionsraum betreten würde bis hin zum Betätigen der Falltür. Mit jedem Probelauf wurden Nangōs Handgriffe routinierter.

Kurz nach zweiundzwanzig Uhr waren sie mit der Überprüfung fertig. Die sieben Exekutionsbeamten gingen gemeinsam zum Wohnbezirk, wo sich ihre Wege trennten. Zwei von ihnen zogen sich in ihre Privaträume zurück, während seine anderen vier Kollegen im sogenannten Clubhaus, dem Treffpunkt der Wärter, einkehrten.

Allein Nangō begab sich zum neuen Trakt IV und verhandelte mit dem Vorgesetzten des Wachpersonals um die Erlaubnis, einen Blick in die Strafakte von Nummer 470 werfen zu dürfen. Er wollte sich die Verbrechen des Mannes, der durch seine Hand sterben würde, vor dessen Hinrichtung noch einmal vor Augen führen.

Nangō setzte sich in den leeren Sitzungssaal und blätterte still in der Akte. Nummer 470 hatte zwei brutale Vergewaltigungen und Morde begangen. Zum Zeitpunkt der Tat war er einundzwanzig Jahre alt gewesen und hatte im sechsten Semester an einer Tokyoter Universität studiert. Die von ihm sexuell missbrauchten und ermordeten Opfer waren zwei kleine Mädchen im Alter von fünf und sieben Jahren.

Je länger Nangō in den Akten las, desto mehr fühlte er sich seelisch entlastet. Unwillkürlich begann er Abscheu vor Nummer 470 zu empfinden. Er dachte an seine kleine Nichte, die Tochter seines Zwillingsbruders in Kawasaki, die bei seinen Besuchen fröhlich durch die Gegend hopste und rief, dass der Onkel mit dem gleichen Gesicht da sei. Allein bei dem Gedanken, dass die Kleine in die Fänge eines solchen Verbrechers geraten könnte, erschien ihm der Groll der Angehörigen als auch der gesamten Gesellschaft mehr als nachvollziehbar.

Da der Delinquent Nummer 470 während des öffentlichen Prozesses geistige Verwirrung simuliert und an anderer Stelle ausgesagt hatte, er sei von den Opfern sexuell verführt worden, hatte er damit erst recht den Zorn des Vorsitzenden Richters provoziert. »Ich sehe keine Möglichkeit zur Resozialisierung«, lautete somit die Begründung für das Todesurteil.

Trotzdem trieb Nangō die Frage um, ob die Beweislage eindeutig war. Ob der Sträfling 470 eventuell fälschlich beschuldigt worden sein könnte. Ob er, Nangō, unter Umständen einen Unschuldigen töten würde.

Soweit er dem Gerichtsprotokoll entnehmen konnte, waren seine Bedenken unbegründet. Anhand des an den Opfern sichergestellten Spermas konnte in mehrfachen

Testverfahren die Blutgruppe bestimmt werden, die mit der des Täters übereinstimmte. Außerdem konnten bei der Spurensuche Rückstände von vaginalen Sekreten der Opfer an der Unterwäsche des Angeklagten nachgewiesen werden. Zusätzlich zu diesen Indizien fand sich an dem Wollpullover des Angeklagten mineralischer Abrieb des Steins, den der Täter als Mordwerkzeug benutzt hatte.

Nangō schloss geschockt die Augen angesichts der Art und Weise des Verbrechens, wie es in den Akten geschildert wurde. Die beiden kleinen Mädchen waren sexuell missbraucht worden, anschließend hatte ihnen der Täter den Schädel mit einem Stein zertrümmert.

An jenem Abend wälzte sich Nangō unruhig im Bett. Erst hinterher sollte ihm klar werden, dass sein Schlaf in der Nacht zuvor der letzte ruhige in seinem Leben gewesen sein sollte.

Am nächsten Morgen beim Sonderappell stellten sich die sieben Exekutionsbeamten und ihr Vorgesetzter in einer Reihe auf. Sie alle waren blass im Gesicht, keiner von ihnen schien in der Nacht ein Auge zugemacht zu haben.

Anschließend begaben sich die sieben Beamten zur Hinrichtungsstätte. Sobald eine letzte Probe beendet war, wurde Räucherwerk auf dem Altar entzündet. Nangō und die anderen Männer traten vor und legten die Hände zum Gebet zusammen. Ihnen allen war die Betroffenheit deutlich anzumerken. Immerhin hielten sie hier einen Trauergottesdienst für einen noch lebenden Menschen ab. Nach der kurzen Andacht nahmen alle auf den Stühlen Platz und warteten darauf, dass die Exekution beginnen würde.

Um 09.35 Uhr schlug die Eisentür im Erdgeschoss auf. Nangō, der im Altarraum saß, hörte den Priester Sutren murmelnd näher kommen. Währenddessen betraten nun alle Beteiligten nacheinander das Zimmer: der Priester, der Delinquent Nummer 470, geführt vom Leiter der Wachen, der Direktor und vier andere Funktionäre der Anstalt, der Staatsanwalt sowie weitere Mitarbeiter der Staatsanwaltschaft.

Nangō sah Nummer 470 zum ersten Mal aus nächster Nähe. Der schmächtige Mann, der zwei kleine Mädchen auf dem Gewissen hatte, ein Vergewaltiger und Mörder, besaß ein schmales Gesicht mit feinen Zügen. Nachdem er aus seiner Gefängniszelle gebracht worden war, hatte man ihm seine anstehende Hinrichtung offiziell verkündet. Den Tod vor Augen, stand der Verurteilte in Handschellen da und weinte. Sein Gesicht war zur Grimasse verzerrt, Tränen liefen ihm über die Wangen.

»Wir haben hier etliche Speisen bereitgestellt«, sagte der Leiter der Sicherheitsabteilung mit sanfter Stimme und schloss die Handschellen auf. »Greif zu, du kannst dir alles nehmen, wonach dir der Sinn steht.«

Nummer 470 warf einen Blick auf die Speisen, die auf dem Tisch angerichtet waren. Gemüse und Fleisch, Reis und Früchte. Daneben standen die Desserts, mit besonderer Sorgfalt arrangiert: japanische Süßigkeiten, Konfekt, Kuchen und Schokolade.

Der Verurteilte streckte weinend die Hand nach dem Naschwerk aus und schob sich ein Daifuku-Mochi in den Mund, erbrach es jedoch sogleich wieder mit einem leisen Würgegeräusch. Hastig versuchte er, die heruntergefallenen Brocken aufzulesen, hielt jedoch plötzlich inne und schaute die Männer, die ihn umringten, nacheinander an.

Nangō fühlte sich wie gelähmt, als der starre Blick an ihm hängen blieb. Seine Hände wurden schweißnass in den nagelneuen weißen Handschuhen, die er für die Exekution übergestreift hatte.

»Helfen Sie mir«, flehte Nummer 470 Nangō mit gepresster Stimme an, kaum hörbar vor lauter Schluchzen. »Bitte töten Sie mich nicht!«

Nangō versuchte verzweifelt, sich auf seine Abneigung gegen den blassen Jungen zu besinnen.

Nummer 470 wand sich aus dem Griff des Beamten und warf sich vor Nangō auf die Knie.

»Ich flehe Sie an, bitte töten Sie mich nicht!«

Reglos blickte Nangō auf Nummer 470 herab. Vor seinen Augen kauerte einfach nur ein winziges Häufchen Elend. Angesichts des um sein Leben bettelnden Menschen wallte in ihm erneut der Zorn auf, den er seit der letzten Nacht für ihn empfand.

Was hat es dir für Lust bereitet, als du die beiden kleinen Mädchen vergewaltigt und ermordet hast?, ging Nangō durch den Kopf. Findet diese Lust denn nicht gerade einen gerechten Ausgleich in der Angst vor dem Tod, die du jetzt empfindest?

Der Leiter der Wachen packte Nummer 470 am Arm und riss ihn hoch. Die anwesenden Männer gaben sich mit Blicken untereinander zu verstehen, die Prozedur so schnell wie möglich hinter sich zu bringen.

»Möchtest du zum Abschied noch etwas sagen?«, bemühte sich der Leiter der Sicherheitsabteilung dennoch mit möglichst sachlicher Stimme zu fragen. »Oder vielleicht eine schriftliche Äußerung hinterlassen?«

In diesem Moment hielt der Priester mit seiner Rezitation inne. Vermutlich geschah dies mit Rücksicht darauf, dass die letzten Worte des Häftlings Nummer 470 vernommen werden konnten.

In der plötzlich einsetzenden Stille öffnete dieser den Mund: »Ich habe es nicht getan.«

Die knapp zwanzig anwesenden Männer hielten abrupt inne.

»Ich habe es wirklich nicht getan.«

»Nur das?«, fragte der Leiter der Sicherheitsabteilung. »Ist das alles, ja?«

»Ich war es nicht. Bitte helfen Sie mir.«

Drei Beamte sprangen herbei, um den um sich schlagenden Gefangenen festzuhalten.

»Exekution vollziehen!«, lautete gleichzeitig der knappe Befehl des Gefängnisdirektors.

Scharrende Schritte liefen durcheinander. Der Priester rezitierte nun besonders laut die Sutren.

Nummer 470 wurde die Kapuze über den Kopf gestülpt. Dann schob Nangō die Falttür auf und trat zum Galgen. Vor ihm hing das in seiner Länge justierte Seil herab.

Nangō blickte sich unwillkürlich um. Hinter ihm wurde Nummer 470 zu Boden gedrückt, da ihm nun erneut die Arme auf dem Rücken mit Handschellen gefesselt werden sollten.

Jetzt musste ihm die Schlinge um den Hals gelegt werden, dachte Nangō. Augenblicklich gefror ihm das Blut in den Adern.

Der Singsang des Priesters, der die gesamte Szene untermalte, wühlte Nangō zusätzlich auf.

»Helft mir! Helft mir!«, schrie Nummer 470, während man ihn auf die Beine stellte.

»Wenn du weiter so herumschreist«, rief der Gefängnisdirektor dazwischen, »beißt du dir die Zunge durch.«

Aber Nummer 470 wütete weiter. Er schrie und wehrte

sich verzweifelt gegen die Wachen, die ihn fest gepackt zur Hinrichtungsstätte schleiften.

Nangō wollte ihm so schnell wie möglich die Schlinge um den Hals legen. Vor seinen Augen verschwamm alles. Nummer 470 wurde zur Trittplatte gebracht. Nangō versuchte, den Sutrengesang und das Schreien des zum Tode Verurteilten aus seinem Herzen zu verbannen und sich stattdessen auf die Worte Kants zu konzentrieren, der ein Befürworter der Vergeltungsstrafe war.

Allein die absolute Vergeltung schafft Gerechtigkeit.

Nummer 470 befand sich auf dem Quadrat.

Allein die absolute Vergeltung ist das Urprinzip von Bestrafung.

Wie ein Mantra sprach Nangō den Satz lautlos vor sich hin, während er das Hanfseil aufhob.

»Selbst wenn sich die bürgerliche Gesellschaft mit allen Gliedern in Einstimmung auflöste (zum Beispiel das eine Insel bewohnende Volk beschlösse, auseinanderzugehen und sich in aller Welt zu zerstreuen) …

Nangō legte Nummer 470 die mit schwarzem Leder ummantelte Schlinge um den Hals.

Der Verbrecher muss hingerichtet werden.

»Ich habe es nicht getan!«, schrie Nummer 470. »Helfen Sie …«

Nangō drückte die ovale Eisenplatte an den Nacken des Verurteilten. Dann sprang er einen Schritt zurück.

Mit einem ohrenbetäubenden Krachen war die Trittplatte zur Seite geklappt. Der Körper von Nummer 470 verschwand in der Tiefe, wie verschluckt von dem plötzlich klaffenden Loch. Als das Seil sich spannte, waren zugleich der erstickte Atem zu hören, das Brechen von Knochen, das Quietschen der Rollen, das Reiben des Stricks.

Nangō prüfte, ob das präzise eingestellte Hanfseil frei pendelte, um anschließend mitzuteilen, dass die Durchführung ordnungsgemäß erfolgt sei.

»Bitte, hier entlang«, ertönte die Stimme des Gefängnisdirektors, der den Staatsanwalt und die Beamten hinuntergeleitete. Sie stiegen ins Zwischengeschoss hinab, da sie den Tod von Nummer 470 bestätigen mussten.

Nangō hielt sich kerzengerade, dem nicht enden wollenden, unangenehmen Sutrengesang ausgesetzt. Nach einer Weile kam das schwingende Seil abrupt zum Stillstand. Die drei Beamten, die die Tasten betätigt hatten, waren ebenfalls hinabgestiegen und hoben den immer noch zuckenden Körper von Nummer 470 an. Im Keller legte nun ein Mediziner ein Stethoskop auf die Brust des Gehenkten, und wartete darauf, dass das Herz von Nummer 470 zu schlagen aufhörte.

Es vergingen sechzehn Minuten, bis der Herzstillstand von Nummer 470 bestätigt werden konnte. Den Anstaltsregeln gemäß musste er noch weitere fünf Minuten in der Schlinge baumeln.

Dann war es so weit, dass Nangō und seine Kollegen ins Zwischengeschoss hinabstiegen, um den Gehenkten abzutransportieren. Der leblose Körper wurde mit Alkohol abgerieben und in ein Totengewand gehüllt, was ungefähr eine Viertelstunde in Anspruch nahm. Den eingesargten Toten schaffte man ins Leichenhaus gleich nebenan. Damit war ihre Arbeit beendet. Als Besoldung für die Sonderleistung erhielt jeder von ihnen 20.000 Yen in bar. Sie bekamen strikte Anweisungen, kein Wort über die Hinrichtung und deren Umstände nach außen dringen zu lassen. Nach dem rituellen Sake-Umtrunk gingen sie ins Clubhaus, um ein reinigendes Bad zu nehmen.

Die gesamte Prozedur erschien Nangō so unwirklich, als hätte sie jemand anderes erlebt.

Die sieben Exekutionsbeamten verließen gemeinsam die Haftanstalt. Es war gerade mal zwölf Uhr mittags. Nachdem sie noch in der Gruppe ziemlich wortkarg durch die Stadt geschlendert waren, wurde ihnen die Gesellschaft der anderen unerträglich, und sie trennten sich. Nangō streifte durch ein Kneipenviertel auf der Suche nach einer Bar, die schon am Mittag Alkohol ausschenkte.

Als er wieder zu sich kam, war es Nacht. Er kauerte auf allen vieren auf der Straße und erbrach den Inhalt seines Magens aufs Pflaster.

Habe ich zu viel getrunken? In seinem getrübten Bewusstseinszustand kramte er nach Erinnerungen an die zurückliegenden Ereignisse. Hatte er nicht an einem Tresen Whisky getrunken?

Während er sich weiter erbrach, kehrte allmählich die Erinnerung zurück. In der Kneipe hatte er immer und immer wieder vor sich gesehen, wie er und seine Kollegen den Leichnam zum Abtransport bereit gemacht hatten. Um die Identität von Nummer 470 zu bestätigen, hatten sie dem in der Schlinge baumelnden Leichnam die Kapuze vom Kopf gezogen, und in diesem Augenblick war Nangō die abgebissene Zungenspitze direkt vor die Füße gefallen.

Ich habe einen Menschen getötet.

Die hervorquellenden Augen und der durch den Fall absurd in die Länge gezogene Hals.

Die Gerechtigkeit, an die Nangō geglaubt hatte, fand in der grausamen Wirklichkeit keinerlei Rechtfertigung.

Nangō weinte, als er nur noch Galle auf die Straße spie.

Die Verzweiflung, etwas getan zu haben, was nicht mehr rückgängig zu machen war, brannte in seiner Brust. Wie hatte es nur so weit kommen können? Wäre er auch in die Situation geraten, einen Menschen töten zu müssen, wenn er eine akademische Laufbahn wie sein Bruder eingeschlagen hätte? Oder war es sein unvermeidliches Schicksal, von Geburt an so festgelegt? Sollte er auf dieser Welt sein, um zum Mörder zu werden?

Die Tränen wollten nicht versiegen. Wie erbärmlich war es doch, kotzend auf der Straße zu knien. Er brach in lautes Schluchzen aus.

Eine Woche lang verrichtete er wie gewohnt seinen Dienst. Am achten Tag konnte er nicht mehr. Er nahm sich frei, um einen Arzt aufzusuchen, der ihm Schlaftabletten verschrieb.

Als die Apothekerin ihm die Medikamente aushändigte, entdeckte er ein funkelndes Kreuz als Anhänger auf ihrer Brust. »Sind Sie Christin?«, fragte er, worauf sie schüchtern lächelnd den Kopf schüttelte. Das sei nur ein Schmuckstück. Doch für Nangō war diese Begegnung wie eine Offenbarung.

Von jenem Tag an schluckte er jeden Abend Tranquilizer und vertrieb sich die Zeit bis zum Einschlafen mit der Lektüre religiöser Bücher jeglicher Art. Die Texte enthielten edle göttliche Worte, die voller Mitgefühl waren, aber manchmal auch streng ermahnten. Eine Weile spendeten sie Nangō ungemein Trost – bis er sie irgendwann kurzerhand fortschmiss.

Sich an Gott zu klammern schien ihm feige.

Alles Tun geht von den Menschen aus. Ebenso die Bestrafung eines Mannes, der zwei kleine Mädchen getötet hatte. Schuld und Sühne, Verbrechen und Strafe – alles geschah durch Menschenhand. Sollte der Mensch nicht selbst eine Antwort für das finden, was er verbrochen hat?

Bis er diese Antwort bekam, mussten sieben Jahre vergehen.

Nangō heiratete die junge Frau mit dem Kreuzanhänger. Von ihrem Kennenlernen bis zur Hochzeit waren allein fünf Jahre vergangen. Nachdem sie zum ersten Mal die Nacht miteinander verbracht hatten, erzählte sie ihm, er habe offenbar die ganze Zeit über Albträume gehabt. Nangō hatte nie mit jemandem über die Exekution gesprochen. Ihn quälten Zweifel, ob er überhaupt zur Ehe fähig sei, wenn er sein Geheimnis vor der Frau verbarg. Aber dann hatte er ihr doch einen Antrag gemacht, da er die Geborgenheit, die sie ihm gab, nicht verlieren wollte.

Zwei Jahre später kam ihr Sohn zur Welt.

Nangō war ganz vernarrt in das Kind. Wenn er das Gesicht des schlafenden Jungen betrachtete, keimte in ihm der Wunsch auf, sich für den höheren Dienst zu qualifizieren, worauf er bisher verzichtet hatte. Aber nun spornte ihn der Ehrgeiz an, und er überlegte, ob er sieben Jahre zuvor nicht doch das Richtige getan hatte.

Angenommen, sein eigenes Kind wäre ermordet worden, dann würde er dem Verbrecher das Gleiche antun wollen. Aber wenn nun jeder Selbstjustiz üben würde, stürzte dies die gesamte Gesellschaft ins Chaos. Der Staat als übergeordnete Instanz bestimmte das Gesetz und musste es stellvertretend ausüben. Der Mensch ist zu Rachegefühlen fähig, und die Kehrseite dieser Vergeltung entspricht der Liebe zu einem anderen Wesen, dessen Verlust man betrauert. Sofern die Gesetze für den Menschen gemacht sind, sollte man da nicht das Prinzip der Vergeltungsstrafe einschließlich der Todesstrafe billigen?

Nangō hatte sieben Jahre lang insgeheim Zweifel am System der Todesstrafe gehegt. Doch nun wurde ihm sein Irrtum bewusst. Er hatte seine Zweifel mit dem Unbehagen vermengt, einen Menschen eigenhändig getötet zu haben. Aber bis kurz vor der Exekution hatte er doch selbst an das System der Todesstrafe geglaubt.

Nangō ging in seiner Erinnerung zurück zu dem Moment, als er auf den am Boden knienden und um sein Leben bettelnden Gefangenen Nummer 470 herabsah und der Hass auf ihn in seiner Brust loderte.

Von nun an würde er, wenn er ein weiteres Mal in seinem Leben den Befehl zur Vollstreckung erhalten sollte, seine Seelenqualen unter Kontrolle haben. Er würde nur die körperliche Abneigung, bei der Tötung eines Menschen dabei zu sein, überwinden müssen.

Auch wenn ihm das den Schlaf der nächsten vierzig Jahre raubte, für Gerechtigkeit musste gesorgt werden.

Nangō war mittlerweile in der Justizvollzugsanstalt Fukuoka im Dienst, als er den zweiten Befehl erhielt. Der häufige Wechsel seines Arbeitsplatzes hing damit zusammen, dass er sich noch im beruflichen Aufstieg befand.

Als er am Vorabend das Clubhaus im Wohnsektor besuchte, traf er dort auf einen jungen Aufseher, der mit aschfahlem Gesicht Sake trank. Es war Okazaki, ein rangniedriger Kollege. Auch er war zum Vollstrecker ausgewählt worden. Sie beide und ein weiterer Beamter waren dazu bestimmt, die Hinrichtungstasten zu drücken, um das Öffnen der Trittplatte auszulösen.

Nangō gesellte sich zu Okazaki, der ihn an sich selbst

in jüngeren Jahren erinnerte. Es dauerte nicht lang, und Okazaki lenkte das Gespräch auf den Umgang mit Todeskandidaten im Allgemeinen, offenbar um zu vermeiden, die bevorstehende Exekution am nächsten Morgen direkt zu erwähnen. Er hatte die gleichen Bedenken wie Nangō seinerzeit und äußerte die Frage, weshalb die Paragrafen des Strafvollzugsgesetzes außer Acht gelassen und stattdessen der Erlass des Justizministeriums Vorrang hatte.

»Darüber habe ich mir ausführlich Gedanken gemacht«, sagte Nangō und erklärte ihm die Situation aus seiner Sicht. »Das Justizministerium wünscht sich wahrscheinlich eine Reformierung des Strafvollzugsgesetzes. Aber solange die Politiker nicht handeln, ist da keine Gesetzesänderung zu erwarten. Deshalb blieb dem Ministerium wohl bisher nichts anderes übrig, als seine Bestimmungen zu erlassen.«

»Das Üble an der ganzen Sache ist also, dass die Politiker keine Gesetzesreform auf den Weg bringen?«

»Nach außen hin schon. Man muss sich allerdings fragen, weshalb die Parlamentsabgeordneten nicht aktiv werden. Sobald sie nämlich das Thema auf die Behandlung von Strafgefangenen, insbesondere mit Todeskandidaten bringen, geraten sie bei der Allgemeinheit in ein schlechtes Licht. Das würde ihrem öffentlichen Ansehen erheblich schaden. Ihre Popularität wäre gefährdet.«

»Also liegt es doch nicht nur an den Politikern?«

»Haben Sie sich noch nie Meinungsumfragen zur Todesstrafe angeschaut?«

»Die Mehrheit ist doch dafür, oder?«

»Genau, das ist es!«, sagte Nangō. »Die Japaner denken zwar insgeheim, Verbrecher sollte man hinrichten, aber wenn man das laut sagt, wird man schief angesehen.

Das ist die finstere Doppelmoral eines Volkes, das seine wahren Gedanken gern hinter einer Fassade verbirgt.«

Okazaki schien zu begreifen und nickte schließlich. »Selbst im Fernsehen sieht man doch nur Leute, die gegen die Todesstrafe sind.«

»Allerdings. Es sind eben nicht nur die Politiker, die schief angesehen werden, sondern jeder von uns im Strafvollzug. Obwohl man die Erwartungen des Volks erfüllt, zeigen sie hinterher mit dem Finger auf einen. Es würde sich niemand bei Ihnen dafür bedanken, dass Sie einen Schwerverbrecher hingerichtet haben«, sagte Nangō seufzend. »Aber jemand muss es tun.«

»Ähm ...« Okazaki sah sich erst im Raum um, bevor er mit gedämpfter Stimme fragte: »Und Sie, Herr Nangō, befürworten Sie die Todesstrafe?«

»Ja.«

»Auch die Exekution des Gefangenen 160 morgen früh?«

Nangō blickte zu Okazaki. Er sah dem jungen Mann die Verzweiflung an, in die ihn sein Dilemma stürzte.

»Liegen denn bei Nummer 160 besondere Umstände vor?«

Okazaki gab keine Antwort darauf.

Nangō ahnte Schlimmes. »Bestehen etwa Zweifel ...?«

»Aber nein! Die Beweislage ist eindeutig, aber ...« Okazaki ließ den Satz unvollendet. Dann fuhr er nach kurzer Überlegung fort: »Schauen Sie sich seine Prozessakte an. Die allerletzte Seite.«

Nangō begab sich zum Trakt der Todeskandidaten. Eigentlich war er von der Schuld des Verurteilten Nummer 160 überzeugt gewesen. Ein Mann in den Fünfzigern, der eine

Solidarbürgschaft für einen Bekannten auf sich genommen hatte und bald darauf selbst tief in Schulden steckte,
bis er keinen anderen Ausweg mehr sah, als entweder sich
selbst und seine Familie zu töten oder einen Raub zu begehen. Seine Entscheidung kostete drei Menschen das Leben,
ein vermögendes älteres Ehepaar und dessen Sohn. Für
den dreifachen Mord an Fremden wurde er zum Tode verurteilt. Hätte er einen erweiterten Selbstmord versucht,
seine Frau und die Kinder getötet, selbst dabei aber über-
lebt, dann wäre er nicht einmal zu lebenslänglich verurteilt worden.

Nangō, der die Genehmigung für die Einsicht in die
Prozessakte erhalten hatte, holte am späten Abend im
menschenleeren Sitzungssaal den schweren Ordner hervor, um die Protokolle zu sichten, so wie er es bei Nummer 470 sieben Jahre zuvor getan hatte. Bevor er zur letzten Seite gelangte, auf die ihn Okazaki hingewiesen hatte,
fiel sein Blick auf den Bericht über die religiöse Gesinnung
des Häftlings.

*»Schuldeingeständnis unmittelbar nach der Fest-
nahme, während der Verhandlungen in der ersten
Instanz zum katholischen Glauben konvertiert.«*

Nangō fuhr mit dem Finger über die Zeilen der erwähnten passage.

*»Er verfolgt keinen opportunistischen Doppelglau-
ben, um aus verschiedenen Religionen die jeweiligen
Vorteile zu ziehen, sondern ist dem Katechismus
des zuständigen Pfarrers ernsthaft gefolgt und hat
täglich für die Seelen der Opfer gebetet.«*

Vermutlich hatte Okazaki genau diese Stelle gemeint. Damit stand die Frage im Raum, ob ein Delinquent, der sehr große Reue empfindet, hingerichtet werden sollte.

Nangō hatte darauf im Lauf seiner Dienstzeit, während der er sowohl zu lebenslänglich verurteilten Häftlingen als auch Todeskandidaten begegnet war, seine eigene Antwort gefunden.

Wie brutal das begangene Verbrechen auch sein mochte, es gab einen gewissen Prozentsatz bei den Lebenslänglichen, die gar keine Reue zeigten. Sie versuchten lediglich, ihre Tat zu rechtfertigen, und nicht wenige von ihnen zürnten sogar den Opfern, die ihnen zufällig am Tatort in die Quere gekommen waren. Solche Gefangenen verhielten sich in der Haftanstalt betont gefügig und unauffällig, aber nur zum Schein, um eine vorzeitige Entlassung zu erwirken.

Andererseits gab es auch solche, die eine reuige Haltung an den Tag legten – Nangōs Vermutung nach die Mehrheit. Aber deren Einstellung war nicht vergleichbar mit der oft geradezu inbrünstigen Reue, wie sie manchmal bei zum Tode Verurteilten zu erkennen war. Diese leidenschaftliche Reue, die sich bis zur religiösen Ekstase steigern kann, fand man eben nur bei jenen.

Aus dieser Reihe von Beobachtungen zog Nangō den Schluss, dass die Todeskandidaten zwar ihre Tat bereuen mochten, aber eben nur deshalb, weil sie zum Tode verurteilt waren. Das über sie verhängte Urteil, basierend auf der Idee der Vergeltungsstrafe, rief paradoxerweise genau das Reuegefühl bei den Betroffenen hervor, das eigentlich Sinn der Strafzwecktheorie sein sollte.

Was nun den aktuellen Fall betraf, so fiel Nangō bei der Passage, in der es um die religiöse Gesinnung von Nummer 160 ging, ein weiteres zynisches Paradox ins Auge: Die Einstellung zur Religion diente als Maßstab für die psychische Stabilität der zum Tode Verurteilten, was wiederum Auswirkungen auf die zeitliche Festlegung der Vollstreckung hatte.

Vielleicht hatte Okazaki angesichts dieses Widerspruchs im System Skrupel bekommen, vermutete Nangō und blätterte zur letzten Seite um ...

Dort befand sich die Kopie eines Briefs in der Anlage. Adressat war der Vorsitzende Richter des Oberlandesgerichts Fukuoka, Absenderin die Hinterbliebene, deren Eltern und Bruder von Nummer 160 getötet worden waren.

Nangō überflog den auf edlem Papier handgeschriebenen Text und glaubte seinen Augen nicht zu trauen, als er auf den unerwarteten Satz stieß: »*Ich wünsche keine Verurteilung zum Tode.*«

Wieso das? Nangō verstand die Welt nicht mehr. Wenn sein eigenes Kind einem Verbrechen zum Opfer fallen würde, sollte der Täter ebenfalls mit dem Leben büßen. Die Bitte der Angehörigen erschütterte ihn zutiefst.

»*Der Angeklagte hat zur Genüge sein Bedauern zum Ausdruck gebracht.*«

Als Nangō dies las, blätterte er eilig durch die Prozessakte. War damit etwa gemeint, dass die Hinterbliebene der Opfer vom Angeklagten eine finanzielle Wiedergutmachung erhalten hatte? Aber Nummer 160, der wegen seiner drückenden Schuldenlast ein Verbrechen begangen hatte, dürfte wohl kaum in der Lage gewesen sein, einen entsprechend hohen Geldbetrag aufzubringen. Von seiner

Verhaftung an bis jetzt hatten die Angehörigen von ihm gerade mal 200.000 Yen erhalten, so viel betrug sein Lohn aus der Gefängnisarbeit während seiner elfjährigen Haft.

Nangō kehrte zu dem Schreiben an den Richter zurück. Dort fand sich eine Schilderung der Hinterbliebenen über ihre emotionale Verfassung.

>*Anfangs empfand ich unbändigen Hass auf den Angeklagten. Aber im Lauf der Zeit wurde mir bewusst, dass er in armen Verhältnissen aufgewachsen ist. Er musste sich ohne schulische Ausbildung durchs Leben schlagen und verschuldete sich obendrein, nur weil er einem Freund vertraut hatte. In Anbetracht dieser unseligen Umstände des Angeklagten schrecke ich davor zurück, die Todesstrafe für ihn zu fordern. Wäre mein Leben ähnlich wie seines verlaufen, hätte ich vielleicht die gleiche Tat begangen wie er an meiner Familie. Damit befürworte ich jedoch keineswegs, der Angeklagte möge freigesprochen werden. Ich wünsche mir, dass der Schuldige im Gefängnis sein Dasein fristen soll, um dort bis ans Ende seiner Tage für das Seelenheil meiner Eltern und meines Bruders zu beten.*<*

Ihr Argument wog schwerer als jedes noch so vernünftige Plädoyer eines Gegners der Todesstrafe. Aber gerade ihre Vehemenz, mit der sie ihr Anliegen vortrug, war es, was Nangō gegen die Frau aufbrachte. Warum schrieb sie so etwas, während er und seine Kollegen den Verurteilten doch gerade auch ihretwegen hinrichteten und die damit verbundenen Seelenqualen auf sich nahmen?

Nangō versuchte seinen Zorn gegen die Frau zu zügeln.

Er schaute sich das Urteil der ersten Instanz an. Der Beschluss des Richters, der das Schreiben der Angehörigen erhalten hatte, lautete auf »lebenslange Freiheitsstrafe«, doch die Staatsanwaltschaft hatte Einspruch eingelegt, worauf das ursprüngliche Urteil im Revisionsverfahren aufgehoben und stattdessen die Höchststrafe verhängt wurde. Die Begründung für die Strafzumessung in der neuen Urteilsschrift lautete:

»*Der Angeklagte hat unbestritten in der Ermittlungsphase wie auch im Lauf des Prozesses durchweg Reue gezeigt. Außerdem hat sogar die Angehörige der Opfer Strafminderung für ihn beantragt. Trotz dieser Umstände ist die von ihm begangene Tat von einer drastischen Grausamkeit und das daraus resultierende Entsetzen in der Gesellschaft so enorm, dass hier keine mildernden Umstände geltend gemacht werden können. Deshalb sollte man es keineswegs als ungerechtfertigt bezeichnen, in diesem Fall die Höchststrafe zu verhängen.*«

Im weiteren Revisionsverfahren lehnte der Oberste Gerichtshof die Berufung des Angeklagten ab. Ebenso war der darauf folgende letztmögliche Antrag auf Revision des Urteilsspruchs abgewiesen worden, bis das Todesurteil endgültig bestätigt wurde.

Intuitiv spürte Nangō, dass die Schlussfolgerung des Gerichts nicht fair war. Seine Befürwortung der Todesstrafe sowie seine aktive Teilnahme an einer Hinrichtung vor sieben Jahren beruhte auf seiner Überzeugung, dadurch Vergeltung für die Opfer zu üben. Aber in diesem Fall, wo dieser Aspekt wegfiel, geschah es nur noch aus einem rein juristischen Prinzip heraus. Nummer 160 sollte hingerichtet werden, weil er die Interessen der Gesellschaft und die geltenden Gesetze verletzt hatte.

Aber war das in Ordnung? Selbst eine Sonderregelung wie die Amnestie, um das Urteil abzuwenden, würde in diesem Fall nicht greifen.

Nangō wandte sich erneut dem Schreiben der Angehörigen zu. Obwohl ihre Familie auf schreckliche Weise getötet worden war, forderte diese Frau keine Todesstrafe für den Angeklagten. Das brachte ihn auf ein Problem, über das er noch nie nachgedacht hatte.

Wem diente die Hinrichtung, die morgen vollzogen werden würde? Worin lag der Sinn, dass er und Okazaki die Vollstreckung ausführen mussten? Würde der Hinterbliebenen nicht erneut Gewalt angetan, wenn der Verurteilte gegen ihren ausdrücklichen Willen, rein aus Gründen der Vergeltung hingerichtet werden würde?

In dieser Nacht machte Nangō kein Auge zu. Sollte er den Auftrag verweigern und den Dienst quittieren? Ruhelos wanderte er in seiner Dienstwohnung hin und her, wobei er immer wieder seine schlafende Familie betrachtete. Er hatte Frau und Kind, für die er sorgen musste.

Nach langem Grübeln entschied er sich gegen seinen inneren Impuls und verwarf die Kündigung. Das Wohlbefinden der Familie lag ihm nun einmal mehr am Herzen als das Leben eines Todeskandidaten.

Als am nächsten Morgen der Probedurchlauf der Exekution abgeschlossen war, wartete Nangō auf das Erscheinen von Nummer 160. Er erinnerte sich an die Situation, die er bei der Hinrichtung sieben Jahre zuvor erlebt hatte.

Ich habe es nicht getan!

Dem um sein Leben bettelnden Delinquenten Nummer 470 die Schlinge um den Hals zu legen, erschien Nangō nach wie vor gerechtfertigt. Aber wie würde es im Fall von Nummer 160 sein? War das Schreiben der Angehörigen kein Beleg dafür, dass die Wertvorstellungen der Menschen zu unterschiedlich sind, um Urteile mittels einer starren Rechtsordnung zu fällen?

Die Tür zur Hinrichtungsstätte ging auf. Angeführt von einem Priester erklomm Nummer 160 die niedrigen Stufen. Ein Mann Ende fünfzig, der drei Menschen umgebracht hatte. Das hagere Gesicht war von den eingefallenen Augen bestimmt, aber sein entschlossener Ausdruck wirkte lebendig. Festen Schrittes betrat der Delinquent den Altarraum.

Nangō sorgte sich um Okazaki, der direkt neben ihm stand. Der junge Aufseher stand in sich zusammengesunken da und zitterte am ganzen Leib.

Nummer 160, dem man die Handschellen abgenommen hatte, betrachtete eine Weile das Christuskreuz, das auf dem Altar stand. Als er schließlich vom Leiter der Sicherheitsabteilung aufgefordert wurde, sein letztes Mahl zu sich zu nehmen, bedankte er sich höflich, bevor er sich kleine Leckerbissen wie Gebäck und Früchte in den Mund schob.

Angesichts der Ruhe, die der Verurteilte ausstrahlte, entspannten sich auch die zwanzig Anwesenden, die neben dem Staatsanwalt der Hinrichtung beiwohnen sollten.

Während der Todeskandidat seine letzte Zigarette rauchte, die ihm ebenfalls gestattet worden war, führte der Gefängnisdirektor ein abschließendes Gespräch mit ihm. Seine Habseligkeiten solle man seiner Familie übergeben. Das Testament war bereits dem zuständigen Aufseher ausgehändigt worden. Der geringfügige Geldbetrag, den er besaß, war für die Angehörigen der Opfer als Wiedergutmachung vorgesehen. Er hatte die Einwilligung erteilt, seine sterblichen Überreste zu Forschungszwecken der medizinischen Fakultät zu überlassen und dafür eine Vergütung von 50.000 Yen im Voraus erhalten.

Als die Dreiviertelstunde um war, unterbrach sie der Leiter der Sicherheitsabteilung. »So, nun gilt es langsam, Abschied zu nehmen.«

Nummer 160 hielt einen kurzen Moment inne und nickte: »Ja.«

In diesem Moment konnte der Aufseher, der in den letzten sieben Jahren für den Delinquenten im Todestrakt zuständig gewesen war, nicht mehr an sich halten und fing an zu weinen.

Nummer 160 senkte ebenso betrübt den Blick, wandte sich dann jedoch an den Priester. »Pater, bitte nehmen Sie mir die letzte Beichte ab«, sagte er. »Ich habe ein Verbrechen begangen.«

Der Priester nickte und trat zu dem vor ihm knienden Todeskandidaten. Mit dem Rücken zum Altarkreuz erwiderte er in feierlichen Ton: »Bereust du die Verfehlungen deines irdischen Lebens, durch die du dich gegen den Allmächtigen versündigt hast?«

»Ja.«

»Dann vergebe ich dir deine Sünden.«

Bei diesen Worten kam Nangō plötzlich ein Gedanke: Gott vergab Nummer 160 das Verbrechen, das er begangen hatte, aber die Menschen verziehen ihm nicht.

»Im Namen des Vaters, des Sohnes und des Heiligen Geistes. Amen.«

»Amen.« Nummer 160 stimmte mit ein, bekreuzigte sich und stand auf.

Dann traten zwei Beamte auf ihn zu, stülpten ihm die Kapuze über den Kopf und legten ihm die Handschellen auf dem Rücken an.

Nangō, Okazaki und ein dritter Aufseher begaben sich zu den Exekutionstasten, die sich an der Rückwand des Altarraums befanden. Von dort war der Galgen nicht mehr zu sehen. Jetzt galt es nur noch auf das Zeichen des Leiters der Sicherheitsabteilung zu warten, um die Tasten zu drücken.

Man hörte, wie die Falttür aufgeschoben wurde. Die Pforte zum Galgen stand offen. Nangō sah auf die Taste. Dies wäre die letzte Gelegenheit, einen Rückzieher zu machen. Wenn er jetzt den Befehl verweigerte und danach seine Kündigung einreichte, würde er wenigstens Nummer 160 nicht eigenhändig töten müssen.

Aber was sollte dann aus seiner Familie werden? Und ließ er damit nicht seine beiden jüngeren Kollegen im Stich, die unter großer psychischer Belastung mit ihm zusammen im Begriff waren, die Tasten zu drücken?

In dem Augenblick senkte der Leiter der Sicherheitsabteilung die erhobene Hand.

Reflexartig drückte Nangō seine Taste.

Aber es passierte nichts.

Nangō schaute auf. Der Knall der fallenden Bodenklappe blieb aus. Im Altarraum starrte der Leiter der Sicherheitsabteilung entsetzt zu ihnen und dann zum Galgen.

Nangō blickte sich hastig um, bevor ihm der schauerliche Grund für die Verzögerung klar wurde: Okazakis Finger hatte kurz vor dem Drücken der Exekutionstaste gestoppt.

Während er seine Taste immer noch gedrückt hielt, flüsterte Nangō dem jüngeren Kollegen zu: »Okazaki!«

Doch der junge Aufseher stand nur da wie versteinert, das Gesicht aschfahl, die Augen fest zusammengekniffen. Sein ausgestreckter Zeigefinger zitterte.

Nangō begriff sofort, dass es zwecklos war, ihn dazu bringen zu wollen, die Taste zu drücken. Sein Zögern hatte nun offenbart, welcher der drei Schalter Nummer 160 den Tod bringen würde.

Nangō blickte zum Altarraum. Der Leiter der Sicherheitsabteilung winkte den anderen Aufseher rechts neben Nangō zu sich. Wenn die Hinrichtungstaste nicht funktionierte, sollte ein manueller Hebel am Podest betätigt werden. Falls dieser ebenfalls versagte, musste einer der Henker den zum Tode Verurteilten sogar eigenhändig strangulieren. Denn laut Gesetz sollte die Todesstrafe »durch Erdrosseln« vollstreckt werden.

Der herbeigewinkte Aufseher lief hektisch hinüber. Nangō hielt es nicht länger aus. Es war zu grausam, Nummer 160 mit dem Kopf in der Schlinge auch nur eine Sekunde länger in dieser schrecklichen Todesangst schweben zu lassen. Nangō stieß Okazakis Hand beiseite und drückte selbst die Taste.

Ein lautes Poltern ertönte.

Nangō nahm nichts mehr von seiner Umgebung wahr.

Damit hatte er zwei Menschen getötet.

Das war alles, was ihm durch den Kopf ging.

Hätte er das außerhalb dieses Raums getan, wäre er mit großer Wahrscheinlichkeit selbst zum Tode verurteilt worden.

Von nun an begann seine Familie auseinanderzufallen,

die er – für den Preis eines Menschenlebens – eigentlich hatte behüten wollen.

Landesweit erschien in den Zeitungen die kurze Notiz: »Vollstreckung eines Todesurteils in der Justizvollzugsanstalt Fukuoka.«

Als Nangōs Frau die Nachricht las, meinte sie den Grund zu kennen, weshalb ihr Mann in der Nacht zuvor sturzbetrunken heimgekehrt war. Sie sprach ihn nie darauf an, aber ihr Verhalten ihm gegenüber begann sich subtil zu verändern.

Zuerst fragte sich Nangō, ob sie es verwerflich fand, dass er an einer Exekution beteiligt gewesen war. Doch im Lauf der Zeit stellte er fest, dass die Frustration seiner Frau auf einer ganz anderen Ebene lag. Es verunsicherte sie zutiefst, dass er sich ihr nicht anvertraute. Hätte er ihr von seinen Qualen erzählt, hätte sie mit ihm gemeinsam gelitten.

Aber Nangō konnte sich nicht dazu durchringen, über die Hinrichtung zu sprechen. Hinzu kam, dass er ihr bei ihrer Heirat die Exekution vor sieben Jahren verschwiegen hatte. Und wenn er abends nach Hause kam und seinen herumtobenden Sohn sah, hätte er es nie übers Herz gebracht, laut auszusprechen, dass sein Vater einen Menschen getötet hatte. Also hielt er sich eisern an die dienstliche Schweigepflicht.

Als ihr Sohn dann in den Kindergarten kam und Nangō seine Prüfungen zum nächsthöheren Dienstgrad bestanden hatte, begannen sie erstmals über Scheidung zu sprechen. Sie einigten sich darauf, es sich noch einmal zu überlegen, bis der Junge eingeschult würde. Als der Zeitpunkt gekommen war, schoben sie es noch einmal bis zum Eintritt in die Mittelschule auf. Nangō wollte um jeden Preis eine Trennung vermeiden. Er wusste, dass eine Vielzahl der Kriminellen, die im Knast landeten, in zerrütteten Familienverhältnissen aufgewachsen war. Die Vorstellung, dass sein Sohn zwanzig Jahre später vor Gericht stehen könnte und die Scheidung seiner Eltern als ein Grund dafür betrachtet würde, war für Nangō unerträglich. Ihm ging es in erster Linie um das Wohl und die Zukunft ihres Kindes, da brauchte es keine romantische Liebe, die sie zusammenhielt, sondern sie mussten lediglich eine vernunftgesteuerte Gemeinschaft bilden.

Seine Frau bemühte sich ernsthaft darum. Obwohl sie die ständigen berufsbedingten Versetzungen ihres Mannes und die unkomfortablen Dienstwohnungen satthatte, zeigte sie ihren Unmut niemals vor dem Kind, sondern bemühte sich weiterhin um den familiären Zusammenhalt.

Als der Junge dann auf die Oberschule kam, nahmen sie Nangōs Versetzung in die Justizvollzugsanstalt Matsuyama zum Anlass, fortan in getrennten Haushalten zu leben. Dem Sohn gegenüber erklärten sie lediglich, sein Vater müsse aus beruflichen Gründen woanders wohnen. Sobald ihr Sohn die Oberschule abgeschlossen hatte, würde die Familie wohl endgültig zerbrechen, dachte Nangō. Seine Familie, für deren Erhalt er das Leben von Nummer 160 als Faustpfand eingetauscht hatte …

Genau in jener Zeit kam ihm diese bemerkenswerte Geschichte zu Ohren.

Es galt, die Unschuld eines zum Tode Verurteilten zu beweisen. Ein unbedeutender Rechtsanwalt suchte jemanden, der für ihn in dieser Sache recherchieren sollte.

Nangō fühlte sich wie geschaffen für diese Aufgabe. Von einem starken Impuls getrieben setzte er sich mit dem Anwalt in Verbindung. Als er ihn das erste Mal persönlich aufsuchte, stellte er fest, dass sie sich schon früher einmal begegnet waren, als er in der Justizvollzugsanstalt Tokyo tätig gewesen war.

Rechtsanwalt Sugiura war zunächst erstaunt darüber, dass sich ein Strafvollzugsbeamter um diesen Job bewarb, akzeptierte ihn aber nur zu bereitwillig. Denn Nangō war schließlich ein alter Hase, erfahren im Umgang mit Todeskandidaten, einschließlich deren Revisionsanträgen.

Nangō beschloss daraufhin, seinen Dienst zu quittieren. Mittels seiner Pension und der winkenden Erfolgsprämie würde er seinem Sohn das Studium finanzieren und die Bäckerei seines Vaters wieder in Betrieb nehmen können. Und er hatte vor, sich nun auch seiner Frau offen anzuvertrauen. Vielleicht konnte er sie dazu bringen, es noch einmal mit ihm zu versuchen.

Nun musste Nangō nur noch eins erledigen: einen Partner finden, der ihm bei den kniffligen Ermittlungen behilflich sein würde, um den Todeskandidaten vor dem Galgen zu bewahren.

Für diesen Job schwebte ihm der siebenundzwanzigjährige Häftling Jun'ichi Mikami vor.

»Ein klarer Verstoß gegen die Dienstvorschrift«, schloss Nangō seine lange Lebensbeichte. »Ich habe dir gegenüber zwar viel zu viel preisgegeben, mir aber dafür den Kummer von der Seele geredet.«

Es war bereits nach Mitternacht, und der heftige Regenguss hatte aufgehört. Durch das Fliegengitter wehte eine frische Brise herein.

Jun'ichi betrachtete das Gesicht des siebenundvierzigjährigen Aufsehers, der zwei Verbrecher hingerichtet hatte und verzweifelt darum bemüht war, sein zerrüttetes Familienleben zu kitten. Sein übliches charmantes Lächeln war verschwunden. In seinen Zügen spiegelte sich die ganze Qual der letzten Jahre. Vielleicht ist das Nangōs wahres Gesicht, dachte Jun'ichi.

»Und wie denken Sie nun darüber?«, fragte Jun'ichi voller Mitgefühl. »Befürworten Sie immer noch die Todesstrafe?«

Nangō blickte flüchtig auf und erwiderte: »Weder ja noch nein.«

»Weder ja noch nein?«

»Genau. Das soll jetzt keine Ausflucht ein. Ich meine es sehr ernst. Es läuft tatsächlich aufs Gleiche raus, egal, ob es die Todesstrafe nun gibt oder nicht.«

»Was soll das denn nun heißen?«, hakte Jun'ichi nach. In seinen Ohren klang Nangō ziemlich desillusioniert.

»He, he, nur die Ruhe!«, versuchte Nangō ihn mit einem Lächeln zu bremsen. »Wenn es um die Todesstrafe geht, ist immer gleich sehr viel Emotionales mit im Spiel. Wahrscheinlich besteht da ein Konflikt zwischen Instinkt und Vernunft, der die Gemüter so schnell erhitzt.«

Jun'ichi verstand, was er meinte, und nickte zustimmend. »Tut mir leid.«

Nangō fuhr fort: »Sogar Schulkinder wissen bereits, dass man zum Tode verurteilt werden kann, wenn man einen anderen Menschen tötet.«

»Ja.«

»Darin liegt der entscheidende Punkt. Uns allen wird von klein auf beigebracht, dass es für jedes Vergehen eine entsprechende Strafe gibt. Was nun die Todeskandidaten angeht, so hat man es hier mit Menschen zu tun, die, obwohl sie wussten, dass ihnen die Höchststrafe droht, wenn sie erwischt werden, dennoch gegen das Gesetz verstoßen haben. Kapierst du, was das bedeutet? Das heißt, solche Menschen bringen sich gewissermaßen selbst an den Galgen, und zwar schon in dem Moment, wo sie jemanden töten. Wenn sie dann hinterher schluchzend um ihr Leben betteln, ist es zu spät.«

Nangō klang erregt. Die Muskeln an seinen Schläfen spannten sich, als wollte er einen tief sitzenden Groll mit aller Macht im Zaum halten.

»Wenn es diese Idioten nicht gäbe, bräuchte man die Todesstrafe auch nicht zu vollstrecken, egal, ob ein solches Gesetz nun existiert oder nicht. Genau genommen ist es weder das Volk noch der Staat, der die Todesstrafe aufrechterhält, sondern es sind die Verbrecher selbst.«

»Aber ...«, wollte Jun'ichi einwerfen, verkniff sich aber seine Bemerkung. Aber wie sieht es im Fall von Nummer 160 aus?, hatte ihm auf der Zunge gelegen.

»Natürlich birgt das gegenwärtige System der Todesstrafe eine Menge Probleme«, fuhr Nangō fort und griff damit Jun'ichis unausgesprochenen Zweifel auf. »Die Möglichkeit eines Fehlurteils oder einer unangemessenen Strafzumessung oder das Problem mit nicht funktionierender Revision und Wiedergutmachung. Das beste Beispiel für so eine verfahrene Situation liefert uns der aktuelle Fall von Ryō Kihara.«

»Was diesen Fall betrifft«, kam Jun'ichi nun auf ihr Hauptanliegen zurück, »fänden Sie es denn richtig, wenn anstelle von Ryō Kihara der wahre Täter, falls er gefasst wird, zum Tode verurteilt wird?«

Nangō zögerte einen Moment, bevor er nickte. »Wenn keine andere Möglichkeit als diese besteht, um Kiharas Leben zu retten, dann schon. Wenn Kihara in seiner derzeitigen Verfassung vor den Galgen tritt und die Schlinge um den Hals gelegt bekommt, wird er wohl auch verzweifelt den Vollstrecker um Hilfe anflehen und seine Unschuld beteuern!‹«

Nangō hielt inne. In diesem Moment verkrampften sich seine Hände zu einer Geste, als würde er tatsächlich einem Todeskandidaten die Schlinge um den Hals legen.

Jun'ichi sah in Nangōs Augen die quälende Vergangenheit.

»Nur das möchte ich verhindern. Koste es, was es wolle! Ryō Kihara vor dem Galgen bewahren. Das ist das Einzige, was ich will.«

»Bitte lassen Sie mich Ihnen dabei helfen!«, beeilte sich Jun'ichi zu sagen.

Der Aufseher musste lächeln. »Ich danke dir.«

Erneut wehte ein kühler Luftzug ins Zimmer und vertrieb die schwüle Hitze. Die beiden saßen für einen Moment ganz reglos und genossen die Erfrischung.

Nach einer Weile unterbrach Nangō die Stille. »Ist schon merkwürdig«, sagte er leise. »Ich kann mich auch jetzt nicht an ihre Namen erinnern. Die von Nummer 470 und 160.« Er wandte den Kopf ab und schloss die Augen. »Weshalb eigentlich?«

Vielleicht wäre alles noch schlimmer, wenn einem die Namen einfallen, dachte Jun'ichi, aber er sprach es nicht aus.

2

Mit dem Wolkenbruch in der letzten Nacht hatte sich die Regenzeit offensichtlich verabschiedet, denn der nächste Morgen verhieß gutes Wetter in der Region.

Jun'ichi und Nangō genossen den Sonnenschein, als sie in den Civic stiegen. In Katsuura fielen ihnen Badegäste mit Surfbrettern auf ihren Autos auf. Die Touristensaison begann.

Die beiden fuhren durch Nakaminato Richtung Tokyo. Für ihren geplanten Kurswechsel waren einige Vorkehrungen notwendig, die sie außerhalb der Bōsō-Halbinsel erledigen mussten. Sie hatten vor, sich für einige Tage zu trennen und unabhängig voneinander zu arbeiten.

»Wir müssen uns um Nachrichten aus der Politik kümmern«, sagte Nangō während der Fahrt. »Besonders, wenn Bewegung in die Kabinettsumbildung kommt.«

»Wieso das denn?«, fragte Jun'ichi verdutzt über das unvermittelt angeschnittene Thema.

»Hinrichtungen werden meistens nach der Auflösung des Parlaments vollstreckt.«

»Warum?«

»Wird die Exekution noch während der Legislaturperiode vollstreckt, würde es Fragen seitens der Opposition hageln. Wahrscheinlich deshalb. Gerade eben ist die reguläre Amtszeit des Parlaments zu Ende gegangen. Das heißt, es könnte kritisch für uns werden. «

Jun'ichi, der sich nicht sonderlich für Politik interessierte, nickte, ohne wirklich begriffen zu haben. »Und was passiert bei einer Kabinettsumbildung?«

»Wenn das Kabinett aufgelöst wird, könnte auch der Justizminister wechseln, nicht wahr?«

»Stimmt, er ist derjenige, der den Befehl zur Vollstreckung erteilt, oder?«

»Genau. Oft unterzeichnen diese Typen erst unmittelbar vor dem Ausscheiden aus dem Amt den schriftlichen Erlass.«

»Und wieso das?«, fragte Jun'ichi zum dritten Mal.

»Das ist das Gleiche wie mit dem Zahnarztbesuch. Was man nicht gern tut, schiebt man lieber auf. Und wenn einem klar wird, dass es nicht mehr anders geht, dann bringt man es so schnell wie möglich hinter sich, ohne weiter groß drüber nachzudenken.«

»Erteilt der Justizminister den Vollstreckungsbefehl auf diese laxe Art?«

»Aber ja doch.« Nangō lachte. »Der Zeitpunkt für die Prüfung des Revisionsantrags sowie die politische Lage sind gerade nicht sehr günstig für Ryō Kihara. Wir dürfen keine Zeit mehr verlieren!«

»Nein.«

Als sie das Innere der Bōsō-Halbinsel erreichten, wurde der Verkehr stockender. Dennoch überquerten sie am Nachmittag die Tokyo-Bucht und gelangten nach Kanagawa. Jun'ichi stieg am Bahnhof Musashikosugi aus, in dessen Nähe Nangōs Bruder wohnte, und nahm von dort aus die Bahn nach Kasumigaseki. Es war der vereinbarte Tag, an dem er sich bei der Bewährungsbehörde melden sollte.

Als er aus der U-Bahn-Station ins Freie trat, erreichte er nach einigen Minuten Fußweg, der ihn am Park des Kaiserpalasts entlangführte, den Eingang VI im Komplex der Regierungs- und Amtsgebäude, wo sich seine zuständige Behörde befand. Heute fiel ihm zum ersten Mal auf, dass hier auch das Justizministerium seinen Sitz hatte.

Irgendwo auf diesen Etagen wurde der Antrag zur Hinrichtung von Ryō Kihara geprüft.

Im Stillen betete Jun'ichi, dass die Beamten des Justizministeriums herumbummeln mochten, dann betrat er das Gebäude.

»Ihr Leben verläuft also in geregelten Bahnen?«, erkundigte sich sein Bewährungssachbearbeiter Ochiai, der es sich mit seinem fülligen Körper im Sessel gemütlich gemacht hatte.

»Ja.« Jun'ichi nickte. Als er ihm ausführlicher über seinen Alltag – Essgewohnheiten, Gesundheitszustand, die Zusammenarbeit mit Nangō – berichtete, glitt ein zufriedenes Lächeln über das Gesicht des engagierten Beamten. Der neben ihm sitzende alte Mann, Jun'ichis Bewährungshelfer Kubō, kniff die Augen zusammen und betrachtete wohlgesonnen den braungebrannten Jun'ichi. »Sie sind ja ordentlich zu Kräften gekommen.«

»Wie steht's mit Mädchen, läuft da nichts?«

»Dafür habe ich gar keine Zeit.«

»Na schön. Wegen Drogen brauche ich mir bei Ihnen ja wohl keine Sorgen zu machen. Achten Sie beim Alkohol darauf, nicht über die Stränge zu schlagen.«

Als er mit seinem Bericht fertig war, wandte sich Jun'ichi an die beiden: »Ich hätte da mal eine Frage zur Bewährungshilfe.«

»Was möchten Sie wissen?«, erwiderte Ochiai.

»Sie, Herr Ochiai, arbeiten doch als Bewährungsbeamter im öffentlichen Dienst, und Sie, Herr Kubō machen das ehrenamtlich, richtig?«

»Das stimmt. Wir arbeiten Hand in Hand, um Leuten wie Ihnen bei der Wiedereingliederung in die Gesellschaft behilflich zu sein. Wenn es nur von Amts wegen organisiert werden würde, wäre der unmittelbare Kontakt vor Ort nicht möglich. Insofern sind ehrenamtliche Helfer unverzichtbar.«

Jun'ichi erinnerte sich an die Vorschriften, die ihm bei seiner Entlassung aus dem Gefängnis auferlegt wurden, wobei ihm eine Sache noch nicht ganz klar war.

»Der zuständige Bewährungshelfer arbeitet also rein ehrenamtlich?«, vergewisserte er sich noch einmal.

»So ist es«, erwiderte der alte Kubō. »Ich bekomme lediglich die Spesen wie Fahrgeld und so weiter ersetzt.«

»Und werden solche ehrenamtlichen Mitarbeiter von der Bewährungsbehörde ausgewählt?«

»Nein«, erklärte Ochiai. »Das ist von Bezirk zu Bezirk etwas unterschiedlich. In der Regel geschieht es auf Empfehlung des Vorgängers. Der aktuelle Betreuer bestimmt seinen Nachfolger, an den er sein Amt dann übergibt.«

»Und was sind das für Personen, um die sich ein solcher Betreuer kümmert?«

»Kriminelle Jugendliche, Jugendliche, die aus einer Erziehungsanstalt entlassen wurden, oder auf Bewährung entlassene Häftlinge wie Sie, die weiterhin unter Aufsicht stehen. Von Minderjährigen bis zu Erwachsenen hat man es hier mit einem breiten Spektrum an Leuten zu tun. Aber wieso wollen Sie das alles wissen?«, fragte nun Ochiai seinerseits.

»Bei dem Fall, den wir gerade untersuchen, war das Opfer ein Bewährungshelfer.«

»Ach!«, riefen Ochiai und Kubō wie aus einem Mund. Ihre Neugier schien geweckt.

Jun'ichi legte sich eine Kurzversion zurecht. Der Ermordete Kōhei Utsugi war Lehrer an einer regionalen Mittelschule gewesen. Er hatte später als Betreuer mit Ryō Kihara zu tun, der als Kleinkrimineller auf die schiefe Bahn geraten war.

»Als Betreuer treffen Sie sich mit Ihrem Schützling doch regelmäßig zu einem vereinbarten Termin, oder?«

»Genau. Ich lade denjenigen zu mir nach Hause ein, um mich nach der aktuellen Situation und eventuellen Problemen zu erkundigen.«

Es war also nichts Ungewöhnliches dabei, dass Kihara das spätere Opfer zu Hause aufgesucht hatte. Aber wer war noch dort anwesend, als er damals seinen Termin bei Kōhei Utsugi hatte?

»Ich hätte noch eine Frage, die etwas heikel ist«, fuhr Jun'ichi fort.

»Sie möchten sicher wissen, ob wir uns da nicht gelegentlich Feinde machen, oder?«, sagte Ochiai vorausahnend.

»Ja.«

»Bei einer Sache mag das zutreffen.«

»Und die wäre?«

»Es handelt sich um die Aufhebung der Bewährung. Auch bei Ihrer vorzeitigen Haftentlassung wurden Ihnen Auflagen erteilt, bevor Sie sich im Anschluss hier gemeldet haben.«

»Ja.«

»Wenn wir davon erfahren, dass jemand gegen diese Auflagen verstößt, sind wir gezwungen, die vorzeitige Haftentlassung rückgängig zu machen. In Ihrem Fall wären das nur noch drei Monate Haft, aber bei Lebenslänglichen sieht die Sache weit ernster aus.«

»Wie, bei Lebenslänglichen?«, fragte Jun'ichi verwundert zurück.

»Ja, gemeint sind die Täter, die eines schweren Verbrechens schuldig gesprochen und zu lebenslanger Haft verurteilt wurden. Das kann man aber nicht mit manchen anderen Staaten vergleiches, wo Menschen auch tatsächlich für ihr restliches Leben hinter Gittern landen. Hierzulande werden solche Sträflinge nicht ihr ganzes Leben im Gefängnis eingesperrt. Das Gesetz schreibt vor, nach zehn Jahren Haft eine Prüfung für eine Entlassung auf Bewährung einzuleiten. Na ja, in Wirklichkeit sieht das dann so aus, dass ein Häftling durchschnittlich nach achtzehn Jahren in die Gesellschaft zurückkehrt.«

»Achtzehn Jahre!«, rief Jun'ichi erstaunt. Das sollte die schwerste Freiheitsstrafe gleich nach der Todesstrafe sein? »Und was geschieht mit diesen Häftlingen, wenn ihre Entlassung auf Bewährung zurückgenommen wird?«

»Sie müssen auf jeden Fall erst mal ins Gefängnis zurück. Wann sie dann wieder rauskommen, vermag niemand zu sagen. Für diese Leute geht die Sache dramatischer aus.« Ochiais Miene verdüsterte sich für einen Moment. »Es sollen sich mitunter Straftäter umgebracht haben, als sie erfuhren, dass ihre Bewährung aufgehoben wurde.«

»Es geht hier also um Leben und Tod«, sagte Kubō immer noch freundlich lächelnd. »Aber wie sehr man uns das auch übel nehmen mag, wir haben keine andere Wahl. Das Gesetz schreibt es so vor.«

Die Aufhebung einer vorzeitigen Entlassung auf Bewährung wäre also ein Motiv, seinen Betreuer umzubringen, überlegte Jun'ichi.

»Der Fall, zu dem ich Nachforschungen anstelle, betrifft einen Bewährungshelfer namens Kōhei Utsugi, der ermordet wurde.«

»Dachte ich mir's doch!«, rief Ochiai. »Ich erinnere mich daran. Es geht doch um das Verbrechen auf der Bōsō-Halbinsel, nicht wahr?«

»Richtig! Kōhei Utsugi hatte damals die Betreuung von Ryō Kihara übernommen. Sie wissen nicht zufällig, ob er eventuell noch andere auf Bewährung entlassene Straftäter betreute? Ich meine vor allem jemanden, der zu lebenslänglich verurteilt worden war?«

Daraufhin musste Ochiai lachen. »Selbst wenn wir das wüssten, würden wir keine Auskünfte erteilen dürfen. Die Schweigepflicht gilt doch als das oberste Gebot in unserem Job. Über die Bewährungshäftlinge dürfen wir keinerlei Informationen nach außen dringen lassen.«

»Tja, das heißt also, ich habe keine Möglichkeit, diesem Verdacht nachzugehen?«

»So ist es«, lautete Ochiais knappe Antwort. »Ich würde Ihnen zwar wirklich gern bei Ihrer Recherche helfen, aber mir sind absolut die Hände gebunden.«

Enttäuscht musste sich Jun'ichi eingestehen, dass er keine Chance hatte, auf diesem Weg einen möglichen Verdächtigen ausfindig zu machen. Ob Nangō mit seinen Verbindungen als Gefängnisaufseher da würde mehr ausrichten können?

»Wenn ich mich kurz einmischen dürfte, würde ich dem jungen Mann gern noch einen Hinweis mit auf den Weg geben«, wandte sich der alte Kubō zögerlich an Ochiai.

»Was denn?«, fragte der Sachbearbeiter beunruhigt nach.

»Es entspricht doch den Tatsachen, dass sich das Verbrechen im Haus der Opfer ereignete, nicht wahr?«, wollte Kubō nun wissen.

»Richtig.«

»Was befand sich denn an Dingen in dem Haus?«

Jun'ichi, der nicht wusste, worauf Kubō hinauswollte, blickte ihn fragend an.

»Ein Betreuer muss doch einen ausführlichen Bericht anlegen über die Straftäter unter seiner Aufsicht.«

»Ein Bericht über die Straftäter?«, wiederholte Jun'ichi. Ob Nangō so etwas in dem verlassenen Haus entdeckt hatte? Er musste das sofort in Erfahrung bringen.

»Herr Kubō!«, wies Ochiai den alten Mann tadelnd zurecht.

»Verzeihen Sie!«, sagte Kubō und lächelte verschmitzt. »Aber ich bin ein Fan von Detektivgeschichten.«

Nangō erhielt Jun'ichis Anruf in Matsuyama. Gleich nach der Rückgabe des Leihwagens in Kawasaki hatte er einen Flug dorthin genommen. Er war nun fest entschlossen, seinen Rücktritt einzureichen und die Dienstwohnung zu räumen. Jetzt, wo sein Urlaub bald enden würde, wollte er alle möglichen Dinge auf einen Schlag erledigen.

Nangō, der gerade mit dem Zusammenpacken seiner Habseligkeiten in der Dienstwohnung beschäftigt war, hielt inne und holte sein klingelndes Handy heraus.

»Ein Protokoll über die betreuten Straftäter? Warte mal kurz ...«

Nangō kramte in seiner Erinnerung. »Da war nichts dergleichen. Ich bin mir ganz sicher. Auch unter den zurückerstatteten Beweisgegenständen war nichts in der Art.«

Jun'ichis Stimme am anderen Ende der Leitung klang aufgeregt: »Und könnte es denn noch als beschlagnahmtes Beweismaterial in Verwahrung sein?«

»Ausgeschlossen. Alle vor Gericht nicht verwendbaren Gegenstände sind bereits ausgehändigt worden.«

»Es ist doch ziemlich merkwürdig, dass solche Dokumente einfach so verschwinden, oder?«

»Du meinst, der Täter hat sie mitgenommen?«

»Ja, das glaube ich. Er wollte nicht, dass seine Beziehung zum Opfer ans Tageslicht kommt.«

Dann teilte Jun'ichi Nangō seine Vermutung mit, dass der wahre Täter eventuell ein zu langer Haft Verurteilter gewesen sein könnte. »Könnten Sie nicht herausbekommen, ob es so einen unter Kōhei Utsugis Schützlingen gab?«

»Das wird schwierig sein. Da muss ich noch drüber nachdenken.«

Nach dem Telefonat saß Nangō allein in seinem Wohnzimmer und dachte über diese neue Theorie nach.

Jun'ichi konnte mit seiner Hypothese durchaus richtig liegen. Jemand, dessen vorzeitige Entlassung widerrufen werden sollte, wollte dies verhindern und hatte Kōhei Utsugi und seine Frau deshalb ermordet. Danach hatte er die Personalakte, die über seine Beziehung zum Opfer Auskunft gab, vom Tatort weggeschafft. Vermutlich hatte Utsugi seine Absicht, die Bewährung aufzuheben, im Bericht vermerkt. Nur so konnte der Täter sein Motiv vertuschen. Das würde auch erklären, weshalb von dem Kontobuch und dem Namensstempel nie Gebrauch gemacht wurde. Es war ein reines Täuschungsmanöver gewesen, der Täter hatte es von Anfang an gar nicht auf das Geld abgesehen.

Konnte es sein, dass Jun'ichi möglicherweise das entscheidende Motiv entdeckt hatte?

Nur eine Sache war nach wie vor ungeklärt: Wenn es nicht um Geld gegangen war und wenn der Tatverdacht auf Ryō Kihara gelenkt werden sollte, wieso waren dann Kontobuch und Stempel nicht am Unfallort mit dem Motorrad zurückgelassen worden? Nangō wollte nichts außer Acht lassen. Für den entscheidenden Schritt waren die Beweise noch zu dürftig.

Nach dem Telefonat mit Nangō fuhr Jun'ichi nach Shinbashi. Dort wollte er seinem ganz persönlichen Rätsel auf die Spur kommen.

Mithilfe der Adresse auf seiner Visitenkarte begab er sich zu Sugiuras Anwaltskanzlei.

Wie er erwartet hatte, befand sich diese in einem eher schäbigen Bürogebäude. Er fuhr im klapprigen Aufzug in den vierten Stock und klopfte an die Tür mit dem Milchglasfenster.

»Ja?«, rief Sugiura und öffnete ihm. »Was ist denn los?«, sagte er überrascht, als er Jun'ichi vor sich sah.

»Ich habe nur eine kurze Frage an Sie.«

»Was denn? Bitte, treten Sie doch ein.« Auch jetzt vergaß der Anwalt nicht, sein Lächeln aufzusetzen.

Das Büro mit dem gefliesten Boden war bescheiden klein. Es gab zwei Schreibtische und Regale, in denen Bände mit Titeln wie »Japanische Gesetze der Gegenwart«, »Präzedenzfälle am Obersten Gerichtshof« und dergleichen aufgereiht standen.

»Wie geht es Herrn Nangō?«, erkundigte sich Sugiura, und wies auf das abgewetzte Sofa, wo Jun'ichi Platz nehmen sollte.

»Er ist fürs Erste nach Matsuyama zurückgekehrt.«

»Aha, will er nun ein für alle Mal seinen Job an den Nagel hängen?«

»Ja.« Jun'ichi besann sich auf den Grund für Nangōs Kündigung und beschloss, sich nicht weiter dazu zu äußern.

»Und was führt Sie heute zu mir?«

»Wenn es Ihnen nicht allzu viel ausmacht«, begann Jun'ichi vorsichtig, »dann würde ich gern von Ihnen erfahren, weshalb Herr Nangō ausgerechnet mich ausgewählt hat.«

Sugiura blickte ihn ratlos an.

Jun'ichi versuchte sein Anliegen zu verdeutlichen: »Ich kann mir vorstellen, dass er sich ebenso an einen Kollegen aus dem Gefängnis oder jemand anderes hätte wenden können, aber wieso ausgerechnet an einen Vorbestraften wie mich?«

»Da Herr Nangō kein Mandant von mir ist, bin ich auch nicht an die Schweigepflicht gebunden«, murmelte Sugiura, als müsste er sich dessen selbst noch mal vergewissern. »Na gut«, sagte er und sah auf, »dann sollen Sie es erfahren. Herr Nangō erzählte mir, es sei seine letzte Aufgabe als Gefängnisaufseher.«

»Seine letzte Aufgabe?«

»Ja. Einerseits sieht er sich als Befürworter von Strafe als Vergeltungsmaßnahme. Auf der anderen Seite erkennt er die Theorie der Erziehungsstrafe an. Auch wenn jemand ein schweres Verbrechen begangen hat, ist in den meisten Fällen eine Resozialisierung möglich. Der Täter könnte ein neuer Mensch werden. Herr Nangō ist jemand, der zwischen diesen beiden Auffassungen pendelt.«

Jun'ichi war auf eine derartige Erklärung nicht gefasst gewesen.

»Allerdings ist der Umgang mit Strafgefangenen, so wie sie im Gefängnis behandelt werden, auch eine zweischneidige Angelegenheit. Soll man den Verbrecher für sein Tun zusätzlich dadurch bestrafen, indem man ihn schlecht behandelt? Oder soll man ihm eine Erziehung zugutekommen lassen, um seinen asozialen Charakter in die richtige Bahn zu lenken? Aber in Wirklichkeit wird für die Erziehung kaum etwas getan, man lässt die Sträflinge unter einem strengen Reglement lediglich schuften. Das erklärt, weshalb die Rückfallquote erschreckenderweise bei fast fünfzig Prozent liegt. Das heißt, von zwei entlassenen Straftätern wandert einer zurück in den Knast. Herrn Nangō hat das immer ziemlich zu schaffen gemacht. Deshalb hat er irgendwann begonnen, einen Traum zu verfolgen. Er wünscht sich, dass ein Straftäter mittels seiner Methode und individuellen Unterstützung in die Gesellschaft zurückfindet. Er möchte sich persönlich davon überzeugen, dass es zumindest einem Menschen gelingt, sich für einen Neubeginn komplett zu verwandeln.«

Seine letzte Aufgabe als Gefängnisaufseher. »Und dafür hat er sich mich ausgesucht?«

»Ich glaube schon. Wussten Sie, dass Ihre Entlassung etwas früher als vorgesehen erfolgte?«

»Nein«, sagte Jun'ichi, obwohl es ihm doch ein bisschen merkwürdig vorgekommen war. Er hatte nämlich erfahren, dass bei Kurzstrafen wie seiner zweijährigen Haft eigentlich keine vorzeitige Entlassung möglich sei, sobald man den Vollzug angetreten hatte. Aber er war dennoch als mustergültiger Gefangener vorzeitig freigekommen, obwohl er wegen seines schlechten Verhältnisses zu einem der Aufseher sogar eine Zeit lang in Isolationshaft gesessen hatte.

»Es war übrigens Herr Nangō, der einen Antrag auf eine vorzeitige Entlassung zur Bewährung für Sie eingereicht hat.«

»Ach, so war das also. Aber weshalb das alles?«

»Um ehrlich zu sein, ist es mir auch nicht so ganz klar, weshalb die Wahl ausgerechnet auf Sie und nicht auf jemand anderen gefallen ist. Ich kann mich nur an eine wohl nicht ganz ernst gemeinte Bemerkung von ihm erinnern: ›Mikami ist mir sehr ähnlich, ein großartiger Junge.‹«

»Er findet, dass ich ihm ähnlich bin?«, fragte Jun'ichi verblüfft. Diese Aussage kam ihm irgendwie bekannt vor.

Nach dem Besuch in der Anwaltskanzlei nahm Jun'ichi die Bahn, um zur Werkstatt seines Vaters zu gelangen. Er wollte noch kurz bei Mikami Modell- und Formenbau vorbeischauen, bevor er am Abend in sein Elternhaus nach Ozuka zurückfuhr, um dort zu übernachten.

Während der Fahrt ließ er sich Sugiuras Worte noch einmal durch den Kopf gehen. Über seine Gemeinsamkeiten mit Nangō. Er hatte das schon vage gespürt, als Nangō ihm letzte Nacht von seiner Vergangenheit erzählte.

Beide hatten sie im Alter von fünfundzwanzig Jahren jemandem das Leben geraubt. Nangō durch eine Hinrichtung, er selbst bei dem unglückseligen Vorfall. Eine weitere Übereinstimmung war, dass sie zuerst Trost im Glauben gesucht, die Zuflucht in die Religion dann aber verworfen hatten. Der Oberaufseher Nangō hatte irgendwann mitbekommen, dass Jun'ichi die Gottesdienste verweigerte.

Aber hinter diesen Äußerlichkeiten schlummerte noch

eine tiefere Verbindung, derentwegen Nangō sich für ihn entschieden hatte. Der Gefängnisaufseher hielt sich selbst für einen Sünder und wollte an Jun'ichi seine eigene Buße vollziehen. Der Aufseher hatte, seiner Dienstpflicht folgend, ein Todesurteil vollstreckt, aber trotz aller Schuldgefühle würde die Tat niemals gesühnt werden können, weil er nach dem Gesetz nicht dafür verurteilt wurde. Anstatt dafür bestraft zu werden, wählte er somit eine andere Art der Wiedergutmachung, indem er einem anderen Menschen helfend unter die Arme griff. Dies würde dann auch erklären, weshalb er seinen Anteil des beachtlichen Honorars, auf den er ganz allein Anspruch hätte, mit Jun'ichi teilen wollte. Weil er ganz genau wusste, dass die wirtschaftliche Not ein wesentliches Problem bei der Resozialisierung von Strafgefangenen darstellte. Und dann Nangōs wütende Reaktion, als Jun'ichi von dem Job hatte ausgeschlossen werden sollen. Seine Vermutungen waren sicher nicht zu weit hergeholt.

Jun'ichi war Nangō aufrichtig dankbar dafür, was er für ihn tat. Und gerade deshalb wurde ihm schwer ums Herz.

Denn er selbst glaubte nicht an seine Resozialisierung.

Die unverhohlene Feindseligkeit des Ehepaars Utsugi wegen der ermordeten Eltern. Der gequälte Gesichtsausdruck von Matsuo Samura, der mit aller Macht seine Hassgefühle unterdrückt hatte, als Jun'ichi ihn aufgesucht hatte, um Abbitte zu leisten. Jun'ichi hatte deren Pein mit eigenen Augen gesehen. Allein ihre Gegenwart reichte aus, um bei ihm Schuldgefühle zu wecken. Es tat ihm wirklich aus tiefster Seele leid. Aber welche andere Möglichkeit, als Kyōsuke Samura zu töten, hätte er vor zwei Jahren gehabt? Es war nicht seine Schuld. Sondern die des Opfers.

Der Zug näherte sich dem Bahnhof Ōokayama. Jun'ichi war versucht auszusteigen. Wenn er hier umsteigen würde, wären es nur noch zwei Stationen bis Hatanodai, wo Yuri wohnte.

Aber er gab den Plan auf. Es war ja doch hoffnungslos, reine Sentimentalität. Er wusste, dass er bei ihr nichts mehr ausrichten konnte. Er hatte alles Erdenkliche getan, um sein Versäumnis ihr gegenüber wiedergutzumachen. Nun blieb ihm nichts weiter, als ihr ein friedliches Leben zu wünschen.

Jun'ichi stieg an der Station aus, die der Werkstatt seines Vaters am nächsten lag. Als er den Block mit den Fabrikgebäuden entlanglief, wurde ihm bewusst, dass er Nangōs Rückkehr entgegenfieberte. Er wollte möglichst schnell wieder auf die Bōsō-Halbinsel. Und sich voll und ganz der Aufgabe widmen, einem unschuldig zum Tode Verurteilten das Leben zu retten.

Als er die Firma seines Vaters erreichte, sah er Toshio über die Blaupause einer Gussform gebeugt.

»Oh, du bist es«, begrüßte ihn sein Vater. Sein kummervolles Gesicht hellte sich auf. »Und, wie ist dein Job für die Anwaltskanzlei?«, erkundigte er sich.

»Es läuft ganz gut«, erwiderte Jun'ichi lächelnd. Er wusste, dass sein Vater stolz darauf war, dass sein Sohn diesen Job bekommen hatte. Außerdem hatte er, abzüglich der Spesen, neunzig Prozent vom Honorar des letzten Monats in Höhe von einer Million Yen den Eltern übergeben.

»Übernachtest du heute doch bei uns?«

»Ja.«

»Na, dann können wir ja zusammen nach Hause fahren.«

Jun'ichi nickte. »Sag, falls ich dir noch bei irgendetwas behilflich sein kann.«

»Tja …« Toshio blickte sich in der engen Werkstatt um. Plötzlich schaute er seinen Sohn betreten an. Jun'ichi wunderte sich zuerst, aber im nächsten Moment wusste er, worum es ging. Die einzige Hightech-Anlage, die sonst hier gestanden hatte, die Maschine für das Rapid Prototyping, fehlte.

»Sie hat mir nicht allzu viel genützt, deshalb habe ich sie verkauft.«

Jun'ichi erstarrte. Sie stehen mit dem Rücken zur Wand, dachte er. Selbst die eine Million Yen von ihm waren nur ein Tropfen auf den heißen Stein gewesen. Wenn es ihm nicht gelang, die Unschuld des Todeskandidaten zu beweisen, wäre seine Familie ohne die Erfolgsprämie in absehbarer Zeit ruiniert.

Nachdem Nangō die bürokratischen Angelegenheiten in Matsuyama erledigt hatte, kehrte er nach Kawasaki zum Haus seines Bruders zurück. Während der letzten beiden Tage hatte er alle Hände voll zu tun gehabt. Das Mobiliar aus seiner Dienstwohnung ließ er von einer Speditionsfirma in das Haus seiner Frau transportieren. Er war am frühen Morgen aufgestanden, um zum allerletzten Mal als Aufseher zum Appell zu erscheinen.

Es war auch das letzte Mal, dass er seine Uniform anzog, aber das löste bei ihm keinerlei Wehmut aus. Ganz im Gegenteil, er fühlte sich regelrecht befreit. Sein Kollegenteam bereitete ihm einen angenehmen Abschied, eine der jüngeren Aufseherinnen überreichte ihm sogar einen Blumenstrauß. Mit einem knappen Gruß verließ er die Abteilung und setzte damit einen Schlusspunkt unter seine achtundzwanzigjährige Dienstzeit. Auf ihn wartete eine dringende Aufgabe: Er wollte alles dransetzen, die Unschuld von Ryō Kihara zu beweisen.

Zuerst lud er das Gepäck bei seinem Bruder in Kawasaki ab und fuhr anschließend zum Tokyoter Regierungsviertel. Sein Ziel war das Archiv einer überregionalen Zeitung. Er wollte Hinweise finden, dass der Raubmord an dem Ehepaar Utsugi möglicherweise kein Einzelfall war.

Nangō, der sich zuvor telefonisch angemeldet hatte, trat in den Raum, wo eine Reihe von Computerbildschirmen stand. Nachdem eine Mitarbeiterin ihm erklärt hatte, wie die Recherche in der Datenbank funktionierte, begann er sofort mit der Suche.

Er beschränkte den Zeitraum auf insgesamt zehn Jahre vor und nach dem Verbrechen an den Utsugis, gab Stichworte wie »Raubmord«, »Axt«, »Spaten« sowie die vier Distrikte Chiba, Saitama, Tokyo und Kanagawa ein, und wartete nun darauf, was die Suchmaschine herausfiltern würde. Einige Sekunden später tauchte eine lange Liste mit Artikeln auf dem Bildschirm auf.

Wie bequem man es doch heutzutage hat, dachte Nangō, als er die Recherche eingrenzte. Seine weiteren Suchbegriffe lauteten »Ermittlungen«, »Tatwaffe«, »Entdeckung« und dergleichen. Auf diese Weise wollte er Raubmordfälle, bei denen Spaten und Äxte benutzt beziehungsweise derartige Mordwaffen gesucht und anschließend entdeckt wurden, sondieren.

Auf dem Bildschirm erschienen zwölf Artikel. Es handelte sich um zwei Verbrechen mit den Meldungen und entsprechenden Folgeberichten. Er ließ den Vorfall um Ryōs Bewährungshelfer in Nakaminato außer Acht und klickte den Artikel zu dem zweiten Verbrechen an.

»Hausfrau ermordet«, lautete die Schlagzeile, der ein ausführlicher Bericht über einen Raubmord in der Präfektur Saitama folgte. Die Tat hatte sich zwei Monate vor dem Mord an dem Ehepaar Utsugi ereignet. Mitten in der Nacht war in einem abgelegenen Einfamilienhaus eingebrochen, die Hausfrau mit einer Axt erschlagen und Geld und Wertgegenstände gestohlen worden. Die Tatwaffe fand man bei der Spurensuche zweihundert Meter vom Ort des Geschehens entfernt im Wald vergraben.

Es handelte sich offenbar um das gleiche Vorgehen des Täters. Nangōs Herz machte einen Satz angesichts dieser erfolgreichen Ausbeute. Es hatte tatsächlich bereits einen Vorfall ähnlicher Art gegeben.

»In Anbetracht der Parallelen zu anderen Fällen, die sich in den Präfekturen Fukushima und Ibaraki zugetragen haben, wird der Raubmord vom Polizeidezernat der Präfektur Saitama als ›Fall 31‹ bei der landesweiten Fahndung geführt.«

Als Nangō auf diesen Hinweis stieß, führte er hastig eine neue Suche durch. Ähnliche Fälle hatten sich also auch in Fukushima und Ibaraki ereignet. Als er die entsprechenden Artikel aufrief, erfuhr er, dass zwei beziehungsweise vier Monate vor dem Raubmord in Saitama ganz ähnliche Verbrechen verübt worden waren: die Umstände, die Tatwaffe – es war bei allen das Gleiche. Jedes der Opfer wurde mit einer Axt erschlagen, die dann jeweils in der Nähe des Tatorts auf einem Feld oder im Wald entdeckt worden war.

Es gab keinen Zweifel mehr, Nangō war sich seiner Sache sicher. Es musste immer derselbe Täter gewesen sein, der sich mit einer Serie von Raubmorden von Fukushima über Ibaraki und Saitama bis zur Bōsō-Halbinsel südwärts vorgearbeitet hatte. Wäre nicht Ryō Kihara bei dem Verbrechen in Nakaminato als Verdächtiger verhaftet worden, hätte man den Doppelmord ganz sicher »Fall 31« zugeordnet.

Wie konnte man den wahren Täter in diesem Mordfall herausfinden?, überlegte Nangō, und ihm kam plötzlich die Idee, unter dem Stichwort »Fall 31«/»Großraumfahndung« weiterzusuchen. Schnell stieß er auf einen Artikel mit der Überschrift »Täter gefasst«.

Der Täter war demnach nicht mehr auf freiem Fuß, wunderte sich Nangō. Er schaute sich das Polizeifoto des Mannes an. Hartes, kantiges Gesicht mit markanten Wangenknochen, mittleres Alter. »Der tatverdächtige Ohara« lautete die Bildunterschrift.

Nangō überflog den Artikel. Ein halbes Jahr nach dem Raubüberfall in Saitama sei der Mann in der Stadt Shizuoka bei einem Einbruch auf frischer Tat ertappt und verhaftet worden. Der Besitzer des betroffenen Hauses, der mitten in der Nacht von dem Lärm aufgeweckt wurde, hatte sofort die Polizei verständigt.

Der gefasste Täter war der sechsundvierzigjährige Toshizō Ohara, der keinen Job und keinen festen Wohnsitz hatte. Beim Verhör wurde die Tatsache, dass er eine Axt bei sich trug, mit dem »Fall 31« in Verbindung gebracht, worauf er schließlich gestand.

Nangō verfolgte sorgfältig die gesamte Berichterstattung, die sich von der Verhaftung bis zur Verurteilung des Täters erstreckte. Ohara bekannte sich jedoch lediglich zu den drei Verbrechen, die sich in Fukushima, Ibaraki und Saitama zugetragen hatten. Zur Tat in Nakaminato hatte die Polizei ihn gar nicht vernommen, wahrscheinlich aus dem Grund, weil Ryō Kihara bereits als Hauptverdächtiger in Haft saß.

Ungeduldig gab Nangō nun den Namen »Toshizō Ohara« ein, um den Prozessverlauf zu verfolgen. Vier Jahre nach seiner Verhaftung wurde er in erster Instanz zum Tode verurteilt. 1998, drei weitere Jahre später, wurde dann in zweiter Instanz die Berufung abgelehnt.

Mist! Nangō rief den nächsten Artikel auf. Falls Ohara bereits hingerichtet worden war, wäre eventuell der wahre Täter im Mordfall Utsugi gar nicht mehr am Leben. Nangō schaute die restlichen Artikel durch. Zuletzt war über ihn drei Tage nach der Zurückweisung seiner Berufung unter der Überschrift »Revision des Angeklagten Ohara« eine kurze Notiz erschienen.

Dies würde bedeuten, dass der Oberste Gerichtshof noch keine Entscheidung über Oharas letzte Revision getroffen hatte. Somit war dessen Todesurteil noch nicht rechtskräftig. Mit etwas Geschick konnte Nangō ein paar Hebel in Bewegung setzen, um möglicherweise sogar ein Gespräch mit dem Angeklagten zu arrangieren.

Nangō atmete erleichtert auf, und ein bitteres Lächeln erschien auf seinem Gesicht. Während für Ryō Kihara, der im selben Jahr gefasst wurde, die Hinrichtung bereits kurz bevorstand, war bei Ohara noch kein Vollstreckungsantrag in die Wege geleitet worden. Dies war ein Problem, das das japanische Justizsystem mit sich brachte. Bei Verbrechen, die die Todesstrafe vorsahen, dauerte das Verfahren in der Regel umso länger, je mehr Menschen der Täter auf dem Gewissen hatte, und deshalb verging oft eine geraume Weile, bis der Verurteilte wirklich hingerichtet wurde.

Nangō war klar, dass er keine Zeit verlieren durfte. Die Berufung war drei Jahre zuvor beim Obersten Gerichtshof eingereicht worden. Es konnte also durchaus jederzeit eine Ablehnung erfolgen. Von da an durfte, von den engsten Verwandten und den Verteidigern abgesehen, niemand mehr Kontakt zu Ohara aufnehmen. Nangō musste also sofort tätig werden.

Er löste sich vom Bildschirm und rief die Mitarbeiterin, um sich bei ihr zu erkundigen, wie man die Seiten ausdruckte. Während er auf die Kopien der betreffenden Artikel wartete, wollte er sich die Zeit vertreiben und ging zu einem unbelegten Arbeitsplatz hinüber. Er klickte die Sparte »Lokalausgabe« an und gab das Stichwort »Präfektur Chiba« ein. Dann durchforstete er sämtliche lokalen Nachrichten von dem Tag, an dem die allerersten Berichte über den Raubmord in Nakaminato erschienen waren.

Nangō musste unwillkürlich schmunzeln, als er die Überschrift las: »Jugendliches Pärchen aufgegriffen – zwei Oberschüler aus Tokyo ausgerissen.« Ein denkwürdiger Tag, als der unbedarfte Teenager Jun'ichi gemeinsam mit seiner Liebsten für eine kleine Schlagzeile sorgte. In dem dazugehörigen Text wurde jedoch über eine Sache berichtet, von der Nangō bisher nichts wusste.

»Am Abend des 29. August wurden gegen 22.00 Uhr in Isobe im Bezirk Nakaminato zwei Tokyoter Oberschüler, die von zu Hause ausgerissen waren, aufgegriffen. Wegen einer Verletzung am Arm hatte der achtzehnjährige Jugendliche A zusammen mit seiner siebzehnjährigen Freundin B in Isobe eine Klinik aufgesucht. Als der behandelnde Arzt fest-

stellte, dass es sich um eine Stichwunde handelte, die
vermutlich von einem Messer herrührte, informierte
er sofort die Polizei, welche die beiden unter Auf-
sicht nach Hause zurückführte. Die Eltern der bei-
den Ausreißer hatten bereits eine Vermisstenanzeige
aufgegeben.«

Eine Stichwunde am Arm? Von einem Messer? Mehr
stand jedoch nicht darüber in der kurzen Mitteilung.

Nangō war ziemlich irritiert, als er den kleinen Artikel
las. Sein Bild, das er sich von dem angeblich naiven Jungen
gemacht hatte, musste wohl erheblich korrigiert werden.
Hier gewann man eher den Eindruck, als wäre Jun'ichi
ein abgebrühter Halbstarker gewesen. Vielleicht war er
mit einem Schlägertypen aus der Gegend aneinandergeraten. Ähnlich wie acht Jahre später bei dem Handge-
menge, als er Kyōsuke Samura getötet hatte.

Nangō rief sich Jun'ichis Gesichtsausdruck ins Gedächtnis, der immer leicht gequält wirkte. Oft waren solche
impulsiven, zu Wutausbrüchen neigenden Charaktere
schwer erziehbar. Den Betroffenen war dies durchaus bewusst, und sie reagierten resigniert darauf, dass sie ihre
jähzornigen Ausbrüche nicht in den Griff bekamen.

Nangō war nicht entgangen, dass Jun'ichi zuweilen wenig Selbstvertrauen zeigte, was seine Rehabilitierung betraf. Vielleicht war es ja doch schwieriger als erwartet, ihn
für seine Rückkehr in die Gesellschaft wieder in die richtigen Bahnen zu lenken. Das ging Nangō durch den Kopf,
während er weiter auf den Bildschirm starrte.

3

Als Jun'ichi, den Nangō zwei Tage lang nicht gesehen hatte, in den Civic stieg, erschien er ihm etwas bekümmert.

Nangō steuerte den Leihwagen der Autovermietung am Bahnhof Musashi-Kosugi aus der Garage und erkundigte sich bei Jun'ichi nach dessen Befinden: »Was ist denn los mit dir?«

»Meine Familie steckt in der Krise.«

»Krise?«

»Ja, wenn dieser Job in die Hose geht, sind sie vollends ruiniert.«

Jun'ichis Schilderung über die finanzielle Situation seiner Eltern beunruhigte auch Nangō. »Kann ihnen Samura denn keinen Aufschub bei der Entschädigungszahlung gewähren?«

»Abgemacht ist nun mal abgemacht. Wenn meine Eltern säumig werden, müssen sie mit einer Klage rechnen.«

Nangō nickte. Wenn nach einer Abfindungsvereinbarung diese nicht eingehalten wurde, ging die Sache vor Gericht, wo die Familie höchstwahrscheinlich den Prozess verlieren würde. Dann käme es zur Zwangsvollstreckung, und sie müssten alles offenlegen. Nangō wurde abermals bewusst, wie unüberwindlich die Hürden oft waren, die Vorbestrafte an ihrer Resozialisierung hinderten.

»Wie war das noch mal?«, wechselte Jun'ichi mit bedrückter Miene das Thema. »Wenn jemand einen Menschen getötet hat und keine Reue zeigt, kommt für ihn doch nur noch die Todesstrafe in Betracht, oder?«

Nangō bremste den Wagen. Die Ampel vor ihm war auf Rot gesprungen. Er warf einen Blick auf Jun'ichi. Bisher hatte er der etwa fünf Zentimeter langen Narbe in seiner linken Ellenbeuge keine weitere Beachtung geschenkt. Sie musste von jener Verletzung stammen, die er sich damals zugezogen hatte, als er aufgegriffen wurde.

»Sprichst du jetzt über dich?«, fragte Nangō unumwunden.

»Nein«, nuschelte Jun'ichi.

»Lass dich davon nicht so fertigmachen«, sagte Nangō. »Bis zum Ablauf der verhängten Strafdauer sind es noch eineinhalb Monate, oder? Überleg mal! Noch gibt es keinen Grund, wegen der finanziellen Probleme bei dir zu Hause den Kopf hängen zu lassen.«

»Ja, das stimmt.« Jun'ichi nickte kraftlos. »Ach, übrigens, Herr Nangō ...«, sagte er dann. Offenbar war ihm etwas eingefallen.

»Ja? Was denn?«

»Ich wollte Ihnen schon lange dafür danken, dass Sie mich für diesen Job ausgesucht haben.«

»Keine Ursache.« Nangō musste lachen. Die Spannung wich von ihm. Erleichtert stellte er fest, dass nun wieder der zuversichtliche junge Mann neben ihm saß, für den er Jun'ichi bislang gehalten hatte.

»Wenn hier alles gut läuft, kann ich meinem Vater und meiner Mutter unter die Arme greifen. Noch haben wir eine Chance.«

»Allerdings! Und nicht zu knapp. Ich habe nämlich etwas herausgefunden.«

Nangō fuhr los, als die Ampel auf Grün schaltete, und berichtete ihm dann von den unter »Fall 31« geführten Verbrechen, die er durch seine Recherche im Zeitungsarchiv ausfindig gemacht hatte.

»Der Täter namens Toshizō Ohara sitzt in Tokyo im Gefängnis. Ich kann ihm vielleicht schon bald einen Besuch abstatten.«

Nangō hatte sich umgehend bei seinem ehemaligen jüngeren Kollegen Okazaki in der Justizvollzugsanstalt Tokyo nach der Möglichkeit zum Gespräch mit Ohara erkundigt.

»Was den ›Fall 31‹ betrifft«, wandte Jun'ichi ein, »falls es der Serienmörder war, der das Ehepaar Utsugi umgebracht hat, würde dies nicht im Widerspruch zu unserer Theorie stehen, dass jemand die Bewährungsberichte verschwinden lassen wollte?«

»Du hast recht, daran habe ich auch schon gedacht. Dennoch – deine Vermutung, nach der ein Exsträfling als Mörder infrage kommen würde, mag zwar weiterhin gelten, nichtsdestoweniger ist auch die Hypothese, dass Ohara der Täter sein könnte, nicht von der Hand zu weisen. Wir sollten so unvoreingenommen wie möglich an die Sache rangehen und stattdessen äußerst sorgfältig die Fakten prüfen.«

»Das ist wahr«, bestätigte Jun'ichi. Seine Tatkraft war bereits ein wenig zurückgekehrt.

»Was ist eigentlich mit der Angelegenheit, wegen der ich dich gestern Abend angerufen habe?«

»Das habe ich erledigt«, erwiderte Jun'ichi. Er nahm seine Tasche vom Rücksitz und kramte das Notizbuch hervor. Nangō hatte ihn beauftragt, eine Liste der Leumundszeugen zu erstellen, die während Ryō Kiharas Prozess von der Verteidigung aufgerufen worden waren. Es handelte sich ausschließlich um Personen, die mit Ryō Kihara vor seiner Festnahme eng befreundet waren. Nangō und Jun'ichi wollten hiermit eine weitere Annahme überprüfen, nämlich die Möglichkeit, dass der wahre Täter Kihara mit voller Absicht eine Falle gestellt hatte.

»Es gab nur zwei Leumundszeugen«, berichtete Jun'ichi. Er hatte die Namen und Kontaktdaten der beiden aus den Prozessakten. »Beide Männer wohnen in Nakaminato. Der eine war Kiharas Chef, der andere ein Kollege bei seiner damaligen Arbeitsstelle.«

»Hast du einen Termin mit ihnen vereinbart?«

»Hab ich.«

Das Hotel Sunshine, ein zehnstöckiges Hochhaus, galt als Nakaminatos exklusivste Adresse für Touristen mit einigen besonderen Einrichtungen wie einem Thermalbad und einem großen Saal für Hochzeitsfeiern. Das einzeln stehende Gebäude mit seiner kalkweißen Fassade direkt an der Küste war schon von Weitem zu erkennen.

Als der Civic auf den Parkplatz fuhr, war dieser bereits zur Hälfte besetzt. Die Hochsaison hatte offenbar bereits begonnen.

Nangō und Jun'ichi schlug sogleich die schwüle Hitze entgegen, als sie aus dem Wagen stiegen und durch das Hauptportal das Hotel betraten.

An der Rezeption brachten sie ihr Anliegen vor, worauf ein Manager auf sie zukam und die beiden in die zweite Etage führte. Dort liefen sie durch einen mit Teppichboden ausgelegten Korridor, an dessen Ende der Angestellte an eine Tür klopfte.

»Besuch für Sie!«

Der Mann, der ihnen öffnete, war der Besitzer des Hotels, einer der Leumundszeugen Ryō Kiharas.

»Mein Name ist Andō.«

Nachdem er die beiden in sein Büro gebeten hatte, überreichte er ihnen die Visitenkarte, auf der sein voller Name zu lesen war: Norio Andō. Sein Titel war mit »Präsident der Sunshine AG« angegeben. Er schien Mitte fünfzig zu sein, hatte jedoch einen für sein Alter sehr gut durchtrainierten Körper. Aus den Manschetten seines legeren Anzugs lugten muskulöse, sonnengebräunte Unterarme hervor. Er war der Typ Sportsmann mit einem einnehmenden Lächeln, der es nicht nötig hatte, seine Stellung besonders hervorzukehren.

Nangō, der ihn sympathisch fand, stellte sich und Jun'ichi vor. Er überreichte ihm nun seinerseits seine Visitenkarte, während Jun'ichi es bei einer Begrüßung beließ, da er sich nicht mehr als Mitarbeiter der Anwaltskanzlei ausgeben konnte. Der Hotelbesitzer beäugte Jun'ichi zunächst etwas argwöhnisch, bat die Besucher dann aber freundlich lächelnd auf dem Sofa Platz zu nehmen.

»Nun, wie kann ich Ihnen behilflich sein?«, erkundigte sich Andō, nachdem eine Kellnerin drei Becher Eiskaffee serviert und das Büro wieder verlassen hatte. »Sie sagten, es handle sich um Ryō Kihara?«

»Genau. Es besteht zwar nur eine geringe Chance, aber es könnte durchaus sein, dass er fälschlich beschuldigt wurde.«

»Oh«, rief Andō leicht erschrocken, lächelte die beiden aber immer noch freundlich an.

»Bevor wir zur Hauptangelegenheit kommen, noch eine Sache zuvor. Kennen Sie sich in der Gegend aus, wo sich die Tat ereignete?«, fragte Nangō.

»Mehr oder weniger. Ich war auch mit Herrn Utsugi enger befreundet und habe ihn des Öfteren in seinem Haus besucht.«

»Wissen Sie vielleicht, ob es dort in der Nähe ein Gebäude mit einer Treppe gibt?« Nangō fasste kurz zusammen, weshalb diese Treppe ein wichtiger Anhaltspunkt und dass die Suche nach ihr bisher vergeblich verlaufen sei.

Andō neigte nachdenklich den Kopf. »Dazu fällt mir nichts ein.«

»Gut, lassen wir das.« Nangō kehrte zu ihrem Hauptanliegen zurück. »Herr Andō, soweit ich informiert bin, sind Sie von der Verteidigung als Leumundszeuge vor Gericht befragt worden.«

»Richtig. Ich war damals, ehrlich gesagt, sehr verzweifelt.« Andō schüttelte in der Erinnerung daran ratlos den Kopf. »Es war wirklich ein Dilemma.«

»Wie meinen Sie das?«

»Na ja, ich kannte schließlich sowohl die Opfer als auch den Täter gut.«

»Aber dennoch haben Sie für Ryō Kihara im Gerichtssaal ausgesagt, Herr Andō.«

»Tja …« Andō lächelte verhalten.

Nangō nahm erleichtert zur Kenntnis, dass er offensichtlich endlich auf den Richtigen gestoßen war. Von ihm würde er das Beziehungsgeflecht aller Betroffenen, so wie es in den Prozessakten dargestellt wurde, persönlich erklärt bekommen.

»Sie waren also ursprünglich mit Kōhei Utsugi befreundet, Herr Andō?«

»Das stimmt. Herr Utsugi war einer der wenigen, die sich hier in dieser Gegend bestens auskennen, und ich habe mir hin und wieder Rat in geschäftlichen Dingen bei ihm geholt.«

»Und Ryō Kihara haben Sie dann über Herrn Utsugi kennengelernt?«

»Ja. Wie Sie vermutlich bereits wissen, war Herr Utsugi sein Bewährungshelfer. Er suchte damals für den jungen Mann, der wegen Diebstahlsdelikten vorbestraft war, einen Arbeitsplatz und wendete sich dann diesbezüglich an mich.«

»Und was für einen Eindruck hatten Sie von Kihara?«

»Na ja, er wirkte ziemlich in sich gekehrt.« Andō schaute nachdenklich zur Decke. »Wenn man seinen Werdegang bedenkt, war das auch kein Wunder.«

Nangō erinnerte sich an Kiharas Lebenslauf, wie er ihn aus den Prozessakten kannte. »Sie haben ihn also auch deshalb eingestellt, weil er ihnen leidgetan hat, ja?«

»Kann man so sagen. Unsere Tochterfirma betreibt einen Videoverleih. Ich habe ihn dort untergebracht«, erzählte Andō. »Und von Anfang an hat sich Kihara unerwartet engagiert gezeigt.«

. »Aha?«

»Er hatte diverse Verbesserungsvorschläge, wie zum Beispiel Rabatt beim Nachtverleih und dergleichen, um den Laden in Schwung zu bringen. Er hat damit tatsächlich den Umsatz ankurbeln können.«

Kiharas Gesinnungswandel weckte Nangōs Interesse. »Wieso hat er sich denn dermaßen ins Zeug gelegt?«

»Damals habe ich geglaubt, das sei Herrn Utsugis Bemühung zu verdanken. Kihara strengte sich aus Dankbarkeit gegenüber seinem Bewährungshelfer an«, erklärte Andō, doch dann verfinsterte sich seine Miene. »Zumindest dachte ich das, bis sich jener Vorfall ereignete.«

»Haben Sie es damals für möglich gehalten, dass Ryō Kihara seinen zuständigen Betreuer überfallen hat?«

»Ganz und gar nicht. Selbst jetzt kommt mir die Sache völlig abwegig vor.«

»Wie stand es denn mit Kiharas engeren Kontakten? Wäre es nicht denkbar, dass jemand anderes den Raubüberfall begangen und ihm in die Schuhe geschoben haben könnte?«

»Da fällt mir eigentlich niemand ein.« Andō dachte einen Moment nach. »Als er in dem Videoverleih zu arbeiten begonnen hatte, war sein Freundeskreis anscheinend nicht sehr groß.«

»Er war also eher kontaktarm?«

»Würde ich sagen. Zumindest waren seine Beziehungen zu niemandem so vertraut, dass ihm jemand Böses gewollt haben könnte. Man muss den anderen schon gut kennen, um so eine Art Zorn auf sich zu ziehen.«

Nangō nickte und suchte nach einer weiteren Möglichkeit. »Hat Herr Utsugi Sie vielleicht mal aufgesucht, damit Sie jemand anderem einen Job vermitteln?«

»Worauf wollen Sie hinaus?«

»Ich frage mich, ob es eventuell noch andere Personen außer Kihara gab, für die Herr Utsugi sich als Betreuer eingesetzt hat.«

Andō stutzte. »Einen wohl schon«, murmelte er dann.

»Wie? Es gab da jemanden?«

»Vermutlich. Herr Utsugi erwähnte mal, dass es ihn sehr viel Mühe koste, sich um beide kümmern zu müssen.«

»Sich um beide kümmern – das könnte sich durchaus auf Bewährungshilfe beziehen, oder?«

»Das hatte ich auch so verstanden.«

Jun'ichi, der neben Nangō saß, warf ihm einen Seitenblick zu.

»Aber er erwähnte keine Person namentlich, oder?«

»Nein. Als Bewährungshelfer war er ja an seine Schweigepflicht gebunden. Anders als bei Ryō Kihara hat er über diesen Fall nie mit mir gesprochen, sodass ich leider auch nichts Näheres weiß«, erwiderte Andō, während sein Blick flüchtig über den Schreibtisch glitt.

Nangō merkte, dass er die Uhr im Auge behielt, und wollte das Gespräch bald beenden. »Noch eine letzte Sache. Glauben Sie, dass Herr Utsugi bei irgendwelchen Leuten verhasst war? Ich meine natürlich ungerechtfertigterweise, aber so etwas in der Art?«

»Nicht, dass ich wüsste.« Andō runzelte die Stirn, konnte sich jedoch ein kleines Lachen nicht verkneifen. »Na ja, allenfalls seine Schwiegertochter. Mit der verstand er sich nämlich nicht so gut.«

»Sie sprechen von Yoshie Utsugi?«

»Genau. Hat man ja oft, typisches Schwiegermutter-Syndrom.« Der Besitzer des Resort-Hotels hielt sich jedoch gleich darauf zurück, wohl aus Sorge, man könnte ihm Tratsch unterstellen. »Alles ganz normal, das kommt in den besten Familien vor.«

Nachdem sie sich von Andō verabschiedet hatten, ging Nangō mit Jun'ichi auf dem Weg zur Lobby noch einmal das Gespräch durch.

Jun'ichi sprühte vor Begeisterung, dass ihre Theorie, der Täter sei ein Exsträfling auf Bewährung, nun noch wahrscheinlicher geworden war. »Sie können nicht irgendwie herausbekommen, wer der Vorbestrafte sein könnte, den Herr Utsugi damals betreut hat?«

»Leider nein, als ich neulich in Matsuyama war, habe ich nachgeforscht. Die Vollzugsanstalt liegt in einem anderen Bezirk, und allein über den Namen des Betreuers vor zehn Jahren lässt sich nichts ausrichten.«

Nangō war jedoch klar, dass sie den Namen der Person unbedingt herausfinden mussten, und zwar so bald wie möglich. »Wir müssen also jetzt getrennt vorgehen. Du übernimmst den zweiten Leumundszeugen, den wir aufsuchen müssen. Und ich werde alles daransetzen, den fraglichen Exsträfling zu ermitteln.«

»Aber wie wollen Sie das anstellen?«

»Vielleicht bringt es ja nichts, aber ich werde mich mal bei Staatsanwalt Nakamori erkundigen.«

Jun'ichi nickte.

»Was hältst du eigentlich von der Sache mit dem Schwiegermutter-Syndrom, das Andō am Schluss erwähnt hat?«

»Wie meinen Sie das?« Jun'ichi hatte dem Kommentar offenbar keinerlei Bedeutung beigemessen. Nangō sah ein, dass es keinen Sinn hatte, einen Unverheirateten mit einem solchen Thema zu behelligen, und ließ es vorläufig dabei bewenden.

Nangō lief über den sengend heißen Parkplatz zum Wagen. Ohne Begleitung von Jun'ichi, der in der anderen Sache unterwegs war, fuhr er die Staatsstraße Richtung Süden, um dann im Uhrzeigersinn in die Stadt Tateyama zu gelangen. Wieder einmal dachte er sich, wie viele Kilometer sie wohl noch zurücklegen mussten, bis ihre Ermittlungen abgeschlossen sein würden.

Nangō erreichte Nakamoris Dienstbezirk, die Zweigstelle der Staatsanwaltschaft der Präfektur Chiba in Tateyama, die sich im selben Trakt wie die Bezirkskammer des Landgerichts befand. Als er den Wagen vor dem typischen Amtsgebäude geparkt hatte, überlegte Nangō, dass es wohl keine so gute Idee wäre, den Staatsanwalt unangekündigt zu überfallen. Er warf einen Blick auf seine Uhr, es war kurz nach zwölf. Nicht gerade hoffnungsvoll zog er Nakamoris Visitenkarte aus seinem Portemonnaie und tippte die Nummer auf seinem Handy ein. Als die Telefonzentrale ihn mit dem Apparat des Staatsanwalts verband, hob dieser sofort ab. Nakamori reagierte keineswegs ungehalten, sondern bot ihm an, sich in seiner Mittagspause zu treffen, worauf sie sich für eine halbe Stunde später verabredeten.

Das Gespräch sollte nicht weit entfernt von Nakamoris Dienstelle in einem Kaffeehaus westlichen Stils stattfinden.

Nangō wählte einen Platz nahe am Eingang. Er war gerade dabei, seinen Eiskaffee, den zweiten heute, zu trinken, als das Handy klingelte. Zuerst dachte Nangō, es sei Nakamori, aber am anderen Ende meldete sich Rechtsanwalt Sugiura.

»Es ist mir sehr unangenehm«, sagte der Anwalt, »aber mein Mandant hat Bedenken geäußert.«

»Wie, Ihr Mandant? Wieso denn?«

»Es geht darum, dass Sie immer noch mit Mikami zusammenarbeiten.«

Nangō runzelte die Stirn. »Woher weiß er das denn? Hat er uns gemeinsam gesehen?«

»Tja … «

Nangō wurde mit einem Mal klar, wer der Auftraggeber sein könnte.

»Ist Ihr Mandant hier in der Gegend ansässig?«

»Dazu kann ich mich nicht äußern.«

»Haben Sie gerade eben den Anruf von ihm erhalten?«

»Ja.«

Heißt der etwa …, wollte Nangō gerade ansetzen, hielt dann jedoch inne. Sugiura würde ihm ohnehin nichts verraten. »Ist Ihr Auftraggeber jemand, dem Ryō Kiharas Wohl am Herzen liegt?«

»Selbstverständlich!«

»Und er ist so wohlhabend, dass er so eine hohe Prämie springen lassen will?«

»Ja.«

»Wie haben Sie denn auf sein Misstrauen reagiert?«

»Ich habe mich dumm gestellt«, gab Sugiura unverhohlen zu. »Aber ich weiß nicht, wie lange ich ….«

»Wenn wir gute Arbeit leisten, was gibt's da zu meckern?«, erwiderte Nangō unwirsch. »Ich bitte Sie, kein Wort über Mikami! Hören Sie?«

»Ja, ja«, versicherte Sugiura mit einem Seufzen und beendete das Gespräch.

»Hallo, hier bin ich!«

Nangō hob überrascht den Kopf, als plötzlich die Stimme neben ihm ertönte. An seinem Tisch stand der junge Staatsanwalt.

»O Verzeihung, ich hatte Sie gar nicht bemerkt.«

Nangō erhob sich hastig, worauf Nakamori lächelnd erwiderte: »Aber nein, ich war mir nur unsicher, wann ich Sie ansprechen sollte.«

Er zog sein Jackett aus und setzte sich ihm gegenüber.

»Entschuldigen Sie, dass ich Sie hierher bemühen musste.«

»Für mich ist das kein Problem.«

Zu Nangōs Erleichterung huschte ein Lächeln über das Gesicht des Staatsanwalts. Nakamori schien also immer noch kooperativ zu sein.

Sie bestellten zwei Mittagsmenüs bei der Kellnerin und kamen nach anfänglichem Geplauder auf das eigentliche Thema zu sprechen.

»Ein auf Bewährung Entlassener unter Aufsicht?«

Nakamori ließ sich den Gedanken durch den Kopf gehen.

»Ist diese Spur bei den Ermittlungen denn nicht verfolgt worden?«, hakte Nangō nach.

»Zumindest nicht unter dem Aspekt eines weiteren Tatverdächtigen. Dafür gab es keinen Grund, da Ryō Kihara allem Anschein nach auf frischer Tat ertappt worden ist«, erklärte Nakamori und wirkte immer noch nachdenklich, als würde er in seinem Gedächtnis kramen. »Ach, jetzt wo Sie es sagen, es gab da doch jemanden.«

»Ja?« Nangō richtete sich abrupt auf. Wovon der Hotelbesitzer Andō ihm berichtet hatte, schien zu stimmen.

»Na ja, wenn man in den Archiven rumstöbert, stößt man darauf, aber ich kann mich natürlich nicht explizit dazu äußern.«

»Wieso denn nicht?«

»Zum Schutz der persönlichen Daten eines Vorbestraften. Das müssten Sie als Strafvollzugsbeamter doch eigentlich wissen, Herr Nangō.«

Nangō lächelte. »Stimmt auch wieder.«

Der Staatsanwalt lächelte ebenfalls, wurde aber sofort wieder ernst. »Glauben Sie denn, dass man es diesem Exsträfling nachweisen könnte, dass der Raub nur vorgetäuscht war?«

»Ja, das denke ich.«

»Der Täter befürchtete demnach, dass Utsugi seine Entlassung auf Bewährung zurücknehmen lassen wollte?«

Nangō staunte, wie schnell der Staatsanwalt schaltete. »Ja.«

Nakamori nickte ernst.

Es ist sehr hilfreich, dass er von sich aus auf die mögliche Verbindung einsteigt, dachte Nangō und erwähnte dann die zweite Möglichkeit: »Ist Ihnen der ›Fall 31‹ bekannt?«

Nakamori sah ihn erstaunt an. »Ich weiß davon.«

»Sind denn keine Nachforschungen angestellt worden über den Zusammenhang zwischen dem ›Fall 31‹ und dem Mord am Ehepaar Utsugi?«

»Da sprechen Sie wahrlich einen heiklen Punkt an. Natürlich wurde dieser Spur nachgegangen, aber nicht lange, da man in der Notaufnahme der Klinik bei Kiharas Sachen die Geldbörse des Opfers fand.«

»Und danach?«

»Danach drehte sich der Spieß um. Nun verdächtigte man Kihara, dass er mit dem ›Fall 31‹ in Verbindung stand. Es stellte sich jedoch heraus, dass Kihara für die Verbrechen in Fukushima und Ibaraki jeweils ein Alibi hatte.«

»Vier Monate später wurde ja dann auch der tatsächliche Täter von ›Fall 31‹ gefasst.«

»Toshizō Ohara, wenn ich mich nicht irre.«

»Ja. Wurde denn Oharas Alibi nicht überprüft? Ich meine, das für das Verbrechen in Nakaminato?«

»Nein, wurde es nicht.«

Für Nangō blieb Ohara damit weiterhin ein Hauptverdächtiger.

Als das Essen kam, ließen sie für eine Weile das Thema ruhen und unterhielten sich über belanglosere Dinge.

Als Nangō erwähnte, dass er seinen Dienst im Gefängnis quittiert hatte, schaute ihn Nakamori betroffen an: »Aber doch etwa nicht wegen der laufenden Ermittlungen?«

»Na ja, irgendwie schon.«

Der Staatsanwalt sah sich zuerst prüfend um, bevor er mit gesenkter Stimme fragte: »Mal ehrlich, Herr Nangō, was halten Sie von der Sache? Glauben Sie, dass Ryō Kihara wirklich unschuldig ist?«

Nangō antwortete ihm, obwohl er wusste, wie unwohl sich der Staatsanwalt bei dieser Vorstellung fühlte: »Ja, das glaube ich.«

»Sie wollen damit sagen, dass Kiharas Verurteilung ein Justizirrtum gewesen ist?«

Nangō nickte. Dann schaute er dem zehn Jahre jüngeren Staatsanwalt direkt in die Augen. »Es ist immer noch Zeit, das zu ändern. Solange Ryō Kihara am Leben ist.«

Nakamori versank in Schweigen. Nangō war sich nicht ganz sicher, was dieses Schweigen zu bedeuten hatte. Aber er wusste, dass es dem Staatsanwalt ähnlich erging wie ihm selbst. Auch Nakamori war beruflich dafür verantwortlich, dass Hinrichtungen stattfanden.

Bis zum Ende ihrer Mahlzeit verlor der Staatsanwalt kein Wort mehr über den Fall Ryō Kihara. Als Nangō die Rechnung an sich nahm, gestattete ihm Nakamori nicht, seinen Anteil mitzubezahlen. Diese Art von Gewissenhaftigkeit war typisch für seine Berufsgruppe. Sie mussten immer auf der Hut sein, sich nicht dem Verdacht der Korruption auszusetzen.

Wenn sein Gerechtigkeitssinn sich doch nur auch auf Ryō Kihara erstrecken möge, dachte Nangō, als er lediglich seine eigenen Spesen beglich.

Nachdem sich Nangō am Hotel Sunshine von ihm verabschiedet hatte, marschierte Jun'ichi in der prallen Sonne bis zur Ortschaft Isobe.

Der zweite Leumundszeuge hieß »Minato«, ein eher ungewöhnlicher Name. Er war Kiharas Kollege im Videoverleih gewesen. Der Sunshine-Rent-a-Video-Shop, Kiharas damaliger Arbeitsplatz, lag an der Hauptpromenade und stach mit all den Plakaten von Hollywood-Blockbustern sofort ins Auge.

Als Jun'ichi durch die Automatiktür ins Innere trat, begrüßte ihn eine junge Angestellte mit einem strahlenden Lächeln.

»Herzlich willkommen.«

»Verzeihen Sie, ist Herr Minato heute da?«, erkundigte sich Jun'ichi und wischte sich den Schweiß von der Stirn.

Das Mädchen nickte und rief »Chef!« durch den Laden.

Im hinteren Bereich drehte sich ein Mann, der gerade dabei war, Videokassetten älterer Filme zu sortieren, zu ihnen um.

»Herr Minato?«

Als Jun'ichi auf ihn zuging, erhob sich der Geschäftsführer Daisuke Minato. »Ja, der bin ich.«

»Mein Name ist Mikami, wir haben gestern miteinander telefoniert.«

»Ach ja, Sie sind von der Anwaltskanzlei, nicht?«

»Na ja, ich bin dort nicht fest angestellt«, erklärte Jun'ichi vorsichtshalber, um keine falschen Angaben zu machen. »Eigentlich komme ich wegen Ryō Kihara zu Ihnen.«

»Wie? Wegen Ryō Kihara?«

Minato schaute ihn durch das schwarze Brillengestell mit weit aufgerissenen Augen an.

Wieso überrascht ihn das dermaßen?, wunderte sich Jun'ichi.

»Oh, ich will Sie nicht bei der Arbeit stören, vielleicht darf ich Sie nachher noch mal aufsuchen?«

»Ach, na ja, ein paar Minütchen sollten kein Problem sein. Am Vormittag kommen sowieso kaum Kunden.«

Jun'ichi bedankte sich und stellte seine Fragen. Er kam sich beinahe vor wie ein Inspektor oder Privatdetektiv. Nun bleib mal auf dem Teppich, ermahnte er sich selbst.

»Herr Minato, Sie haben Herrn Kihara doch hier im Laden kennengelernt, nicht wahr?«

»Ja, aber damals war der Verleih noch woanders.«

»Ach ja? Wo denn?«

»Ein wenig näher an der Küste. Als der Laden dann sehr gut lief, sind wir umgezogen.«

Jun'ichi fiel ein, was Andō ihnen erzählt hatte. »Herr Kihara soll sich ziemlich ins Zeug gelegt haben, um den Laden auf Vordermann zu bringen.«

»Allerdings. Er war sehr engagiert, hat Werbeprospekte verteilt, die Öffnungszeiten erweitert und dergleichen.«

»Herr Andō erzählte mir vorhin davon.«

»Herr Andō?«

»Ja, der Besitzer des Hotels Sunshine.«

»Oh!« Minato schien schwer beeindruckt. In den Augen des Geschäftsführers schien Andō großes Ansehen zu genießen.

»Herr Kihara soll kaum Freunde gehabt haben, wurde mir gesagt.«

»Allerdings. Ich war sein einziger Kumpel, dem er vertraut hat. Wir haben uns klasse verstanden, mit ihm konnte ich gut über Lieblingssendungen im Fernsehen oder über Musik quatschen.« Dann fügte er mit bekümmerter Miene hinzu: »Aber wie konnte der Kerl nur so etwas tun? Ich kann das nicht begreifen.«

Mit seiner Verhaftung war die Sympathie, die Minato für Kihara empfunden hatte, offenbar in Verbitterung umgeschlagen. Jun'ichi dachte an seinen eigenen Bekanntenkreis. Seine früheren Freunde, die er seit seiner Verhaftung nicht mehr gesehen hatte, würden in Zukunft wohl auch nichts mehr mit ihm zu tun haben wollen.

»Was für einen Eindruck hat Herr Kihara denn auf Sie gemacht, Herr Minato?«

»Zumindest wirkte er nicht so auf mich, dass ich ihm so ein Verbrechen zugetraut hätte. Aber nach seiner Verhaftung habe ich dann erfahren, dass er schon geklaut hat, bevor er diesen Job hier bekam.«

»Stimmt.«

»Na ja, man darf Menschen eben nicht nur nach ihrem äußeren Anschein beurteilen.«

»Es handelt sich lediglich um eine Vermutung, aber …«, baute Jun'ichi vor und kam auf die Möglichkeit einer falschen Beschuldigung zu sprechen. »Können Sie sich vorstellen, dass jemand Herrn Kihara den Mord anhängen wollte?«

»Wie … äh …« Minato sah ihn völlig perplex an. Es war Jun'ichi schon aufgefallen, dass der Geschäftsführer dazu neigte, auf alles übertrieben zu reagieren.

»Ich meine, hat es jemanden gegeben, der schlecht auf Herrn Kihara zu sprechen war?«

»Warten Sie mal …!« Minato hob die Hand, um Jun'ichi zu unterbrechen, und kratzte sich heftig am Hinterkopf.

»Genau! Jetzt fällt's mir wieder ein! Kihara hat mir nämlich etwas Seltsames erzählt.«

»Etwas Seltsames?«

»Im alten Laden ist manchmal ein komischer Kauz aufgetaucht.«

»Ein komischer Kauz?«

»Ja. Ein Mann mittleren Alters. Er hat sich ausschließlich Pornos ausgeliehen. Aber eines Tages meinte Kihara, vor dem müsse man sich in acht nehmen.«

»In acht nehmen?«

»Ja, er sagte wortwörtlich: Dieser Typ hat mal jemanden kaltgemacht.«

»*Wie bitte?*«, rief Jun'ichi aufgeregt. »Was genau meinte er damit?«

»Keine Ahnung. Ich hab nachgefragt, aber Kihara sagte kein Wort mehr dazu.«

»Können Sie diesen Mann näher beschreiben?«

»Um die vierzig, vom Kaliber Tagelöhner.«

»Wie er heißt, wissen Sie nicht?«

»Nein, da muss ich passen.«

»Und in letzter Zeit kam er nicht mehr zum Ausleihen?«

»Ich habe ihn nicht mehr gesehen. Tja, seit wann ist er eigentlich nicht mehr hier aufgetaucht?« Minato wiegte langsam den Kopf, trotzdem fiel ihm offenbar nichts mehr dazu ein.

Jun'ichi traf sich mit Nangō nach dessen Rückkehr im Café in Nakaminato, wo er ihm sofort die Geschichte erzählte, die er von Daisuke Minato erfahren hatte.

Nangō schaute ihn skeptisch an. »Du meinst, dieser Bursche könnte damals der auf Bewährung Entlassene gewesen sein? Wieso bist du dir da so sicher?«

»Kriminelle erkennen sich untereinander, das hört man

oft«, erklärte Jun'ichi voller Überzeugung. Er selbst hatte auf der Bewährungsbehörde die gleiche Erfahrung gemacht. »Kihara und der Typ sind sich im Haus ihres Betreuers begegnet, und Kihara hat vielleicht vermutet, dass der andere vorbestraft war.«

»Aha!« Nangō erschien die Idee nun nicht mehr so abwegig und spann den Gedanken weiter: »Warte mal! Kihara war doch wegen seiner Diebstähle verhaftet worden. Könnte es nicht sein, dass die beiden sich in der Untersuchungshaft begegnet sind?«

»Das glaube ich eher nicht. Wenn der Typ tatsächlich jemanden umgebracht hat, wandert er dafür doch in den Knast. Kihara ist aber sofort auf Bewährung wieder freigelassen worden. Also können sie sich dort kaum begegnet sein.«

Nangō nickte zustimmend. »Man sollte sich keine Pornos ausleihen!«

»Fassen wir noch mal zusammen: Kihara, der wegen Diebstahls zu einer Bewährungsstrafe verurteilt wurde, stattet seinem Betreuer Kōhei Utsugi regelmäßige Besuche ab. Ein weiterer Krimineller, der auf Bewährung entlassen ist, verkehrt dort ebenfalls, und beide haben wahrscheinlich irgendwann mal miteinander geredet.« Mit weniger Zuversicht in der Stimme fuhr er fort: »Aber leider wissen wir weder, wer dieser seltsame Videofreund ist, noch wo er wohnt.«

»Warte mal, mir fällt noch was ein!« Nangō hob triumphierend die Augenbrauen. »Kehren wir zu unserer anderen Hypothese zurück! Sollte tatsächlich ein verurteilter Straftäter den Betreuer ermordet haben, dann doch wegen eines bestimmten Motivs.«

»Die Aufhebung seiner Bewährung.«

»Wenn es aber nur um eine begrenzte Freiheitsstrafe ging, wäre das als Motiv zu schwach, oder?«

»Ja.«

»Der Exsträfling muss also eher ein Mörder sein, der zu lebenslanger Haft verurteilt und vorzeitig entlassen worden war.«

»Demnach müsste seine Bewährung auch noch nach Kōhei Utsugis Ermordung fortlaufen.«

Ruckartig blickte Jun'ichi auf. »Das würde ja bedeuten, dass er sich weiterhin bei Utsugis Nachfolger regelmäßig melden muss!«

»Genau. Das Problem ist allerdings der Zeitraum. Es fragt sich, ob die Bewährungsauflagen im Lauf von zehn Jahren nicht längst erfüllt sind. In dem Fall muss er dann auch nicht mehr bei seinem Betreuer vorstellig werden.«

»Und was glauben Sie?«

»Seine Bewährungszeit ist noch nicht abgelaufen«, vermutete Nangō aufgrund seiner langjährigen Berufserfahrung als Gefängnisaufseher.

»Wenn das so ist«, sagte Jun'ichi, »dann brauchen wir ja bloß das Haus des gegenwärtigen Betreuers zu observieren, bis unser Kandidat dort aufkreuzt.«

Nangō nickte. »Los, auf in die Bibliothek! Es gibt dort bestimmt ein Verzeichnis, das vom regionalen Verband der Bewährungshelfer herausgegeben wurde.«

»Sie meinen, wir könnten darin den jetzigen Betreuer ermitteln?«

»Genau.«

Beide leerten sie wie auf Kommando ihre Becher mit Eiskaffee, dann erhoben sie sich. In dem Augenblick klingelte Nangōs Handy.

»Hallo?«, meldete er sich. Seine Gesichtszüge spannten

sich an. »Morgen? ... Nein, nein, schon in Ordnung! ... Um elf Uhr kann ich da sein, okay? ... Ja, in Ordnung. ... Danke.«

Nachdem er das Gespräch beendet hatte, teilte er Jun'ichi mit: »Die andere Fährte – da tut sich was.«

»Die andere Fährte?«

»Der Anruf kam von meinem jüngeren Kollegen aus der Haftanstalt. Ich bekomme die Möglichkeit, den Serientäter von ›Fall 3 1‹ in der Haftanstalt zu besuchen.«

Die Anordnung zur Vollstreckung des Todesurteils musste nur noch von zwei Instanzen bestätigt werden.

Das Dokument, das von drei führenden Personen des Justizministeriums, nämlich dem jeweiligen Leiter der Strafrechtsabteilung, der Obersten Justizvollzugsbehörde und der Rehabilitationsabteilung überprüft wird, geht im Anschluss zunächst an die Starfrechtsabteilung zurück, wo der »Vorläufige Antrag« zur Hinrichtung in einen »Vollstreckungsbefehl« umgewidmet wird. Daraufhin überbringt der Leiter der Strafrechtsabteilung dann eigenhändig das Schreiben dem Sekretariat des Justizministers.

Der Staatssekretär, der an der Spitze der Justizbeamten stand, starrte auf das Dokument, das vor ihm auf dem Schreibtisch lag. Im Ministerialsekretariat hatten dessen Chefsekretär und dessen Direktor bereits ihre Zustimmung erteilt. Es fehlte damit nur noch der Beschluss des Staatssekretärs. Sobald dieser sein Siegel daruntergesetzt hatte, wurde der Antrag unverzüglich dem Justizminister übergeben, der als dreizehnte und damit letzte Instanz den Befehl erteilte.

Der Staatssekretär hatte sich den Antrag bereits durchgelesen. Auf den ersten Blick konnte er keine Unstimmigkeiten entdecken. Er nahm das Amtssiegel von der Schreibtischablage, drückte es in das rote Stempelkissen und dann auf das Dokument.

Blieb die Frage, wann er den Antrag dem Minister übergeben konnte.

Der Justizminister war ein Mann, der es durch geschicktes Lavieren zwischen den Fraktionen bis ganz nach oben geschafft hatte. In juristischen wie administrativen Angelegenheiten fehlten ihm jedoch jegliche Kenntnisse und Einsichten. Am meisten bereitete dem Staatssekretär Kopfzerbrechen, dass der Minister in Wirklichkeit ein Hasenfuß war.

Es reichte, wenn das Thema Todesstrafe nur erwähnt wurde, schon reagierte er patzig. Der Staatssekretär fand dieses Gebaren ziemlich kindisch und lächerlich: der kleine Junge quengelt, wenn ihm eine Spritze verpasst wird. Die Angelegenheit selbst war jedoch alles andere als lächerlich. Der Staatssekretär hegte die arge Befürchtung, dass die Unterschrift unter einer Hinrichtungsanordnung ein weiteres Mal verweigert werden würde. In der Vergangenheit war das bedauerlicherweise wiederholt vorgekommen.

Neben jenem Politiker, der religiöse Gründe vorgeschoben hatte, konnte er sich auch an einige Justizminister erinnern, die die Anordnung für die Hinrichtung nicht unterzeichneten und noch nicht einmal eine Erklärung dazu abgaben. Ein derartiges Vorgehen fand zwar unter den Gegnern der Todesstrafe Beifall, aber trotzdem wurde das geltende Strafrechtssystem dabei ganz offenkundig sabotiert. Solange laut Gesetz der Befehl zur Hinrichtung zu den Pflichten eines Justizministers gehörte, sollte derjenige den Posten besser gar nicht erst nicht annehmen, anstatt später den Vollstreckungsbefehl zu verweigern. Gegenüber solchen machthungrigen Karrieristen, die das Gesetz einfach ignorieren, um sich vor unangenehmen Aufgaben zu drücken, konnten die Staatsbeamten der Justizbehörde wenig ausrichten.

Der Staatssekretär zermarterte sich das Hirn, wie er diesen Idioten dazu bringen konnte, zu unterschreiben. Seiner Position nach gehörte er zwar zu den Spitzenbeamten, aber tatsächlich rangierte er auf Platz fünf. Von Haus aus Staatsanwalt, standen andere Repräsentanten seiner Behörde, zuoberst der Generalstaatsanwalt und der leitende Oberstaatsanwalt von Tokyo über ihm. Insgesamt waren es vier einflussreiche Personen, die Druck auf ihn ausübten. Deshalb konnte er schwer abschätzen, welche Katastrophe über ihn hereinbrechen würde, falls es ihm nicht gelang, den Minister zur Unterschrift zu überreden.

Die beste Trumpfkarte wäre dann doch die kurz bevorstehende Kabinettsumbildung, dachte der Staatssekretär. Es war ja teilweise gang und gäbe, dass unmittelbar vor der Amtsniederlegung letzte Anordnungen unterzeichnet wurden. Wie ihm zu Ohren gekommen war, wurde häufig gerade zu solchen Zeitpunkten die erneute Revisionseingabe eines Todeskandidaten abgelehnt.

Bis zur Kabinettsumbildung waren es nur noch zwei Wochen, überlegte der Staatssekretär weiter. Er musste einen günstigen Moment erwischen, um die informelle Zustimmung des Ministers zu erlangen. Falls dieser zaudern sollte, würde er ihm einfach am Tag der Amtsübergabe den Vollstreckungsbefehl unterjubeln und ihn zum Unterzeichnen nötigen. Wenn er zusammen mit dem Leiter der Strafrechtsabteilung Druck auf ihn ausübte, würde sich dieser Minister ja wohl schlecht aus der Affäre ziehen können.

Mit mürrischer Miene verstaute der Staatssekretär den Vollstreckungsbescheid in der Schublade. Hier ging es um ein Menschenleben, und dieser dämliche Emporkömmling machte aus der Angelegenheit eine einzige billige Farce.

Er würde sich einfach noch ein bisschen in Geduld üben müssen. Sobald die Kabinettsumbildung vonstattenging, würde der amtierende Minister nicht aus dem Amt scheiden, ohne zuvor den Vollstreckungsbefehl unterzeichnet zu haben. Damit wäre dann diese lästige Angelegenheit aus der Welt geschafft, dachte er zufrieden.

Der Staatssekretär starrte gedankenverloren auf die Schublade. In diesem Moment wurde ihm klar, dass er als Einziger wusste, wie viel Zeit diesem Ryō Kihara noch zum Leben blieb.

Trotz seines plötzlichen Unbehagens ließ er es dabei bewenden. Auch dies gehörte nun mal zu seinen Pflichten.

Es blieben noch drei Wochen, bis Kihara gehängt werden würde.

V
BEWEISE

1

Jun'ichi wusste zwar, dass die Zeit drängte, aber im Moment war er gezwungen, auf der Betonmole zu sitzen und zu warten und sich dabei die frische Meeresbrise um die Nase wehen zu lassen.

Bei den Nachforschungen am Vortag hatten sie herausgefunden, dass es seit dem Mord an Kōhei Utsugi nie mehr einen Bewährungshelfer in Nakaminato gegeben hatte. Es war kein Nachfolger gefunden worden. Bei den ehrenamtlichen Betreuern herrschte schon seit ewigen Zeiten chronische Unterbesetzung. In Nakaminato war es so geregelt worden, dass der Bewährungshelfer von Katsuura aushilfsweise die Aufsicht führte.

Die Betreuung anstelle von Kōhei Utsugi übernahm damit eine inzwischen siebzig Jahre alte Frau namens Sumie Kobayashi. Sie wohnte in der unmittelbaren Nähe des Fischereihafens von Katsuura am anderen Ufer des kleinen Flusses, an dessen Mole Jun'ichi gerade saß.

Er nahm einen kräftigen Schluck Wasser aus seiner Plastikflasche und wartete gespannt, dass der »komische Kauz« aufkreuzte. Für Nangō und ihn war es eine gute Nachricht, dass sich der Zuständigkeitsbereich innerhalb des Verbands für Bewährungshilfe geändert hatte. Dies würde erklären, weshalb sich dieser Typ irgendwann nicht mehr im Videoladen in Nakaminato hatte blicken lassen. Es war anzunehmen, dass seine neue Betreuerin Sumie Kobayashi ihn nach Katsuura geholt hatte, damit er in ihrer Nähe wohnte, von wo aus er besser beaufsichtigt und seine Lebensumstände leichter geregelt werden konnten.

Immer wenn jemand, auf den die Beschreibung passte, dort vorbeikam, schoss Jun'ichi mit der Kamera, die sie am Tag zuvor gekauft hatten, ein Foto von ihm, um sich eventuell den Gesuchten vom Geschäftsführer des Videoverleihs identifizieren zu lassen.

Es herrschte eine Affenhitze. Jun'ichi wischte sich den Schweiß fort. Als er sich zum wiederholten Male mit Sunblocker eingerieben hatte, warf er einen Blick auf die Uhr an der Mauer der Fischereigenossenschaft.

Elf Uhr vormittags.

Schon bald würde Nangō, der nach Tokyo zurückgekehrt war, dem Täter von »Fall 31« einen Besuch abstatten.

Etwa zur gleichen Zeit traf Nangō im Besuchertrakt des Tokyoter Gefängnisses ein. Er mischte sich unter die anderen Anwesenden, die wie er ein Gespräch beantragt hatten, setzte sich auf die letzte Bank des Wartesaals und wartete darauf, dass seine Antragsnummer aufgerufen wurde.

»Halten Sie sich einfach an die üblichen Formalitäten«, hatte ihm Okazaki beim Telefonat am Abend zuvor geraten. »Ich denke, es ist günstiger, dass Sie als Mitarbeiter einer Anwaltskanzlei das übliche Formular ausfüllen. Alles Weitere überlassen Sie mir.«

Im Besucherraum warteten etwa zehn Antragsteller. Vor ihm saß eine Mutter mit Säugling, die offenbar im Vergnügungsgewerbe tätig war. Vermutlich ist sie hergekommen, um den Vater des Kindes zu besuchen, dachte Nangō betrübt.

»Nummer 45 bitte in die Besuchskabine!«

Als die Lautsprecheransage ertönte, erhob sich die Frau mit dem Baby auf dem Arm. Nangō schaute zu der Ladenzeile mit den kleinen Kiosken hinüber. Sollte er Toshizō Ohara eine kleine Aufmerksamkeit mitbringen? Aber vielleicht war es besser, erst mal abzuwarten, überlegte er sich. Sollte er tatsächlich einen wichtigen Hinweis von ihm erhalten, dann wäre immer noch Gelegenheit, Naschereien und dergleichen für ihn zu besorgen.

Als schließlich seine Nummer aufgerufen wurde, begab er sich zum Anmeldeschalter, wo er einer routinemäßigen Sicherheitskontrolle und Leibesvisitation unterzogen wurde. Es lief zwar problemlos ab, da er seine Tasche zuvor im Schließfach verstaut hatte, aber als alter Hase im Gefängnisbetrieb hätte er gern ein Wörtchen über die nachlässige Inspektion verloren. Seiner Ansicht nach hätten sie da schon ein bisschen gründlicher vorgehen können.

Er betrat den lang gestreckten Korridor, auf dem sich rechter Hand eine Reihe von Türen befand. Er steuerte die viertletzte Kabine an. Der circa zehn Quadratmeter große Raum war durch eine Trennwand aus Plexiglas geteilt. Sobald er auf dem mittleren der drei Stahlrohrstühle Platz genommen hatte, öffnete sich jenseits der Trennscheibe die Tür. Ein uniformierter Aufseher führte einen Mann mittleren Alters in Gefängniskluft herein.

Nangō betrachtete Toshizō Ohara, den Täter von »Fall 31«. Sein kurz geschorenes Haar war grau meliert. Er wirkte noch genauso wie auf dem Polizeifoto von vor zehn Jahren, dieselben kantigen, harten Gesichtszüge. Ein Mann, der aus reiner Geldgier drei Menschenleben auf dem Gewissen hatte.

Ohara, den Rücken gekrümmt, schaute zu Nangō hoch, nachdem er sich auf den Stuhl vis-à-vis gesetzt hatte.

Der ihn begleitende Wärter, der sich neben dem Häftling ans Schreibpult stellte, nahm seine Dienstmütze ab und raunte: »Herr Nangō aus der Justizvollzugsanstalt Matsuyama?«

»Richtig.«

Als Nangō dies bestätigte, nickte der andere bloß und verhielt sich dann still. Okazaki hatte offensichtlich alles für ihn in die Wege geleitet. Er wandte sich an Ohara:

»Wir kennen uns noch nicht. Darf ich mich vorstellen? Mein Name ist Nangō. Ich komme von der Anwaltskanzlei Sugiura.«

»Sie sind Rechtsanwalt?«, fragte Ohara überrascht. Seine Stimme klang wider Erwarten kraftvoll.

»Ich bin zwar kein richtiger Anwalt, aber so eine Art Assistent«, erklärte Nangō.

»Und wie wollen Sie mir helfen?«, fragte Ohara, als wäre das für ihn die selbstverständlichste Sache der Welt. Vermutlich wurde ihm von allen möglichen Seiten Unterstützung angeboten, seitdem er in der ersten Instanz zum Tode verurteilt worden war.

Menschenrechte gelten auch für Schwerverbrecher! Was für ein barbarisches Strafsystem! Schafft die Todesstrafe ab! Nangō kannte die Slogans zu Genüge.

»Als Erstes bitte ich Sie darum, die Fakten zu bestätigen«, sagte Nangō und spähte dabei zu dem anwesenden Aufseher hinüber. Dieser machte keine Anstalten, etwas zu notieren. Nangō konnte also unbesorgt fortfahren.

»Herr Ohara, stimmt es, dass Sie wegen drei Straftaten verurteilt wurden? Und zwar begangen in Fukushima, Ibaraki und Saitama.«

»Schon, aber es gibt noch einen weiteren Fall.«

Nangō schaute auf.

»Ein versuchter Einbruch in Shizuoka.«

»Ach so.« Nangō nickte, verspürte jedoch eine leise Enttäuschung. »Sagen Sie, Herr Ohara, waren Sie irgendwann auch in Chiba?«

»Chiba?« Ohara hob den Kopf.

»Ja, und zwar im Süden der Präfektur, an der Pazifikseite der Bōsō-Halbinsel.«

»Wieso wollen Sie das von mir wissen?« In Oharas Miene spiegelte sich Argwohn. Entweder war es ein generelles Misstrauen, oder aber Nangō hatte etwas angesprochen, was der Mann lieber verbergen wollte.

Nangō beschloss, sich langsam zum Kern der Sache vorzuarbeiten. »Ach, vergessen Sie's. Unterhalten wir uns stattdessen über die drei Anklagepunkte. Haben Sie jedes Mal ein Beil benutzt?«

»Ja.«

»Gab es dafür einen besonderen Grund?«

»Eine normale Axt wäre zu groß und auffällig gewesen, deshalb habe ich mich für die kleine Variante entschieden.«

»Und warum haben Sie sie jedes Mal in der Nähe des Tatorts vergraben?«

»Na ja, aus reinem Aberglauben.«

»Aus Aberglauben?«

»Ehrlich gesagt, kann ich mich an den ersten Vorfall gar nicht mehr richtig erinnern. Ich war völlig weggetreten. Als ich in dem Haus Geld gestohlen hatte, kam ich mit dem blutverschmierten Ding heraus. O Mist, dachte ich. Dann habe ich mir von dort einen Spaten geklaut, um das Beil gleich in der Nähe zu vergraben.«

»Das war Ihre erste Straftat?«

»Ja. Eine Weile war ich noch ängstlich und nervös, aber es geschah nichts weiter. Ich wurde nicht verhaftet. Irgendwann fühlte ich mich sicher. Ich wollte das nächste Ding dann auf die gleiche Art drehen.«

»Sie haben also wieder ein Beil benutzt und es danach vergraben?«

»Genau. Beim zweiten Mal, und beim dritten Mal ebenso. Das lief bestens.«

Auf Oharas Gesicht erschien ein fast triumphierendes Lächeln. Der Typ ist ein hoffnungsloser Fall, der wird sich nie ändern, ging Nangō durch den Kopf. Eigentlich kein Wunder. Hätte er auch nur die geringste Reue empfunden, hätte er wohl kaum zwei weitere Morde begangen.

»In der Präfektur Chiba gab es einen ganz ähnlichen Fall«, setzte Nangō so ruhig wie möglich hinzu, obwohl sein Groll auf diesen Mann wuchs. »Es wurde auch hier ein Beil als mutmaßliche Tatwaffe benutzt und in der Nähe des Tatorts vergraben.«

Oharas Lächeln erstarb. Er starrte Nangō an.

»Über diesen Sachverhalt würde ich mir gern Klarheit verschaffen. Sie sind also nicht in Chiba gewesen?«

»Moment mal! Wurde der Täter denn nicht längst gefasst?«

Ohara war in die Falle getappt.

»Woher wissen Sie denn das?«

Ohara konterte sofort: »Ich hab's in der Zeitung gelesen.«

Hatte er sich diese Ausrede schon lange vorher zurechtgelegt?

»Sie erinnern sich aber recht gut an ein Verbrechen, das sich vor über zehn Jahren ereignet hat.«

»Na ja …« Oharas Blick begann zu flackern, während er nach Worten suchte. »Ich habe damals jeden Tag eifrig Zeitung gelesen.«

»Um den Stand der Ermittlungen zu Ihren eigenen Taten in Erfahrung zu bringen, was?«

»Ja. Ich hatte mich damals ziemlich gewundert, dass jemand meine Methode nachgeahmt hat.«

Nangō musterte Ohara. Er konnte dessen Miene nicht entnehmen, ob er die Wahrheit sagte. Nangō wurde bewusst, dass er diesem Typen vor sich am liebsten auch dieses Verbrechen angehängt hätte, ermahnte sich aber, so rational wie möglich zu bleiben. Dass jemand dessen Methode nachgeahmt hatte, musste als weitere Möglichkeit in Betracht gezogen werden. Damals wurde über den »Fall 31« ausführlich in den Medien berichtet.

»Da hatte ich nichts mit zu schaffen. Dieser Kleinkriminelle, Kihara oder wie der hieß, hat die Tat begangen.«

»Sie kennen sogar seinen Namen?«

»Klar. Meinetwegen hätte dieser Kihara meine Verbrechen gleich mit auf seine Kappe nehmen können.«

»Sind Sie immer noch dieser Ansicht?«

»Ist doch nur menschlich.« Ohara grinste Nangō höhnisch an. »He, Sie müssen mir glauben. Ich bin nie in Chiba gewesen.«

Oharas Stimme hatte plötzlich etwas Flehendes, aber seine Bitte war vergeblich. Der verurteilte Täter von »Fall 31« kämpfte im Augenblick beim Obersten Gerichtshof gegen sein Todesurteil. Würde er eine weitere Tat gestehen, so käme dies buchstäblich einem Selbstmord gleich. Selbst wenn er an dem Verbrechen in Nakaminato beteiligt gewesen wäre, würde er es um keinen Preis zugeben.

Nangō versuchte einen letzten Vorstoß.

»Ihre Hinrichtung steht unumstößlich fest.«

Ohara starrte ihn entsetzt an.

»Sie sind hoffnungslos verloren. Wer drei Morde begangen hat, auf den wartet unweigerlich der Strang.«

Nangō beugte sich vor. »Wollen Sie nicht Ihr Gewissen erleichtern und sämtliche Taten gestehen, die Sie begangen haben? Sollten Sie sich ausnahmslos zu all Ihren Verbrechen bekennen, dann werden Sie Ihren Seelenfrieden finden.«

»Das war ich nicht!«, rief Ohara.

»Lügen Sie mich nicht an!«

»Ich lüge nicht!«

»Sie haben fünf Opfer auf dem Gewissen!«

»Ich habe drei Menschen getötet!«, schrie Ohara. Er ließ sich nicht mehr in die Falle locken. »Und die Todesstrafe ist mir gewiss, sagen Sie? Wie kann man so etwas behaupten?«

»Es gibt genügend Präzedenzfälle.«

»Verflucht, scher dich zum Teufel!« Speicheltröpfchen spritzten aus seinem Mund und landeten auf der Scheibe. »Meine Umstände werden berücksichtigt. Den Lohn von der Gefängnisarbeit zahle ich den Hinterbliebenen der Opfer. Außerdem bin ich in üblen Verhältnissen aufgewachsen.«

»So etwas sollte man von sich selbst nicht behaupten.«

»Wieso denn nicht? Ich hatte keine Mutter. Mein Vater war schon am Morgen betrunken und hat alle Kohle beim Pferderennen verwettet. Von diesem Kerl bin ich als Kind tagtäglich verprügelt worden.«

»Schluss mit dem Selbstmitleid!«, brüllte ihn Nangō mit der einschüchternden Stimme des Gefängnisaufsehers an, die früher die Insassen zum Zittern gebracht hatte. »Es gibt Unmengen andere, die aus den gleichen Verhältnissen stammen wie du und trotzdem ein rechtschaffenes Leben führen. Du bist eine Beleidigung für diese Menschen!«

»Was sagen Sie da?«, brüllte Ohara zurück.

Der Aufseher eilte herbei und ermahnte den Gefangenen. »Ohara, reiß dich zusammen! Setz dich wieder hin und bleib ruhig!«

Ohara, der aufgesprungen war, wurde auf den Stuhl zurückgedrückt, aber er funkelte Nangō weiterhin zornentbrannt an. »Man wird mich nicht hinrichten. Ich werde überleben. Entweder gibt es ein Wiederaufnahmeverfahren oder eine Begnadigung. Ich werde alles versuchen. Ich bin nicht schuld. Immer sind es die Schwachen, auf die es diese Scheißgesellschaft abgesehen hat!«

»Ach, und das gibt dir das Recht, andere Menschen zu töten?« Nangō konnte seinen Zorn nicht mehr zurückhalten. Wegen solcher Unverbesserlicher wurde die Todesstrafe nicht abgeschafft! Und die Gefängnisaufseher, die solche wie ihn hinrichten mussten, hatten bis an ihr Lebensende seelisch darunter zu leiden.

»Stell dir vor, wie du im Angesicht deines Todes vor dem Galgen stehst«, fuhr Nangō nun mit ausdrucksloser Stimme fort. »Der Strang ist dir gewiss. Ob du dann in den Himmel kommst oder in die Hölle fährst, hängt ganz allein von dir ab. Wenn du vorher nicht bereust, wirst du garantiert in der Hölle schmoren.«

»Scheißkerl!« Ohara war aufgesprungen und schlug gegen die Trennscheibe, als wollte er sich auf Nangō stürzen. Der Aufseher packte ihn sofort und zerrte ihn zurück.

Ohara versuchte sich zu befreien und brüllte weiter. »Lass mich los! Lass mich endlich los!«

»Herr Nangō! ... Herr Nangō!«

Nangō hörte wie aus weiter Ferne eine Stimme, die seinen Namen rief. Als sie schließlich zu ihm durchdrang, kam er schlagartig zu sich.

»Herr Nangō.« Der Aufseher, der Ohara in Schach hielt, warf ihm durch die Scheibe einen besorgten Blick zu.

»Verzeihung!«, erwiderte Nangō hastig. Mehr brachte er nicht heraus.

Mit einem Nicken signalisierte er das Ende des Gesprächs.

Der Aufseher nickte ihm ebenfalls zu und schob Ohara aus dem Raum.

Nach der Begegnung mit Ohara trottete Nangō frustriert zu der Ladenzeile und hielt nach einem Zigarettenkiosk Ausschau. Er hatte sich vor einiger Zeit das Rauchen abgewöhnt, aber jetzt war er so weit, den Vorsatz aufzugeben. Als er die Schachtel in Händen hielt, riss er sofort die Verpackung auf und sog gierig an der angezündeten Zigarette.

Woher kam dieser Hass auf Ohara?, dachte er bitter.

Er ließ sie Szene von eben noch einmal Revue passieren, um seiner Erregung auf den Grund zu gehen.

War es deshalb so wütend, weil er nun nicht mehr glaubte, dass Ohara etwas mit dem Verbrechen in Nakaminato zu tun hatte? Und weil dadurch die Wahrscheinlichkeit wuchs, dass Kihara unschuldig hingerichtet werden würde? Oder rührte sein Abscheu daher, weil er einem Mörder gegenübergesessen hatte, der keinerlei Reue zeigte?

Nachdem er eine Weile in Gedanken versunken durch

die Gegend gestreift war, fand er sich im Viertel mit den Restaurants und Kneipen wieder. Hier war er vor zweiundzwanzig Jahren kotzend auf allen vieren über das Pflaster gekrochen; damals, nach der Hinrichtung von Nummer 470.

Es ist kein gerechter Zorn, der mich umtreibt, dachte er. Es ist mein ganz persönlicher Frust und Groll.

Der Schweiß brach ihm aus allen Poren. Er beeilte sich, von hier fortzukommen, und kehrte zu dem geparkten Civic zurück. Er setzte sich ans Steuer und ließ die Fenster hinunter, um die gestaute Hitze aus dem Wagen zu lassen. Dann schnappte er sich das Handy und wählte Okazakis Nummer im Gefängnis.

»Ah, Herr Nangō?« Der Oberaufseher war direkt am Apparat.

Nangō bedankte sich bei ihm für die Vermittlung des Gesprächs, worauf Okazaki lachend erwiderte: »Ohara ist ziemlich ausgerastet, was?«

»Ja.«

»Der kriegt schon noch seine Abreibung.«

Nangō zögerte zunächst irritiert, wollte aber Ohara auch nicht in Schutz nehmen.

»Es geht um die Sache, um die ich Sie gestern Abend gebeten habe. Haben Sie herausfinden können, welche Blutgruppe der Kerl hat?«

»Ja, habe ich. Ohara besitzt Blutgruppe A.«

»Aha.« Nangō hatte halbwegs damit gerechnet. Seine Worte gegenüber Ohara erschienen ihm nun noch ungerechter.

Am anderen Ende der Leitung senkte Okazaki die Stimme. »Übrigens tut sich noch nichts in Sachen Vollstreckung.«

»Vielen Dank für alles«, sagte Nangō. Dann fiel ihm plötzlich etwas ein. »Wann fahren Sie denn eigentlich in die Sommerferien?«, fragte er besorgt.

»Sommerferien …?«

»Können Sie vorab in Erfahrung bringen, ob sich im August etwas tut?«

»Ach so, deshalb.« Okazaki ließ einen Moment verstreichen. »Keine Sorge! Falls es zu Vollstreckungen kommen sollte, werde ich zurückbeordert.«

»Hm, stimmt auch wieder.« Nangō nickte.

Nach dem Telefonat wollte er sofort nach Katsuura zurückfahren, wo Jun'ichi die ganze Zeit über in der sengenden Sonne die Observation fortgesetzt hatte.

Auf der langen Strecke versuchte Nangō, sich auf Oharas Aussage zu konzentrieren, der gesuchte Mörder könnte eventuell das Tatmuster von »Fall 31« nachgeahmt haben. Aber er konnte keinen klaren Gedanken fassen. Seine Wut, seine Unbeherrschtheit wühlten ihn immer noch zu sehr auf.

Als er die Bōsō-Halbinsel erreichte, sinnierte er darüber, warum ein Mensch zum Mörder werden konnte. Die Motive konnten variieren, aber häufig verlor der Täter jegliche Selbstkontrolle, was in einer Art Blutrausch mündete. Nangō konnte dies durchaus nachvollziehen. Jeder Mensch war zur Aggression fähig, auch wenn ihm das selbst nicht unbedingt bewusst sein mochte.

Es gibt also durchaus Gründe, die einen selbst zum Mörder werden lassen können, musste er sich eingestehen. Bei diesem Gedanken dachte Nangō an seinen Kompagnon. Vielleicht war auch bei Jun'ichi die Sicherung durchgebrannt, als er Kyōsuke Samura getötet hatte. Und was hatte es mit der Verletzung an seinem Arm auf sich, die er sich damals zugezogen hatte, als er mit seiner Freundin von zu Hause ausgerissen war?

Er änderte seine Route durch Nakaminato und verließ die Staatsstraße, um nach Isobe statt nach Katsuura zu fahren. In diesem Touristenort war während der Hochsaison ein temporärer Polizeiposten eingerichtet worden. Dort erfragte er den Einsatzort, wo der Streifenpolizist, den er suchte, gerade Dienst tat.

In dem Wachhäuschen, das man ihm beschrieben hatte, saß derselbe uniformierte Beamte, der Jun'ichi kürzlich angesprochen hatte.

Nangō stieg aus dem Wagen und klopfte an die verglaste Tür, um sich bemerkbar zu machen: »Mein Name ist Nangō, wir sind uns neulich schon mal begegnet.«

»Herr Nangō?«, wiederholte der Polizist, der ihn sofort erkannte.

»Ja, ich bin für Jun'ichi Mikami verantwortlich, wir arbeiten zusammen.«

Der Polizist salutierte freundlich.

»Ich hätte mal eine kurze Frage. Erinnern Sie sich noch an die Einzelheiten, als Sie Mikami vor zehn Jahren aufgegriffen haben?«, wollte Nangō von ihm wissen.

»Ja, das ist mir noch gut in Erinnerung.«

»Er hatte damals doch eine Verletzung. Wissen Sie vielleicht, ob er zuvor in Streitigkeiten verwickelt gewesen war?«

Die Miene des Beamten verdüsterte sich. »Wenn es doch bloß Streitigkeiten gewesen wären!«

Nangō befürchtete Schlimmes. »Was war denn noch?«

»Na ja, der Junge hatte damals 100.000 Yen Bargeld bei sich.«

»100.000 Yen?«

»Ja. Zuerst dachte ich, na schön, heutzutage verfügen die Oberschüler offenbar über einen Haufen Geld. Als Mikami wieder zu Hause war, riefen mich seine Eltern an, um sich bei mir zu bedanken. In dem Gespräch erfuhr ich dann aber, dass er für den dreitägigen Kurztrip eigentlich nur 50.000 Yen Taschengeld bekommen hatte.«

Nangō runzelte die Stirn. »Es waren doch insgesamt über zehn Tage, die er bis zu dem Zeitpunkt, als man ihn aufgegriffen hat, hier verbracht hat, oder?«

»Genau. 50.000 Yen hätten dafür bestimmt nicht ausgereicht. Die Summe wird sich ja wohl schlecht von allein verdoppelt haben.«

»Es wäre doch möglich ...«

Der Polizist fiel ihm ins Wort: »Ich habe mir damals gedacht, ob er nicht jemanden um Geld erleichtert haben könnte.«

Aber auch diese Variante erschien Nangō zu abwegig. Jun'ichi hatte eine Wunde, die durch einen Arzt versorgt werden musste. Wenn das vermeintliche Opfer in der Lage war, zu einem derart rabiaten Gegenschlag auszuholen, dann hatte Jun'ichi ihm schlecht sein Geld abnehmen können, es sei denn, er hätte den Gegner zuvor umgebracht.

»Warten Sie mal kurz. Sie haben ihn doch zusammen mit dem Mädchen aufgegriffen, oder?«

»Ja, ich kann mich nur noch vage an ihren Namen erinnern: Yuri Kinoshita oder so ähnlich.«

»Könnte es nicht sein, dass sie ebenfalls eine größere Summe bei sich gehabt hatte?«

»Sie meinen, dass Mikami ihr Geld in Verwahrung genommen hat?«

»Ja, so in etwa.«

»Das weiß ich nicht. Aber …«, erwiderte der Polizist nachdenklich. »Das Mädchen war gar nicht in der Verfassung, vernommen zu werden.«

»Was meinen Sie damit?«

»Sie wirkte völlig geistesabwesend. Als ich die beiden verhört habe, hat nur Jun'ichi auf meine Fragen reagiert. Yuri Kinoshita saß stumm daneben und stierte vor sich hin.«

»Was mag da vorgefallen sein?«

»Vielleicht war es der Schreck, dass wir sie aufgegriffen haben«, mutmaßte der Polizist, worauf seine Miene sanfter wurde. »Sie machte auf mich den Eindruck eines wohlerzogenen Mädchens aus gutem Hause.«

Das Ganze erschien Nangō höchst merkwürdig. Eine bange Ahnung befiel ihn, aber er bekam sie nicht richtig zu fassen.

Was war damals vor zehn Jahren geschehen, hier in Nakaminato? Wenn er Jun'ichi direkt danach befragte, würde dieser wohl kaum mit der Sprache rausrücken. Er hatte es ja schon früher versucht, aber dann hatte der junge Mann immer nur vor sich hin gemurmelt, er könne sich an all das nicht mehr so genau erinnern.

Ob Jun'ichi absichtlich etwas vor ihm verheimlichte?

Nangō versuchte mit aller Macht, seinen Argwohn zu zerstreuen. Der Gedanke, sich den falschen Partner ausgesucht zu haben, gefiel ihm ganz und gar nicht.

2

Seitdem Nangō aus Tokyo zurück war, empfand Jun'ichi die mühsame Observation nur noch halb so schlimm. Tag für Tag hockten sie nun im Civic, der an der Mole des Fischereihafens geparkt stand, und beobachteten das Haus der Bewährungshelferin am anderen Ufer des kleinen Flusses.

Die Information, dass Toshizō Ohara Blutgruppe A hatte und somit als ihr Täter nicht infrage kam, spornte ihn an. Seine eigene Hypothese, dass der gesuchte Verbrecher ein auf Bewährung Entlassener war, wurde dadurch wahrscheinlicher. Seine einzige Sorge war, dass sich Nangō, der neben ihm auf dem Fahrersitz seinen Beobachtungsposten eingenommen hatte, neuerdings äußerst wortkarg gab und inzwischen rauchte wie ein Schlot.

Am fünften Tag der Observation nahm er seinen Mut zusammen und fragte: »Geht es Ihnen nicht so gut in letzter Zeit?«

»Aber nein!«, wehrte Nangō mit einem halbherzigen Lachen ab. »Nur etwas bereitet mir Kopfzerbrechen.«

»Was denn?«

»Wenn Ohara mit dem Mord in Chiba nichts zu tun hat, bleibt nur noch die These vom Straftäter auf Bewährung übrig. Wenn das auch nicht hinhaut, haben wir null Anhaltspunkte.«

»Das stimmt«, sagte Jun'ichi und hakte nach: »Der schwarze Stoffffetzen gehört doch ganz sicher dem Täter, nicht wahr? Folglich lässt sich doch zweifellos behaupten, dass er Blutgruppe B hat, oder?«

»Das schon«, erwiderte Nangō leicht resigniert. »Darüber hinaus gibt es aber kein spezifisches Indiz, das auf den wahren Täter hindeutet.«

»Leider.«

»Außerdem läuft die Frist bald ab.«

Auch Jun'ichi spürte, wie die Zeit drängte. Die letzten fünf Tage hatten sie außer Familienmitgliedern der Betreuerin keinen anderen Menschen das Haus betreten sehen. Jedes Mal befielen ihn Zweifel, ob sie ihre Zeit hier nur vergeudeten. Hoffentlich stellte sich am Ende nicht heraus, dass die ganze Mühe umsonst gewesen war.

Nangō zündete sich eine weitere Zigarette an. »Angenommen, es handelt sich um einen Nachahmungstäter von ›Fall 31‹, was könnte man daraus folgern?«

»Wenn er sich das Opfer gezielt ausgesucht hat, dann weil er seine Beziehung zu Utsugi um jeden Preis vertuschen wollte. Eben deshalb hat er sich die Methode des Serienmörders zu eigen gemacht.«

»Das heißt, die dritte Möglichkeit scheidet aus.«

»Sie meinen, dass der Täter Kihara das Verbrechen absichtlich anhängen wollte?«

»Ja. Denn falls er das von vornherein geplant hat, hätte er sich doch nicht extra die Mühe machen müssen, ›Fall 31‹ nachzuahmen.«

Jun'ichi gab ihm recht. »Dann wäre Kihara also zufällig am Tatort aufgetaucht und mit hineingezogen worden.«

Jun'ichi versuchte, einen Zusammenhang zwischen den Fakten zu erkennen. Wenn man bei dem Geschäftsführer des Videoverleihs nachfragte, würde man eventuell Ryō

Kiharas Vorhaben am Tag des Geschehens in Erfahrungen bringen können.

»He!«, rief Nangō plötzlich und riss Jun'ichi aus seinen Gedanken.

Dieser sah, wie ein Jugendlicher im Chapatsu-Look das Haus von Sumie Kobayashi betrat.

»Auftritt: ein minderjähriger Krimineller«, witzelte Nangō. »Heute ist vermutlich der Besuchstag von Straftätern unter Aufsicht.«

Jun'ichi griff hastig nach der Kamera auf dem Armaturenbrett. Er schaltete sie ein und zoomte die Person heran.

»Vielleicht entscheidet sich heute ja alles.«

»Hm.«

Die beiden blieben bei offenem Seitenfenster im Wagen sitzen und warteten ab. Nachdem der Rotschopf das Haus verlassen hatte, ließ sich zwei Stunden später eine junge Frau bei der Bewährungshelferin blicken. Sie verließ das Haus etwa eine halbe Stunde später. Demnach schien auch sie eine Beaufsichtigte zu sein.

Als Nangō und Jun'ichi gegen zwei Uhr anfingen zu überlegen, wo und was sie sich als Mittagsimbiss besorgen könnten, kam am Ende der gegenüberliegenden Straße ein etwa vierzigjähriger Mann in Sicht.

»Das muss der Typ sein!«, platzte Jun'ichi heraus und richtete sofort die Kamera auf ihn.

»Meinst du?«, erwiderte Nangō, auf den der Mann mit dem glatt gekämmten Haar einen gepflegten Eindruck machte. »Kauzig wirkt er nicht unbedingt. Sollte er nach der Beschreibung des Geschäftsführers im Videoladen nicht ein bisschen anders aussehen?«

»Der Kerl war garantiert im Knast, und zwar für lange Zeit«, sagte Jun'ichi, nachdem er ihn fotografiert hatte.

»Woher willst du das wissen?«

»Achten Sie mal auf sein linkes Handgelenk!«

»Sein Handgelenk?« Nangō warf einen erneuten Blick auf das Display der Kamera.

»Er trägt keine Armbanduhr. Die Stelle ist ganz sonnengebräunt.«

»Und wo ist der Zusammenhang?«

Jun'ichi zeigte ihm sein bloßes Handgelenk, das mehrere streifige Narben aufwies. »Wenn man einmal gesessen hat, will man keine Armbanduhr mehr tragen. Es erinnert einen an die Handschellen.«

In dem Augenblick betrat der Mann das Haus der Betreuerin, als wollte er Jun'ichis Vermutung recht geben.

Nangō schaute verblüfft zu Jun'ichi und fing dann an zu lachen. »Ich bin zwar seit ewigen Zeiten Aufseher im Gefängnis, aber das habe ich nicht gewusst.«

»Wie sollte man das auch wissen, wenn man es nicht am eigenen Leib erfahren hat«, erklärte Jun'ichi, während er sich an die albtraumhafte Woche erinnerte, die er mit Lederriemen gefesselt in der Einzelzelle hatte zubringen müssen.

Die nächsten Minuten beratschlagten sie, wie sie den Mann beschatten könnten. Jun'ichi sollte ihm in etwa zwanzig Metern Abstand auf den Fersen bleiben, während sich Nangō im Hintergrund hielt. Falls Jun'ichi bemerkt werden würde, sollte er die Verfolgung sofort abbrechen, worauf Nangō dann seinen Platz einnähme.

Nangō fuhr in die Straße, wo die Betreuerin wohnte, und parkte vis-à-vis der Gasse, aus der der Mann gekommen war. Hier würden sie nicht weiter auffallen.

Nach einer weiteren Viertelstunde verließ der Exhäftling endlich das Haus der Bewährungshelferin.

Nachdem er davon ausgehen konnte, dass der Mann sich nicht zu ihnen umgedreht hatte, stahl Jun'ichi sich unauffällig aus dem Wagen. Einen Moment lang zögerte er, ob er das Geräusch beim Schließen der Beifahrertür riskieren sollte, doch Nangō gab ihm von drinnen ein Zeichen, er solle losgehen. Jun'ichi nickte und hängte sich an den Verdächtigen.

Nachdem er ein Stück Weg zurückgelegt hatte, hörte er hinter sich die Wagentür des Civic zufallen. Nangō stieg aus. Der Mann zwanzig Meter vor ihm schien jedoch von alldem nichts mitzubekommen.

Jun'ichi blieb ihm auf den Fersen, als er über die Markt-promenade in Richtung Bahnhof Katsuura ging. Zu bei-den Seiten der Straße befanden sich Ladenzeilen. Der Mann stoppte vor einer kleinen Buchhandlung, warf je-doch nur einen flüchtigen Blick auf die Zeitschriften in der Auslage, bevor er seinen Weg fortsetzte.

Langsam befiel Jun'ichi eine leichte Unruhe. Was, wenn der Typ bald darauf ein öffentliches Verkehrsmittel nahm, in einen Bus oder eine Bahn stieg? Wie sollte er reagieren? Er schaute sich nach Nangō um und entdeckte ihn einen Block entfernt hinter sich. Nangō verzog das Gesicht und schüttelte den Kopf, was so viel heißen sollte wie: »Lass ihn bloß nicht aus den Augen!«

Jun'ichi nickte und richtete seinen Blick wieder nach vorn. Dann passierte es. Der Mann stoppte abrupt und drehte sich nach ihm um. Jun'ichi konnte nicht feststellen, ob der andere ihn bemerkt hatte. So ein Mist! Da der Kerl nun unglücklicherweise stehen geblieben war, würde er ihm zwangsläufig immer näher kommen.

Damit musste er wohl Nangō die Verfolgung überlas-sen. Jun'ichi taxierte die Gegend und wollte den Mann überholen, wobei er aus dem Augenwinkel einen Blick auf ihn zu erhaschen suchte.

In diesem Moment setzte der jedoch seinen Weg fort. Jun'ichi war irritiert. Nun befand er sich erst recht in der Klemme und lief, statt den Mann zu verfolgen, neben ihm her. So unauffällig wie möglich entfernte er sich von ihm und blieb vor einem der Geschäfte auf der rechten Seite stehen. In der Spiegelung der Schaufensterscheibe konnte er den Mann hinter sich beobachten.

Er schien ihm keine Aufmerksamkeit zu schenken. Erleichtert wartete Jun'ichi, bis Nangō ihn erreicht hatte.

Nangō, der sich beeilen musste, um an dem Mann dranzubleiben, flüsterte im Vorbeigehen: »Ziemlich tuntig, oder?«

»Was?«

Zu Jun'ichis Verwirrung spielte Nangō offenbar auf die Homosexualität des Verfolgten an. Aber von seiner Aufmachung her – weißes Polohemd und graue Hose – vermittelte er nicht den geringsten Eindruck, schwul zu sein, überlegte Jun'ichi.

Doch dann fiel bei ihm der Groschen: Das Schaufenster, in das er so aufmerksam blickte, gehörte zu einem Dessous-Geschäft.

Mit hochrotem Kopf wandte er sich von der Puppe im Negligé ab und befand sich nun selbst zwanzig Meter hinter Nangō.

Kurze Zeit später hatte die Verfolgung ein Ende. Glücklicherweise benutzte der Mann kein Verkehrsmittel, sondern betrat nach kurzem Fußweg bis zum nächsten Wohngebiet ein Mietshaus.

Vor einem verwitterten Schild mit der Aufschrift »Maison Großer Fang« wurde Jun'ichi von Nangō erwartet.

Der zweistöckige Holzbau schien eigens für Erwerbs-tätige in der Fischindustrie errichtet worden zu sein.

»Er ist oben im ersten Stock ganz hinten reingegangen«, wisperte Nangō und schien sich ein Lachen zu verkneifen.

Jun'ichi bemühte sich, ernst dreinzuschauen, und inspizierte die Briefkästen am Zugang zur Feuertreppe. An dem Kasten für das Apartment 201, in dem der Mann verschwunden war, klebte ein Schild mit dem Namen »Muroto«.

Nangō, der sich die Adresse vom Schild am Telegrafenmast notiert hatte, schaute zu seinem Partner. Jun'ichi wusste genau, was jetzt kommen würde, betete jedoch darum, Nangō würde die Klappe halten. Doch der konnte es sich nicht verkneifen.

»Ziemlich tuntig?«

Auf leisen Sohlen stahlen sie sich weg und sprinteten dann davon, um in sicherem Abstand laut loszuprusten.

Jun'ichi hatte mit seiner Vermutung recht gehabt. Als er dem Geschäftsführer des Videoverleihs das Foto auf dem Kameradisplay zeigte, rief dieser übertrieben aufgeregt:

»Das ist der Kerl! Da bin ich mir ganz sicher!«

»Dieser Perversling, ja?«

»Genau! Der komische Kauz, den Kihara als Mörder bezeichnet hat.«

Bei dieser Bemerkung drehte sich ein junges Pärchen im Laden nach ihnen um. Daisuke Minato warf einen peinlich berührten Blick auf die beiden Kunden und führte Jun'ichi nach hinten in seine Nische.

»Wie haben Sie das denn geschafft? Trotz der spärlichen Beschreibung haben Sie ihn aufspüren können?«

Seine vor Erstaunen weit aufgerissenen Augen starrten Jun'ichi durch das schwarze Brillengestell an.

»Es gibt da verschiedene Tricks«, erwiderte Jun'ichi nicht ohne gewissen Stolz. »In diesem Zusammenhang hätte ich noch eine weitere Frage an Sie.«

»Was denn?«

»Erinnern Sie sich noch an den Tag, als das Verbrechen geschah?«

»Ja, sehr gut sogar. Die Polizei hat mich ja mehrmals dazu vernommen.«

»Hatte Kihara an jenem Tag denn auch Dienst hier im Laden?«

»Ja. Er kam vormittags und hatte bis zweiundzwanzig Uhr Schicht.«

Jun'ichi war perplex. »Wie, er hat bis zweiundzwanzig Uhr hier gearbeitet?«

»Ja. Damals haben wir beide wie verrückt geackert, um den Laden hier auf Vordermann zu bringen.«

»Aber das ist doch völlig absurd. Als Tatzeitraum wurde sieben bis halb neun Uhr angegeben.«

»Das ist es ja.« Minato senkte die Stimme, als würde er ihm nun ein großartiges Geheimnis anvertrauen. »Gegen achtzehn Uhr brach Kihara plötzlich auf und meinte, er müsse etwas Dringendes erledigen. Er habe einen Termin verschusselt. Als er losfuhr, sagte er noch, er sei bis zwanzig Uhr zurück.«

Das war's! Ihre Vermutung wurde dadurch bestätigt. Kihara hatte seinen ursprünglichen Termin beim Bewährungshelfer vergessen und war dann zu einer nicht verabredeten Zeit bei ihm aufgekreuzt. Und kam demjenigen in die Quere, der nach dem Muster von »Fall 31« das Ehepaar Utsugi ermordet hatte.

»Vielen Dank. Sie haben mir sehr geholfen.«

»Aber nein«, wehrte Minato ab, worauf sein freundliches Lächeln erstarb und einem betrübten Ausdruck Platz machte.

Jun'ichi war der Stimmungsumschwung nicht entgangen. »Was haben Sie denn?«

»Kihara hat niemandem davon erzählt, dass er zu einem Bewährungshelfer muss, auch mir nicht. Nicht einmal sein einziger Freund sollte wissen, dass er vorbestraft war.«

Nun senkte auch Jun'ichi bedrückt den Kopf. Das könnte ihm zukünftig auch in seinem eigenen Leben so ergehen. Er überlegte, dass dies womöglich die allerwichtigste Frage war und sprach Minato darauf an: »Angenommen, Kiharas Unschuld lässt sich beweisen ...«

Minato hob den Kopf.

»Und er würde dann in diesen Ort zurückkehren ...«

»Dann werde ich natürlich mit ihm gemeinsam den Laden wieder in Schwung bringen«, erwiderte Minato diesmal mit einem sanften, aufrichtigen Lächeln. »Genau wie damals.«

»Haben Sie vielen Dank«, sagte Jun'ichi zum Abschied.

Am nächsten Morgen begaben sich Nangō und Jun'ichi zum »Maison Großer Fang«. Mittlerweile waren sie davon überzeugt, dass der Mieter des Apartments 201 als ein auf Bewährung entlassener Straftäter das Haus der Utsugis zu der Zeit regelmäßig aufgesucht hatte, als sich der Mord ereignete. Ihre Aufgabe bestand nun darin, stichhaltige Beweise dafür zu liefern, dass der Mann seinen Betreuer getötet hatte, um die Aufhebung seiner Entlassung auf Bewährung zu verhindern.

Da er als Wohnungsmieter mit seiner Anschrift unter »Muroto« im Telefonbuch verzeichnet war, erfuhren sie dort seinen vollen Namen: Hideo Muroto.

Sie stiegen die rostige Eisentreppe hinauf und gingen bis ans Ende des oberen Flurs. Hinter der Wohnungstür hörten sie Wasser plätschern, das vermutlich aus der Küche kam.

Jun'ichi zog seine Armbanduhr aus der Hosentasche. Es war acht Uhr. Ihr Plan, sich den Typen zu schnappen, bevor er zur Arbeit ging, schien aufzugehen.

Nangō klopfte an die Tür. Der Wasserhahn wurde zugedreht. »Ja?«, meldete sich eine Stimme in der Wohnung.

»Herr Muroto?«, fragte Nangō durch die geschlossene Tür.

»Ja, der bin ich.«

»Wir kommen aus Tokyo. Ich heiße Nangō, und das ist mein Begleiter Herr Mikami.«

»Aus Tokyo?«, erwiderte die Stimme, und die Tür ging auf.

Hideo Muroto hatte genau wie am Vortag sein Haar glatt nach hinten gekämmt. Er trug ein gestärktes, gebügeltes Hemd und eine eng anliegende Hose und sah darin aus wie der Geschäftsführer eines Lokals. Er mochte tatsächlich über fünfzig sein, wirkte aber um einiges jünger.

»Entschuldigen Sie bitte, dass wir Sie so früh am Morgen aufsuchen. Wir wollten Sie noch vor der Arbeit erreichen. Passt es Ihnen jetzt?«

Muroto erkundigte sich nun argwöhnisch: »Worum geht es denn?«

Nangō überreichte ihm seine Visitenkarte. »Wir sind tätig im Rahmen der Verteidigung der Menschenrechte.«

»Eine Anwaltskanzlei?«

»Ja. Wir möchten Sie zu einer Angelegenheit befragen.«

»Was wollen Sie denn wissen?«

»Wir würden gern erfahren, ob Ihr Vorstrafenregister Ihr tägliches Leben in der Gesellschaft sehr beeinträchtigt.«

Muroto starrte Nangō verblüfft an.

Nun brachte Nangō Jun'ichi mit ins Spiel. »Um die Wahrheit zu sagen, ist unser Mitarbeiter hier selbst gerade dabei, seine Rückkehr in die Gesellschaft zu meistern. Aber die Gesellschaft diskriminiert ehemalige Straftäter nun mal, sodass sie bei ihrer Wiedereingliederung gewissermaßen in einen Teufelskreis geraten.«

Muroto nickte. Scheinbar hatte sich sein Misstrauen gelegt, denn er wandte sich nun mit wohlmeinendem Blick an Jun'ichi. »Was hast du denn angestellt?«

»Körperverletzung mit Todesfolge«, erwiderte dieser. »Ich habe zwei Jahre gesessen.«

»Nur zwei Jahre?« Muroto lächelte wehmütig.

Nangō hakte nach. »Sie haben lebenslänglich bekommen, wenn ich mich nicht irre?«

»So ist es«, bestätigte Muroto und warf einen kurzen Blick ins Zimmer. »Kommen Sie doch besser rein.«

Nangō und Jun'ichi betraten das Apartment. Es bestand aus einer winzigen Küche und einem kaum größeren Zimmer. Bad und Toilette befanden sich nebenan.

Die einzigen Möbel im Zimmer waren ein niedriger Tisch, ein Bücherregal und ein ordentlich zusammengerollter Futon. Bei dem Anblick der aufgeräumten Wohnung wurde Jun'ichi abermals bewusst, wie lange Muroto in der Haft zugebracht haben musste. Im Gefängnis drohte sofort eine Disziplinarstrafe, wenn man seine privaten Habseligkeiten, die einem gestattet wurden, nicht fein säuberlich in Ordnung hielt. Diese tägliche Routine war Muroto offenbar in Fleisch und Blut übergegangen.

Sie nahmen auf den Tatamimatten Platz, und Muroto brachte ihnen einen Instantkaffee. Jun'ichi bedankte sich. Ihm war etwas mulmig zumute. Er hatte den Eindruck, dass Muroto sich offenbar redlich um seine Eingliederung in die Gesellschaft bemühte.

»Um auf unser Anliegen zurückzukommen«, griff Nangō das Gespräch auf, nachdem Muroto sich zu ihnen gesetzt hatte. »Sie wurden wegen Mordes angeklagt.«

»Ich schäme mich dafür.« Der Exsträfling senkte den Kopf. »Es geschah durch jugendlichen Leichtsinn. Ich habe meiner Freundin ihren Seitensprung nicht verziehen.«

»Das Opfer war also eine Frau?«

»Nein, ich habe ihren Liebhaber getötet. Aber da ich auch sie dabei verwundet habe, war es zusätzlich Körperverletzung.«

»Wann ist das passiert?«

»Das ist nun fünfundzwanzig Jahre her.«

»Ist die Bewährungszeit denn nicht längst abgelaufen?«

»Doch, schon, aber die Eltern des Opfers haben mir nicht verziehen. Ich kann es ihnen nicht mal verdenken«, murmelte Muroto, wie um sich selbst zu überzeugen.

»Trotz ihrer Vergangenheit haben Sie Ihr Leben doch wieder gut in den Griff bekommen«, sagte Nangō, der ebenso wie Jun'ichi ziemlich ernüchtert dreinschaute. Offensichtlich war er nicht der brutale Gewohnheitsverbrecher, den sie sich vorgestellt hatten.

»Was haben Sie eigentlich für eine Blutgruppe, Herr Muroto?«, fragte Jun'ichi unvermittelt. Vielleicht konnte er den Mann damit überrumpeln.

»Meine Blutgruppe?« Muroto warf ihm einen verwunderten Blick zu.

»Man sagt doch, A-Typen hätten einen starken Sinn für Verantwortung.«

Muroto lachte. »Das wäre das erste Mal, dass man mich als A-Typ einschätzt. Die meisten finden, ich sei ein B-Typ.«

»Und was sind Sie tatsächlich?«, beeilte sich Jun'ichi zu fragen.

»Das weiß ich nicht. Ich bin bisher nie ernsthaft krank gewesen.«

Nangō lachte, worauf nicht nur Jun'ichi, sondern auch der völlig ahnungslose Muroto einstimmte.

»Nun, wir möchten gern noch etwas über Ihre Bewährung erfahren«, kam Nangō auf ihr anfängliches Thema zurück. »Verlief Ihre Resozialisierung problemlos, ohne Zwischenfälle? Drohte niemals eine Aufhebung zwischendurch?«

Muroto verging plötzlich das Lachen. »Doch, vor zehn Jahren. Ein einziges Mal.«

Jun'ichi versuchte sich seine Aufregung nicht anmerken zu lassen.

»Mein Bewährungshelfer behauptete, ich hätte gegen die Auflagen verstoßen.«

Nangō hob die Augenbrauen. »Wie?«

»Damals war ich in einer Snackbar angestellt, und da hieß es, dies sei keine legale Beschäftigung.«

»Und? Was ist daraus geworden?«

»Die Sache ist im Sand verlaufen.«

»Hat Ihr Betreuer seinen Einwand zurückgezogen?«

»Nein.« Muroto zögerte einen kurzen Moment. »Der Bewährungshelfer wurde ermordet.«

»Ah!« Nangō tat so, als würde er sich entsinnen. »Das war doch der Fall Kōhei Utsugi.«

»Genau. Ich bekam dann einen neuen Bewährungshelfer zugewiesen und bin deshalb nach Katsuura gezogen. Ab da gab es keine Probleme mehr.«

»Was den Fall Utsugi betrifft, wie verlief das polizeiliche Verhör?«

»Wie meinen Sie das?«

»Hat man Sie als Vorbestraften nicht mehr als nötig in die Mangel genommen?«

»Das kenne ich gar nicht anders, die übliche Tour«, sagte Muroto. Ein bitteres Lächeln umspielte seinen Mund. »Wenn hier in der Gegend ein Einbruch passiert, werde ich natürlich als Erster verdächtigt.«

»Und wie war es bei dem Verbrechen an Ihrem Betreuer?«

»Ich wurde gleich am nächsten Tag vorgeladen. Aber ich hatte ein Alibi, und die Chefin von der Snackbar hat es bestätigt.«

»Aha.« Nangō schwieg für einen Moment. Er musste nachdenken, wie er nun weiter vorgehen sollte. »Es besteht übrigens die Möglichkeit, dass in diesem Fall ein Unschuldiger verurteilt wurde«, sagte er schließlich. »Es wird zwar vertraulich behandelt, aber es könnte durchaus sein, dass der Inhaftierte Ryō Kihara, dem die Todesstrafe droht, unschuldig ist.«

Muroto schaute Nangō fassungslos an. »Ich kannte ihn ja sogar vom Sehen. Er ist mir nämlich manchmal im Haus meines Betreuers Herrn Utsugi begegnet.«

»Ach wirklich? Nun ja, wenn der wahre Mörder die Tat nicht gesteht, wird Kihara wohl gehängt werden.«

Bei diesen Worten wurde Muroto ganz fahl im Gesicht.

»Was haben Sie denn?«, bohrte Nangō nach.

»Ach nichts. Ich habe nur daran gedacht, wie ich selbst vor fünfundzwanzig Jahren verhaftet wurde.«

Muroto wischte sich mit dem nackten Handgelenk die Schweißperlen von der Stirn.

»Ich habe nicht mehr geschlafen vor Angst, mir könnte die Todesstrafe drohen.«

»Dann können Sie sich ja vorstellen, in welchem Zustand Ryō Kihara sich derzeit befindet.«

»Ja, das können Sie mir glauben. Ich kann jetzt noch keine Krawatte am Hals vertragen.«

»Aus welchem Grund?«

»Na, alle Kleidungsstücke, die eng am Hals anliegen, flößen mir Angst ein.«

Nangō nickte. Sein Blick wanderte von Murotos Nacken zum linken Handgelenk.

»Was die falsche Anklage betrifft, wird der wahre Täter, der irgendwo untergetaucht ist, schon bald ein drittes Opfer auf dem Gewissen haben. Er wird für den Tod desjenigen verantwortlich sein, den man an seiner Stelle für den Mörder hält.«

»Wird man den wahren Verbrecher denn ausfindig machen können?«

»Solange er sich nicht freiwillig stellt, besteht kaum Hoffnung.«

»Sich freiwillig stellen?« Murotos Miene verdüsterte sich.

»Das ist die einzige Chance für den Täter, seine Schuld zu sühnen.«

Muroto nickte und zögerte einen Moment, bevor er sprach: »Bei diesem Mordfall gibt es eine einzige Sache, die mich immer beschäftigt hat.«

»Welche denn?«

»Ich frage mich, ob die Polizei wegen des Vermögens der Utsugis ermittelt hat.«

»Vermögen?«

Bei diesem unerwarteten Hinweis lehnten sich die beiden Besucher unwillkürlich zu Muroto hinüber. »Was meinen Sie damit? Wollen Sie etwa behaupten, einer der Erben sei der Mörder?«

Muroto schüttelte hastig den Kopf. Es wirkte so, als hätte er mehr gesagt, als er wollte. »Nein, nein, so habe ich das nicht gemeint.«

»Wie dann?«

»Mehr kann ich leider nicht sagen ... Das wäre sonst üble Nachrede.«

»Sie meinen, eine Verleumdung gegenüber Herrn Utsugi?«

»Ja.«

»Aber welcher der Utsugis? Ihr alter Betreuer oder sein Sohn, der ihn beerbt hat, Keisuke Utsugi?«

»Nein, bitte!« Muroto war keine Silbe mehr zu entlocken.

Nachdem sie das Apartment verlassen hatten, eilten Nangō und Jun'ichi zum Wagen. Die Befragung Murotos hatte eine überraschende Ausbeute ergeben. Als mutmaßlicher Täter kam zwar immer noch ein anderer Schützling von Utsugi infrage, aber durch den Hinweis auf das Vermögen der Opfer waren die beiden nun auf einen blinden Fleck gestoßen. Sie mussten schleunigst eine Antwort auf die Frage finden, ob die Geschichte für die Lösung des Falls relevant sein könnte oder gänzlich in die Irre führte.

Von Katsuura aus fuhren sie nun in Richtung Nakaminato an die Küste, wo die Angehörigen der Opfer wohnten. Keisuke Utsugis neu errichtete Prunkvilla mit Meerblick war sicher ein wenig zu protzig als Domizil für einen Oberschullehrer.

»Wie gehen wir es an?«, fragte Jun'ichi auf dem Beifahrersitz. »Überfallen wir sie noch einmal?«

»Nein. Da es sich um eine Erbschaftsangelegenheit handelt, können wir vielleicht erst mal bei Nakamori Erkundigungen einholen«, sagte Nangō und steuerte nun Tateyama an.

»Jetzt müssen wir ganz systematisch vorgehen.«

Während der Fahrt zur Staatsanwaltschaft in Tateyama hatte Jun'ichi genug Zeit, um über das neue Szenario nachzudenken: dass eventuell das Ehepaar Utsugi um des zu erwartenden Erbes willen den Mord an den Eltern begangen hatte. Ein ziemlich banaler Beweggrund, sollte sich der Verdacht als richtig herausstellen. Der Umstand, dass der Täter sich der Methode von »Fall 31« bedient hatte, legte jedoch nahe, dass damit tatsächlich ein leicht nachvollziehbares Tatmotiv kaschiert werden sollte.

Gegen diese Theorie sprach allerdings, dass am Tatort die Akten der unter Aufsicht stehenden Exhäftlinge fehlten, und auch die offenkundigen Rachegefühle der Angehörigen ließen Jun'ichi zweifeln. Schwer vorstellbar, dass ihre heftigen Gefühle nur gespielt gewesen sein sollten.

In Tateyama fuhr Nangō den Civic auf den Parkplatz eines Restaurants. Es war erst kurz vor zehn. Beide konnten ihre Ungeduld kaum zügeln. Nach einem schnellen Kaffee rief Nangō den Staatsanwalt an.

Um ein Gespräch gebeten, machte ihnen Nakamori einen unerwarteten Vorschlag. Er habe heute Nachmittag eine Angelegenheit in Nakaminato zu erledigen, ob sie nicht gemeinsam fahren wollten? Natürlich hatten weder Nangō noch Jun'ichi etwas dagegen einzuwenden.

Bis dahin hatten sie zwei volle Stunden Zeit zum Vertrödeln. Sie blieben einfach in dem angenehm klimatisierten Restaurant sitzen und tranken weiterhin Kaffee. Wortkarg saßen sie da, jeder in Gedanken über den Fall vertieft, bis ihnen die Köpfe rauchten.

Wenig später stieg Nakamori, der in der Nähe seines Büros in einem Geschäftsviertel auf sie wartete, wie verabredet zu ihnen in den Wagen.

»Das ist ja herrlich bequem, so chauffiert zu werden«, begrüßte der Staatsanwalt sie mit seinem üblichen heiteren Lächeln, als er auf dem Rücksitz Platz nahm.

»Die Fahrtkosten sind aber nicht ganz unbeträchtlich«, sagte Nangō, als er den Motor anließ. »Wir haben nämlich eine Menge Fragen an Sie.«

»Aber ich habe doch das Recht zu schweigen, oder?«, scherzte der Staatsanwalt zurück. »Vor dem strengen Verhör kann ich schon mal etwas verraten. Ich habe mich nämlich wegen der Haftentlassenen, die bei Kōhei Utsugi ein und aus gingen, schlaugemacht.«

»Oh!« Nangō warf dem Staatsanwalt einen Blick über den Rückspiegel zu. Nakamori schien selbst ganz angetan davon zu sein, dass er als Staatsanwalt in der Sache aktiv geworden war.

»Außer Ryō Kihara gab es zu der Zeit nur noch einen zu Betreuenden auf Bewährung. Einen Mann, der wegen Mordes und Körperverletzung zu lebenslanger Haft verurteilt worden war. Aber dieser Verdächtige hat nicht nur ein Alibi, sondern auch noch die Blutgruppe A.«

»Blutgruppe A?« Jun'ichi drehte sich unwillkürlich zu Nakamori um. »Sie meinen Hideo Muroto?«

»Woher kennen Sie denn seinen Namen?«

»Wir sind auch nicht untätig gewesen«, lachte Nangō und warf Jun'ichi einen kurzen Seitenblick zu. »Dein Blutgruppen-Quiz hat also funktioniert.«

»Hilft uns aber nicht weiter.«

»Bist du etwa auch der A-Typ mit einem starken Verantwortungsbewusstsein?«

»Nein, ich habe Blutgruppe B«, presste Jun'ichi hervor. »Die gleiche wie der Täter.«

»Wovon reden Sie überhaupt?«, fragte Nakamori nun völlig perplex.

»Ach, gar nichts«, erwiderte Nangō und wandte sich direkt an Nakamori. »Wir sind Ihnen sehr dankbar für die wertvollen Informationen. Ich hätte noch eine Frage zu dem Nachlass des ermordeten Ehepaars.«

»Nachlass?« Nakamori zögerte, als hätte er Bedenken, inwieweit er darauf antworten sollte.

»War die Summe nennenswert, die der Sohn Keisuke Utsugi von den Eltern geerbt hat?«

»Soweit ich weiß, waren es insgesamt 100 Millionen Yen.«

»100 Millionen!«, rief Nangō erstaunt aus. »Eine Lebensversicherung, oder was?«

»Nein, die Summe aus der Lebensversicherung war eher unbedeutend. Das waren etwa 10 Millionen Yen. Außerdem war sie für Kōhei Utsugis Frau bestimmt, sie war die Begünstigte.«

»Und wer hat das Geld schließlich bekommen?«, fragte Jun'ichi.

»Der Sohn und die Schwiegertochter.«

»Ich denke, die Begünstigte war seine Frau. Und trotzdem?«

Nakamori seufzte und erklärte ihm den Zusammenhang. »Es verhält sich folgendermaßen. Die Utsugis sind zwar beide ermordet worden, aber tatsächlich ist der Ehemann zuerst gestorben. Infolgedessen kam die Versicherungsprämie juristisch gesehen der Ehefrau zugute. Da sie selbst aber gleich darauf getötet wurde, ist der nächste Begünstigte in der Erbfolge der Sohn.«

»Ah so.«

»Und die restlichen 90 Millionen?«, erkundigte sich Nangō.

»Die stammten vom Bankkonto der Opfer.«

Also könnte doch Geld das Mordmotiv gewesen sein, dachte Jun'ichi. Kōhei Utsugi und seine Frau wären dann wegen 100 Millionen Yen umgebracht worden.

Nangō kam noch eine weitere, ganz andere Frage in den Sinn. »Kōhei Utsugi wurde doch erst nach seiner Pensionierung als Schuldirektor zum Bewährungshelfer ernannt, oder?«

»Richtig. Laufende Einkünfte hatte er also nur aus seiner Pension«, überlegte Nakamori, nun ebenfalls leicht verwundert.

»Gab es denn Immobilien oder Grundbesitz oder dergleichen?«

»Nein.«

»Tja, woher mochte dieses riesige Vermögen dann wohl stammen?«

Der Staatsanwalt gab ein unwilliges Geräusch von sich. »Ryō Kihara wurde ja unmittelbar nach dem Verbrechen als mutmaßlicher Täter gefasst. Deshalb gingen die Ermittlungen in dieser Richtung auch nicht weiter. Die Erbschaftsregelung übernahm dann sofort das Finanzamt.«

»Hat das Finanzamt denn nicht nachgeforscht, woher dieses beträchtliche Vermögen stammte?«

»Ich habe keinen Bescheid bekommen, dass es da irgendwelche nennenswerten Unstimmigkeiten gab. Nun, es soll ja vorkommen, dass man so respektablen Persönlichkeiten auch nicht besonders auf den Zahn fühlt, nicht wahr?«

»Herr Nakamori«, begann Nangō behutsam, »wäre es wohl möglich, dass Sie in dieser Richtung mal Ihre Fühler ausstrecken?«

»Das nimmt allmählich überhand. Ich kann Ihnen nur heute behilflich sein.«

»Heute, das heißt jetzt sofort?«

»Ja.« Nakamori fügte geheimnisvoll hinzu: »Ich habe herumtelefoniert und dabei einen wichtigen Zeugen aufgetrieben. Ich werde ihn gleich treffen. Sie beide können mich gern begleiten, wenn Sie wollen.«

»Mit dem größten Vergnügen. Wohin soll's denn gehen?«

Nakamori lotste sie zu einem Einfamilienhaus am äußersten Rand von Nakaminato. Der dicht an der Nationalstraße auf ein Plateau am Berghang gezwängte Bungalow lag nahe der Grenze zur Provinz Awa. Nachdem Nangō auf dem Privatweg in der Nähe des Hauses geparkt hatte, stiegen sie alle drei aus dem Wagen. Am verwitterten Holztor hing ein Schild, auf dem der Name »Enomoto« stand. Sie gingen durch den mit Unkraut überwucherten Garten und blieben vor der Schiebetür des Hauseingangs stehen.

»Hallo, ich komme von der Oberstaatsanwaltschaft Chiba!«, rief Nakamori.

Kurz darauf erschien ein alter Mann im Wollunterhemd

hinter der Mattglasscheibe und öffnete ihnen die Tür. »Sie sind Herr Nakamori?«

»Genau. Wir haben gestern miteinander telefoniert.«

Der Staatsanwalt überreichte dem greisen Enomoto eine Schachtel mit Kuchen. Dann stellte er ihm seine Begleiter vor. »Die beiden Herren ermitteln in derselben Angelegenheit.«

»Aha? Nun, dann treten Sie doch bitte ein!«

Das Zimmer nahe am Eingang, in das er die drei Besucher führte, maß etwa zwölf Quadratmeter. Auf den zerfransten Tatamimatten lagen abgewetzte Sitzkissen. Als Jun'ichi am flachen Tisch Platz genommen hatte, schaute er sich im Zimmer um. Sie waren von Bergen von Papier umgeben. Die verstaubten Stapel erwiesen sich bei näherem Hinsehen jedoch nicht als Bücher, sondern als gesammelte Schriftstücke.

»Herr Enomoto betreibt Heimatforschung«, erklärte der Staatsanwalt.

Jun'ichi, dem Nakamoris Vorhaben noch nicht ganz klar war, legte fragend den Kopf schief. Inwiefern konnte ein Heimatkundler ihnen denn als Zeuge dienen? Als er zu Nangō schaute, blickte der ehemalige Gefängnisaufseher neugierig in eine Ecke des Zimmers. Dort lag ordentlich zusammengefaltet so etwas wie eine abgetragene Uniform.

Kurz darauf erschien der alte Enomoto mit einem Tablett und stellte Teebecher vor sie hin. Er bemerkte Nangōs interessierten Blick. »Die stammt aus alten Zeiten. Als ich noch jung war, wurde ich einberufen.«

Nangō kommentierte dies nicht weiter, sondern nickte nur knapp.

Als Enomoto sich auf dem Kissen niedergelassen hatte,

wandte er sich an Nakamori: »Nun, worauf richten sich denn Ihre Nachforschungen?«

Nakamori wusste um dessen Schwerhörigkeit und sprach nun etwas lauter: »Es geht um die Bergregion, in der sich das Haus von Kōhei Utsugi befindet. Könnten Sie den beiden bitte erzählen, was Sie mir gestern am Telefon berichtet haben?«

»Ah … ja, es geht um diesen Berg.«

»Ja. Dort gab es doch mal eine Treppe, nicht wahr?«

Jun'ichi warf Nakamori einen erstaunten Blick zu. Auch für Nangō schien das Gespräch eine überraschende Wendung zu nehmen. Er richtete sich erwartungsvoll auf.

»Das stimmt«, nickte der Greis. »Die gibt es da schon seit ewigen Zeiten.«

»Die beiden haben sie aber nicht entdeckt.« Der Staatsanwalt erwähnte nun die mühevolle, aber vergebliche Suche seiner Begleiter in dem Waldgebiet.

»Aha, so ist das«, nickte der Alte und schien zu begreifen. »Kein Wunder, dass Sie die Treppe nicht gefunden haben. Zōgan-ji ist ja auch verschwunden.«

»Zōgan-ji?«, fragte Nangō. »Sie meinen damit eine Art Tempel?«

»Ja, dort wurde eine mächtige Statue des Feuergottes Fudo Myōō verehrt. Für einen historischen Tempel war das Bauwerk allerdings leider in einem vernachlässigten Zustand.« Der Alte sah alle drei der Reihe nach an. »Sagt ihnen der Name Fudo Myōō überhaupt etwas? Er ist eine der dreizehn Erscheinungen Buddhas.«

»Ja.« Nangō nickte und schickte ungeduldig gleich die nächste Frage hinterher: »Was meinen Sie damit, dass der Tempel verschwunden ist?«

»Er ist vor langer Zeit einem Taifun zum Opfer gefallen und bei einem Erdrutsch verschüttet worden.«

»Soll das heißen, der Tempel liegt unter der Erde?«, hakte Nangō nach und warf einen Seitenblick zu Jun'ichi.

»Ja. Aber eigentlich war der Tempel schon vor dem Erdrutsch verwaist.«

Nakamori zog eine gefaltete topografische Karte aus der Hosentasche. »Wo befindet sich denn dieser Platz genau?«

Enomoto setzte eine Lesebrille auf und studierte ausführlich die Landkarte. Dann zeigte er auf eine Stelle in einem Waldgebiet, etwa fünfhundert Meter von Kōhei Utsugis Haus entfernt in Richtung Berge. »Ungefähr hier.«

Nangō und Jun'ichi starrten beide auf die angegebene Stelle. Sie lag genau mitten in dem Areal, das sie zwei Monate zuvor durchforstet hatten.

»War da nicht eine Böschung?«, versuchte sich Nangō zu erinnern.

»Stimmt«, nickte Jun'ichi. An der Stelle hatte es einen schroffen Steilhang gegeben. Auf den ersten Blick hatten sie dort nichts Auffälliges bemerkt und deshalb auch nicht weiter nachgeforscht.

Nangō fragte den Alten: »In so einem Tempel gab es doch bestimmt auch eine Treppe, oder?«

»Aber sicher. In den Stein gehauene Stufen führten in die Haupthalle, und eine weitere Treppe befand sich in der Mitte des Schreins.«

»Wann war denn dieser Erdrutsch?«

»Ach, das mag schon zwanzig Jahre her sein.«

»Vor zwanzig Jahren?« Jun'ichi blickte zu Nangō. »Dann müsste der Tempel zum Zeitpunkt der Tat ja bereits verschüttet gewesen sein.«

»Aber nein!«, schaltete sich der alte Enomoto ein. «Der ist doch nicht auf einen Schlag begraben worden, sondern bei jedem Taifun ein wenig tiefer gesackt.«

»In welchem Zustand er sich wohl vor zehn Jahren befunden hat?«, fragte Nangō.

»Na ja, zumindest dürfte ein Teil der steinernen Treppe oder das Dach der Haupthalle noch zu erkennen gewesen sein.«

»Das würde passen«, sagte Nangō zu Jun'ichi. »Selbst wenn sich der gesamte Komplex damals schon unter der Erde befunden haben sollte, könnte der Täter ja genau an der Stelle die Beweise vergraben haben.«

»Und ist dann dabei auf die verschüttete Treppe gestoßen?«

»Genau.«

Nachdem sich die drei Besucher von dem alten Mann verabschiedet hatten, fuhren sie gemeinsam nach Tateyama zurück. Als Nakamori ausstieg, sagte er nachdrücklich: »Mehr kann ich in dieser Angelegenheit leider nicht für Sie tun.« Dann verschwand er im Gebäude der Staatsanwaltschaft.

Nangō und Jun'ichi fuhren von dort direkt nach Tokyo. Ihr Plan war, sich sofort einen Metalldetektor zu beschaffen.

Eine Treppe in einem versunkenen Tempel. Dort mussten die fehlenden Beweise vergraben sein.

3

Am nächsten Morgen machten sich Nangō und Jun'ichi
gleich bei Sonnenaufgang ans Werk. Sie fuhren am verlassenen Haus der Utsugis vorbei den holprigen Waldweg
entlang und stiegen nach etwa fünfhundert Metern nahe
der vermuteten Stelle aus. Von dort aus erblickten sie
durch die Bäume hindurch lediglich einen kahlen Hang.
Es war ein Erdwall von etwa dreißig Metern Breite und
fünfzig Metern Höhe. Ein Überbleibsel des Erdrutsches,
der den Tempel verschluckt hatte.

Er war zwar nicht so steil wie eine schroffe Klippe, aber
trotzdem schien es unmöglich, ihn direkt von unten zu
erreichen. Nangō und Jun'ichi schnallten sich die Ruck-
säcke mit der Kletterausrüstung und dem Metalldetektor
um und kraxelten durch das Waldstück, worauf sie über
einen Umweg die Anhöhe erreichten.

Einen Moment schauten sie wie gebannt auf die Mor-
gensonne am östlichen Horizont. Schließlich gab Nangō
das Kommando: »Auf geht's!«

Gezwungenermaßen war ihr Vorgehen ziemlich um-
ständlich. Sie mussten ständig im mitgebrachten »Handbuch zur Technik des Bergsteigens« nachschlagen, um das
Abseilen an einer Steilwand zu erlernen. Als Erstes suchte
sich Jun'ichi einen starken Baumstamm am Hang, wo er
das Seil festbinden konnte. Dann schnallte er es an dem
umgelegten Hüftgurt mithilfe eines Karabiners fest. »Beim
Abstieg befindet sich der Kletterer mit dem Rücken zum

Tal«, war in dem Handbuch zu lesen, »und indem er sich die Reibungskräfte des Kletterseils zunutze macht, kann er sich rückwärts nach unten hangeln.«

»Ich geh dann los!«, rief Jun'ichi, als er mit den Vorbereitungen fertig war.

»Berg heil! Komm lebend zurück!«, scherzte Nangō in seiner üblichen Art.

Jun'ichi ergriff das um seine Hüfte gelegte Seil, dann stemmte er einen Fuß gegen die Steilwand und seilte sich rückwärts Schritt für Schritt ab.

Plötzlich bröckelte der Untergrund und gab unter ihm nach. Jun'ichi ließ sich bäuchlings rutschend langsam nach unten gleiten.

»Herr Nangō!«, rief er und wischte sich Erde und Dreck aus dem Gesicht. »Diese aufwändige Ausrüstung ist gar nicht nötig. Der Boden ist feucht genug, wenn man sich am Seil gut festhält, kommt man schon irgendwie nach unten.«

»Ah, gut!«, rief Nangō sichtlich erleichtert zu ihm herunter. »So ungefähr habe ich mir das vorgestellt.«

»Können Sie den Metalldetektor mitbringen?«

»Warte kurz.«

Nangō holte das Instrument. Das Suchgerät, eine Teleskopstange mit einem runden Detektor an der Spitze, wog etwa zwei Kilo. Sobald es in der Erde Metall aufspürte, ertönte ein Signal, während auf dem Minidisplay die geschätzte Tiefe angezeigt wurde.

»Das wird schon irgendwie gehen«, rief Nangō ihm zu, der sich das Gerät auf den Rücken geschnallt hatte. Er ergriff mit den ledernen Handschuhen das Seil und ließ sich wie Jun'ichi zuvor mehr oder weniger auf dem Bauch nach unten.

»Egal, was für eine schlechte Figur wie hier machen«, sagte er. »Jetzt müssen wir nur noch die Beweise finden …«

Peu à peu seilten sie sich weiter ab, wobei sie von einer Seite zur anderen wie ein Scanner die Steilwand entlangschwenkten und gespannt auf eine Reaktion des Detektors warteten. Sie kamen zwar nur langsam voran, aber wenn sie die Fersen fest in den weichen Boden stemmten, konnten sie ganz gut das Gleichgewicht wahren.

Als sie auf diese Weise etwa zwei Stunden lang das Areal abgesucht hatten, ertönte plötzlich ein Signal.

Sie befanden sich vom Ausgangspunkt etwa fünfzehn Meter abwärts in der Mitte des Hangs.

Der Monitor zeigte als Tiefe einen Meter an.

Erstaunlich wenig.

»Jetzt müssen wir graben«, sagte Nangō.

»Ich hole die Spaten.«

Jun'ichi kletterte am Seil den Hang wieder hinauf, um die zwei Spaten zu holen. Ohne ihre Eigensicherung zu vernachlässigen, begannen sie nun emsig zu graben. In der weichen Erde kamen sie relativ schnell voran, und nach zehn Minuten schweißtreibender Arbeit stieß Jun'ichis Schaufel schließlich auf etwas Hartes, das einen metallenen Klang von sich gab.

»Herr Nangō!«, rief Jun'ichi zu ihm hinüber und ließ die Schaufel los, um nun vorsichtig mit bloßen Händen die Erde beiseite zu schieben. Nangō kam hinzu und half ihm dabei. Schließlich legten sie einen Gegenstand aus Metall frei, der die Form eines Windspiels hatte.

»Was mag das sein?«

»Sieht aus wie eine Verzierung am Rand der Dachtraufe.«

Jun'ichi betrachtete das Fundstück zu seinen Füßen.
»Hier ist dann demnach ...«

»Wir stehen auf dem Dach des Tempels.«

Jun'ichi stocherte probehalber mit dem Spaten rings-
herum im Boden. Dabei kamen in Reihen angeordnete
Dachziegel zum Vorschein.

»Ohne Frage, das hier muss das Dach des Tempels
sein!«

»Und was machen wir nun?«

»Wie mag es wohl vor zehn Jahren hier gewesen sein?«,
überlegte Nangō, als würde er den unterirdischen Schrein
vor seinem geistigen Auge erstehen lassen. »Selbst wenn
nur noch ein Teil des Tempels herausgeragt hat, war es
vielleicht möglich, ins Innere zu gelangen.«

Nangō begann an den Stellen, wo er die Seitenwände
des Gebäudes vermutete, den Boden wegzuschaufeln.
Jun'ichi tat es ihm gleich. Schließlich kamen eine verwit-
terte Holzwand und ein Fensterrahmen, der mit Erde aus-
gefüllt war, zum Vorschein. Nangō stieß mit dem Spaten
in die Öffnung des Holzrahmens und drückte die Erde
beiseite. Plötzlich gab der Boden nach, und ein tiefes Loch
klaffte unter ihnen.

»Hier könnten wir hinein ...«

Jun'ichi versuchte sich vorzustellen, was sie dort in dem
unterirdischen Raum erwartete. Die Seitenwände waren
noch nicht eingesunken, offenbar hatte das Fundament
des Tempels sämtlichen Erdrutschen standgehalten. Die
Schlammlawinen hatten sich vermutlich um das Bauwerk
herum aufgeschichtet, wodurch es in seiner ursprünglichen
Gestalt unterirdisch konserviert wurde. Wäre der Tempel
in sich zusammengestürzt, hätte sich das außen in Form
von Vertiefungen im Hang bemerkbar machen müssen.

»Wir brauchen wohl nicht zu befürchten, lebendig begraben zu werden«, sagte Jun'ichi. »Okay, steigen wir hinunter!«

Eine halbe Stunde später, nachdem sie eine Taschenlampe aus ihrem Wagen geholt hatten, kletterten sie in die gähnende Öffnung am Hang. Sie fühlten sich wie in einer Höhle. Über eine Schräge aus lockerem Erdreich krochen sie in die Tiefe. Als sie schließlich festen Boden unter sich hatten, prüfte Jun'ichi, ob über seinem Kopf nichts im Weg war, und erhob sich. Es war stockdunkel im Innern der Haupthalle, und es roch durchdringend nach Schimmel und modriger Erde. Erleichtert, dass der Fußboden so unverhofft solide war, richtete er den Blick nach vorn.

Im Schein der Taschenlampe entdeckte er Dielen und eine Wand. Nangō, der ihm folgte, leuchtete in alle Richtungen, um die Größe des Raums zu prüfen.

»Sieh nur!«, rief er. Etwa fünf Meter vor ihnen wurden oberhalb einer Wand fortlaufende Stufen sichtbar.

»Die Treppe!«, schrie Jun'ichi unwillkürlich auf. Er bemerkte, dass der Tempel eine eigenwillige Konstruktion besaß. Es handelte sich um ein zweistöckiges Bauwerk, dessen obere Etage etwas kleiner ausfiel als das Erdgeschoss. Nangō und Jun'ichi stießen auf ein Vordach in der unteren Ebene und traten von dort aus ins Erdgeschoss.

»Nur mit der Ruhe!«, ermahnte Nangō seinen Begleiter. »Immer erst prüfen, wohin man tritt.«

Jun'ichi nickte und tastete sich Schritt für Schritt zu den Stufen vor. Jedes Mal, wenn er auftrat, knarrten und knackten die morschen Dielen. Matt reflektierte die hölzerne Treppe den Schein der Taschenlampe, als lauerte sie darauf, dass jemand ihre Stufen hinaufstieg. Am Fuß der

Treppe angelangt, blieb Jun'ichi stehen und schaute nach oben, wo sich die Stufen in der Finsternis verloren.

»Das muss einfach die besagte Treppe sein, die Ryō Kihara gesehen hat«, meinte er aufgeregt.

»Diese hier oder aber die Steinstufen draußen«, erwiderte Nangō ruhig. Sie mussten jetzt einen kühlen Kopf bewahren.

Hintereinander machten sie sich daran, vorsichtig die hölzerne Treppe zu erklimmen. Sie hielt stand. Als sie die oberste Stufe erreicht hatten, erblickten sie inmitten des oberen Stockwerks einen Altar mit der überlebensgroßen Statue einer buddhistischen Gottheit. Die Skulptur stellte Fudo Myōō dar, den Schützer der Lehre, auch der »Unbewegliche« genannt. Im Licht der Taschenlampe schienen seine Augen zu glühen. Mit züngelnden Flammen im Rücken starrte sein zorniges Antlitz gleich einem lebendigen Menschen auf die beiden Eindringlinge.

Jun'ichi fragte sich, wogegen sich der Zorn dieser Gottheit richten mochte. Der Unbewegliche, der zwanzig Jahre lang hier in der Erde eingesperrt war, in absoluter Finsternis, in die kein Tempelbesucher gelangte, schien vor Wut regelrecht zu glühen.

Nangō stellte sich an die Seite und faltete, die Taschenlampe in die Achselhöhle geklemmt, die Hände zum Gebet. Wenn auch leicht verwundert über seine Andacht folgte Jun'ichi seinem Beispiel. Mit gesenkten Köpfen standen sie für einen Moment ehrfurchtsvoll vor Fudo Myōō, bevor sie wieder aufschauten.

»Ich habe zu ihm gebetet, dass die Beweise hier auftauchen mögen«, sagte Nangō leichthin, aber Jun'ichi vermutete, dass es noch etwas anderes gab, um das er gebetet hatte.

Dann machten sich die beiden daran, die Tempelhalle ausgiebig zu untersuchen. An Gegenständen fanden sich lediglich eine leere Truhe und eine fischförmige Holzblocktrommel. Offenbar hatte man alle anderen Dinge mitgenommen, als der Tempel verlassen wurde.

Sie hofften immer noch, dass hier Beweise versteckt lagen, aber der Metalldetektor, mit dem sie außer den Dielen im Obergeschoss auch die mit Erde gefüllten Fenster an den Seitenwänden prüften, zeigte keine Reaktion.

»Hier drin ist nichts«, sagte Nangō sichtlich erschöpft und ließ sich auf dem Boden nieder. Beide schnieften hörbar, was vermutlich an den Schimmelsporen in der Luft lag, die sie unweigerlich einatmeten.

»Vielleicht finden wir ja etwas an der steinernen Außentreppe«, sagte Jun'ichi und versuchte, seine Enttäuschung zu verbergen.

»Jetzt erst mal raus hier!«

Nachdem sie wieder an die frische Luft gekrochen waren, lehnten sie sich ein Weilchen an den Erdwall, um zu verschnaufen. Sie waren so früh aufgebrochen, dass es gerade mal Mittag war.

»Wir ruhen uns ein bisschen aus, und dann stärken wir uns nachher oben mit einem Imbiss.«

Jun'ichi nickte und schaute geistesabwesend auf Nakaminato und den Pazifik, der sich dahinter bis an den Horizont erstreckte.

In dem Moment klingelte Nangōs Handy. Er schnappte sich den achtlos hingeworfenen Rucksack und holte es heraus. Nach einem Blick aufs Display verkündete er, »Sugiura ruft an«, und drückte auf die Gesprächstaste. »Beim Zōgan-ji … Der Auftraggeber? Nein, wir sind bereits vor Ort.«

Jun'ichi fragte sich indessen gespannt, um was es ging.

Nachdem er das Gespräch beendet hatte, erklärte ihm Nangō die Situation. »Die Kanzlei wurde vom Auftraggeber hierüber informiert.«

»Hierüber heißt über diesen Tempel?«, fragte Jun'ichi erstaunt.

»Ja.«

»Das würde ja bedeuten, dass der Auftraggeber selbst auch recherchiert hat.«

»Na ja, es eilt eben, der Termin für die Hinrichtung steht kurz bevor.« Nangō gab ein trockenes Lachen von sich.

Jun'ichi wunderte sich aufs Neue über Nangōs unbekümmerte Haltung in dieser Angelegenheit. »Haben Sie eigentlich eine Vermutung, wer dieser Auftraggeber ist?«

»Ja, ich denke schon. Es muss jemand sein, der sich hier auskennt. Jemand, der sich um Ryō Kihara sorgt. Und so vermögend ist, dass er einen solchen Batzen Geld als Prämie aussetzt.«

Jun'ichi dachte über Nangōs Worte nach, bis ihm schließlich Kiharas Leumundszeuge, der Hotelbesitzer in den Sinn kam. »Ich bin ihm auch schon begegnet?«

»Ja.«

Jun'ichi fühlte sich beklommen. Hatte der Auftraggeber ihn nicht von der Mission abziehen wollen?

»Ist es dann nicht ungünstig, wenn ich mit dabei bin?«

»Keine Sorge! Das Entscheidende ist doch, dass es klappt.«

Jun'ichi nickte und kam auf ihren Fall zu sprechen: »Was halten Sie von der Sache mit der Erbschaft? Ob Keisuke Utsugi tatsächlich aus reiner Habgier seine Eltern umgebracht haben könnte?«

»Das glaube ich eigentlich nicht. Wenn man die neuen Anhaltspunkte berücksichtigt, ergibt sich daraus eine völlig andere Möglichkeit.«

»Welche denn?«

»Erinnerst du dich an die Information, die uns Hideo Muroto gegeben hat?«

Jun'ichi rief sich das Gesicht des ehemaligen Straftäters ins Gedächtnis. »Sie meinen, als er die Sache mit der Erbschaft angesprochen hat?«

»Genau. Wenn man ihn so reden hört, dann bekommt man den Eindruck, dass ihm bereits zu Lebzeiten von Kōhei Utsugi die Herkunft seines Vermögens dubios erschien.«

»Das heißt, die Erwähnung des Nachlasses sollte unsere Aufmerksamkeit nicht auf den Erben lenken, sondern vielmehr auf das Vermögen selbst, dessen Höhe suspekt sei?«

»Ja. Und dann war noch die Rede davon, dass seine Entlassung auf Bewährung in Gefahr gewesen sei. Du hattest doch sicher auch den Eindruck, dass Murotos Resozialisierung erfolgreich verlaufen ist, oder?«

»Schon.«

»Kōhei Utsugi drohte ihm doch damals, dass er ihn ins Gefängnis zurückschicken würde, wenn er keinen ordentlichen Beruf nachginge. Und die Geschichte wurde vielleicht noch übler. Ich gehe davon aus, dass Hideo Muroto wusste, aus welcher Quelle Kōhei Utsugis ungewöhnlich hohes Vermögen stammte.«

»Was meinen Sie?«

»Erpressung.«

»*Erpressung?*«, rief Jun'ichi verblüfft.

»Das wäre das einzig denkbare Szenario. Unter Androhung der Bewährungsaufhebung wurde Hideo Muroto wahrscheinlich um Geld erpresst.«

»Aber wäre jemand wie ein Bewährungshelfer dazu fähig?« Für Jun'ichi, der das Glück hatte, einen freundlichen Betreuer wie Kubō an seiner Seite zu haben, war dieser Gedanke einfach unfassbar.

»Ich kann deine Reaktion verstehen. Es kommt ja auch höchst selten vor, dass ein Bewährungshelfer tatsächlich Dreck am Stecken hat. Aber genau deshalb konnte es sein, dass dieser Aspekt bei den Ermittlungen vollkommen übersehen wurde.«

»Soll das heißen, in diesem Fall hätte ein Vorbestrafter seinen Betreuer wegen Geld ermordet, aber paradoxerweise, weil er selbst erpresst wurde?«

»Durchaus«, sagte Nangō finster. »Allerdings erhöht diese Theorie auf einen Schlag die Zahl der Verdächtigen. Kōhei Utsugi war immerhin fast zehn Jahre als Bewährungshelfer tätig. In diesem Zeitraum hatte er gewiss mit etlichen Strafentlassenen zu tun. Man kann sich vorstellen, dass er den einen oder anderen wegen dessen Vergangenheit oder der Vorstrafe um Geld erpresst hat.«

Jun'ichi fiel ein, wie sehr man bei der Bewährungsbehörde auf die Schweigepflicht achtete. Wenn Informationen über die kriminelle Vergangenheit eines Vorbestraften nach außen sickerten, hätte er besonders in der japanischen Gesellschaft mit ungemein vielen Schwierigkeiten zu rechnen. Ein Neuanfang würde nahezu unmöglich gemacht.

»Wenn er so weit ging«, ergänzte Nangō, »erweitert sich der Kreis der möglichen Erpressungsopfer. Nicht nur Täter unter Aufsicht kommen dafür infrage, sondern auch Entlassene, deren Bewährungszeit abgelaufen war und die gar nicht mehr unter der Aufsicht des Betreuers standen. Wenn ein ehemaliger Häftling von da an ein rechtschaffenes Leben führte, verbesserte sich sein sozialer Status zusehends. Und je mehr er sein Dasein in dieser Hinsicht stabilisierte, desto bedrohlicher wäre die zerstörerische Kraft gewesen, die Kōhei Utsugis Erpressung anrichten konnte. Denn je erfolgreicher sich ein Exhäftling eine Existenz aufbaute, desto größer war sein Verlust.«

Jun'ichi wurde ganz mulmig zumute, als er an seine eigene Situation dachte. Was geschähe, wenn sich in seiner Umgebung herumsprechen würde, dass er wegen Totschlags vorbestraft war? Vermutlich würden seine Eltern dann nicht mehr in ihrem Haus wohnen bleiben können. Die Familie Mikami wäre ein weiteres Mal gezwungen umzuziehen. Vertrieben aus dem bescheidenen Heim in Ōtsuka in eine noch miserablere Gegend.

»Der Täter könnte genauso gut einer sein, dem wir bisher noch gar nicht begegnet sind. Jemand, der mit Kōhei Utsugi während seiner Zeit als Betreuer persönlich zu tun hatte.« Nangō blickte zu Jun'ichi. »Was hältst du von dieser Schlussfolgerung?«

»Klingt plausibel. Das würde auch erklären, weshalb die Akten von Utsugis Schützlingen vom Tatort gestohlen wurden. Und ebenso, weshalb das Kontobuch verschwunden ist.«

»Wieso das Kontobuch?«, fragte Nangō.

»Im Kontobuch sind doch die Namen all jener aufgeführt, die Geld auf das Konto überwiesen haben.«

»Stimmt!« Nangō richtete sich auf. »Und damit auch die aller Betroffenen, von denen er Schweigegeld einkassiert hat.«

»Genau. Und aus diesem Grund hat der Täter das Kontobuch mitgenommen.«

»Könnte man sich nicht bei der Bank danach erkundigen?«

»Wir als Privatpersonen wohl kaum.«

»Aber Herr Nakamori …«, wandte Nangō ein, brach dann jedoch ab. »Offiziell darf er ja gar nicht mehr dienstlich aktiv werden, nachdem das Urteil bereits gefällt wurde.«

Jun'ichi fiel etwas ein, das ihre Chancen noch mehr verringerte. »Wenn wir uns nicht bei der Bank danach erkundigen können, wird es unmöglich sein, darüber den Namen des Täters zu ermitteln. Denn ein Kontobuch kann man ganz einfach beseitigen, indem man es verbrennt. Das muss man nicht extra irgendwo vergraben.«

Nangō dachte nach und widersprach: »Nun, es besteht schon eine Chance. Wenn ich der Täter wäre, würde ich das Kontobuch nicht vernichten, für den Fall, dass man mich doch erwischt.«

»Wieso das denn?«, fragte Jun'ichi.

»Für den Mord am Ehepaar Utsugi muss man entweder mit lebenslanger Freiheitsstrafe oder Tod durch den Strang rechnen. Die Grenze ist fließend. Für den Täter wäre es dann unter Umständen die Rettung, wenn er nachweisen könnte, dass Utsugi ihn erpresst hat. Dies würde ihm eventuell mildernde Umstände einbringen.«

»Damit bleibt uns wohl nichts anderes übrig, als da unten weiterzubuddeln«, meinte Jun'ichi und blickte auf den Hang hinab. »Das Beil, das Kontobuch und der Namensstempel. Die Beweise müssen doch irgendwo dort sein.«

»Na dann!« Nangō erhob sich.

Als sie oben im Wald angelangt waren, machten sich beide über ihren Imbiss her, während sie weiter darüber spekulierten, wo sich die Steinstufen befinden könnten. In Anbetracht der Lage des unterirdischen Heiligtums war anzunehmen, dass die Stufen als Zugang zum Tempel ein wenig mehr rechts am Hang lagen. Nachdem sie draußen die Zone mithilfe von Zweigen markiert hatten, suchten sie am Nachmittag ausgiebig das abgesteckte Areal mit dem Detektor ab. Es war eine Geduldsprobe, bei der sie sich unermüdlich von links nach rechts und wieder zurück, jeweils im Abstand von einem Meter nach unten vortasteten.

Die beiden waren immer noch damit zugange, als die Sonne bereits unterging und die Dämmerung sich über die Landschaft legte. Zu dem Zeitpunkt hatten sie etwa neunzig Prozent des Hangs abgesucht. Sie wollten nicht mittendrin die Arbeit unterbrechen und unverrichteter Dinge heimkehren.

Jun'ichi wollte sich gerade auf den Weg machen, um wegen der hereinbrechenden Dunkelheit ihre Taschenlampen aus den Rucksäcken zu holen, als plötzlich das Signal des Metalldetektors ertönte.

Jun'ichi eilte zu Nangō zurück und spähte auf das Display. Die geschätzte Tiefe betrug eineinhalb Meter. Eine Position am Hang, etwa fünf Meter oberhalb des unbefestigten Fahrwegs.

»Diesmal habe ich das untrügliche Gefühl, dass wir richtig liegen«, sagte Nangō im Dunkeln. »Der Ort hier oben wäre für den Täter durchaus erreichbar gewesen.«

Jun'ichi stellte die beiden Taschenlampen als Beleuchtung auf die Erde und begann dort im Lichtschein zu schaufeln.

Nangō wollte ihm zu Hilfe eilen. »Lass uns besser von außen graben«, schlug er vor. »Es wäre doch schade, wenn wir die Beweise beschädigen.«

Jun'ichi nickte und rückte ein wenig nach unten.

Hier war der Boden zwar fester als in der Mitte des Hangs, aber nach einer halben Stunde hatten sie ein mannshohes Loch ausgehoben.

»Herr Nangō!«, rief Jun'ichi, als seine Spatenspitze gegen etwas Hartes stieß. »Hier sind die Steinstufen!«

»Großartig! Noch etwas höher!« Auch Nangō erfasste die Aufregung.

Beide schaufelten die Erde mit den Händen weg und legten die Stufen in einem Areal von einem halben Meter Breite frei.

Jun'ichi konnte seine ungestüme Begeisterung kaum zurückhalten. »Vor zehn Jahren hat der Täter hier die Beweise vergraben.«

»Hm, vermutlich musste Ryō Kihara das für ihn tun. Er wurde bestimmt mit dem Beil bedroht. Kihara hat das Loch ausgehoben und dabei die Steinstufen gesehen.«

Dann erblickte Jun'ichi an der seitlichen Wand des Grabens ein Paket in schwarzer Plastikfolie. »Herr Nangō, hier ist es!«

»Trägst du Handschuhe?«

»Ja.«

Nangō schaufelte die Erde drumherum auf einen Haufen und nahm das verdächtige Bündel vorsichtig an sich. Der pralle längliche Packen von etwa fünfzig Zentimetern Länge wog schwer in seinen Händen.

»Schauen wir mal, was drin ist«, sagte Nangō und wickelte den Sack auf, bis die Öffnung freilag. Jun'ichi nahm eine der Taschenlampen und leuchtete hinein.

Es war eine Krummhacke.

»Yeah!« Jun'ichi ließ einen Freudenschrei los.

»Ja!«, stimmte Nangō ebenso begeistert ein und spähte in den Plastiksack. »Sieh mal, da ist auch der Namensstempel!«

»Und das Kontobuch mit den Bankauszügen?«

Nangō legte den Beutel auf den Boden und inspizierte den Inhalt sorgfältig. »Nein, hier ist kein Kontobuch. Nur die Krummhacke und der Namensstempel.«

Jun'ichi wurde unsicher. »Also keine Indizien, die auf den Namen verweisen?«, stellte er enttäuscht fest. Ob der Täter entgegen Nangōs Vermutung das Kontobuch doch vernichtet hatte? Oder lag es woanders?

»Vielleicht ist das Kontobuch an einer anderen Stelle einzeln vergraben.«

»Das heißt weitergraben?«

»Nein, bei einem Heft aus Papier wird der Metalldetektor nicht ausschlagen«, sagte Nangō und warf erneut einen Blick in den Beutel. »Auf dem Namensstempel steht ›Utsugi‹, es handelt sich also hundertprozentig um ein Beweisstück in unserem Mordfall.«

»Und nun?«

»Unsere letzte Hoffnung sind Fingerabdrücke. Hoffentlich befinden sich welche an der Krummhacke und an dem Stempel!« Hastig holte Nangō sein Handy aus dem Rucksack. »Wenigstens sind das genug Indizien, um den Staatsanwalt zum Handeln zu bewegen.«

Neunzig Minuten später traf Nakamori in einem Dienstwagen ein. Begleitet wurde er von einem Mitarbeiter, der ihm bei der Sicherstellung der Beweise helfen sollte.

»Eine wahre Heldentat«, lobte der sichtlich erfreute

Staatsanwalt Nangō und Jun'ichi, die mit dreckverschmierten Gesichtern vor ihm standen.

»Dank der Information über den Tempel«, erwiderte Nangō.

Nakamori zog sich weiße Handschuhe über und öffnete den Plastiksack, um die Beweisgegenstände in Augenschein zu nehmen. »Sie haben Sie aber nicht mit bloßen Händen berührt, oder?«

»Natürlich nicht.«

Nakamori winkte schnell den Beamten zu sich, der daraufhin den Sack samt Mordwaffe und den Namensstempel in einem noch größeren durchsichtigen Beweisbeutel verstaute. Dann fotografierte er noch den Fundort.

Als alles erledigt war, ordnete Nakamori an: »Tun Sie mir den Gefallen und bringen Sie die Sachen zur Präfekturpolizei.«

»Jawohl«, erwiderte der Beamte und legte die Fundsachen in den Dienstwagen.

»Wann werden Sie denn erfahren, ob Fingerabdrücke auf den Gegenständen nachweisbar sind?«, erkundigte sich Jun'ichi aufgeregt.

»Noch heute Nacht.«

Nangō hakte nach: »Und falls welche vorhanden sind, wann können Sie mit dem Abgleich rechnen?«

»Spätestens im Lauf des morgigen Tages dürfte das Ergebnis vorliegen.«

Jun'ichi und Nangō ließen sich mit einen Seufzer der Erleichterung auf dem Boden nieder. Am liebsten hätten sie sich an Ort und Stelle hingelegt. In dem Gefühl, alles in ihrer Macht Stehende getan zu haben, wurden beide von einer plötzlichen Erschöpfung übermannt.

»Falls sich herausstellen sollte, dass Ryō Kihara unschuldig ist«, flüsterte Nakamori mit einem Blick auf den Beamten hinter sich, »dann stoßen wir darauf an. Auf meine Rechnung.«

»Dann werde ich mich volllaufen lassen«, erwiderte Nangō vergnügt.

Die sichergestellten Beweise wurden vom Untersuchungsbeamten eigenhändig bei der KTU der Präfekturpolizei Chiba abgeliefert. Ein Experte für Fingerabdrücke legte den schwarzen Plastiksack, die Krummhacke und den Namensstempel nacheinander in die daktyloskopische Apparatur. Bei diesem Verfahren werden die speziell eingefärbten Gegenstände mit einem Argon-Laser bestrahlt, worauf die latenten, fürs bloße Auge unsichtbaren Fingerabdrücke gelb hervortreten. Bei den vorgelegten Beweisstücken fanden sich bei der Untersuchung zahlreiche Fingerabdrücke eines Erwachsenen, die sich sowohl nahe der Öffnung der schwarzen Plastiktüte als auch auf dem Namensstempel nachweisen ließen.

Der Kriminaltechniker digitalisierte die Abdrücke, um sie mit Hilfe der sogenannten AFIS-Datenbank überprüfen zu lassen. Der Großcomputer begann, sie in einer unfassbaren Geschwindigkeit – 770 Exemplare pro Sekunde – mit den bei der Kriminalpolizei gespeicherten biometrischen Daten abzugleichen.

Parallel dazu wurden die Krummhacke und der Namensstempel mittels einer anderen Methode untersucht.

An der Krummhacke konnten zwar Scharten festgestellt werden, aber das waren auch die einzigen Indizien, die auf das Verbrechen hindeuteten. Nach der Tat war die Waffe offenbar so gründlich gesäubert worden, dass weder Fingerabdrücke noch Blutspuren mehr vorhanden waren.

Der Namensstempel hingegen gab als Beweisstück schon mehr Informationen preis. Die ausgestanzten drei Schriftzeichen für den Namen »Utsugi« waren mit der Kopie des Abdrucks, der vor zehn Jahren bei der Bank hinterlegt worden war, absolut identisch. Auch eine Delle am Außenrand war deckungsgleich, die man mit dem bloßen Auge gar nicht hätte erkennen können.

Somit konnten die Kriminaltechniker eindeutig nachweisen, dass es sich um den vom Tatort entwendeten Stempel handelte.

Vierzehn Stunden nach dem Beginn der Spurensuche meldete AFIS einen Treffer beim Abgleich der Fingerabdrücke. In der Datenbank wurde die Person identifiziert, deren Merkmale mit denen an den gefundenen Beweisstücken übereinstimmten.

Der vom Computer ermittelte Tatverdächtige des Verbrechens am Ehepaar Utsugi war ein vor zwei Jahren wegen Körperverletzung mit Todesfolge verhafteter junger Mann namens Jun'ichi Mikami.

VI
VOLLSTRECKUNG

1

Als die dringende Nachricht aus dem Polizeipräsidium Chiba eintraf, saß Staatsanwalt Nakamori gerade im Büro in Tateyama, um sich das Vernehmungsprotokoll eines Diebstahlsdelikts vorzunehmen.

»Herr Nakamori! Es ist wichtig! Können sie bitte kommen?«, entschuldigte sich der Beamte mit verlegener Miene.

Nakamori überließ die Akte einem rangniederen Kollegen und folgte dem Beamten an dessen Schreibtisch.

»Wir haben das Ergebnis des daktyloskopischen Abgleichs«, sagte der Beamte. »Die Computerauswertung erbrachte eine Übereinstimmung mit den Daten eines Vorbestraften.«

Als Nakamori das Foto sah, entfuhr ihm ein überraschter Aufschrei.

»Er heißt Jun'ichi Mikami. Ist das nicht der junge Mann, den wir gestern am Fundort getroffen haben?«

»Ja!«, bestätigte Nakamori, während er sich fieberhaft fragte, was das alles zu bedeuten hatte.

Als einzige plausible Erklärung fiel ihm ein, dass Jun'ichi am Tag zuvor das Beweisstück mit bloßen Händen berührt haben musste. Aber Nakamori hatte bemerkt, dass der junge Mann Handschuhe getragen hatte. Außerdem konnte er sich nicht vorstellen, dass Nangō, der ja bei ihm war, so einen Patzer bei seinem Assistenten übersehen hätte.

War demnach Jun'ichi der Täter, der das Ehepaar Utsugi vor zehn Jahren umgebracht hatte?

Ein alarmierender Gedanke durchfuhr den Staatsanwalt, der nicht unmittelbar etwas mit Jun'ichi zu tun hatte.

Es gab etwas, das noch viel dringender erledigt werden musste, jetzt, wo fremde Fingerabdrücke aufgetaucht waren. Er besann sich auf den »Fall Shiratori«, dessen bahnbrechendes Urteil es einst ermöglicht hatte, das Tor zu Revisionsverhandlungen aufzustoßen. Das Prinzip »Im Zweifel für den Angeklagten« musste nun ebenso zu Beginn eines Berufungsverfahrens gelten.

Nakamori griff zum Telefon auf dem Schreibtisch.

Bei der Oberstaatsanwaltschaft Tokyo traf ein Anruf der Staatsanwaltschaft Chiba aus dem Büro in Tateyama ein. Der Hinweis, dass ein Justizirrtum bei einem Todeskandidaten vorläge, wurde auf der Stelle dem Leitenden Oberstaatsanwalt übermittelt. Als die Nummer zwei in der Justizverwaltung davon Kenntnis nahm, kontaktierte er sofort den Staatssekretär im Justizministerium.

»Die Vollstreckung des Todesurteils im Fall Ryō Kihara soll unverzüglich ausgesetzt werden.«

Der Staatssekretär geriet in helle Aufregung, als er die Nachricht vernahm. Im Hinblick auf die bevorstehende Kabinettsumbildung lagen bereits beide Dokumente – der Antrag auf Vollstreckung des Todesurteils sowie der Hinrichtungsbefehl – zur Unterzeichnung auf dem Schreibtisch des Justizministers.

Raschen Schrittes eilte der Staatssekretär zum Kabinettszimmer in der Hoffnung, das Schlimmste verhindern zu können. Die komplette Akte war vor einigen Tagen, als

Ryō Kiharas vierter Revisionsantrag abgelehnt worden war, zum Justizminister überstellt worden. Der würde den Befehl bestimmt erst unmittelbar vor der Kabinettsumbildung erlassen wollen, sodass das Schriftstück noch nicht unterzeichnet sein dürfte. Bis dahin gab es also noch eine Frist von einigen Tagen.

An der Tür des Ministerbüros war das Abwesenheits-Schild aufgestellt. Der Staatssekretär begab sich daraufhin zum Ministerialsekretariat, um den Chefsekretär zum aktuellen Stand der Lage zu befragen. Als er kurz darauf den Vollstreckungsbefehl auf dessen Schreibtisch erblickte, erschrak er zutiefst.

Der Passus »Laut richterlichem Schuldspruch ist das Todesurteil im Fall Ryō Kihara zu vollstrecken« war gemäß der üblichen Vorgehensweise vom Justizminister mit rotem Stift gegengezeichnet.

»Der Minister hat zu guter Letzt zugestimmt«, erklärte der Chefsekretär.

»Hat das Schreiben irgendjemand zu sehen bekommen?«, fragte der Staatssekretär außer sich.

»Wie meinen Sie?«

»Wie viele Leute haben dieses Schriftstück bereits gesehen?«

»Wie viele … sagen Sie?« Der Chefsekretär schien völlig verwirrt. »Alle Beteiligten. Auch die Justizvollzugsanstalt Tokyo ist bereits informiert.«

Dem Staatssekretär verschlug es die Sprache. Wenn alles seinen vorgeschriebenen Gang nahm, konnte niemand mehr die Hinrichtung von Ryō Kihara stoppen.

Es war bereits kurz vor Mittag, als Nangō in seinem Zimmer in Katsuura erwachte. Sie waren erst mitten in der

Nacht heimgekehrt und hatten, nicht ohne zuvor dem Rechtsanwalt Sugiura Bericht zu erstatten, bis zum Morgengrauen gefeiert und Sake getrunken.

Als er sich verkatert vom Futon hochrappelte, spürte er jeden Knochen im Leib, aber es war eher eine wohlige Schwere, wie sie einen nach erfolgreich getaner Arbeit erfüllt.

Nach der Katzenwäsche fand er in der Küche einen Zettel von Jun'ichi vor.

»Bin kurz was erledigen. Bitte melden, wenn die Fingerabdrücke identifiziert sind.«

Nangō lächelte. Er hatte sich vorgenommen, den ganzen Tag zu faulenzen.

Gerade als er aufbrechen wollte, um draußen einen Mittagsimbiss zu sich zu nehmen, klingelte sein Handy. Das Display verriet ihm, dass Nakamori anrief. In der Hoffnung, dass er jetzt das Ergebnis der daktyloskopischen Analyse erfahren würde, nahm er eilig den Anruf entgegen.

»Hallo, Nangō am Apparat.«

»Hallo, hier ist Nakamori.«

»Hat die KTU etwas gefunden?«

»Warten Sie …« Die Stimme des Staatsanwalts klang zögerlich. »Ist Herr Mikami bei Ihnen?«

»Mikami ist unterwegs.«

»Und wann kommt er zurück?«

»Wird wohl später«, sagte Nangō lachend, wurde dann aber plötzlich ernst. »Was ist denn?«

»Könnten Sie mir bitte Ihre aktuelle Adresse durchgeben?«

»Adresse? Sie meinen diese Wohnung hier?« Nangō runzelte die Stirn. »Wieso das denn?«

»Kriminalbeamte aus Katsuura suchen nach Ihnen beiden.«

»Die Polizei fahndet nach uns?«

»Genau.« Nach einer kurzen Pause erklärte er: »Das Ergebnis der daktyloskopischen Analyse liegt vor. Es wurden Mikamis Fingerabdrücke auf dem Namensstempel und auf dem Plastiksack sichergestellt.«

Nangō traute seinen Ohren nicht. Fassungslos lauschte er den Worten des Staatsanwalts.

»Wenn Sie bereit sind, Ihre Adresse mitzuteilen, rufen Sie mich bitte an. Falls Sie mit der Kripo von Katsuura aneinandergeraten sollten, dann folgen Sie bitte deren Anweisungen.«

Damit war das Gespräch beendet.

Jun'ichis Fingerabdrücke?

Nangō rief sich den gestrigen Tag ins Gedächtnis. Jun'ichi hatte doch die ganze Zeit über Handschuhe getragen. Auch als er den Plastiksack ausgrub, hatte er ihm versichert, dass er nichts mit bloßen Händen anfassen würde. Nangō hatte dabei die Fundstücke keine Sekunde lang aus den Augen gelassen.

Seine Gedanken wanderten unwillkürlich ein Jahrzehnt zurück. In jener Nacht, als das Ehepaar Utsugi ermordet wurde, war auch der damalige Oberschüler Jun'ichi mit seiner Freundin in Katsuura gewesen. Jun'ichi hatte am linken Arm eine Stichverletzung erlitten und einen beachtlichen Geldbetrag unbekannter Herkunft bei sich gehabt. Hinzu kam der apathische Zustand seiner Begleiterin, der auf einen extremen Schock hindeutete.

Nangō lief ein kalter Schauer über den Rücken.

Sollte womöglich Jun'ichi der Täter gewesen sein?

Er dachte an Jun'ichis Bedenken, den wahren Täter

aufzuspüren und der Polizei zu übergeben. Es belaste sein Gewissen, dass sie mit ihren Ermittlungen womöglich einen Menschen an den Galgen bringen würden, hatte er behauptet. Aber war das nur ein vorgeschobenes Argument gewesen, weil er wusste, dass die Strafe ihn selbst treffen würde?

Doch dann besann sich Nangō eines Besseren. Wenn es so wäre, wieso hatte Jun'ichi dann die Beweise, die ihn selbst in Verdacht brachten, eigenhändig ausgegraben?

Er wollte Jun'ichi sofort anrufen, hielt jedoch inne. Er brauchte Zeit, um in Ruhe nachzudenken. Doch dann fiel ihm ein, was Nakamori gesagt hatte, und Panik packte ihn. Die Kripo von Katsuura fahndete bereits nach ihnen.

Während er sich rasch anzog, überlegte er sich einen sicheren Ort. Es war nur eine Frage der Zeit, bis die Kripo sie hier in der Wohnung aufspüren würde. Vielleicht sollten sie im Gewühl der Stadt untertauchen, wo sich in der Hochsaison viele Menschen tummelten.

Nangō griff sich Notizheft und Handy und floh nach draußen.

Als er durch die schmalen Gassen hetzte, brach ihm der Schweiß aus allen Poren. Er stürmte erst einmal in das nächstbeste Café. In seiner Jackentasche fand er zum Glück noch eine Schachtel Zigaretten. Er bestellte sich ein eisgekühltes Getränk. Mit der ersten Zigarette kam ihm schließlich die rettende Idee, was zu tun sei.

Er schnappte sich sein Handy und rief die Auskunft an: »Könnten Sie mir bitte die Nummer raussuchen, von einem Laden in Tokyo-Hatanodai – die Adresse ist Shinagawa-ku und der Name des Geschäfts lautet ›Lily‹.

Nangō notierte die Telefonnummer in seinem Notizbuch und versuchte sich daran zu erinnern, wie die beteiligte Ausreißerin hieß. Wenn er sich recht besann, hatte der Streifenpolizist ein junges Mädchen namens Yuri Kinoshita erwähnt. In dem Augenblick sah er draußen ein Zivilfahrzeug der Polizei vorbeifahren, bei dem nur das rotierende Blaulicht eingeschaltet war, aber keine Sirene. Das war die übliche Vorgehensweise, wenn man nach Verdächtigen fahndete.

Nangō wählte hastig die Nummer der Boutique.

Beim vierten Klingeln ging jemand ans Telefon. Die Stimme klang nach einer Frau mittleren Alters: »Fancy Shop Lily.«

»Bin ich richtig bei Kinoshita?«

»Ja.«

»Mein Name ist Nangō. Ist Frau Yuri Kinoshita da?«

»Nein«, sagte die Frau kurz angebunden. In Ihrer Stimme schwang Argwohn.

»Sind Sie Yuris Mutter?«

»Nein. Ich bin eine Verwandte und kümmere mich zurzeit um den Laden.«

»Haben Sie eventuell die Handynummer von Yuri?«

Misstrauisch wollte sie wissen: »Darf ich fragen, mit welchem Herrn Nangō ich es zu tun habe?«

»Oh, ich arbeite für die Anwaltskanzlei Sugiura.«

Der Tonfall der Frau änderte sich: »Warum rufen Sie an?«

»Es geht darum, dass wir gerade in einem wichtigen Fall ermitteln, und ich müsste dringend zu Yuri Kontakt aufnehmen.«

Am anderen Ende herrschte für einen Moment Stille, dann sagte die Frau: »Yuri befindet sich in einer Klinik.«

»In einer Klinik? Ist sie krank?«

»Nein.«

Nangō runzelte die Stirn. »Hatte sie einen Unfall?«

»Es ist …« Nach einer weiteren Pause sprach sie weiter: »Ich weiß ja nicht, ob das mit Ihrer Ermittlung im Zusammenhang steht, aber Yuri hat versucht, sich das Leben zu nehmen.«

»*Was?*«, rief Nangō, worauf er sich hastig umschaute und die Stimme senkte: »Ein Selbstmordversuch?«

»Sie hat es auch früher schon ein paarmal getan. Aber kaum jemand weiß von den näheren Umständen.«

»Wie geht es ihr denn jetzt?«

»Sie hat sich wohl inzwischen etwas erholt.«

»Verstehe.« Nangō senkte den Kopf und sprach mit ruhiger Stimme: »Tut mir leid, dass ich Sie in dieser Situation belästigt habe. Ich melde mich später noch mal.«

»Ja, tun Sie das«, sagte die Frau verunsichert, ohne weiter nachzufragen.

Nach dem Telefonat war Nangō vollends verwirrt. Ob Yuris Selbstmordversuche auch etwas mit dem Vorfall vor zehn Jahren zu tun hatten? Was mochte an dem Tag, als das junge Pärchen aufgegriffen wurde, dort in Nakaminato geschehen sein?

Er musste Jun'ichi sofort treffen. Wild entschlossen griff er nochmals zum Handy. Aber in diesem Moment summte der Apparat, jemand rief ihn an. Als er auf das Display schaute, bekam er einen Schreck. Okazaki meldete sich aus der Justizvollzugsanstalt Toyko.

»Hallo?«

Die Stimme am anderen Ende klang dumpf, als würde der Anrufer die Hand auf die Sprechmuschel pressen. »Hier ist Okazaki. Heute Morgen kam die Vorankündigung für die Vollstreckung, die an den Direktor der Anstalt gerichtet war.«

»Und welcher Delinquent?«

»Ryō Kihara.«

Als Nangō den Namen hörte, wich ihm augenblicklich das Blut aus dem Kopf. Vor seinen Augen drehte sich alles. Sie hatten die neuen Beweisstücke vermutlich nur einige Stunden zu spät entdeckt.

»Heute Abend kommt die schriftliche Anordnung. Die Hinrichtung findet in vier Tagen statt.«

»Verstehe. Ich danke Ihnen.«

»Es lässt sich wohl nicht mehr verhindern«, seufzte Okazaki und legte auf.

Damit war das schlimmste aller möglichen Szenarien eingetreten. Das dringende Gespräch mit Jun'ichi musste erst einmal aufgeschoben werden. Jetzt galt es, alles auf eine Karte zu setzen. Es musste klappen, es war die einzige Strategie, die Ryō Kiharas Hinrichtung noch aufhalten konnte.

Er telefonierte mit der Anwaltskanzlei, und als Sugiura davon erfuhr, dass die Vorbereitungen zur Vollstreckung bereits im Gange waren, reagierte er völlig außer sich. »Jetzt ist alles aus und vorbei! Es gibt keinen Ausweg mehr, man wird ihn hängen.«

»Nun mal langsam!« Nangō hatte selbst zu kämpfen, um seine eigene Verzweiflung im Zaum zu halten. »Es gibt noch eine Chance.«

»Was soll es da noch für eine Chance geben?«

»Paragraf 502 der Strafprozessordnung!«

»Wie?«, hörte er Sugiura rufen und im Hintergrund sofort ein hektisches Papierrascheln.

»›Einspruch erheben‹!« Nangō zitierte den Wortlaut der entsprechenden Passage aus dem Gedächtnis: »›Wenn die Strafzumessung des Staatsanwalts als ungerechtfertigt erachtet wird, besteht die Möglichkeit, Einspruch beim urteilsverkündenden Gericht zu erheben.‹«

»Und was soll das?«, fragte der Anwalt zurück.

»Hören Sie, die Vollstreckung des Todesurteils ist eine Maßnahme, die die Staatsanwälte anweisen. Dagegen lässt sich Einspruch erheben.«

Sugiura schwieg. Auch er schien fieberhaft nachzudenken.

Nangō erklärte seine Idee: »Üblicherweise wird die Hinrichtung am Tag der Ankündigung unverzüglich vollstreckt. Für die Todeskandidaten gibt es dann keinen zeitlichen Spielraum, um Beschwerde einzulegen. Aber hier liegt der Fall anders. Wir wissen, dass die Vollstreckung erst in vier Tagen erfolgen soll.«

»Aber womit soll ein solcher Antrag begründet werden?«, murmelte Sugiura.

»Gesetzesverstoß! Ab Festsetzung des Urteils muss der Justizminister binnen sechs Monaten den Befehl zur Hinrichtung erteilen. Bei Kihara ist diese Frist überschritten. Eine Hinrichtung zum jetzigen Zeitpunkt wäre gesetzeswidrig!«

»Aber die Auslegung des Textes hat doch nur eine direktive Bedeutung.«

»Was soll der Mist! Wieso bedarf es bei so einer eindeutigen Formulierung noch einer Interpretation?«

»Nein, so läuft das nicht! Wenn Ihre Behauptung gelten würde, dann wären ja die meisten Hinrichtungen in der Vergangenheit gesetzeswidrig gewesen.«

»Darauf will ich ja hinaus.« Dieser begriffsstutzige Anwalt machte ihn noch wahnsinnig. »Wenn eine Hinrichtung über den Zeitraum von sechs Monaten hinaus gestattet ist, dann sollte keine Verpflichtung bestehen, die tatsächliche Vollstreckung binnen fünf Tagen nach dem Erlass durch den Justizminister zu vollziehen.«

»Ich weiß nicht, ob die zuständigen Behörden so denken.«

»Jedenfalls lässt sich dadurch Zeit schinden. Ich behaupte ja nicht, dass wir Kihara durch die Beschwerde freikriegen, aber in der Zeit, bis diese abgewiesen wird, könnte man ein fünftes Wiederaufnahmeverfahren anleiern.«

»Verstehe. Dann versuchen wir das!«, stammelte der Anwalt fast kleinlaut.

Als Nangō aufgelegt hatte, wollte er endlich Jun'ichis Handynummer wählen, doch dafür war es nun zu spät.

»Herr Nangō?«

Als er aufschaute, standen zwei Männer in Polohemden mit unauffälligen Headsets vor ihm.

»Korrekt«, erwiderte Nangō und versuchte gelassen zu wirken, während er das Handy mit einer Hand ausschaltete.

»Wir sind von der Kripo Katsuura. Wir möchten Sie bitten, mit uns zu kommen.«

Fünf Personen drängten sich im Verhörraum des Polizeireviers in Katsuura.

Nangō saß direkt Funakoshi gegenüber, der als Hauptkommissar die Befragung höchstpersönlich durchführte. Außerdem befanden sich noch zwei Beamte im Raum sowie der Staatsanwalt Nakamori, der auf einem Rohrstuhl neben dem Eingang Platz genommen hatte.

Funakoshi wollte lediglich eins von Nangō wissen: wo sich Jun'ichi Mikami versteckt hielt. Während sie ihn gehörig in die Mangel nahmen, gewann Nangō den Eindruck, dass sein Gegenüber ihm nicht besonders wohlgesonnen war. Der Grund war vermutlich, dass die neu entdeckten Beweisstücke im Mordfall Utsugi die Kriminalpolizei in ein ziemlich schlechtes Licht rückten.

»Wo befindet sich Jun'ichi Mikami?«, bedrängte ihn Funakoshi zum soundsovielten Male. »Sie verschweigen uns etwas.«

»Keineswegs. Ich weiß es wirklich nicht.« Nangō versuchte, Nakamoris Stimmung zu ergründen, was jedoch nicht möglich war, da er hinter ihm saß.

»Und warum halten Sie dann Ihre Adresse geheim?«

»Ich schütze meine Privatsphäre.«

Funakoshi schnaubte verächtlich. »Hat Jun'ichi Mikami ein Handy bei sich?«, wollte er wissen.

»Keine Ahnung.«

»Nun, dann muss ich Sie auffordern, mir Ihr Handy zu übergeben.«

Mit einer theatralischen Geste streckte Funakoshi ihm die Hand hin.

»Kommt nicht infrage«, erwiderte Nangō gereizt.

»Was soll das heißen?«

»Ich bin freiwillig hier. Sie haben nicht die Befugnis, meine privaten Sachen zu durchsuchen.«

»Es wäre besser für Sie, meiner Aufforderung Folge zu leisten und mit uns zu kooperieren.«

»Das möchte ich Ihnen genauso raten. Ich bin im Auftrag einer Anwaltskanzlei tätig. Wir können das auch vor Gericht fortsetzen.«

Mit einem Gesicht, als hätte er in eine Zitrone gebissen, warf Funakoshi einen Blick an Nangō vorbei. Offenbar eine flehende Aufforderung an den Staatsanwalt, ihm Schützenhilfe zu geben.

Nangō hatte zwar nicht übel Lust zu hören, wie Nakamori sich dazu äußern würde, startete jedoch seinerseits einen Angriff: »Ich gehe jetzt. Und zwar, weil es mein Recht ist. Versuchen Sie mich aufzuhalten, wenn Sie wollen.«

Nangō erhob sich. Da endlich meldete sich Nakamori zu Wort.

»Warten Sie!« Der Staatsanwalt trat neben Nangō und sagte zu Funakoshi: »Ich möchte unter vier Augen mit ihm sprechen. Die anderen verlassen bitte das Zimmer.«

Die Beamten reagierten sichtlich verstimmt, durften sich jedoch der Anordnung eines Staatsanwalts nicht widersetzen. Gemeinsam verließen sie den Raum.

Nakamori setzte sich nun Nangō gegenüber und legte die leeren Bögen des Aussageprotokolls beiseite. »Dieses Gespräch mit Ihnen soll einen rein freundschaftlichen Charakter haben, einverstanden?«

»Auch ich würde gern zu Ihnen als einem Freund sprechen«, erwiderte Nangō lächelnd, dachte sich aber im Stillen, dass er erst einmal prüfen wollte, auf welcher Seite Nakamori eigentlich stand, bevor er sich ihm anvertraute. Er holte sein Handy hervor und wählte Jun'ichis Nummer. Eine automatische Ansage informierte ihn darüber, dass der Anschluss vorübergehend nicht erreichbar sei.

Wo zum Teufel steckt dieser Kerl?, ärgerte sich Nangō, während er eine Nachricht auf dem Anrufbeantworter hinterließ: »Jun'ichi? Hier ist Nangō. Die Dinge entwickeln sich gerade sehr merkwürdig. Auf den gefundenen Beweisstücken sind deine Fingerabdrücke nachgewiesen worden. ... Hör zu! Geh auf gar keinen Fall in unsere

Wohnung zurück. Vertreib dir die Zeit an irgendeinem Ort, wo du nicht auffällst. Okay?«

Nakamori machte indessen keine Anstalten, ihn zu unterbrechen. Erleichtert legte Nangō auf.

»Was soll das Ganze überhaupt?«, fragte der Staatsanwalt. »Wie man es auch betrachten mag, es ergibt überhaupt keinen Sinn. Herr Mikami legt sich wie ein Wahnsinniger ins Zeug und gräbt Beweismittel aus, die ihn selbst belasten?«

»Ich kapiere es auch nicht.«

»Aber da seine Fingerabdrücke nun mal auf den betreffenden Gegenständen nachgewiesen wurden, besteht kein Zweifel, dass er sie angefasst hat. Sollte er tatsächlich vor zehn Jahren das Ehepaar Utsugi ermordet haben?«

Nakamori schien keine Ahnung zu haben, dass Jun'ichi damals von zu Hause ausgerissen war. Und Jun'ichi selbst hatte ja gesagt, er habe nur eine vage Erinnerung an diese Episode. Nach kurzer Erwägung beschloss Nangō, die Sache für sich zu behalten. »Was halten Sie denn davon, Herr Nakamori?«

Der Staatsanwalt saß eine Weile mit verschränkten Armen da, bevor er sich schließlich äußerte: »Bei ihren derzeitigen Nachforschungen ist Ihnen doch eine Erfolgsprämie zugesichert worden, nicht wahr?«

Nangō nickte. Irgendwo in seinem Kopf läuteten die Alarmglocken, aber er wollte erst einmal hören, wie Nakamoris Gedankengang lautete. »Wenn wir Ryō Kiharas Unschuld beweisen, dann trudelt eine Menge Geld ins Haus.«

»Nun zum nächsten Punkt. Herr Mikami hat doch durch sein eigenes Vergehen vor zwei Jahren einen großen finanziellen Schaden angerichtet, oder?«

Nangō horchte auf. Ihm fiel ein, wie deprimiert Jun'ichi war, weil er sich die wirtschaftliche Misere seiner Familie so zu Herzen nahm. »Sie meinen, dass Mikami die Schuld auf sich nimmt, weil er die Erfolgsprämie kassieren möchte?«

»Genau.«

Nangōs Gedanken rasten. Während der letzten drei Monate gab es etliche Tage, an denen Jun'ichi ohne ihn unterwegs gewesen war. War es möglich, dass er die Beweise irgendwo anders entdeckt, mit seinen Fingerabdrücken versehen und dann beim verschütteten Tempel vergraben hatte? »Aber wenn es sich so verhält, dann würde ihm doch die Todesstrafe blühen.«

»Eben deshalb hat er ja die Beweise höchstpersönlich entdeckt. Dies wäre eine ungewöhnliche Form von Selbstanzeige.«

Nangō blickte den Staatsanwalt erstaunt an.

»Bei zehn Jahre zurückliegenden Verbrechen ist die Sachlage knifflig, es ist ungewiss, ob der Schuldige dafür zum Tode verurteilt wird«, erklärte dieser. »Wenn der Täter sich freiwillig stellt, könnte er ein Todesurteil umgehen. Herr Mikami hatte vielleicht genau das im Sinn und alles auf eine Karte gesetzt.«

»Um seinen Eltern aus der finanziellen Misere zu helfen?«

»Ja. In Anbetracht der Umstände wäre das die einzig vernünftige Erklärung. Wenn er sich einfach nur bei der Polizei selbst angezeigt hätte, wäre der Todeskandidat nicht durch Ihre Recherche entlastet worden. Und damit wäre die Erfolgsprämie nicht ausgezahlt worden. Um sich als Täter zu stellen und überdies die Belohnung zu kassieren, musste Herr Mikami die Beweise finden und mit seinen Fingerabdrücken versehen.«

»Oje«, murmelte Nangō fassungslos. Jun'ichi hatte nicht bloß seine Fingerabdrücke auf den Beweisen hinterlassen, sondern dies auch noch mit Absicht getan?

»Es gibt jedoch ein weiteres großes Problem«, setzte Nakamori ernst hinzu. »Die Sache ist streng geheim: Der Vollstreckungsbefehl für Ryō Kihara ist erlassen worden.«

»Ich weiß«, gab Nangō ehrlich zu. »Ich habe es von einem jüngeren Kollegen aus der Haftanstalt erfahren.«

»Im Moment sieht es so aus, dass Ryō Kihara in vier Tagen hingerichtet wird. Aber die zuständigen Behörden sind bereits von Mikamis Fingerabdrücken unterrichtet worden. Wissen Sie, was nun passieren wird?«

»Nein.«

»Sollte Kihara tatsächlich hingerichtet werden, werden die Behörden keinesfalls ihren Irrtum eingestehen, denn das wäre für sie eine Katastrophe, weil damit das ganze System der Todesstrafe auf dem Prüfstand stehen würde. Auf der anderen Seite können sie den Umstand, dass Mikamis Fingerabdrücke nachgewiesen wurden, nicht ignorieren. In Anbetracht dessen gibt es nur eine Lösung, um dem Gesetz genüge zu tun, nämlich Jun'ichi Mikami als Komplizen anzuklagen und ihn zu einem späteren Zeitpunkt zu hängen.«

Wie oft mochte Nangō an diesem Tag schon das Blut aus dem Kopf gewichen sein? »Kann dieser Fall denn tatsächlich eintreten?«

Nakamori nickte. »Es besteht immer die Gefahr, dass Gesetze von Seiten der Mächtigen willkürlich ausgelegt werden. Zieht man lediglich die Indizien in Betracht, dann wird auch der Oberste Gerichtshof ihn als Komplizen verurteilen. Und damit wäre sein Todesurteil so gut wie sicher.«

»Ich möchte Jun'ichi helfen«, entfuhr es Nangō, ohne weiter nachzudenken. »Er ist ein guter Junge. Er hat zwar jemanden getötet, aber nun ist er ernsthaft darum bemüht, ein ordentliches Leben zu führen.«

»Das verstehe ich. Ja, das verstehe ich.« In Nakamoris Worten schwang Mitgefühl.

»Wenn der arme Kerl nun die Schlinge um den Hals gelegt bekommt und auf die Trittplatte steigen muss ...« Nangō brach der Schweiß aus, als er sich an das Gefühl in seinen Händen bei der Hinrichtung der Delinquenten 470 und 160 erinnerte. Plötzlich fiel ihm die Frage ein, die Jun'ichi ihm einmal gestellt hatte.

Wenn jemand einen Menschen getötet hat und keine Reue zeigt, kommt für ihn doch nur noch die Todesstrafe in Betracht, oder?

»Es gäbe durchaus noch eine Möglichkeit, Herrn Mikami zu helfen«, sagte Nakamori. »Es handelt sich ja hier tatsächlich um einen beispiellosen Fall, da zeitgleich mit dem Vollstreckungserlass neue Beweise aufgetaucht sind.«

»Und?«, fragte Nangō ungeduldig.

»Wenn Kihara nicht hingerichtet wird, muss man nicht zwangsläufig als Ausgleich einen anderen an den Galgen bringen.«

Für einen Moment verspürte Nangō einen Funken Hoffnung, aber dann wurde ihm klar, dass ein tragischer Ausgang unvermeidlich war. »Aber das würde dann trotzdem für ihn lebenslange Haft bedeuten.«

»Das wäre ein angemessenes Urteil.«

»Das darf einfach nicht sein!«, rief Nangō empört. Die Möglichkeit, dass Jun'ichi das Ehepaar Utsugi tatsächlich umgebracht hatte, lag jenseits seiner Vorstellungskraft.

Der Junge hatte nur um der Erfolgsprämie willen seinen Kopf für Ryō Kihara hingehalten.

»Gibt es denn nichts, keinen Ausweg, um Jun'ichi zu helfen?«

»Na ja …«, wollte Nakamori ansetzen, aber Nangō brachte ihn mit einer Geste zum Schweigen. Ihm war etwas eingefallen. Nangō senkte die Stimme, als er Nakamori seinen Gedanken mitteilte: »Ich kann nicht glauben, dass einer von den beiden, Jun'ichi oder Kihara, den Mord am Betreuer und seiner Frau begangen hat. Also muss der Täter noch auf freiem Fuß sein.«

Nakamori erstarrte und blickte Nangō fragend an.

»Wenn man den Kerl fassen würde, wären die beiden gerettet«, erklärte ihm Nangō.

»Besteht denn da noch irgendeine Chance?«

Nangō versank in mutlosem Schweigen.

In Anbetracht der neuen Situation war jetzt der Einspruch vor Gericht, mit dem er Sugiura beauftragt hatte, tatsächlich ein Rettungsanker. Wenn das funktionierte, könnte man allein durch die fünfte Revision, in der der Fall wieder aufgerollt würde, etwas Zeit rausschlagen. Wenn inzwischen das bisher unauffindbare Kontobuch entdeckt werden würde und man darüber den Mörder ermitteln könnte …

»Wir müssen es versuchen«, sagte Nangō.

»Bis der wahre Täter gefasst ist, nehmen Sie Mikami auf jeden Fall unter Ihre Fittiche. Das hat Vorrang. Denn wenn man ihn jetzt verhaftet und er ein falsches Geständnis ablegt, ist alles aus«, forderte ihn Nakamori eindringlich auf.

Nangō nickte. »Wenn ich hier aus dem Verhörraum gehe, wie soll ich mich am besten verhalten?«

»Vermutlich wird man Sie beschatten. Versuchen Sie, die Verfolger irgendwie abzuschütteln. Dann nehmen Sie Kontakt zu ihm auf und tauchen zusammen unter.«

»Okay.«

»Hauptverkehrsstraßen und Bahnhöfe werden am schärfsten überwacht, da müssen Sie besonders vorsichtig sein.«

»Und was ist mit meinem Handy?«, fragte Nangō weiter und holte sein Mobiltelefon hervor. Als sie das erste Mal in Katsuura waren, hatte er Funakoshi seine Visitenkarte mit der Handynummer überreicht. »Besteht die Gefahr, dass sie die Anrufe zurückverfolgen?«

»Allerdings. Selbst wenn Sie nicht damit telefonieren, aber das Gerät eingeschaltet ist, kann man es jederzeit orten.«

»Könnte ich abgehört werden?«

»Das wohl eher nicht. Es handelt sich ja nicht um organisierte Kriminalität.«

Nangō erhob sich und wandte sich, kurz bevor er den Raum verließ, noch einmal an Nakamori, um ihm eine letzte Frage zu stellen: »Herr Nakamori, wieso stehen Sie uns eigentlich zur Seite?«

Der Staatsanwalt antwortete entschieden: »Es geht mir um Gerechtigkeit. Nicht mehr und nicht weniger.«

Nangō suchte sich vom Polizeirevier den unauffälligsten Weg zum belebten Fischereihafen.

Er lief am Deich entlang, hinter dem man sich gut verbergen konnte. Von Fischreusen und anderem Angelgerät halbwegs verdeckt, spähte er hinter sich, und sofort bemerkte er einen Mann, offenbar einen Zivilbeamten.

Er durchschaute Funakoshis Taktik. Die offene Beschattung sollte dazu führen, dass er nicht mit Jun'ichi in Kontakt treten konnte. Auf sich allein gestellt sollte Jun'ichi der Fahndung ins Netz gehen, das sich über das gesamte Stadtgebiet von Katsuura zog.

Wie sollte er jetzt bloß vorgehen? Selbst wenn es ihm gelang, den Verfolger abzuschütteln, war es ohne einen Anruf oder der Benutzung der öffentlichen Verkehrsmittel unmöglich, Kontakt zu Jun'ichi aufzunehmen.

2

Während er sich in der Bibliothek aufhielt, hatte Jun'ichi sein Handy die ganze Zeit über ausgeschaltet, weil es sich auf keinen Fall stören lassen wollte.

Kurz nach neun war er von der Hitze aufgewacht. Er hatte das Apartment verlassen, um auswärts zu frühstücken, wie er Nangō auf seiner Notiz geschrieben hatte. Danach fuhr er mit der Bahn nach Nakaminato. Er wollte in die Gegend, in die es ihn als jugendlichen Ausreißer getrieben hatte, um noch einmal gründlich über seine zwei Jahre zuvor begangene Tat nachzudenken. Doch schon als er aus dem Zug stieg, spürte er die altbekannte Übelkeit, sodass er seinen Plan verwarf. Stattdessen besuchte er die örtliche Bibliothek, die er auf dem Stadtplan am Bahnhof von Nakaminato entdeckt hatte. Er wollte sich Bildbände über buddhistische Kunst anschauen. Das Bildnis des Feuergottes Fudo Myōō, das er in der Haupthalle des versunkenen Tempels gesehen hatte, wollte ihm nicht mehr aus dem Kopf.

Im Lesesaal zog er wahllos alle möglichen Bücher über Buddhismus aus dem Regal und ließ sich damit an einem der Tische nieder. Um ihn herum saßen Studenten, die hier offenbar für ihr Examen büffelten.

In den Bänden fanden sich diverse buddhistische Gottheiten: Mahavairocana, Maitreya, Asura und viele andere. Und dennoch besaß der Unbewegliche mit dem grimmigen Antlitz eine ganz spezielle Aura. Wieso übt gerade diese Statue eine solch starke Faszination auf mich aus?, wunderte sich Jun'ichi.

Beim Durchstöbern der diversen Bände sprang ihm plötzlich eine Überschrift ins Auge: »Gestaltungstechniken buddhistischer Skulpturen.«

Von Beruf her mit dem Formenbau für den industriellen Gebrauch vertraut, interessierte ihn die historische Bildhauerkunst. Wachsausschmelzverfahren, modellierte Tonfiguren und andere – es gab die verschiedensten Techniken bei der Herstellung von Skulpturen. Beim sogenannten Dakkatsu-Verfahren, einer Trockenlacktechnik, handelte es sich um Tonmodelle mit einem Holzkern, die dann mit in Lack getränkten Leinentüchern mehrfach beklebt werden. Jun'ichi fand besonders den letzten Arbeitsschritt in dieser Trockenlacktechnik bemerkenswert. Wenn die äußere Lackschicht getrocknet und die Figur vollendet ist, wird die Füllung aus Tonerde entfernt.

»*Die Buddha-Statuen der Trockenlacktechnik zeichnen sich dadurch aus, dass ihr Inneres hohl ist*«, stand im Text.

Nachdem Jun'ichi sich die Passage mehrmals durchgelesen hatte, klappte er den Bildband zu. Der Hohlraum des Feuergottes im Tempel war die einzige Stelle, wo sie nicht nachgeschaut hatten. Könnte dort nicht das verschwundene Kontobuch versteckt sein?

Jun'ichi stellte die Bücher eilig ins Regal zurück und verließ die Bibliothek. Er versuchte Nangō auf dem Handy zu erreichen, aber der meldete sich nicht. »Ich bin auf einen neuen Hinweis gestoßen«, lautete seine knappe Nachricht auf Nangōs Mailbox. Anschließend versuchte er, Sugiura in dessen Kanzlei zu benachrichtigen. Aber auch dort ging niemand ans Telefon.

Er fragte sich, ob in der Zwischenzeit etwas Wichtiges vorgefallen war, und sprach auch dem Rechtsanwalt auf Band: »Vielleicht befinden sich die fehlenden Beweise doch im Tempel.«

Als er den Anruf beendet hatte, entdeckte er eine soeben eingegangene Sprachnachricht auf dem Handy. Als er die Ansage abspielte, ertönte Nangōs Stimme: »Jun'ichi? Hier ist Nangō. Die Dinge entwickeln sich gerade sehr merkwürdig. Auf den gefundenen Beweisstücken sind deine Fingerabdrücke nachgewiesen worden ...«

Seine eigenen Fingerabdrücke?

Jun'ichi runzelte die Stirn. Denen muss irgendein Fehler unterlaufen sein, dachte er. Es konnte doch unter keinen Umständen sein, dass sich seine Fingerabdrücke auf den Beweisstücken befanden!

»... Hör zu! Geh auf gar keinen Fall in unsere Wohnung zurück. Vertreib dir die Zeit an irgendeinem Ort, wo du nicht auffällst ...«

Nach ihm wurde gefahndet. Ihm wurde eiskalt. Er erinnerte sich an die Situation vor zwei Jahren, wie er in Handschellen abgeführt worden war.

Vor zehn Jahren, als das Ehepaar Utsugi ermordet wurde, war er zusammen mit Yuri in Nakaminato gewesen. Und seine Fingerabdrücke befanden sich auf den vom Tatort entwendeten Gegenständen ...

Jun'ichi spürte Panik in sich aufsteigen. Es sah so aus, als würde er bald Ryō Kiharas Platz einnehmen. Nun wäre er derjenige, der durch falsche Beschuldigungen zum Tode verurteilt werden würde!

Aber wie konnte es sein, dass seine Fingerabdrücke nachgewiesen wurden? Dafür fand er überhaupt keine Erklärung. Starr vor Angst stand er vor dem Bibliotheksgebäude und schaute sich vorsichtig um. Nirgends waren Polizisten zu entdecken.

Mit gesenktem Kopf setzte er sich in Bewegung und erreichte alsbald den Weg zum Strandbad. Er ging betont langsam, auch wenn ihm das Herz bis zum Hals schlug. In einem Souvenirshop kaufte er sich einen Sonnenhut und eine Sonnenbrille, um sein Gesicht zu verbergen.

Wieder auf der Straße wählte er Nangōs Nummer und hoffte inständig, er möge ans Telefon gehen, aber der Anschluss war nach wie vor nicht erreichbar.

Die Beschattung ihres Zielobjekts wurde für die Polizei in der Mittagshitze zu einer harten Geduldsprobe. Die erste halbe Stunde schlenderte Nangō scheinbar ziellos durch die Innenstadt von Katsuura, bevor er plötzlich zu rennen anfing und kreuz und quer durch schmale Gassen sprintete, bis er seine Verfolger schließlich abgeschüttelt hatte.

Funakoshi, der die Observation leitete, hatte allerdings mit so etwas schon gerechnet. Er hatte weitere Beamte in dem engen Viertel verstreut positioniert, die sich per Funk verständigten, um Nangō erneut einzukreisen.

Offenbar hatte der Trick funktioniert. Nangō schien sich in Sicherheit zu wiegen, seine Verfolger abgehängt zu haben, und betrat, ohne sich noch einmal umzuschauen, ein italienisches Restaurant am Bahnhof.

Fünf Beamte bezogen vor dem Eingang Stellung. Ein Fahnder mischte sich unter die Gäste und informierte die Einsatzleitung darüber, dass sich Jun'ichi Mikami nicht dort befand. Da Nangō gerade mit jemandem telefonierte, war zu vermuten, dass er sich bald mit ihm treffen würde. Die nächsten drei Stunden brachten beide Parteien allerdings mit Warten zu. Die Abenddämmerung setzte bereits ein, als Nangō sich endlich von seinem Platz erhob. Kurz darauf verließ er das Lokal und stieg die Treppe im Bahnhof Katsuura hoch.

Es sah aus, als würde er den Zug nehmen wollen, aber stattdessen betrat er die öffentliche Toilette. Als Nangō das WC und auch den Bahnhof wieder verließ, wäre er fast mit dem Beamten, der ihm dicht auf den Fersen war, zusammengestoßen. Der Beschatter drehte ab, blieb zurück, und Nangō, der sich wieder auf der Bahnhofstraße befand, wurde nun von der zweiten und dritten Staffel verfolgt.

Am Ende der Hauptstraße angelangt, bog Nangō in ein Wohnviertel ab. Die Erwartung der Verfolger war aufs Äußerste gespannt. Er war bestimmt auf dem Weg zu dem mit Jun'ichi Mikami vereinbarten Treffpunkt. Und ja, kurz darauf schien sich ihre Vermutung zu bestätigen: Nach weiteren zehn Minuten Fußweg betrat Nangō ein Wohnhaus mit dem Schild »Villa Katsuura« und verschwand in dem zweistöckigen Gebäude. Einer der Beamten holte sich über Funk sofort weitere Instruktionen von der Zentrale. Funakoshis Befehl lautete: »Zugriff!« Vier Beamte postierten sich vor dem Haus, um den Fluchtweg zu versperren, während die anderen die Treppe hinaufstürmten und an die Tür hämmerten, hinter der Nangō verschwunden war.

»Ja?«, hörten sie seine Stimme von drinnen.

»Wir sind von der Polizei Katsuura, machen Sie bitte auf!«

Der Anweisung des Beamten folgend wurde die Tür geöffnet, und ein verblüfftes Gesicht spähte durch den Spalt. »Wie, die Polizei?«

»Wir sind uns vorhin begegnet«, sagte der Beamte, der

auch im Verhörraum zugegen gewesen war, merkte jedoch sofort, dass etwas nicht stimmte. Nangōs Gesichtszüge schienen irgendwie verändert.

Im Kopf des Beamten läuteten die Alarmglocken, als er sich dessen bewusst wurde, dass ihm gerade ein ungeheurer Fauxpas unterlaufen war. »Wer sind Sie denn?«, fragte er.

»Mein Name ist Nangō, Shōichi Nangō.«

»Was machen Sie denn hier? Was soll das ganze Theater?«

»Ich bin der Zwillingsbruder«, sagte der Mann und grinste verschmitzt. »Ich bin Shōji noch einen Gefallen schuldig.«

Nangō hatte im Bahnhof Katsuura noch fünf Minuten in der öffentlichen Toilette ausgeharrt, bevor er eiligst den Bahnhof verließ. Es hatte mehr als drei Stunden gedauert, bis sein Bruder aus Kawasaki in Katsuura ankam. Und es war äußerst unangenehm, als er in der engen Toilettenkabine die verschwitzte Kleidung seines Bruders anziehen musste. Aber jetzt war keine Zeit für derartige Befindlichkeiten.

Als Nangō am Kreisverkehr vor dem Bahnhof das geparkte Auto seines Bruders fand, konnte er mit dessen Wagenschlüssel einsteigen. Er trat aufs Gaspedal und fuhr schnurstracks nach Nakaminato.

Er hatte bereits die von Jun'ichi hinterlassene Nachricht auf seinem Anrufbeantworter abgehört. »Ich bin auf einen neuen Hinweis gestoßen.«

Was sollte das nun wieder heißen? Es stand doch im völligen Widerspruch zum Fund seiner Fingerabdrücke, dass Jun'ichi weiterhin nach dem wahren Täter suchte. Er musste ihn persönlich sprechen, aber das Handy konnte er keinesfalls benutzen, da das Risiko einer Fangschaltung zu groß war. Er überlegte, irgendwo anzuhalten und ein öffentliches Telefon zu suchen, doch dann entschied er sich dagegen. Vorrang hatte erst einmal, dass er unentdeckt aus der Stadt gelangte.

Als er schon eine Weile auf der Staatsstraße Richtung Süden unterwegs war, warnte ihn ein Fahrzeug auf der Gegenfahrbahn mit der Lichthupe. Vorsichtshalber drosselte Nangō das Tempo. Ihm fiel Nakamoris Ratschlag ein, er solle sich auf Hauptverkehrsstraßen in Acht nehmen. Vermutlich lauerten ein Stück weiter Kontrollposten.

Nangō versuchte, sich die Landkarte von Nakaminato in Erinnerung zu rufen, die er bisher mehrfach zurate gezogen hatte. Die einsame Straße, die zu Kōhei Utsugis Haus führte, schlängelte sich doch weiter durch die Berge und sollte letztlich wieder in Richtung Katsuura führen. Er besann sich auf die Stelle, wo die Route auf die Staatsstraße mündete, und wendete den Wagen, um den Weg durch die Berge zu nehmen.

Nangō wollte die einzige ihnen wohlgesonnene Person in Nakaminato um Beistand bitten. Es war der Auftraggeber, der eine hohe Erfolgsprämie ausgesetzt hatte, um Ryō Kiharas Unschuld zu beweisen. Wenn er Norio Andō, dem Besitzer des Hotels Sunshine, die Situation erklärte, würde er ihm und Jun'ichi bestimmt Zuflucht gewähren.

Mittlerweile war die Sonne untergegangen. Auf der Bergroute, die durch das Inland der Bōsō-Halbinsel führte, war nicht mit Polizeikontrollen zu rechnen.

Nangō wollte schnellstens im Hotel Sunshine Jun'ichi anrufen, und zwar von einem Apparat aus, der nicht überwacht wurde.

Hoffentlich hat man ihn noch nicht geschnappt, betete er inständig.

Mit Hut und Sonnenbrille maskiert, hatte Jun'ichi indessen den ganzen Nachmittag am Strand verbracht. Am etwa dreihundert Meter langen Abschnitt tummelten sich haufenweise junge Leute in Badekleidung. Inmitten des Gewimmels hatte er immer wieder versucht, Nangō anzurufen, aber dessen Anschluss war nach wie vor nicht erreichbar.

Als die Sonne sich bereits dem Horizont zuneigte, wurde er zunehmend nervöser. Die den ganzen Tag über dicht bevölkerte Bucht leerte sich allmählich. Wenn er weiterhin hier sitzen blieb, würde er erst recht auffallen.

Jun'ichi erhob sich und ließ den Blick über die Umgebung schweifen, bevor er sich gemächlich in Bewegung setzte. Er konnte niemanden entdecken, der wie ein Beamter in Zivil aussah.

Vielleicht bin ich in Nakaminato sicherer aufgehoben, dachte er. Gleich darauf drängte sich ihm eine neue Befürchtung auf. Womöglich war Nangō von der Polizei in Katsuura festgenommen worden.

Er steuerte die Einkaufsmeile an. Sein Plan war, so schnell wie möglich zu dem versunkenen Tempel lag zu gelangen, um das Innere der Buddha-Statue zu durchsuchen. Wenn er dort die Beweise fand, die den wahren Täter entlarvten, dann würde er nicht nur Ryō Kihara vor dem Galgen retten, sondern auch den Verdacht, der auf ihm selbst lastete, ausräumen können. Um seine eigene Haut zu retten und Nangō zu helfen, gab es nur noch diesen Ausweg: den Raubmord von vor zehn Jahren aufzuklären.

Jun'ichi hielt nach einem Haushaltswarengeschäft Ausschau, um sich Arbeitshandschuhe, ein Seil und eine Taschenlampe zu besorgen. Er verstaute alles in seinem Rucksack und begab sich zum Bahnhof, wo er ein Rent-A-Bike-Schild an einem Souvenirshop entdeckt hatte, und mietete sich ein Fahrrad. Um in die Berge zu gelangen, wäre ein Taxi zu auffällig gewesen.

Jun'ichi radelte, die Staatsstraße überquerend, auf den Weg, der zu Kōhei Utsugis Haus hinausführte. In dem Augenblick raste ein Pkw mit hoher Geschwindigkeit an ihm vorbei. Er glaubte, Nangō am Steuer gesehen zu haben, und drehte sich um, aber es war ein anderes Modell, kein Civic.

Jun'ichi setzte Hut und Sonnenbrille ab und verstaute die Sachen im Rucksack. Dann raffte er sich auf und machte sich an den steilen Aufstieg der Serpentinenstraße.

Erleichtert bog Nangō auf den Parkplatz des Hotels Sunshine. Offenbar war es ihm gelungen, Katsuura zu verlassen und unbemerkt in Nakaminato anzukommen. Dennoch musste er weiterhin auf der Hut sein. Er musste davon ausgehen, dass die Polizei auch Hotels im Visier hatte.

Als er die Hotellobby betrat, schaute er sich prüfend um. Aber glücklicherweise befand sich dort nur eine Schulgruppe, von lauernden Beamten keine Spur.

An der Rezeption empfing ihn der gleiche Manager wie neulich. Nangō bat um ein Gespräch mit dem Besitzer, was ihm nach kurzer Rücksprache gewährt wurde.

Als er wieder im Korridor der zweiten Etage an die letzte Bürotür klopfte, begrüßte ihn Andō in seiner üblichen zuvorkommenden Art.

»Kommen Sie mit Ihren Ermittlungen voran?«, erkundigte sich der Hotelbesitzer und lud ihn ein, auf dem Sofa Platz zu nehmen.

Nangō fühlte sich leicht beklommen, denn er befand sich in einer heiklen Lage. Der Auftraggeber hatte Sugiura die strikte Anweisung erteilt, anonym bleiben zu wollen. Insofern war es äußerst ungünstig, hierherzukommen und ihn in dieser Eigenschaft um einen Gefallen zu bitten. Damit würde er Andō signalisieren, dass der Rechtsanwalt gegen seine Schweigepflicht verstoßen hatte.

»Wir sind einen weiteren Schritt vorangekommen«, sagte er unverfänglich. »Aber bevor ich Ihnen ausführlich darüber berichte, hätte ich eine kleine Bitte. Darf ich mal telefonieren?«

»Nur zu«, forderte ihn Andō lächelnd auf und wies auf den Apparat neben dem Aschenbecher.

Nangō nahm den Hörer ab und wählte Jun'ichis Nummer. Es ertönte ein Klingelzeichen. Innerlich flehend, er möge rangehen, hörte er endlich seine Stimme.

»Hallo? Herr Nangō, sind Sie es?«

»Jun'ichi!«, rief Nangō aufgeregt.

»Ist alles in Ordnung bei Ihnen?«

Nangō freute sich ungemein, als er Jun'ichis Stimme hörte. »Um mich brauchst du dir keine Sorgen zu machen. Aber was ist mit dir? Hast du meine Nachricht erhalten?«

»Ja, ich weiß Bescheid. Aber was soll das bedeuten?«

»Wie meinst du das: Was soll das bedeuten?«

Jun'ichi schien irritiert. »Wieso sind meine Fingerabdrücke nachgewiesen worden?«

Nangō fragte verblüfft zurück: »Moment mal! Soll das heißen, du hast keine Ahnung? Bitte sei ehrlich!«

»Nein!«, erwiderte Jun'ichi. »Ich habe weder die Krummhacke noch den Namensstempel jemals angefasst.«

»Und was war vor zehn Jahren? Du sagtest, du könntest dich nur vage daran erinnern.«

Jun'ichi geriet ins Stammeln. »Aber ich habe doch das Ehepaar Utsugi nicht umgebracht! Ich schwöre.«

»Na gut, ich glaube dir«, sagte Nangō. »Ist dir bewusst, in welcher Situation du dich momentan befindest?«

»Ja«, erwiderte Jun'ichi. Seine Stimme klang angespannt. »Ich bin in der gleichen Situation wie Ryō Kihara.«

»So ist es«, sagte Nangō, wohl wissend, was Jun'ichi im Moment durchmachte.

»Ich bin auf dem Weg zum Tempel.«

»*Was?*«, fragte Nangō erstaunt zurück.

Jun'ichi berichtete ihm von seiner Entdeckung in der Bibliothek. »Weder wir noch die Polizei haben das Innere der Figur untersucht.«

»Ah, verstehe«, erwiderte Nangō und warf einen flüchtigen Blick zu Andō. Der Hotelbesitzer tat so, als wäre er mit seinem Terminkalender beschäftigt. »Ich bin übrigens gerade im Hotel Sunshine.«

»Ah ja!« Jun'ichis Stimme klang positiver. »Als Auftraggeber sollte er uns helfen können, oder?«

»Ja, hoffentlich«, sagte Nangō lachend. Dann fiel ihm ein, dass der Tempel ein geeigneter Platz war, um sich zu verstecken. »Falls du die Beweise findest, rühr dich nicht von der Stelle. Ich komme sofort zu dir.«

»Einverstanden.«

»Ich kann mein Handy derzeit nicht benutzen. Mach dir also keine Sorgen, wenn ich nicht erreichbar bin.«

»Ja.« Jun'ichi stellte noch eine letzte Frage. »Herr Nangō, es ist doch alles Ordnung, oder?«

»Ja, alles okay. Wir werden das hinkriegen.«

»Na, dann bis später!«

Als er aufgelegt hatte, sagte Nangō zu Andō: »Danke für den Gefallen. Wir werden höchstwahrscheinlich Ryō Kiharas Unschuld beweisen können.«

Andō riss die Augen auf. »Wirklich?«

»Ja.« Während Nangō sich fragte, inwieweit der Anwalt Sugiura seinen Mandanten über alles informierte, erklärte er: »Jetzt ist übrigens noch ein schwerwiegendes Problem aufgetaucht. Ihre Unterstützung wäre deshalb dringend erforderlich.«

»Selbstverständlich. Wobei kann ich Ihnen denn behilflich sein?«

»Wenn es Ihnen nichts ausmacht, könnten Sie mich mit Ihrem Wagen in die Berge zu einer Stelle nahe des Tatorts fahren.«

»Liegen dort die Beweisstücke?«

»Ja.«

»Ich bringe Sie hin«, sagte er und griff zum Telefon auf dem Schreibtisch, um seinen Wagen vor das Hauptportal fahren zu lassen. »Wir können sofort los.«

Als sie das Büro verließen und unterwegs zum Erdgeschoss waren, bat Nangō den Hotelchef noch um einen weiteren Gefallen, und dieser erklärte sich sofort bereit, ihm und Jun'ichi in seinem Hotel Unterschlupf zu gewähren.

Vor dem Portal wartete bereits der Mercedes, und Nangō stieg auf Andōs Aufforderung hin auf der Beifahrerseite ein. Nachdem sich der Hotelbesitzer hinters Steuer gesetzt hatte, stellte er die Klimaanlage eine Stufe höher und löste die Krawatte.

Leicht verwundert registrierte Nangō die Geste. Der Hotelbesitzer trug nicht die Art Schlips, die man sich um den Kragen band, sondern der Krawattenknoten war abnehmbar.

Als Andō seinen irritierten Blick bemerkte, sagte er lachend: »Wenn ich mir das Ding um den Hals schlingen müsste, würde ich ersticken vor Hitze.«

Nangō nickte, ebenfalls lächelnd, und dann fielen ihm Andōs Arme auf, die aus dem kurzärmligen Hemd hervorschauten: Der Besitzer des Hotels Sunshine trug keine Armbanduhr.

Jun'ichi stand oben am Steilhang und fragte sich besorgt, ob seine Ausrüstung ausreichen würde.

Jetzt, da die Sonne bereits untergegangen war, lag der Erdwall unter ihm in Dunkelheit. Nur mit der Taschenlampe ausgestattet, fühlte er sich extrem unsicher. Der Luftzug, der ihm über die Wangen strich, fühlte sich auf einmal klamm an. Er bereute es, keine Schaufel mitgenommen zu haben. Immerhin bestand die Gefahr, dass bei einem starken Regenguss der Einstieg zum Tempel verschüttet wurde.

Aber er konnte nicht länger warten. Entschlossen packte er das Seil, das bereits am Hang herabbaumelte. Nachdem er die Taschenlampe so in seinen Gürtel gesteckt hatte, dass sie den Weg nach unten beleuchtete, machte er sich an den Abstieg zum Schacht, der ins Innere des Tempels führte. Die Arbeitshandschuhe aus dem Haushaltswarenladen waren extrem rutschig, ebenso das Seil, dennoch befand er sich wenige Minuten später wohlbehalten am Einstieg.

Mit der Taschenlampe in der Hand ließ er sich in die stockfinstere Öffnung hinabgleiten. Der Schimmelgeruch hatte sich mittlerweile etwas verflüchtigt.

Jun'ichi lief über die Holzplanken und betrat die Tempelhalle.

Die Stufen lagen direkt vor ihm. Er tastete sich behutsam bis zum Anfang der Treppe und richtete die Taschenlampe nach oben. Das äußerste Ende des Lichtstrahls verschwand im Dunkeln. Jun'ichi ließ die Lampe tiefer sinken und zählte die Stufen. Es waren dreizehn.

Dreizehn Stufen.

Er schloss unwillkürlich die Augen. Ist das ein schlechtes Omen? Ein Zeichen für den Untergang?

Doch wenn er die dreizehn Stufen nicht ganz bis nach oben schaffte, dann würden weder Ryō Kihara noch er selbst gerettet werden können.

Jun'ichi hob den Kopf und stieg langsam die Treppe hinauf.

Andō manövrierte den Mercedes die Bergstraße hinauf. Bis zum Tempelbezirk brauchten sie nur noch etwa eine Viertelstunde.

Nangō saß grübelnd auf dem Beifahrersitz. Was hat uns auf die falsche Fährte gebracht? Das Timing passte doch so gut: Sugiura rief ausgerechnet an dem Tag an, als sie Andō das erste Mal aufgesucht hatten. Der Anwalt informierte sie über die Beschwerde seines Mandanten, dass Jun'ichi immer noch bei der Suche dabei sei. Daraus hatten sie geschlussfolgert, dass Andō der Auftraggeber wäre, denn kurz zuvor waren er und Jun'ichi ihm begegnet.

»Bis wohin soll ich Sie fahren?«, erkundigte sich Andō.

»Noch ein Stückchen weiter. Der Weg führt direkt am Haus der Utsugis vorbei.«

Nangō kombinierte sofort weiter. Der wahre Täter

musste jemand sein, der vor dem Mord am Bewährungshelfer bereits vorbestraft war. Ein Straftäter, bei dem eine
Menge auf dem Spiel stand, als er von seinem Betreuer
Kōhei Utsugi erpresst wurde. Außerdem musste es eine
wohlhabende Person gewesen sein, die bis zur Mordtat
mehrmals große Summen an Utsugi überwiesen hatte.

Nach einem verstohlenen Blick auf die uhrenlosen
Handgelenke des Hotelbesitzers sagte Nangō: »Herr
Andō, Sie scheinen ein sehr verantwortungsbewusster
Mensch zu sein.«

»Finden Sie?«

»Gewiss doch. Sie haben sich so für Ryō Kihara stark-
gemacht.« Dann hakte er nach: »Sie sind bestimmt der
Blutgruppe-A-Typ, oder?«

»Nein, ich habe Blutgruppe B.«

Jetzt war Nangō sich nahezu sicher. Würden die Beweismittel gefunden, bedeutete das für den wahren Täter das
sichere Todesurteil. Wenn das seit zehn Jahren verschwundene Kontobuch entdeckt würde, müsste der Mörder alles
dransetzen, um es vor der Polizei in die Hände zu bekommen.

Der Mercedes fuhr an dem verlassenen Haus vorüber,
und die Asphaltstraße ging in den unbefestigten Forstweg
über.

»Was für eine Buckelpiste, sind wir nicht bald da?«,
fragte Andō.

»Ja«, erwiderte Nangō. Ihm fiel ein, dass er vorhin im
Büro des Hotelbesitzers bei seinem Telefonat mit Jun'ichi
den Tempel mit keinem Wort erwähnt hatte. »Mein Partner wartet bereits da vorn mit den gefundenen Beweisstücken.«

»Da vorn – wo ist das?«

»Mitten im Wald. In einer Hütte, die früher vom Forstamt genutzt wurde.«

Im Dunkeln erreichte Jun'ichi endlich die letzte Stufe.

Nangō müsste doch langsam eintreffen, dachte er und leuchtete nach unten, aber der Lichtstrahl reichte nicht bis zum Einstieg.

Jun'ichi richtete nun die Taschenlampe auf die Statue in der Mitte der oberen Halle.

Fudo Myōō, das heilige Schwert fest im Griff, um das Böse zu besiegen, zeigte sich in kämpferischer Positur. Ursprünglich war er die höchste heidnische Gottheit. Mit seiner überwältigenden Zerstörungskraft inkarnierte er zum Schutzgott, der allen Feinden Buddhas die Stirn bot. Diejenigen, die sich an dem von Shakyamuni geschaffenen Paradies, dem Reinen Land, versündigten und gegen die buddhistische Lehre verstießen, wurden durch das heilige Schwert mit einem Hieb vernichtet.

Jun'ichi begriff nun, weshalb ihn dieses Bildnis so sehr anzog. Es stand in den Schriften, die er kürzlich gelesen hatte. Dort hieß es, im Buddhismus sei der vernichtende Gott dazu auserkoren, die Törichten zu strafen, denen allein dadurch, dass Buddha ihnen gütiges Mitgefühl entgegenbringt, nicht zu helfen war.

Die Vorstellung, dass Fudo Myōō ihn als Feind betrachten könnte, betrübte Jun'ichi, und er legte die Hände zum Gebet aneinander. Dann schritt er auf die Statue des Feuergottes zu und streckte die Hand nach dem Torso aus.

Sofort überkam ihn eine ungeahnte Empfindung, und er schreckte schaudernd zurück. Das grimmige Antlitz vor sich, streifte er die Handschuhe ab und probierte es noch einmal, diesmal berührte er sie mit bloßen Fingern.

Kein Zweifel, die Skulptur bestand aus Holz. Es gab also keinen Hohlraum wie bei den Dakkatsu-Arbeiten.

Es war frustrierend! Seine Hoffnung, dass sich im Innern der Figur die Beweisstücke finden würden, hatte sich damit zerschlagen.

In diesem Augenblick hörte er ein schwaches Motorengeräusch. Jun'ichi nahm an, dass es sich um Nangō handelte, und wandte sich dem Eingang zu, aber statt anzuhalten, fuhr der Wagen einfach weiter.

Jun'ichi wandte sich wieder dem Götterbildnis zu und beschloss, die gesamte Statue nochmals genauer mit der Taschenlampe zu untersuchen. Dabei entdeckte er an ihrem Rücken eine quadratische Markierung. Aber die Aureole aus flackernden Flammen versperrte ihm die komplette Sicht darauf, sodass er sie nicht näher in Augenschein nehmen konnte.

Jun'ichi legte abermals die Handflächen zum Gebet aneinander, bevor er an der Aureole zog. Das gewaltige Standbild kippte leicht nach vorn, sodass sich der im Korpus verankerte Flammenkranz abnehmen ließ.

Er legte ihn beiseite und hielt den Lichtstrahl auf den freigelegten Rücken, um den viereckigen Rahmen genauer zu untersuchen.

Es handelte sich dabei tatsächlich um eine Klappe. Vielleicht besaßen ja auch die hölzernen Statuen einen vorgesehenen Hohlraum, dachte Jun'ichi hoffnungsvoll. Mit rasendem Herzen tastete er vorsichtig die Ränder ab. Die Ritzen waren zwar mit Farbe überstrichen, aber er konnte genau fühlen, dass die Klappe mit einem harzigen Klebstoff befestigt war. Das konnte doch keine antike Technik sein, die musste aus jüngerer Zeit stammen!

Jun'ichi versuchte, den Holzdeckel zu lösen, was ihm aber nicht gelang. Der Deckel war fest mit dem Torso verschweißt.

Jun'ichi stürmte die Treppe hinunter und suchte nach einem geeigneten Werkzeug. Da entdeckte er in einer Nische der Halle eine Hacke, die sie bei ihrem ersten Besuch tatsächlich übersehen hatten.

Damit ausgerüstet, lief er schnell die Stufen wieder hoch zur Rückseite der Skulptur. Um an den Hohlraum zu gelangen, musste er den Torso zerstören.

Jun'ichi ergriff den Stiel der Hacke und holte zum Schlag aus. Doch dann zögerte er.

Etwas hemmte ihn; ein Gefühl, wie damals bei der unheilvollen Begegnung mit Kyōsuke Samura, der durch seine Hand gestorben war. Auf der ganzen Welt wurden Massaker in Namen der Religion verübt. In diesem Augenblick konnte er nachvollziehen, welche Macht einer solchen Gottheit innewohnte.

Doch im nächsten Moment besann er sich. Nicht die hölzerne Statue konnte Ryō Kihara das Leben retten, sondern er. Jun'ichi hob die Hacke und hieb auf den Rücken ein.

Nachdem sie an dem verschütteten Tempel vorbeigefahren waren, hielt der Mercedes dreihundert Meter tiefer im Wald.

Beim Aussteigen sagte Nangō zu seinem Begleiter: »Hier führt der Weg zur Hütte.«

Andō nickte und holte eine Taschenlampe aus dem Handschuhfach. »Ich komme mit.«

»Und was ist mit Ihren Schuhen?«

»Schon gut, wenn sie dreckig werden, kaufe ich mir ein

Paar neue«, sagte er lachend mit einem Blick auf die blank polierten schwarzen Lederschuhe.

Während sie beide schweigend auf die Forsthütte zusteuerten, dachte Nangō angestrengt darüber nach, was er nun tun sollte.

Wie würde Andō reagieren, wenn er bei ihrer Ankunft merkte, dass Jun'ichi nicht da war? Das war die Gelegenheit, ihn zu entlarven. Falls er tatsächlich der Mörder war, wusste er doch auch, wo die Beweisstücke versteckt waren. Bestimmt würde er so schnell wie möglich zum Tempel wollen.

Das musste um jeden Preis verhindert werden. Fieberhaft versuchte Nangō sich zu erinnern, ob in der Hütte irgendwelche Dinge herumlagen, die er als Waffe benutzen konnte, um sich notfalls gegen Andō zu verteidigen. Aber ihm fiel nichts dergleichen ein.

Plötzlich hörte er in der Ferne Wagengeräusche. Auch Andō schien es zu bemerken, denn er blieb stehen und schaute zu Nangō. Der Motor wurde ausgeschaltet. Offenbar hielt das Fahrzeug ein Stück vor der Stelle, wo sie geparkt hatten. Das musste dann in der Nähe des Tempels sein.

Wer mag das sein? Nangō warf Andō einen verwunderten Blick zu. War er doch nicht der Täter? Gab es etwa noch eine andere Person, die daran interessiert war, die versteckten Beweise an sich zu bringen?

»Wer ist das?«, fragte nun auch Andō. Nangō zeigte sich ratlos, aber auf dem Gesicht seines Begleiters erschien nun ein Ausdruck unverhohlenen Argwohns.

Viel Zeit würde nicht mehr bleiben, ging Nangō in diesem Moment durch den Kopf, die Situation spitzte sich unaufhaltsam zu.

Der Wagen schien unterhalb des Steilhangs zu halten.

Nangō! Gleich würde er da sein.

Jun'ichi versetzte der Statue einen weiteren Hieb. Mit jedem Schlag brachte die scharfe Spitze einen Teil des Rückens zum Bersten. Noch ein Stück … noch einmal … Er hackte unentwegt weiter, bis ihm schließlich ein großes Holzstück mitsamt dem Deckel entgegenflog. Jun'ichi legte das Werkzeug beiseite, nahm die Taschenlampe und blickte in das klaffende Loch. Da war eine Schriftrolle. Als er sie herausfischte, entpuppte sie sich als alter Sutrentext. Mehr war da nicht? Er steckte den Arm weiter hinein, doch der Hohlraum reichte unerwartet tief, sodass er nicht bis nach unten gelangte. Jun'ichi griff erneut nach der Hacke und schlug mit aller Kraft auf die Statue ein.

Mit einem gewaltigen Krachen zerbarst Fudo Myōōs Rücken und gab den Boden des Hohlraums frei.

Als Jun'ichi sah, was sich ihm darbot, entfuhr ihm ein leiser Aufschrei.

Das Kontobuch. Auf dem Umschlag prangte der Name »Kōhei Utsugi«. Die dunklen Flecken darauf waren wahrscheinlich zehn Jahre altes Blut. Außerdem befand sich da noch ein Haufen zerwühlter Blätter. Das musste die vom Tatort gestohlene Personalakte über den Betreuten sein. Aber Jun'ichis Überraschung betraf noch etwas anderes. Sein Blick fiel auf etwas, das er hier nicht vermutet hatte.

Eine Krummhacke und ein Namensstempel.

Auch sie waren mit Blutspuren übersät.

Zwei Beweisstücke, von denen sie gedacht hatten, sie bereits gefunden zu haben.

Bevor sich Jun'ichi das Kontobuch vornahm, zog er sich die Handschuhe über. Behutsam blätterte er Seite für Seite um.

Was ihm sogleich ins Auge sprang, waren einige Überweisungen in Höhe von einer Million Yen. Der Name des Einzahlers lautete Norio Andō.

Der Name des wahren Täters.

Jun'ichi wandte sich unwillkürlich zum Eingang um. War der Besitzer des Hotels Sunshine nicht gerade mit Nangō zusammen? Saß Andō etwa auch in dem Auto, das weiter unten am Steilhang gehalten hatte?

Andōs Angriff erfolgte sehr viel schneller, als Nangō erwartet hatte.

Er wollte gerade die Tür der Forsthütte öffnen, als er hinter sich ein Rascheln vernahm. Blitzschnell drehte er sich um, doch bevor er reagieren konnte, raste ein Holzscheit auf sein Gesicht zu und traf ihn an der Schläfe.

Nangō duckte sich reflexartig weg. Sein linkes Ohr fühlte sich taub an, ein warmes Rinnsal lief ihm am Hals herunter. Da sauste schon ein zweiter Hieb auf ihn nieder. Nangō hielt schützend die Arme über den Kopf, aber die Schläge prasselten weiter auf ihn ein. Erst als er regungslos am Boden lag, ließ Andō von ihm ab und wandte sich der Hütte zu. Nangō hob den Kopf ein wenig und sah dicht neben sich die schwarz glänzenden Schuhe des anderen. Nangō rappelte sich hoch und umklammerte die Beine seines Gegners. Von seinem Gegenangriff überrumpelt, geriet Andō ins Straucheln und knallte gegen die Tür. Die morschen Balken barsten, und er stürzte in den Innenraum der Hütte.

Nangō warf sich auf seinen Angreifer, und es gelang ihm, Andō niederzuringen, bis dieser ihm zwischen die Beine trat. Nangō bäumte sich auf vor Schmerz. Seine Selbstverteidigungstechniken, die er als Gefängnisaufse-

her gelernt hatte, waren im Lauf der Jahre ziemlich einge-
rostet. Andō gewann die Oberhand. Er setzte sich rittlings
auf Nangō und begann, ihn mit beiden Händen zu würgen.

Nangō begriff, dass er um sein Leben kämpfte. Er bekam
keine Luft und drohte ohnmächtig zu werden. Seine
Hände griffen ins Leere, hilflos ruderte er mit den Armen
über den Boden. Dann sah er die Taschenlampe, die Andō
hatte fallen lassen. Er bekam sie zu fassen, aber Andōs
Griff war unerbittlich. Mit letzter Kraft riss er die Taschenlampe hoch und schlug sie ihm gegen die Schläfe.

Doch sein Gegner ließ nicht von ihm ab. Sein verzerrtes
Gesicht starrte auf Nangō herunter, die blutunterlaufenen
Augen quollen hervor. Da rammte Nangō ihm den Schaft
der Taschenlampe ins Auge.

Jun'ichi klappte das Kontobuch zu und verstaute es sorgfältig im Rucksack. Dann besah er sich die Krummhacke
und den Namensstempel genauer.

Wie konnte es sein, dass diese beiden Gegenstände hier
waren? Was war mit den Beweisstücken, auf denen sich
seine Fingerabdrücke befanden?

Eine Stimme in seinem Kopf riet ihm, so schnell wie
möglich von hier zu verschwinden. Falls Andō tatsächlich
vorhin mit aus dem Auto gestiegen sein sollte, wäre es zu
riskant, hier weiter herumzutrödeln.

Aber diese doppelt aufgetauchten Beweisstücke – was
hatte das zu bedeuten? Etwas mussten Nangō und er bisher komplett übersehen haben.

Noch einmal untersuchte er sorgfältig die Gegenstände.
Der Stempel mit dem Schriftzug »Utsugi« war industriell
gefertigt und nicht, wie vorgeschrieben, geschnitzt. Er war

aus gegossenem Kunststoff! In diesem Moment wurden ihm die Zusammenhänge schlagartig klar.

Ihre Suche sollte gar nicht dazu dienen, Ryō Kiharas Unschuld zu beweisen. Noch weniger kam es darauf an, Norio Andō als den wahren Täter zu entlarven. Das beachtliche Honorar, das ihnen von dem anonymen Auftraggeber garantiert wurde, stammte ausschließlich von den Zahlungen, die sein eigener Vater geleistet hatte. Jun'ichi durchschaute nun alles, sowohl den Grund, weshalb ausgerechnet er von der Suchaktion abgezogen werden sollte, sowie auch den Trick mit den vergrabenen falschen Beweismitteln, auf denen sich seine Fingerabdrücke befanden.

Das 3-D-Modellgussverfahren, das mit mikrometergenauer Präzision Kunstharz per Laser härtet. Dank dieses Systems war es doch ein Kinderspiel, nach dem Siegelabdruck in den Prozessakten einen billigen Industriestempel als Kopie anzufertigen. Und nicht nur einen Plastikstempel. Wenn man Fingerabdrücke als zweidimensionale Vorlage eingab, konnte man auch eine Art Stempel mit deren Muster anfertigen.

Jun'ichi besann sich auf seinen Besuch, den er dem anonymen Auftraggeber damals nichts ahnend abgestattet hatte. Ihm war keineswegs aus reiner Gastfreundschaft Tee angeboten worden, sondern der Mann wollte dadurch an seine Fingerabdrücke kommen.

Plötzlich hörte er unten die Dielen knarren. Der Eindringling versuchte zwar, sich möglichst lautlos heranzuschleichen, aber Jun'ichi konnte förmlich spüren, wie er die Treppe erklomm. Dreizehn Stufen, in Dunkelheit gehüllt. Stufe um Stufe näherte sich der Dämon.

Der Auftraggeber musste von diesem Ort hier durch

den Anwalt Sugiura erfahren haben. Für den Täter wäre es fatal gewesen, wären die echten Beweisstücke aufgetaucht. Sobald der Namensstempel, den er nachgemacht, mit Jun'ichis Abdrücken verfälscht und am Steilhang vergraben hatte, keine Beweiskraft mehr besaß, konnte Jun'ichi auch nicht anstelle von Ryō Kihara an den Galgen gebracht werden.

Jun'ichi richtete die Taschenlampe auf die oberste Treppenstufe. Dort stand der Mann, der ihn töten wollte.

»Zwei Jahre Haft sind lächerlich wenig«, sagte Mitsuo Samura, die Schrotflinte fest im Griff. »Dafür, dass du meinem Sohn umgebracht hast, nur zwei Jahre?«

Jun'ichi brachte vor lauter Angst kein Wort heraus. Die Mündung zielte direkt auf seinen Kopf. Er spürte den erbarmungslosen Rachedurst des Mannes.

Jun'ichi war überzeugt davon, dass Mitsuo Samura als Vater des Opfers das Recht hatte, ihn zu töten. Genauso wie er selbst, als er zwei Jahre zuvor Kyōsuke Samura getötet hatte, wollte auch Samura nun seine Vergeltung.

Mit dem Gewehr im Anschlag kam Mitsuo immer näher, in seinen Augen funkelte der blanke Hass.

»Gib mir die Beweise! Sie müssen vernichtet werden. Du warst es, der das alte Ehepaar Utsugi umgebracht hat.«

Seine Worte rissen Jun'ichi aus seiner Starre. Falls die Beweise, die Norio Andō als Täter entlarvten, vernichtet würden, wäre das Ryō Kiharas endgültiges Todesurteil. Er würde gehängt werden.

Als Samura sah, dass Jun'ichi zögerte, schrie er: »Hacke und Stempel! Los! Das Kontobuch hast du doch auch!«

Jun'ichi nickte und griff nach seinem Rucksack. Als er

hineinschaute, konnte er im Dunkeln nichts erkennen. Er hob die am Boden liegende Taschenlampe auf und tat so, als würde er den Inhalt beleuchten. Im nächsten Moment knipste er das Licht aus, und der Raum versank in Dunkelheit.

Sofort wurde ein Schuss abgefeuert. Jun'ichi warf sich voller Panik zu Boden. Es war ein ohrenbetäubender Knall.

»Du hast den Galgen verdient! Ich werde dich hinrichten!«

Der Nachhall und das Sausen in seinen Ohren waren so laut, dass Samuras Stimme nur bruchstückhaft zu ihm drang. Jun'ichi blieb reglos liegen. Er durfte nicht das geringste Geräusch von sich geben, sonst wusste der andere sofort, wo er sich befand.

Mit einem gellenden Schrei fiel Andō hintenüber. Sein linkes Auge war zerquetscht. Nangō nutzte den Moment und rang verzweifelt nach Luft. Er wälzte sich herum und versuchte, seinem Gegner auf allen vieren zu entkommen. Da erwischte ihn ein Hieb von hinten. Andō, aus dessen verwundetem Auge Blut quoll, hatte sich eine der herumliegenden Latten geschnappt und erneut zugeschlagen.

Wenn ich hier sterbe, droht nicht nur Jun'ichi Gefahr, sondern auch den Beweisen, und dann wird Ryō Kihara gehängt, schoss es Nangō durch den Kopf.

Unter Aufbietung all seiner Kraft hievte er sich hoch und taumelte in eine Ecke der Hütte. Dort lag eine Eisenkette.

Andō erkannte, was Nangō vorhatte, und versetzte ihm einen Schlag gegen die Beine. Nangō strauchelte, aber er schaffte es, die Kette zu greifen. Er wirbelte herum und drosch damit auf den Angreifer ein.

Die Kette versetzte Andō einen solchen Schlag, dass er kurz zurückwankte, sich aber rasch wieder fing. Erneut schwang er die Holzlatte über dem Kopf und drosch auf Nangō ein. Dieser holte erneut mit der Kette aus, doch Andō trat einfach weiter dicht an ihn heran und hob schon wieder die Latte. Nangō riss die Arme hoch, um den Schlag abzuwehren, dabei gelang es ihm, die Kette um Andōs Hals zu schlingen. Mit beiden Händen zog er fest zu.

»Willst du mich auch umbringen? So wie die anderen?« Nangōs Zorn brach sich nun Bahn. »Unsereins muss dafür büßen, dass solche Menschen wie du überhaupt existieren!«

Verzweifelt versuchte Andō sich zu befreien, doch Nangō zog noch fester zu. »Ich werde es nicht zulassen, dass du Kihara und Mikami in den Tod schickst! Das schwöre ich dir!«

Nangō war wie von Sinnen. Er bekam nicht mit, dass sein Gegner keinen Widerstand mehr leistete. In seinem Kopf herrschte absolute Leere. Seine Eltern, sein Zwillingsbruder, seine Frau und sein Kind, die er wieder zu sich holen wollte, sein Traum von der Bäckerei – das alles existierte in diesem Moment nicht mehr.

Andōs Gesicht war bräunlich-fahl angelaufen, die tiefrot verfärbte Zunge hing ihm aus dem Mund.

Entsetzt kam Nangō zu sich und ließ die Kette los.

Andōs Körper sackte langsam zu Boden.

Wie betäubt starrte Nangō auf den Toten herab, der zu seinen Füßen lag.

Er hatte einen Mörder getötet, aber dieser Ort war keine Hinrichtungsstätte.

Mitsuo Samura hatte die Hoffnung längst aufgegeben, dass Jun'ichi durch das Gesetz seine Strafe erhielt. Nun sollte ihm dieser versunkene Tempel als Schauplatz seiner Rache nur recht sein.

In dem stockfinsteren Raum, wo man sich nur noch auf sein Gehör verlassen konnte, lief Samura hin und her und raunte unablässig: »Wo steckst du?«

Jun'ichi hielt den Atem an. Jedes Mal, wenn Samura auftrat, spürte er die leise Erschütterung. Der Verfolger kam näher, unweigerlich, Schritt um Schritt.

Jun'ichi, der kaum noch Luft bekam, konnte es nicht mehr aushalten. Panisch riss er den Rucksack an sich und stürzte davon.

Samura gab einen kurzen Aufschrei von sich, und schon knallte hinter Jun'ichi ein Schuss. Für einen Augenblick erhellte das Mündungsfeuer seinen Fluchtweg. Bis zur Treppe waren es noch drei Meter. Aber das kurze Aufflammen hatte auch dem Jäger die Position seiner Beute verraten. Die leere Patronenhülse wurde ausgestoßen, die nächsten Schrotkugeln flogen in seine Richtung. Holzteile splitterten durch den Raum und verletzten ihn. Beim nächsten Schuss spürte er einen Schmerz am rechten Bein, als würde ihm dort ein Stück Haut abgeschürft. Eine der Kugeln hatte ihn gestreift.

Jun'ichi sprang hinter Fudo Myōō und lehnte sich mit dem Rücken gegen die Statue. Im nächsten Moment erschütterte ein gewaltiges Krachen die Umgebung, als hätte sich der Höllenschlund aufgetan. Voller Entsetzen suchte Jun'ichi Halt an den Dielen, die unter ihm in Bewegung gerieten. Kein Zweifel. Einer der tragenden Pfeiler, die die obere Etage stützten, war unter Samuras blindwütiger Ballerei zersplittert.

Der ganze Boden begann sich zu neigen. Samura begriff, was geschah, und kam stampfend angerannt. Das ist das Ende, dachte Jun'ichi. Jetzt ging es um alles oder nichts.

Um einen Weg aus dem Chaos zu finden, schaltete Jun'ichi die Taschenlampe kurz ein. Samura war fast bei ihm und nahm sofort die Waffe in Anschlag. Jun'ichi hangelte sich die schrägen Dielen aufwärts und versetzte Fudo Myōō einen gewaltigen Stoß.

Durch die enorme Gewichtsverlagerung neigte sich der Boden noch schneller zur Seite, und Jun'ichi rutschte mitsamt der Statue auf Samura zu.

Nach dem nächsten Schuss ertönte ein gellender Schrei. Jun'ichi wurde durch die Luft geschleudert. Das Flackern der herumwirbelnden Taschenlampe erhellte für einen kurzen Moment das obere Geschoss des einstürzenden Tempels und die Stufen an der Seitenwand.

Dreizehn Stufen, die ins Nirgendwo führten.

Jun'ichis Blick blieb daran haften, als ihn kurz darauf ein gewaltiger Stoß traf, der ihn zu zerquetschen drohte. Dann verlor er das Bewusstsein.

3

Neun Uhr morgens.

Die Eisentür schlug auf.

Als Ryō Kihara beim Tütenkleben den dumpfen Knall vernahm, erstarrten seine Finger. Die Panik fuhr ihm in die Glieder wie eisig gefrorener Draht.

In diesem Augenblick regierten Angst und Ohnmacht den gesamten Todestrakt. Es herrschte Totenstille. Niemand wusste, wer als Nächster dran war.

Dann hörte man die schweren Schritte der Todesboten. Sie marschierten im Gleichschritt.

Nicht zu mir! Bitte nicht zu mir!

Kihara flehte inständig. Doch die schweren Schritte hielten nicht inne, kamen näher und näher. Erreichten seine Zelle.

Ich? Mich wird man hinrichten?

In dem Moment stoppten die Schritte.

Sie halten direkt vor meiner Zelle!

Die Überwachungsluke öffnete sich.

Kihara starrte entsetzt das Auge an, das zu ihm blickte.

Dann fiel die Klappe, und die Tür wurde aufgeschlossen. Die Begleitmannschaft, der Leiter der sozialtherapeutischen Behandlungsabteilung, der mit der Führung und Erziehung betraute oberste Beamte der Besserungsabteilung – alle in Uniform.

»Nummer 270, Ryō Kihara«, rief der Leiter der Sicherheitsbeamten. »Raustreten!«

Kihara wich alle Kraft aus den Gliedern. Er brach auf der Stelle zusammen. Seine Schließmuskeln versagten, und ein warmer Strahl lief ihm über die Bauchdecke.

Zwei Sicherheitsbeamte traten durch die Tür und zogen Kihara an den Armen hoch. Er wollte sich wehren, doch sein Körper gehorchte ihm nicht.

Vor Kihara, dessen Zähne laut klapperten, erschien der Leiter der sozialtherapeutischen Abteilung mit betretener Miene.

»Es wird wohl nichts zu dir durchdringen, egal, was wir dir jetzt mündlich mitteilen. Aber wegen der formellen Vorgaben lies dir das bitte durch«, sagte der Leiter zu ihm und hielt ihm ein zweiseitiges Dokument vor die Nase. »Das erste Blatt bezieht sich auf das Ergebnis des Rechtseinspruchs nach Paragraf 502 der Strafprozessordnung.«

Kihara bekam kaum Luft, als er auf das Blatt starrte.

Aktenzeichen: 2001 – 165
Beschluss
Antragsteller: Ryō Kihara
Gegenwärtig in der Justizvollzugsanstalt Tokyo

Infolge des Einspruchs seitens des benannten Angeklagten hat das zuständige Gericht folgenden Beschluss gefasst:
Dem Einspruch wird nicht stattgegeben!

Die weiteren Begründungen des Bescheids verschwammen vor seinen Augen. Der letzte Rest Hoffnung hatte sich endgültig zerschlagen. Kihara konnte keinen anderen Gedanken mehr fassen.

»Hast du es bis zum Ende durchgelesen?«

Der Leiter der Besserungsabteilung wiederholte die Frage so lange, bis Kihara nickte. Dann hielt er dem Häftling das zweite Blatt hin. »Es geht um den Antrag auf Wiederaufnahme des Verfahrens.«

Kihara wandte den Kopf ab, doch als der Leiter ihn anschrie: »Lies das gefälligst durch!«, hob er den Blick.

Aktenzeichen: 2001 – 4

Beschluss

Registrierter Wohnsitz: 3-7-6, Matsukawa-machi, Inage-ku/Bezirk Inage, Stadt Chiba/Präfektur Chiba

Gegenwärtig in der Justizvollzugsanstalt Tokyo

Antragsteller: Ryō Kihara

Geboren: 10. Mai 1969

Der im Fall eines schweren Raubmords oben genannte Angeklagte hat gegen das Urteil des Obersten Gerichtshofs Tokyo vom 7. September 1993, das ihn für schuldig befunden hat, Berufung eingelegt. Daraufhin hat dasselbe Gericht nach den Anhörungen sowohl des Antragstellers als auch des Staatsanwalts folgenden Beschluss gefasst:

Dem Wiederaufnahmeverfahren wird stattgegeben.

Kihara riss die Augen auf.

Wieder und wieder las er den letzten Satz.

In seinem Zustand glaubte er, sich das alles nur einzubilden.

»Hast du begriffen, was da steht?«

Er schüttelte den Kopf.

Besorgt wegen der anderen Insassen in den umliegenden Zellen, senkte der Leiter der sozialtherapeutischen

Abteilung die Stimme und sprach Kihara betont klar und deutlich ins Ohr: »Dein Wiederaufnahmeverfahren ist beschlossen worden.«

Kihara schaute den Leiter an und dann die anderen Männer, die um ihn herumstanden. Er blickte in lächelnde Gesichter.

»Hörst du? Das ist kein Scherz. Als Angeklagter in einem Wiederaufnahmeverfahren wirst du in eine andere Zelle verlegt. Du kommst aus dem Todestrakt raus.«

»In eine Zelle in der oberen Etage«, ergänzte der Leiter der Sicherheitsbeamten in freundlichem Ton und blickte an Kiharas durchnässter Hose herunter. »Nach dem Bad packst du deine Sachen zusammen.«

Völlig verstört blickte Kihara abermals in die Runde lächelnder Gesichter. »Ich bin gerettet?«, fragte er fassungslos.

»Das hängt von dem neuen Verfahren ab. Es wäre noch zu früh, das zu sagen«, erwiderte der Leiter der Behandlungsabteilung vorsorglich, ergänzte jedoch eine Spur fröhlicher: »Aber jetzt erst mal herzlichen Glückwunsch!«

Die beiden Sicherheitsbeamten, die Kihara immer noch unter den Armen hielten, versuchten ihn aufzurichten. Aber diesmal riss er sich los, denn er brauchte seine Hände, um sich die herausschießenden Tränen wegzuwischen. Er sank auf den Boden seiner Zelle, wo er eine Weile laut vor sich hin schluchzte. Schließlich beugte sich der mit der Führung und Erziehung betraute oberste Beamte der Besserungsabteilung über ihn und legte ihm eine Hand auf die Schulter. »Die Kehrseite dieser Entscheidung ist, dass dafür ein großes Opfer gebracht wurde. Das darfst du nie vergessen.«

EPILOG

Staatsanwalt Nakamori hatte drei Strafakten vor sich auf dem Schreibtisch liegen. Im Fall des verstorbenen Tatverdächtigen war das Verfahren eingestellt worden, bei den übrigen beiden wurde hingegen Anklage erhoben, nachdem es zu heftigen Kontroversen innerhalb der Staatsanwaltschaft gekommen war.

Nakamori hegte seine Zweifel, ob es in dieser Angelegenheit wirklich gerecht zugegangen war.

Er griff zuerst nach der Akte des toten mutmaßlichen Täters.

Norio Andō.

Der Hotelbesitzer war im Alter von einundzwanzig Jahren zum Mörder geworden. Aufgewachsen bei seiner alleinerziehenden Mutter hatte er aus Wut auf die unmäßigen Forderungen eines Wucherers, der ungefragt in ihr Haus eingedrungen war und Geld eintreiben wollte, dessen Büro gestürmt, wo er zwei Personen tötete und den Schuldschein an sich nahm.

Vor Gericht wurde er sowohl in erster wie auch in zweiter Instanz zu lebenslänglich verurteilt, die Berufung blieb erfolglos.

Nach einer vierzehnjährigen Haftzeit war die Strafe auf Bewährung ausgesetzt worden. Nach weiteren fünf Jahren wurde ihm schließlich durch eine bewilligte Amnestie seine Reststrafe erlassen. Zu jener Zeit war Kōhei Utsugi als Bewährungshelfer für die Beaufsichtigung des Exhäftlings Andō zuständig gewesen.

Im Zuge seiner Resozialisierung erwarb Norio Andō eine Lizenz im Grundstücks- und Baugewerbe, die es ihm ermöglichte, sich durch Immobiliengeschäfte ein Vermögen aufzubauen.

Seine Vorstrafe verheimlichte er, später heiratete er und führte ein solides Familienleben. Doch als er so weit war, seine Firma zu erweitern, um eine beherrschende Stellung in der Tourismusbranche von Nakaminato einzunehmen, begann Kōhei Utsugi mit seinen erpresserischen Machenschaften.

Anfangs ging Andō auf dessen Forderungen ein, aber mit der Zeit befürchtete er, dass es ihn finanziell ruinieren würde. Aus diesem Grund ermordete er das Ehepaar Utsugi und entwendete die mit ihm in Beziehung stehenden Dokumente aus dem Haus, wobei er als vermeintlicher Nachahmungstäter die Handschrift des Serienmörders von »Fall 31« imitierte, dessen Verbrechen sich über das gesamte Kantō-Gebiet erstreckten.

Alles Weitere wurde dann durch die späteren Ermittlungen geklärt. So kehrten bei Ryō Kihara, der durch das bewilligte Wiederaufnahmeverfahren zu mehr psychischer Stabilität gefunden hatte, zunehmend bruchstückhafte Erinnerungen zurück, die neue Hinweise zum Tathergang lieferten. Als Zeuge gab er zu Protokoll, dass er den mit einer Sturmhaube maskierten Andō im Haus des Bewährungshelfers gar nicht erkannt habe und dass ihn ohne den Motorradunfall wohl das gleiche Schicksal wie das Ehepaar Utsugi ereilt hätte.

Nakamori nahm sich den Bericht über den zweiten Täter vor.

Mitsuo Samura.

In seiner Akte war zu lesen, dass der Angeklagte gegen die richterliche Entscheidung Einspruch erhoben habe, die Jun'ichi Mikami zu einer zweijährigen Haftstrafe verurteilt hatte, weil dieser seinen einzigen Sohn fahrlässig getötet hatte.

Bei der aufmerksamen Lektüre der Proezessakten stieß Nakamori auf die Erwähnung, dass Jun'ichi als Jugendlicher von zu Hause ausgerissen war. Jun'ichi Mikami hatte sich demnach zu dem Zeitpunkt, als das Ehepaar Utsugi ermordet wurde, in Nakaminato aufgehalten.

Mitsuo Samura wusste aus der Presse, dass Ryō Kihara, der als Täter in jenem Mordfall galt, nur nach schwacher Indizienlage zum Tode verurteilt worden war. Falls es ihm irgendwie gelang, Mikami das Verbrechen in die Schuhe zu schieben, könnte er mit Hilfe des Gesetzes Rache für seinen toten Sohn üben. Mit diesem Ansinnen trat Mitsuo Samura dann der Protestbewegung gegen die Todesstrafe bei, um über die Organisation an nähere Informationen zu Ryō Kiharas Fall heranzukommen. So wusste er auch davon, dass der Todeskandidat eine vage Erinnerung an eine Treppe hatte, und kam auf die Idee, auf dem Areal des versunkenen Tempels gefälschte Beweisstücke zu vergraben.

Um sich nicht selbst verdächtig zu machen, durfte er im Zusammenhang mit den Recherchen von Jun'ichi und Nangō auf keinen Fall in Erscheinung treten. Deshalb hatte er einen Rechtsanwalt damit beauftragt, gegen ein stattliches Honorar einen Privatermittler anzuheuern. Für die ausgesetzte Prämie verwendete er das Geld, das er von Jun'ichis Eltern als Entschädigungszahlung erhielt.

Der Umstand, dass Ort und Zeit so zusammenpassten,

dass Jun'ichi als Täter infrage kam, zog eine unerwünschte Konsequenz nach sich. Der vom Anwalt mit den Recherchen betraute Gefängnisaufseher Nangō wählte gerade wegen seiner Verbindung zu der Gegend den vorzeitig aus der Haft entlassenen Jun'ichi Mikami als Assistenten aus.

Als Mitsuo Samura davon erfuhr, versuchte er mehrmals, Jun'ichi von den Ermittlungen abzuziehen, was jedoch am Ende scheiterte, weil Nangō und der Anwalt Sugiura die Anweisungen ignorierten.

Hätte Nangō im Alleingang die gefälschten Beweise aufgespürt, wäre Jun'ichi vielleicht verurteilt und hingerichtet worden. Es war ein teuflischer Plan gewesen, den sich der von Rache getriebene Vater mittels Hightech-Methoden verfolgt hatte.

Die Anklagepunkte gegen Mitsuo Samura hatten hitzige Debatten innerhalb der Staatsanwaltschaft entfacht. Zwar wollte er mittels manipulierter Beweise Jun'ichi an den Galgen bringen, aber war das nun tatsächlich als vorsätzliche Straftat anzusehen? Demzufolge entspräche die kriminelle Handlung, in deren Folge ein unschuldiger Mensch hingerichtet würde, laut Gesetz dem Tatbestand des Mordes.

Nakamori wusste nichts über den weiteren Verlauf, nachdem Anklage erhoben wurde. Die unter der jeweiligen Führung der Staatsanwaltschaft Chiba und der Oberstaatsanwaltschaft Tokyo gefällte Entscheidung lief darauf hinaus, dass die Beweismittelfälschung als Verleumdung deklariert wurde und lediglich die Tat der auf Jun'ichi zielenden Schüsse mit der Schrotflinte als versuchter Mord zu bewerten sei. Um ihn dafür zu verklagen, musste man drei Monate abwarten, bis sich der aus dem eingestürzten Tempel geborgene Mitsuo Samura von seinen Verletzungen erholt hatte.

Nakamori griff nach der Akte des dritten Angeklagten.

Shōji Nangō.

Der ehemalige Gefängnisaufseher stand unter dem dringenden Tatverdacht, einen Menschen vorsätzlich getötet zu haben. Er hatte einen Mörder, der vor Gericht zum Tode verurteilt worden wäre, erdrosselt. War es Mord, Körperverletzung mit Todesfolge oder Notwehr?

Aber das Verwunderliche daran war, dass Nangō selbst behauptete, es sei vorsätzliche Tötung gewesen. Von dem Moment an, als er bemerkt habe, dass Andō keine Armbanduhr trage, hatte er nur noch im Sinn gehabt, diesen Mann umzubringen.

Nakamori bezweifelte jedoch, ob Nangōs Selbstbezichtigung der Wahrheit entsprach. Nangō hatte sich mehr als nötig für schuldig bekannt. Wollte er damit womöglich etwas kompensieren? Nakamori war zu dieser Einsicht gekommen, als er den Angeklagten besucht hatte.

Ein wenig beruhigt war er dann jedoch nach dem Gespräch, das er anschließend mit Sugiura geführt hatte, der als Wahlverteidiger eingesetzt worden war. Der Rechtsanwalt versicherte ihm, dass er auf jeden Fall auf Notwehr plädieren würde. Nakamori fiel ein Stein vom Herzen. Der etwas heruntergekommen aussehende Anwalt hatte sehr engagiert gewirkt. »Was immer Nangō auch behaupten mag, ich werde seine Unschuld verteidigen. Schon allein um der Gerechtigkeit willen.«

»Geben Sie Ihr Bestes. Viel Erfolg!«, wünschte ihm Nakamori, und er meinte es auch so. Er selbst wünschte sich insgeheim, Nangō möge straffrei ausgehen.

Nachdem der Staatsanwalt sich die Reihe von Fällen noch einmal durchgesehen hatte, heftete er den ganzen Packen Dokumente in einem Ordner ab. Er seufzte erleichtert auf.

Der Fall, in dem er zum ersten Mal in seiner Beamtenlaufbahn über den Antrag auf Vollstreckung des Todesurteils zu befinden hatte, hatte sich als Justizirrtum herausgestellt.

Nakamori verspürte tiefe Dankbarkeit, dass Ryō Kihara nicht hingerichtet wurde.

Er fragte sich, ob Jun'ichi, der andere Held in der Geschichte, nach seiner Bergung aus dem zusammengestürzten Tempel inzwischen von seinen Verletzungen genesen war.

***

Wann hatte er Jun'ichi eigentlich das letzte Mal gesehen?, fragte sich Nangō in seiner Gefängniszelle. Er versuchte nachzurechnen.

Es müsste an der pazifischen Küste der Bōsō-Halbinsel gewesen sein, wo ihre Wohnung lag. Genauer gesagt, in jener Nacht, als sie in dem Tempelbezirk den Namensstempel und die Krummhacke ausgegraben hatten – gefälschte Beweise, was sie damals jedoch noch nicht wussten. Sie waren in ihr schmuckloses Apartment zurückgekehrt und hatten bis in den frühen Morgen die vermeintlich erfolgreiche Aktion mit Sake begossen. Er sah Jun'ichis sonnengebräuntes Gesicht vor sich, wie er gelacht hatte, fröhlich und ausgelassen.

Damals waren sie das letzte Mal zusammen gewesen, seitdem war ein halbes Jahr vergangen.

Eigentlich müsste er doch aus der Klinik entlassen worden sein, überlegte Nangō, der über Jun'ichis Verletzungen Bescheid wusste. Der junge Mann hatte sich am ganzen Körper Abschürfungen zugezogen, im rechten Oberschenkel eine Schusswunde und Knochenbrüche an vier Stellen erlitten. Es grenzte an ein Wunder, dass er mit dem Leben davongekommen war, dachte Nangō in stiller Freude.

Bald darauf erschien ein Strafvollzugsbeamter, um Nangō abzuholen.

Er hatte Besuch.

Nangō erhob sich und strich sich die zerknitterte Hose glatt, bevor er sich zum Besucherraum begab.

Er wurde ins Anwaltszimmer geführt. Dies war keine gewöhnliche Besucherkabine, sondern ein gesonderter Raum, wo Strafgefangene ohne anwesende Aufseher unter vier Augen mit ihren Verteidigern sprechen konnten. Ein Ort also, der es ihnen ermöglichte, von ihrem »Recht auf privaten Austausch« Gebrauch zu machen.

»Ich habe drei Anliegen«, sagte Sugiura jenseits der Trennscheibe aus Plexiglas mit einem freundlichen Lächeln. Er wirkte abgespannt.

»Bei der Anhörung vor dem Untersuchungsrichter streiten Sie alles ab. Sie sind doch kein Mörder, Herr Nangō!«

Als Nangō etwas darauf erwidern wollte, stoppte Sugiura ihn mit einer Handbewegung. »Bis die öffentliche Verhandlung beginnt, werde ich nicht davon ablassen, das immer und immer wieder zu erklären.«

Nangō lachte. »Schon verstanden. Und was ist Ihr zweites Anliegen?«

»Das hat mir Ihre Frau für Sie mitgegeben.« Zögernd holte Sugiura ein Schriftstück hervor.

»Es ist der Scheidungsantrag. Was sollen wir machen?«

Nangō starrte auf das Dokument, das bereits den beglaubigten Namensstempel und die Unterschrift seiner Frau trug.

»Man muss ja nichts überstürzen. Denken Sie in Ruhe darüber nach.«

Nangō nickte. Aber in seinem Kopf hatte er die Antwort schon parat. Der lang gehegte Traum, seine Familie wieder zusammenzubringen und eine Bäckerei zu eröffnen, war in dem Moment jäh zerstört worden, als er Norio Andō getötet hatte.

Er hielt den Kopf gesenkt, um sich die in ihm aufwallenden Gefühle nicht anmerken zu lassen. »Damit war zu rechnen. Es ist meiner Frau nicht zu verdenken. Immerhin ist ihr Mann ein Mörder.«

Sugiura begann daraufhin angelegentlich in seinen Akten zu kramen. Er wollte auf sein drittes Anliegen zu sprechen kommen.

»Ich habe Ihnen einen Brief von Mikami mitgebracht«, sagte der Anwalt schließlich.

Nangō blickte auf.

»Er ist gestern aus der Klinik entlassen worden. Und hat dort auch schon die Reha absolviert. Ihm scheint es wieder gut zu gehen.«

»Das freut mich für ihn. Und was ist mit dem Brief?«

Sugiura öffnete vor Nangōs Augen den versiegelten Brief jenseits der Abtrennung. »Soll ich ihn vorlesen?«, fragte der Anwalt. »Oder möchten Sie ihn durch die Scheibe selbst lesen?«

»Lassen Sie mich selbst lesen.«

Sugiura legte den Briefbogen für ihn zurecht.
Nangō lehnte sich vor und begann zu lesen.

Lieber Herr Nangō –
wie geht es Ihnen? Ich bin wiederhergestellt und
frisch aus der Klinik entlassen worden. Ab morgen
werde ich in der Werkstatt meines Vaters mitarbei-
ten, will es aber langsam angehen lassen.
Ich möchte Ihnen nochmals aus tiefstem Herzen
danken. Von Herrn Nakamori habe ich erfahren,
dass es ziemlich übel für mich ausgegangen wäre,
wenn Sie mich nicht bei Ihren Ermittlungen mitein-
bezogen hätten. Dadurch haben Sie nicht nur das
Leben von Ryō Kihara gerettet, sondern auch meins.
Eigentlich hätte ich Sie sofort nach meiner Entlassung besuchen sollen, aber das ist mir momentan
nicht möglich. Die ganze Zeit habe ich Ihnen gegenüber etwas verheimlicht und möchte mich dafür
entschuldigen.
Sie haben sich so sehr für meine Resozialisierung
eingesetzt, vor allem dadurch, dass Sie mich zur
Mitarbeit bei den Ermittlungen einluden. Nun muss
ich Ihnen jedoch gestehen, dass ich keinerlei Reue
empfinde, was meine Tat gegenüber dem Opfer
Kyōsuke Samura anbelangt.
In diesem Brief möchte ich Ihnen anvertrauen, was
sich damals tatsächlich in mir abgespielt hat. Die
Person, die ich getötet habe, war ganz und gar kein
Zufallsopfer. Ich kannte Kyōsuke aus dem Ort, wohin ich vor zehn Jahren ausgerissen war. Wir sind
uns dort schon einmal begegnet, als wir beide noch
Schüler waren.

Vermutlich wissen Sie es bereits, dass ich damals, als man uns in Nakaminato aufgegriffen hat, mit meiner Klassenkameradin Yuri Kinoshita zusammen war. Sie war das Mädchen, mit dem ich seit der ersten Klasse auf dem Gymnasium »ging«. Im letzten Oberschuljahr hatten wir beide für die Sommerferien verabredet, eine kleine Reise nach Katsuura zu machen. Natürlich ohne Erlaubnis unserer Eltern. Die Aktion war als Kurztrip mit drei Übernachtungen geplant. Wir waren damals sehr unbeholfen im Umgang miteinander. Unsere Unterhaltung, unser Umgang miteinander – völlig verklemmt und verunsichert. Alles war so unwirklich, wie in einem anhaltenden Traum, aus dem man sich heraussehnte, um endlich etwas Reales zu erleben. Diese permanente Beklommenheit hing sicherlich damit zusammen, dass ich Yuri heftig begehrte. Rückblickend betrachtet, haben wir uns mit dem verzweifelten Versuch, den Übergang zum Erwachsensein zu vollziehen, schrecklich überfordert.

Einen Tag vor unserer Rückkehr nach Tokyo haben wir beide gegen Abend noch einen Abstecher nach Nakaminato gemacht. Die Küste sei dort nicht so überfüllt wie in Katsuura, hatte man uns erzählt, und wir wollten gern den Abend am Strand verbringen. Als wir aus dem Zug stiegen und anschließend durch die Straßen von Isobe schlenderten, fiel mir ein Firmenschild auf: Modell- und Formenbau Samura. Da es das gleiche Gewerbe wie unseres daheim zu sein schien, war ich neugierig und blieb davor stehen. In dem Augenblick kam Kyōsuke Samura aus dem Haus.

Er sprach mich zuerst an, und als er hörte, dass wir aus Tokyo kämen, zeigte er sich äußerst interessiert. Er schlug vor, sich am nächsten Tag zu treffen, er würde uns gern die Gegend zeigen.

Ohne weiter nachzudenken, sind Yuri und ich auf seinen Vorschlag eingegangen. Obwohl wir es nicht aussprachen, wollten wir beide noch nicht heimkehren.

Ein Problem waren die Übernachtungskosten, aber zu unserem Erstaunen versicherte Kyōsuke Samura uns, er würde dafür aufkommen. Er lebe in einem Zwei-Personen-Haushalt nur mit seinem Vater und verfüge für einen Oberschüler über reichlich Taschengeld.

Yuri und ich zögerten zunächst, aber dann einigten wir uns darauf, unseren Urlaubstrip noch ein bisschen auszudehnen.

Um ehrlich zu sein, fiel mir ein Stein vom Herzen. So konnten wir den Tag, an dem wir die Welt der Erwachsenen betraten, noch ein bisschen hinausschieben. Ich fühlte mich völlig zerrissen zwischen dem sehnsüchtigen Begehren, das man als Pubertierender empfindet, und dem schlechten Gewissen, etwas Verbotenes zu tun.

Vom nächsten Tag an gingen wir viel entspannter miteinander um. Uns plagte natürlich auch der Gedanke, dass unsere Eltern sich Sorgen machen würden, aber die Komplizenschaft bei dieser Aktion festigte das Band zwischen uns umso stärker.

Andererseits wurde mir bald klar, dass Kyōsuke Samura in kriminellen Kreisen verkehrte. Er hatte uns mit einigen seiner Kumpel bekannt gemacht, aber das waren alles Jungs, mit denen wir eigentlich nichts zu tun haben wollten. Als uns klar wurde, in was für schlechter Gesellschaft wir uns befanden, waren die traumverlorenen Tage jäh vorbei. Das Ende der Sommerferien rückte näher.

Wir beschlossen, am nächsten Tag nach Toyko zurückzufahren, und als wir Kyōsuke darüber informierten, schlug er vor, eine Abschiedsparty für uns zu geben. Da ich gerne mit Yuri allein sein wollte, lehnte ich ab.

Von einer Sekunde auf die andere veränderte sich daraufhin sein Verhalten. Er zückte ein Messer und verletzte mich am linken Unterarm. Dann schleppte er zusammen mit einem Kumpel Yuri fort.

Erst da begriff ich die schreckliche Wahrheit. Er hatte mich nur deshalb angesprochen, weil er es auf Yuri abgesehen hatte.

Ich presste die blutende Wunde zusammen und rannte den ganzen Strand entlang, um nach den dreien zu suchen. Irgendwann hörte ich Yuris Schreie aus einem Lagerschuppen am Pier. Dort waren sie. Kyōsuke hatte Yuri zu Boden gedrückt und vergewaltigte sie. Ich war geschockt und beschämt zugleich, konnte mich nicht von der Stelle rühren. Wie gelähmt starrte ich auf die Szene, die sich vor meinen Augen abspielte. Kyōsukes Kumpel bemerkte mich und hielt mich mit seinem Messer in Schach. Als ich aus der Schockstarre erwachte und Yuri zu Hilfe eilen wollte, stach der Typ auf mich ein und traf mich an der gleichen Stelle am verletzten Arm noch einmal. Es blutete noch stärker. Ich brach stöhnend zusammen, und Kyōsuke reagierte auf den

Tumult. Er drehte sich zu mir um und grinste mich
hämisch an. Dann verlagerte er demonstrativ seine
Haltung, damit ich es sehen konnte: Zwischen Yuris
Schenkeln sickerte Blut heraus.

Schließlich ließ Kyōsuke von Yuri ab. Er drängte mir
10.000 Yen auf, offenbar als Schweigegeld gedacht,
und rannte davon.

Als die Kerle endlich weg waren und ich mich um
Yuri kümmern konnte, starrte sie mit ausdrucksloser Miene vor sich hin. Als ich sie ansprach, fragte
sie mich zu meiner Verblüffung: »Bist du okay?« Sie
hatte meinen verwundeten Arm bemerkt. »Wir müssen damit ins Krankenhaus«, sagte sie dann.

Ich verstand nicht, wieso sie sich jetzt um mich sorgte. Wie lieb sie zu mir war. Ich brach in Tränen aus,
dann bat ich sie um Verzeihung, dass ich sie nicht
beschützen konnte. »Wir müssen ins Krankenhaus,
Jun. Sonst verblutest du«, stammelte sie immer wieder, wie in Trance. Später habe ich es dann begriffen: Yuris Herz war bereits gebrochen. Sie war die
schwer Verwundete – eine seelische Verletzung, die
nie mehr heilen würde.

Dann wurden wir beide aufgegriffen und von der
Polizei nach Hause gebracht. Die Zeit der Unschuld,
wie wir sie bis dahin erlebt hatten, war für immer
verloren. Yuris Psyche veränderte sich schlagartig,
sie litt immer wieder an Depressionen.

In Tokyo ging ich sofort zur Polizei, um Yuri irgendwie zu helfen. Aber der Kriminalbeamte, mit dem
ich sprach, erklärte mir, dass Vergewaltigung ein
spezielles Vergehen darstelle, das nur auf persönlichen Strafantrag hin verfolgt werden könne. Solange

das Opfer nicht selbst aktiv werde, würde man der der Sache nicht weiter nachgehen. Dann fragte der Beamte: »War das Opfer etwa noch Jungfrau?«

Das war kein unsachlicher Einwurf, denn in diesem Fall galt das gewaltsame Zerreißen des Hymens als Misshandlung, was einen persönlichen Strafantrag wegen Notzucht mit Körperverletzung gerechtfertigt hätte.

Es hatte sich ja tatsächlich so zugetragen, aber ich machte mir Sorgen, was geschehen würde, wenn die Sache vor Gericht gebracht werden würde. Mir war bewusst, welchen psychischen Belastungen Yuri während des Prozesses ausgesetzt wäre.

Des Weiteren wies mich der Beamte darauf hin, dass es auch ein Problem mit dem Alter gebe. Selbst wenn man Kyōsuke Samura anklagte, hätte er als Minderjähriger keine Strafe zu erwarten.

In dem Moment habe ich das erste Mal in meinem Leben den Impuls verspürt, einen Menschen um-zubringen. Dieser Impuls war zwar nicht konkret, aber da Kyōsuke Samura für sein Verbrechen nicht belangt werden würde, gärte in mir die Vorstellung, dass es keinen anderen Weg der Vergeltung gab, als ihn zu töten. Aber allein schon bei dem Gedanken daran, nach Nakaminato zurückzukehren, drehte sich mir der Magen um. Nacht für Nacht durchlebte ich die schrecklichen Erlebnisse in meinen Träumen. Als mir bewusst wurde, wie groß Yuris psychische Verletzungen sein mussten, verstärkte sich mein schlechtes Gewissen ihr gegenüber noch.

Yuri sagte mir, dass sie in jedem Mann, der ihr über den Weg läuft, Kyōsuke Samura sah. Sie soll damals

bereits einen Selbstmordversuch unternommen
haben. Aber Genaues erfuhr ich nie. Seit jener Zeit
entfremdeten wir uns immer weiter voneinander.
Wir trafen uns nicht mehr regelmäßig, liefen uns nur
noch manchmal zufällig über den Weg.

In den darauffolgenden Jahren war es eher so, dass
ich sie aus der Ferne beobachtete und abwartete, ob
ihre Seele heilen würde. Ich grübelte weiterhin über
eine Möglichkeit, Kyōsuke Samura die Schuld nach-
zuweisen, und versuchte meinen ganzen Mut zusam-
menzunehmen, um noch einmal nach Nakaminato
zu fahren.

Doch das alles führte zu nichts. Yuris Zustand bes-
serte sich nicht, und ich fand auch keine geeignete
Möglichkeit, Kyōsuke Samura zur Rechenschaft zu
ziehen. Mir fehlte ja sogar der Mumm, nach Nakaminato zu fahren.

Aber dann kam der Tag, an dem ich Kyōsuke Samura auf einer Verkaufsmesse für 3-D-Druckverfahren
in Tokyo-Hamamatsu begegnet bin. Dieser Drecks-
kerl hatte anscheinend genau wie ich angefangen, im
Betrieb seines Vaters zu arbeiten. Er war vermutlich
nach Tokyo gekommen, um Hightech-Geräte zu er-
werben.

Das war eine einmalige Chance für mich. Irgendwie
glaubte ich, wenn dieser Mensch vom Erdboden
verschwände, würde Yuri ihr Trauma überwinden.
Über die Teilnehmerliste der Messebesucher konnte
ich leicht herausfinden, in welchem Hotel Kyōsuke
Samura abgestiegen war.

Ich verließ sofort die Ausstellungshalle, um mir ein
Messer zu besorgen. Zuerst wollte ich im nächst-

besten Laden in der Gegend ein Küchenmesser kaufen, aber dann besann ich mich eines Besseren und suchte nach einem Outdoor-Laden. Um eine Bestie zu töten, braucht man ein Jagdmesser, dachte ich mir. Mit dem Messer in der Tasche lief ich schnurstracks zu dem Lokal, das sich direkt neben Kyōsuke Samuras Hotel befand, um genauer zu planen, wie ich mein Vorhaben endgültig in die Tat umsetzen konnte. Ich stellte mir vor, wenn ich an seiner Hoteltür klopfte, würde er mich vermutlich ins Zimmer bitten. Aber selbst wenn ich nicht hineinkäme, würde es ausreichen, dass er mir die Tür öffnete, um ihn zu erstechen.

Während ich meinen düsteren Gedanken nachhing, betrat plötzlich Kyōsuke das Lokal. Ich war völlig perplex und überlegte verzweifelt, was ich tun sollte. In diesem Moment trafen sich unsere Blicke. An seinem Ausdruck erkannte ich, dass er keinerlei Reue empfand. Stattdessen kam er aggressiv auf mich zu und zischte: »Was starrst du mich so an. Passt dir etwa meine Nase nicht?«

Alles Weitere hat sich dann so zugetragen, wie es vor Gericht dargelegt wurde. Mir war klar, dass ich ihm mit bloßen Händen nichts anhaben könnte. Um ihn zu töten, musste ich – so wie er damals in Nakaminato – zum Messer greifen, das jedoch verpackt in meiner Tasche lag. Aber bevor ich es hervorholen konnte, stolperte Kyōsuke Samura und fiel rücklings zu Boden, was ihn das Leben kostete.

Durch meine Beichte wissen Sie nun, dass meine Tat nicht bloß fahrlässige Körperverletzung mit Todesfolge war, für die ich zu zwei Jahren Gefängnis verurteilt wurde, sondern in Wahrheit eine Art vorsätzliche Tat, die möglicherweise die Todesstrafe verdient hätte.

Hinterher, nach meiner Verhaftung, war ich deswegen verzweifelt und habe viel geweint. Der Richter hat dann während der Verhandlungen meine Tränen für Reue gehalten. Aber in Wahrheit verging ich vor Selbstmitleid und Kummer, weil ich meinen Eltern so große Sorgen bereitete. Kyōsuke Samura hingegen habe ich keine einzige Träne nachgeweint. Ich hätte es nicht ertragen, dass dieses Ungeheuer weiter am Leben geblieben wäre, wenn kein Gericht ihn für sein Tun zur Rechenschaft gezogen hätte. Wenn sich mein schlechtes Gewissen meldete, dann war es immer verknüpft mit Aggression. Ich hatte eine gemeine Bestie erlegt. In solchen Momenten wallte erneut mein Zorn auf Kyōsuke Samura in mir auf.

Inzwischen ist mir klar geworden, dass ich die Tat weniger um Yuris willen begangen habe, sondern aus meinem eigenen Rachegefühl heraus. Yuri ist nach wie vor weit davon entfernt, das Trauma zu verwinden. Sie soll abermals versucht haben, sich das Leben zu nehmen. Die Tat, mit der ich bereit war, mein Leben fortzuwerfen, war für Yuri alles andere als ein Trost. Bestimmt fühlt sie sich immer noch von allen alleingelassen.

Mir fällt nichts mehr ein, wie ich Yuri in irgendeiner Weise retten könnte. Angenommen, Kyōsuke Samura wäre noch am Leben und würde sein Vergehen zutiefst bereuen, könnte selbst dies Yuri nicht mehr zu dem Menschen machen, der sie vor der Vergewaltigung war.

Wer soll sie dafür entschädigen? Selbst wenn ein Zivilgericht darüber verhandelte und sie Schmerzensgeld bekäme, könnte man damit ihre Seele nicht zurückkaufen. Wenn man bei einer Vergewaltigung nur die körperliche Verletzung in Betracht zieht, lässt man außer Acht, dass vor allem die Psyche des Menschen großen Schaden davongetragen hat.

Ist das Gesetz gerecht? Ist es wirklich unparteiisch? Um das Vergehen eines Übeltäters zu sühnen, werden da gerechte Urteile gesprochen ungeachtet dessen, welche soziale Position der Angeklagte innehat, ob er intelligent ist oder weniger klug, arm oder reich? War es ein Verbrechen, dass ich Kyōsuke Samura getötet habe? Bin ich selbst, der sich die Frage nicht beantworten kann, ein hoffnungsloser Krimineller?

In der Gesetzgebung gibt es den sogenannten Strafklageverbrauch. Dies ist eine Verfahrensregelung, die vorschreibt, dass ein Täter nicht zweimal für dieselbe Tat verurteilt werden kann. Ich bin bereits rechtskräftig verurteilt worden wegen Körperverletzung mit Todesfolge, und da ich meine Strafe abgesessen habe, kann mich in dieser Sache keiner mehr wegen Mordes verurteilen. Da bleibt als letztes Mittel nur, das Gesetz selbst in die Hand zu nehmen. Das hat Kyōsuke Samuras Vater bei mir versucht. Ich kann ihm das nicht verübeln. Er wollte mich genauso bestrafen, wie ich mich an seinem Sohn gerächt habe. Aber wie ich am eigenen Leib erfahren habe, führt Selbstjustiz nur dazu, dass eine Rache die andere nach sich zieht – eine endlose Abfolge von Vergeltungstaten. Um das zu verhindern, muss jemand repräsentativ anstelle der Beteiligten handeln. In Ihrer Rolle als Gefängnisaufseher haben Sie meines Erachtens zu Recht den Strafgefangenen 470 hingerichtet.

Es ist ein endlos langer Brief an Sie geworden.

Ich möchte Sie inständig um Verzeihung bitten, dass ich Ihren Erwartungen in meine Resozialisierung nicht gerecht werden konnte. Vielleicht ändert sich meine Einstellung irgendwann, aber bis dahin muss ich mit der Schuld weiterleben, einen Mord begangen zu haben, für den ich bisher nicht zur Rechenschaft gezogen wurde.

Es wird nun zunehmend kälter draußen, bitte passen Sie auf sich auf und halten Sie die Ohren steif.

Ich hoffe sehr, dass Sie möglichst bald freigesprochen und aus dem Gefängnis entlassen werden.

Jun'ichi Mikami.

PS: Lieber Herr Nangō, was geschieht nun mit der South Wind Bakery?

»Du und ich, nun sind wir beide doch zu lebenslänglich verurteilt«, murmelte Nangō, als er den Brief zu Ende gelesen hatte. »Keine Entlassung auf Bewährung!«

Ein Jahr später erschien gemäß der Richtlinien der Strafprozessordnung Paragraf 453 landesweit eine Notiz in den Tageszeitungen:

Amtliche Bekanntmachung eines Freispruchs im
Wiederaufnahmeverfahren
Ryō Kihara (Inhaftierter in der Justizvollzugsanstalt
Zweigstelle Kisarazu/Präfektur Chiba, derzeit ohne

Anstellung, geboren am 10. Mai 1969), der wegen
des Raubmords an Kōhei Utsugi und seiner Ehe-
frau am 29. August 1991 in ihrem Einfamilienhaus
in Nakaminato/Präfektur Chiba zum Tode verurteilt
worden war, wurde nach dem Urteil des Wiederauf-
nahmeverfahrens am 19. Februar 2003 wegen Man-
gels an Beweisen freigesprochen.
Landgericht Chiba, Zweigstelle Tateyama

Dies war das Verdienst zweier Männer: Jun'ichi Mikami,
der wegen Körperverletzung mit Todesfolge vorbestraft
war, und Shōji Nangō, ehemals Gefängnisaufseher, der
drei Schwerverbrechern das Leben genommen hatte.

**Er sucht seinen Bruder – doch was er findet,
ändert sein ganzes Leben …**

Januar 1949: Der britische Filmemacher Hugh Whit-
tington soll auf einer Expedition in der Nähe des Mount
Everest ums Leben gekommen sein. Doch sein Stiefbruder
Charles gelangt an Informationen, die ihn an Hughs Tod
zweifeln lassen. Er ist entschlossen, nach Tibet zu reisen
und ihn zu finden, doch die Grenzen des Landes sind abge-
riegelt. Auf gefährlichen Pfaden gelangt Charles schließlich
ins verbotene Land, wo sein Bruder sich in einem Kloster
aufhalten soll. Doch statt auf Hugh trifft er dort auf eine
faszinierende Frau mit einem tödlichen Geheimnis …

PENGUIN VERLAG

Er war ein Mann Gottes – nun ist er ein Mann des Gesetzes

Detective Richard Vega fühlt sich wie in einem schlechten Traum, als nahe der südenglischen Kleinstadt Tunbridge Wells die Leiche eines 15-Jährigen gefunden wird. Denn vor sechs Jahren stand er an derselben Stelle schon einmal über die Leiche eines Teenagers gebeugt, der auf dieselbe Weise getötet wurde. Sitzt der Falsche dafür im Gefängnis? Hat Vega erneut Schuld auf sich geladen? Es wäre nicht der erste Tod, der auf seinem Gewissen lastet. Doch dieses Kapitel seines Lebens versucht er zu vergessen. Bis eines Tages ein Mann vor seiner Tür steht und Antworten fordert ...

PENGUIN VERLAG

Es ist 3 Uhr morgens.
Weißt du, wo deine Ehefrau ist?

Der amerikanische Journalist Will Rhodes reist im Auftrag eines renommierten Reisemagazins um die Welt. Doch dann wird er in Argentinien von einer Frau erpresst, die Ungeheuerliches behauptet. Sie unterbreitet ihm ein Angebot, das er nicht ablehnen kann, und schon bald gerät er immer tiefer in ein Netz aus internationalen Intrigen und gefährlichen Geheimnissen. Auf der Suche nach der Wahrheit jagt Will um den halben Globus. Und noch ahnt er nicht, dass seine eigene Frau die größte Bedrohung für ihn darstellen könnte …